동시와 어린이시

지은이 이지호

진주교육대학교에서 어린이문학을 가르치면서 평론을 합니다. 지은
책으로는 《글쓰기와 글쓰기교육》, 《동화의 힘, 비평의 힘》, 《옛이야기
와 어린이문학》 등이 있고, 엮은 책으로는 《엄마 옆에 꼬옥 붙어 잤어
요》(동시 선집), 《숙제 다 했니?》(어린이시 선집) 등이 있습니다.

열린어린이 책 마을 10

동시와 어린이시

이지호 지음

초판 1쇄 인쇄 2017년 2월 20일
초판 1쇄 발행 2017년 2월 27일

펴낸이 김덕균
편집 김원숙, 박고은 디자인 박재원
관리 권문혁, 김미연 출판신고 제 2014-000075호
주소 서울시 마포구 월드컵북로 5가길 17 3층
전화 02) 326-1284 전송 02) 325-9941
ⓒ 이지호, 2017

ISBN 979-11-5676-076-4 93800
값 18,500원

열린어린이 책 마을 10

동시와 어린이시

• 이지호 지음 •

열린어린이

동시와 어린이시가 어깨 걸고

시에 대한 나의 비공식적 정의는 '감탄사의 노래'다. '감탄사'는 감탄사를 시의 원형이라 한 이오덕의 말에서 가져온 것이고, '노래'는 시를 노래(시가)라 한 옛어른의 전통에서 챙겨온 것이다. 이 '감탄사의 노래'만큼 시의 본질과 기능을 잘 환기시켜 주는 것도 없겠다 싶어, 시를 읽을 때면 종종 이를 평가의 준거로 삼기도 한다.

시는 자기감동의 언어 구조물인데, 자기감동의 원초적 양상 중의 하나가 감탄이고, 감탄의 가장 단순한 언어가 바로 감탄사다. 이래서 감탄사를 시의 원형이라 하는 것이다. 감탄사는 입 밖으로 터져 나오는 순간 사라지고 마는 것이기에 감탄사가 불러일으키는 그 찰나의 감동은 당사자가 아니면 그 실체를 알 수가 없다.

나의 감탄사는 나만 즐길 수 있다. 그래서 시를 자기감동의 표출과 그것의 자기향유로 규정할 수도 있다. 나의 시는 나만 홀로 읊조리며 즐길수 있다. 이 지점에서 시는 노래와 연결된다. 이야기를 혼자 중얼거리는 사람은 미친 사람으로 취급받기 딱 좋다. 그러나 노래는 그렇지 않다. 노래는 나 혼자 흥얼거리며 즐겨도 누구도 이상하게 여기지 않는다.

'감탄사의 노래'라는 열쇳말로 시의 원형을 되돌아본 데는 그만한 까닭이 있다. 동시를 읽다가, 과연 시인이 자기감동이라는 것이 있어서 시를 쓴 것일까, 하는 의문을 가지게 되는 경우가 종종 있기 때문이다. 자기 감동이 아예 없거나 있다 하더라도 희미하다면, 그것을 홀로 읊조리며 즐기는 자기향유 또한 가능하지 않을 테고. 어쨌든 깊이 따져볼 일이다. 내가 감동하지 않는데 남더러 감동하라고 할 수 있는지. 내가 즐기지 않는데 남더러 즐기라고 할 수 있는지.

혹시, 동시는 자기감동이 없어도 쓸 수 있는 시가 아닐까. 또 동시는 자기향유가 없어도 전혀 문제가 되지 않는 시가 아닐까. 이런 엉뚱한 상상을 하게 되는 것은 우리가 일반적으로 받아들이고 있는 동시의 개념 때문이다. 동시가 어린이를 위해서 쓰는 시라면, 어린이를 위하는 것을 어린이한테 감동을 주는 것으로 이해해도 된다면, 어린이라는 타자를 감동시켜서 즐기게 할 수 있다는 확신만으로도 동시를 쓸 수 있지 않겠느냐는 것이다. 엉성하고 유치한 동시가 차고 넘치다 보니, 위험하기까지 한 이런 상상도 하게 되는 것이다.

오늘날 우리가 기대하는 시는, 다시 말할 것도 없지만, 시인의 감동이 독자의 감동을 촉발시키는 시고, 향유 주체가 시인에서 독자로 확산되는 시다. 중요한 것은 이런 시는 하나같이 '감탄사의 노래'라 할 만한 것이라는 사실이다.

돌리지 않고 말하자면, 동시를 쓰려면 일단 어린이 독자를 잊으라는 것이다. 시인은 오로지 자기감동만 챙기고 자기향유만 꾀하면 된다는 것이다. 시인의 자기감동을 이해할 수 없다는 이유로 어린이 독자가 외면할 수도 있지 않을까. 그래서 시의 향유 주체로 어린이 독자가 동참하기를 거부할 수도 있지 않을까. 그러면 어때, 동시의 타이틀을 떼고 그 자리에 시의 타이틀을 붙이면 되지.

어린이는 시를 쓸 때 자신이 쓰고 싶은 것만 쓴다. 오로지 자기감동을 표출하는 데 온 힘을 다 쏟는다. 독자라는 것은 아예 안중에도 두지 않는다. 그런데도 어린이시 중에는 오랜 세월 동안 어린이는 물론이고 어른까지 감동시켰던 시가 적지 않다. 자기감동이 옹골진 시는 그 자체로 타자감동을 강렬하게 이끌어내는 시가 되고, 시인이 진정으로 즐기는 시는 저절로 독자 또한 마음으로 즐기는 시가 되는 것이다.

동시가 어린이시에서 배울 게 있다면, 어린이시도 동시에서 배울 게 있을 것이다. 동시와 어린이시는 어깨 겯고 함께 나갈 수밖에 없다. 이에 동시와 어린이시의 상보 관계를 밝히려고 애썼던 글을 한데 묶어 보았다. 이 책《동시와 어린이시》가 동시를 공부하는 데 또는 어린이시를 공부하는 데 조금이라도 도움이 되었으면 좋겠다.

나는 문장에 꽤 까탈을 부리는 편이다. 동시를 평할 때도 문장에 관한 논의를 할 때가 많다. 이유는 간단하다. 동시는 어린이가 글로 읽는 시이기 때문이다. 이런 까탈은 나 자신한테도 부메랑이 되어 돌아온다. '그래, 너는?' 나 스스로 이런 질문을 나한테 할 수밖에 없다는 것이다. 솔직히, 나도 문장에 그다지 자신이 없다. 쓰기보다 다듬는 데 공을 더 많이 들이는 것도 그 때문이다. 그래도 어쩌겠는가. 우리가 서로의 문장에 까탈을 부리지 않으면 어린이가 다치는 것을.

이 책의 교정은 마지막까지 교열이었다. 이 때문에 편집자의 고생이 많아졌음을 안다. 이 자리를 빌려 고마움과 미안함을 전한다. 아직도 남아 있는 어그러지고 뒤틀린 문장은 전적으로 내 책임이다. 문장 공부를 더 열심히 할 것을 다짐해 본다.

이지호

차례

머리말 동시와 어린이시가 어깨 겯고　　　　　• 004

1부 동시, 이건 짚고 넘어가자

동시를 버려야 동시가 산다　　　　　　　　• 012

어린이 화자 동시 비판　　　　　　　　　• 031

동시의 어린이말과 어른말　　　　　　　• 061

어린이문학의 부끄러운 유산　　　　　　• 077

남호섭의 동시 세계　　　　　　　　　• 089

김륭의 실험시, 과연 동시의 새로운 지평인가　• 101

비평, 하려면 제대로 할 일이다　　　　　• 134

2부 동시와 어린이시의 어깨겯기를 위하여

왜 어린이시인가 · 174

어린이시의 네 가지 양상과 그 문학적 함의 · 197

어린이시와 동시의 거리 · 224

시·동시·어린이시 · 248

가슴에 사무친 말은 입에서 노래가 된다 · 283

〈할아버지 불알〉과 〈내 자지〉 견주어보기 · 298

이른바 '잔혹 동시' 〈학원가기 싫은 날〉의 교훈 · 309

어린이시노래 연구 · 330

1부

동시, 이건 짚고 넘어가자

동시를 버려야 동시가 산다

누가 동시를 읽는가

다음을 보라.《동시마중》 창간호에 실린 〈동시 오신다, 마중 가자〉에서
따온 것이다.

> 동시를 쓰고, 동시를 읽고, 동시를 놓고 여러 동무들이랑 이야기 나누는
> 것 모두가 어린 시절 바짓가랑이 걷어붙이고 도랑물에서 찰방찰방 노는
> 것만큼이나 재미있고 즐거웠다.

이 대목을 읽고 가장 먼저 생각한 것은, 동시에서 저 정도의 재미와
즐거움을 맛볼 수 있는 사람이라면 '동시'도 '오신다' 할 수 있겠다 하는
것이었다. 그 다음에 생각한 것은 작가와 독자의 거리다. 작가는 동시 쓰
기뿐만 아니라 동시 읽기 그리고 동시를 화제로 한 대화까지도 재미있
고 즐겁다 한다. 독자도 그럴 수 있으면 얼마나 좋을까.

동시가 독자한테 외면당하고 있다는 것은 어렵지 않게 확인할 수 있는 일이다. 여러 출판사에서 의욕적으로 시행하고 있는 어린이문학 작품 공모전을 보라. 동화 공모전도 있고 그림책 공모전도 있지만 동시집 공모전은 없다.[1] 또 동시집을 내고 있는 출판사가 얼마나 되는지, 제 돈 들이지 않고 책으로 내고 있는 작가가 얼마나 되는지 알아보는 것도 좋다. 이런 것들이 번거로우면 초등학교 앞에 가서 아무 어린이를 붙잡고 물어 보라. 가지고 있는 동시집이 몇 권이나 되는지. 아니, 읽은 동시집이 몇 권이나 되는지. '동시는 동시를 이미 쓰고 있는 작가와 이제 쓰려 하는 예비 작가만 읽는다'는 말이 괜히 나도는 것이 아니다. 위의 인용문에 이어지는 문장을 보자.

그러니《동시마중》이 그 재미와 즐거움을 더 멀리까지, 더 여럿이, 더 오랫동안 나누었으면 좋겠다는 바람을 실어 나르는 잡지일 수는 있겠다.

〈동시 오신다, 마중 가자〉는《동시마중》의 창간사를 갈음하는 글이다. 《동시마중》에 대한 기대감을 나타내는 것은 당연하다. 그런데 글쓴이는 동시 쓰는 재미와 즐거움을 누구랑 나누겠다는 것일까.《동시마중》은 동시 전문 잡지인데. 작가나 예비 작가가 주로 읽을 잡지인데.

독자는 동시를 왜 외면하는가

두 편의 시를 나란히 제시하겠다. 비교하면서 읽어 보자. 앞엣것은 초

---

1. 우리나라 최초의 동시집 공모전이라 할 수 있는 '문학동네 동시문학상' 공모전은 2012년에 생겼다. 이 글은 그 전에 쓴 것이다.

등학교 3학년 어린이가 쓴 것이다. 어린이시에 관한 글을 쓰면서 인용한 적이 있는 시인데, 시를 쓴 어린이의 이름을 밝히지 않았다. 거기서 밝히지 않은 이름을 여기서 밝힐 수는 없지 않은가. 시를 쓴 어린이의 이름이 없는 것을 궁금하게 여기는 사람이 있을까봐 덧붙여 둔다.

나는 안경을 썼다

나는 집에서 안경을 썼다.
그래서 친구들이 놀렸다.
나는 친구들 데릴려고 싶퍼는데 잠있다.
나는 친구들이 좋다고 생각했다.
나는 친구들이 정말 좋다.
나는 친구들 놀려서 대리고 고짐고 심지만 참았다.
나는 안경을 스니까 이상한지 않 이상한지 알았다.

텃밭

　　　　안도현

할머니가
상추씨 뿌리려고
빈 텃밭을 걸어갔다

할머니 발자국 따라
밭고랑에 길이 났다

몇 밤 자고 난 뒤
연둣빛 싹이 올라왔다

상추씨가
터널을 뚫으려고
땅속에 발을 내렸겠다

두 시를 다 읽었으면 다시 한 번 더 읽고 다음 물음에 답해 보라. 머리에 쏙쏙 잘 들어오는 시는 어느 시인가. 가슴에 울림을 남기는 시는 어느 시인가. 내 아이와 함께 이야기하기에 좋은 시는 어느 시인가.

〈나는 안경을 썼다〉의 내용을 파악을 하려면 일단 철자를 틀리게 쓴 낱말을 바로잡아야 한다. 그런데 그것을 어렵게 여기는 어린이는 적어도 내 주변에는 하나도 없었다. 어른이라면 말할 것도 없을 것이고. 조금 신경을 써야 하는 것이 마지막 행이다. 뒤죽박죽인 문장이기 때문이다. 그러나 말하고자 하는 바를 읽어내지 못할 문장은 아니다. 나는 이렇게 읽었다. '나는 안경을 쓰니까, (안경을 쓴 내 모습이) 이상한지 안 이상한지 몰랐다' 아마도, 대개는 이렇게 읽을 것이다.

〈텃밭〉은 겉으로 보기엔 거치적거리는 것이 없다. 그런데 막상 읽어 내려가다 보면 곳곳에서 발목이 잡힌다. 2연을 보라. '할머니 발자국 따라/ 밭고랑에 길이 났다'고 했는데, 잘 와 닿지 않는다. 밭고랑은 밭이랑과 달리 다져져 있는 것이 보통이지만, 그래도 힘주어 디디면 발자국이 찍힐 수는 있을 것이다. 문제는 그 발자국을 길로 봤다는 것이다. 4연의 '터널'과 관련지으려고 그랬는지 몰라도, 억지처럼 느껴진다. 밭고랑은 이미 그 자체로 길로 보이는 것인데, 그 위에 한 줄로 찍힌 발자국까지 길로 보인다 하니 말이다. 3연은 '몇 밤 자고 난 뒤'가 어색했다. '연둣빛 싹이 올라왔다'와 호응이 안 되니까. '몇 밤 자고 나니'로 고치는 것이 어떨까 싶다. 4연이 결정적이다. 나로서는 도무지 감조차 잡을 수 없다. 상추씨가 터널을 뚫는다 했는데, 어디에서 어디로 뚫는다는 것인지, 터널 뚫는 것하고 발을 내리는 것하고 무슨 상관이 있다는 것인지….

〈나는 안경을 썼다〉는 안경을 쓴 나를 놀리는 친구는 밉지만 친구라서 미워할 수만 없는 갈등을 시로 담았다. 이 시의 압권은 마지막 행이다. 친구의 놀림이 터무니없는 것만은 아님을 인정하는 것으로 자신의 갈등을 스스로 다독이고 있는 행이니까. 이 시를 읽는 도중 마음이 이랬다저랬다 했다. 안쓰럽고 안타까운 마음, 기특하고 대견한 마음, 흐뭇하고 사랑스러운 마음….

〈텃밭〉? 솔직히, 나는 이 시를 작가가 왜 썼는지 모르겠다. 내가 알 수 없는 시를 내 아이더러 알아보라고 할 수는 없지 않겠는가. 어느 시가 내 아이와 함께 읽기에 좋은 시인가 하는 것에 대해서는 아무 말도 하지 않아도 될 듯싶은데, 그렇지 않은가?

우리는 방금 어린이시 중에서 못난 축에 드는 어린이시와 이름이 떠르르한 작가가 쓴 동시를 비교하면서 읽어봤다. 독자가 동시를 왜 외면하느냐고? 그 물음에 되물음의 답을 하고 싶다. 독자가 동시를 어찌 외면하지 않을 수 있느냐고.

문제는 어설픈 동시 의식이다. 어린이를 화자로 내세우지 않으면 동시가 안 된다고 생각하는 작가가 많으니, 어린이 화자 동시로 이에 관한 이야기를 해 볼까 한다.

《동시 마중》 창간호와 2호에 실려 있는 동시는 수십 편이다. 작가만 해도 30명이다. 수십 편에 이르는 그 동시에 공통점이 하나 있다. 그것은 어린이 화자를 내세웠다는 것이다. 어른 화자 동시를 즐겨 쓰던 남호섭조차도 이번에는 어린이 화자 동시를 썼다. 물론 어린이 화자 동시 그 자체가 문제가 되는 것은 아니다. 내가 문제로 삼는 것은 어린이 화자에 대한 작가의 강박 관념이다. 《동시 마중》 창간호와 2호에 실려 있는 동시만 그런 것이 아니라는 것이 우리를 더욱 우울하게 한다. 다음을 보라. 《동시 마중》 창간호와 2호에 실려 있는 동시에서는 창작 배경을 아는 것이 없어서 다른 데서 예시를 끌어왔다.

동생이 엄마한테 이기는 방법
최종득

화내면
더 크게 소리 지를 거야.

때리면
더 말 안 들을 거야.

그러니깐
잘못해도
그냥 용서해 줘.

그러면
잘할게.

내가 알기로, 이 시는 아이의 말을 그대로 옮긴 것이다. 그 아이는 작가의 둘째 아들이고. 그런데 작가는 슬쩍 사실 관계를 왜곡했다. 둘째 아들의 말을 첫째 아들이 듣고 시를 쓴 것처럼.

문학개론의 1장 1절에 나오는 것이 '문학은 허구다'다. 내가 이 명제를 부정해서 〈동생이 엄마한테 이기는 방법〉에 시비를 걸고 있는 것이 아니다. 나의 관심사는 오직 하나다. 이 시의 제목을 '둘째가 제 엄마한테 이기는 방법'이라 하지 않고 '동생이 엄마한테 이기는 방법'이라 함으로써 무엇을 얻었는가 하는 것이다. 내 눈에는 잃은 것만 보인다. '둘째가 제 엄마한테-'라 했으면, 독자는 서너 살 먹은 아이의 억지소리까지 귀엽게 바라보는 아버지의 모습을 그릴 수 있고, 나아가 그런 아이 앞에서 픽 하고 웃고 마는 어머니의 모습도 상상할 수 있다. 그런데 제목을 '동생이 엄마한테-'로 붙여 놓으면 독자는 화자의 발화 의도를 잡는 데 갈팡질팡하게 된다. 동생이 귀엽다는 것인지, 부럽다는 것인지….

〈동생이 엄마한테 이기는 방법〉은 굳이 어린이 화자를 내세울 필요가 없는 것을 그렇게 한 것이다. 이것을 보면, 작가의 머릿속에는 어린이 화자가 동시의 표지로 자리 잡고 있는 듯하다. 이런 동시는 그래도 봐줄 만하다. 어린이 화자를 작가 자신의 유치하고 안이한 시정신을 숨기는 가림막쯤으로 여기는 동시가 허다하니까.

더욱 꼴불견인 것은, 어른의 생각과 느낌을 어린이 화자의 입을 통해서 어린이의 생각과 느낌으로 세탁하는 것이다. 동시에서 말하고 있는 것이 어른의 생각이고 어른의 느낌임을 알면 어린이가 거리를 둘까봐 그것을 어린이의 생각이고 어린이의 느낌인 것처럼 포장하는 것인데, 옹졸하고 치사한 발상이라 하지 않을 수 없다. 동시에서 어린이 화자를 허용하는 것은 이런저런 이유로 하고 싶은 말을 하지 못하는 어린이를 대변하기 위한 것이지 작가한테 편의를 제공하기 위한 것이 아니다. 어린이의 마음을 노래하기도 쉽고 또 어린이 독자의 마음을 얻기도 쉬울 것 같아서 어린이 화자 동시를 기획하는 작가가 많은 줄로 알고 있다. 그렇다면, 정말 다시 생각해야 한다.

동시를 어린이한테 전해 줄 때는 그 동시를 지은 사람의 이름도 같이 일러 주는 것이 보통이다. 그러면 어린이는 동시의 지은이가 어른이라는 것을 단박에 알아차린다. 어린이가 대단해서가 아니다. 동시를 전해 주는 어른은, 동시는 어린이를 위한 마음이 남다른 어른이 쓴 시라는 것을 어린이한테 꼭 밝혀 왔기 때문이다.

　어린이시의 경우는 시에 대한 정보 안내가 더 철저하다. 시를 쓴 어린이의 이름뿐만 아니라 나이(또는 학년)도 밝힌다. 심지어 시를 쓴 날짜까지 밝힌다. 왜 그러겠는가. 시를 읽는 사람에게 도움을 주기 위해서다. 실제로, 어린이시의 이해와 감상에는 그런 것이 크게 도움이 된다. 요즘은 어린이도 동시와 어린이시를 구별할 줄 안다. 내용을 보고 아는 것이 아니라 형식을 보고 안다. 지은이의 나이(또는 학년)가 밝혀져 있으면 어린이시고 그런 것이 숨겨져 있으면 동시다.

　어린이는 시의 화자와 작가를 동일시하는 성향이 있다. 어린이라서 그렇기도 하지만, 시의 장르적 특성이 어린이의 이런 성향을 부추긴다고 말할 수도 있다. 어린이시의 영향도 크다. 어린이시에서는 화자와 작가가 분리되는 법이 없기 때문이다. 어린이는 이런 성향 탓에 어린이 화자 동시를 곧잘 허구로 받아들이게 된다.

　어린이 화자 동시의 작가가 어른이라는 사실을 확인하게 되면 그 동시에 대한 어린이 독자의 몰입은 눈에 확 띄게 떨어진다. 심한 경우, 어린이 독자는 어린이 화자 동시를 거짓말 시라 하기도 한다. 어린이는 시를 쓸 때 자기가 겪은 바를 있는 그대로 솔직하게 쓰기 때문에 그렇게 생각하는 것도 무리는 아니다.

　이런 점에서 보면, 어린이 화자 동시는 오히려 어른 독자를 겨냥하고 기획한 시인지도 모른다. 어른 독자는 어린이 시절에 대한 향수가 있어서 어른 작가의 의도를 이해하고 지지하는 것이 어렵지 않기 때문이다.

그래도 읽히는 동시는 있다

《동시 마중》창간호와 2호에 실려 있는 동시에도 눈에 확 띄는 동시가 있었다. 김광화의 동시다. 김광화가 신인이라 하니, 더욱 반갑다. 김광화의 동시는 네 편이 실렸는데, 그중의 한 편을 읽어 보기로 하겠다.

옥수수맛
　　　　　김광화

밭에서 갓 따
껍질째 삶은 옥수수

따끈따끈 탱글탱글 알갱이
쫀득쫀득
달금하다.

씹을수록 더 달아
입 안 가득 절벅절벅
꿀꺽!
뒷맛까지 달구나.

다른 걸 입에 넣고 싶지 않아.

요 맛 그대로 간직하고 싶어.

신인이라 그런지, 거친 구석이 더러 보인다. 말을 부릴 때, 문장 부호를 쓸 때, 그리고 연을 나누고 붙일 때 조금 더 신경을 썼으면 좋겠다는 생각이 든다. 그러나 그런 것이 뭐 그리 큰 문제라고.

이 시의 작가가 화자를 통해서 독자한테 들려주는 것은 밭에서 바로 따서 껍질째 삶은 옥수수의 달금한 맛이고 그 달금한 맛의 여운이고 그 맛의 여운을 즐기는 작가의 담백한 마음이다. 그런데 이런 말은 어른이 해야 그럴 듯하게 들린다. 우리가 이 시의 화자를 어른 화자로 보는 것은 이런 이유에서이다. 화자는 작가의 분신이다. 작가의 생각과 느낌을 전달하는 역할을 충실히 수행한다. 그래서 우리는 시를 읽으면서 작가를 느끼게 되는 것이다.

나는 김광화를 모른다. 그에 대해서 들은 바도 없다. 그런데도 그를 알 것 같다. 그는 옥수수맛을 제대로 아는 사람일 것이고, 그 맛의 여운까지 제대로 즐길 줄 아는 사람일 것이다. 이런 사람이라면, 낯선 사람한테도 갓 삶아낸 옥수수를 손에 잡히는 대로 집어 주고 같이 그 맛을 즐기자고 할 것 같다. 시에 나타나지 않은 그의 행동까지 상상할 수 있으니 그를 알 것 같다고 말해도 되지 않겠는가.

작가가 〈옥수수맛〉을 쓸 때, 시를 쓴다고 쓴 것인지 동시를 쓴다고 쓴 것인지 장르에 대한 생각 없이 그냥 쓴 것인지, 독자로서는 알 길이 없다. 그리고 알 필요도 없다. 독자가 동시라 하면 동시인 것이고 동시가 아니라 하면 동시가 아닌 것이니까.

동시를 쓰는 작가가 크게 착각하는 것이 이 부분이다. 동시냐 아니냐를 작가가 결정한다고 생각하는 것이다. 천만의 말씀이다. 작가가 쓰는 것은 독자한테 동시로 다가갈 수 있는 가능성이 있는 시일 뿐이다.

나는 〈옥수수맛〉을 일단 시로 간주했다. 이 시는 나의 마음을 움직였으니까. 증거를 들라면 여러 가지를 들 수 있다. 이 시를 읽으면서 나도 이 시의 화자처럼 입 안 가득 옥수수알을 털어 넣고 절벅절벅 씹어 보고 싶다는 생각을 했는데, 이것도 내가 증거로 들 수 있는 것 중의 하나다.

〈옥수수맛〉이 나를 움직일 수 있는 시라는 것을 확인하였으니, 어린이도 움직일 수 있는 시인지 확인하여야 하겠는데, 이 작업은 추론에 의지할 수밖에 없다. 어린이를 찾아다니면서 일일이 물어볼 수는 없으니까. 나는 이 시라면 어린이한테도 읽어 보라고 권할 것 같다. 어린이도 이 시를 읽으면 나처럼 입 안 가득 옥수수알을 털어 넣고 절벅절벅 씹어 보고 싶다는 생각을 할 것 같기 때문이다.

내가 그런 생각을 한 것은, 옥수수맛을 음미해 보고 싶고, 옥수수맛의 여운까지 즐겨 보고 싶어서만은 아니다. 김광화가 멋있는 삶을 사는 것 같아 흉내라도 내보고 싶어서 그랬던 것이다. 모르긴 해도, 어린이는 이런 것까지 계산하지는 못할 것이다. 입 안 가득 옥수수알을 털어 넣고 절벅절벅 씹는 행위 그 자체가 재밌을 것 같으니까 그렇게 해 보고 싶어 하고, 실제로 해 볼 수 없다면 상상이라도 해 보는 것이다. 이것만 해도 어린이가 이 시를 읽을 이유는 충분하다고 하겠다. 어떤 어린이는 이 시를 읽으면서 옥수수맛의 뒷맛까지 느껴 보고 싶어 할지도 모른다. 그렇게까지 된다면, 시쳇말로 대박이다.

지금까지 내가 말한 것은 〈옥수수맛〉이 김광화의 그 무엇인가에서 나의 동시가 되는 인증 과정이었다. 〈옥수수맛〉이 우리 모두의 동시가 되려면 다른 독자로부터도 내가 했던 것과 똑같은 인증 과정을 거쳐야 한다. 특히 어른 독자의 인증이 중요하다. 어른 독자의 인증을 받지 못하면 어린이 독자의 인증을 받을 기회조차 얻지 못하기 때문이다.

〈옥수수맛〉은 정도를 택했다. 어른이 쓴 시임을 굳이 감추려 하지 않았다. 독자한테 자신의 맨얼굴을 그대로 드러냈다. 그래서 오히려 동시답다. 동시와 어린이시를 무엇으로 구분하는가. 시를 쓴 사람이 어른이냐 어린이냐로 구분하지 않는가. 그래서 동시의 동시다움은 무엇보다도 먼저 어른이 쓴 것임을 분명하게 드러내는 데서 확보된다고 말할 수 있다.

오해하지 마시길. 어른 화자를 내세우기만 하면 무조건 동시다운 동시가 된다고 말하는 것은 아니니까. 어린이 화자 동시든 어른 화자 동시든 문제는 어설픈 동시 의식이다.

화자가 어른인지 어린이인지 분명하게 알 수 있는 시도 있고 그렇지 않은 시도 있다. 〈옥수수맛〉만 해도 그렇다. 이 동시에는 화자를 어른으로 보지 않으면 안 되게 하는 형식적 표지는 하나도 없다. 그렇다고 해서 화자를 어린이로 봐야 할 그런 표지가 있는 것도 아니다. 이런 경우에는 시에 담겨 있는 생각과 느낌이 어른의 것인가 어린이의 것인가를 따져서 화자의 정체를 밝힌다. 만약 그것조차도 알 수 없는 시라면 어떻게 해야 하는가. 어떻게 하긴. 그런 시는 아예 화자의 정체를 따질 것도 없다. 가장 동시다운 동시니까.

이제 어른 화자 동시인 〈뒤이어〉를 읽어 보겠는데, 이 또한 신인의 작품으로 《동시마중》에 실렸던 동시다.

뒤이어
－떨어질 락落
　　　안진영

은행나무 둥치를 흔들면
뒤이어夂 나뭇가지가 흔들리고

나뭇가지가 흔들리면
뒤이어夂 잎새가 흔들리고

뒤이어 夂

후두둑 氵
후두둑 氵

은행口이 떨어진다.

〈옥수수맛〉과 달리 거친 구석이 하나도 없다. 매끄럽게 읽히는 세련된 동시다. 내가 이 동시에 해 줄 수 있는 덕담은 그것이 다다. 기억하시길. 동시는 어른'도' 읽는 시다. 그래서 동시를 쓰는 것은 시를 쓰는 것보다 훨씬 어렵다고 말하는 것이다. 나는 어른이다. 내가 이 동시를 읽고 무엇을 얻을 수 있을 것 같은가.

이 동시는 파자놀이에 승부를 걸었다. 파자놀이는 옛어른이 참 즐겼던 것이다. 한자의 구성 요소를 가지고 무릎을 딱 치게 하는 말을 만들어 내는 그 재치를 즐겼던 것이다. 물론 파자시라는 것도 있다. 그런데 파자시는 재미로 썼지 시로 쓰지 않았다. 시다운 시로 여기지 않았다는 것이다. 시라는 것은 재치 자랑하는 데 쓸 만큼 천박한 것이 아니라고 생각했으니까.

이 동시는 파자시로도 별로다. 이 시는 은행나무를 흔들어 은행을 떨어뜨리는 장면을 파자로 형상화하는 데 주안점을 두고 있다. 작가는 '떨어질 락(落)'을 파자의 대상으로 삼았는데, 아마도 이는 고육지책이었을 것이다. 파자 자체만 보면 '강 이름 락(洛)'이 더 구미가 당긴다 한자의 구성 요소(氵+夂+口)를 하나도 빼놓지 않고 모두 써 먹을 수 있으니까. 그러나 '강 이름 락(洛)'은 그 의미가 시의 주조와 너무 동떨어진다. 어쨌든 이 시는 파자의 대상 선정에서부터 파행을 보인다. 결국 작가는 '떨어질 락

(落)'을 채택했고 그것의 '艹'는 그냥 무시했다. 어쩔 수 없었을 것이다.

'氵'는 은행이 떨어지는 모양을 나타내는 데 썼다. 이것은 봐 줄 수 있다. '氵'에서 은행이 떨어지는 모양을 읽어 내고는 거기서 다시 은행이 떨어지는 소리를 연상한 것인데, 이런 연상을 파자놀이에서 허용하는지 어쩌는지 몰라도, 시를 쓰는 데 그 정도 융통성이야 못 발휘하겠는가. 그러나 '口'을 은행이라 한 것은 지나친 것 같다. 내 상상력이 부족한 것인지도 모르지만.

어쨌든 작가가 파자에 공을 들인 것은 분명하다. 그런데 파자에 그렇게 공을 들여서 기껏 한다는 말이 '은행나무를 흔들면 결국 은행이 떨어진다'다. 사물의 연관성을 말하고 싶었던 것일까? 무엇을 말하고 싶었던 간에 제목은 잘못 붙인 것 같다. '뒤이어'라니. 사건의 계기성을 말하고 싶었던 것이라면, 멀리 가도 한참 멀리 간 것이다.

어린이는 이 동시를 어떻게 읽을까. 이 파자를 재미있어 할까? 당연히 아니다. 한자를 모르면, 한자를 구성하는 구성 요소의 뜻을 모르면, 파자의 재미는 느낄 수 없는 것이니까. '夂'가 '뒤져서 올 치'라는 것을 아는 어린이가 몇이나 될까.

어른 독자와 어린이 독자 모두 만족하는 동시가 없는 것은 아니다. 그러나 그렇지 않은 동시가 그런 동시보다 훨씬 많다. 그럴 때도 있고 그렇지 않을 때도 있었던 것이 아니다. 늘 그랬다. 독자로부터 동시가 외면당하게 된 것은 작가가 자초한 것이라 하겠다.

동시의 위기, 어떻게 극복할 것인가

독자의 외면, 그것만큼 크게 동시를 위기로 몰아넣는 것이 또 있겠는가. 있다. 불행하게도.

독자의 외면에도 불구하고 동시가 동화와 함께 어린이문학의 한 축으로 당당하게 행세할 수 있었던 데는 초등 국어교육의 힘이 컸다. 7차 교육과정의 경우, 읽기 교과서만 해도 동시가 70여 편이나 실려 있었다. 듣기·말하기 교과서와 쓰기 교과서에 실렸던 동시까지 합하면, 초등 국어 교과서에 실렸던 동시의 수는 100여 편이 훨씬 넘을 것이다. 그 동시들의 질적 수준에 대한 비판이 끊임없이 이어지긴 했다. 그러나 그 동시들이 있었기에 대한민국의 모든 어린이들의 머리 속에 동시가 자리 잡을 수 있었다. 어린이의 동시 경험은 학교에서 이루어졌고 그것도 교과서를 통해서 이루어졌다고 말해도 틀렸다 할 사람이 없을 것이다.

그러나 이제는 아니다. 현행 교육과정은 개정 7차 교육과정이다.[2] 7차 교육과정에 따른 국어 교과서가 2년 전부터 개정 7차 교육과정에 따른 국어 교과서로 대체되기 시작했다. 내년이면 초등 국어 교과서는 완전히 바뀌게 된다. 그런데 개정 7차 교육과정에 따른 초등 국어 교과서에서는 '동시'라는 용어가 전혀 나오지 않는다. 우리가 '동시'라고 하는 것을 모두 '시'라 한다. 그리고 우리가 동시가 아닌 시로 알고 있던 작품을 초등 국어 교과서에 싣기 시작한 것은 이미 이전의 교육과정부터다. 박목월의 〈산새알 물새알〉, 김소월의 〈산유화〉 등이 그 예가 된다.

물론 개정 7차 교육과정에 따른 국어 교과서에 '시'라는 이름으로 실려 있는 것 대부분은 우리가 '동시'라고 부르던 것이다. 그러나 그것은 중요치 않다. 어린이는 자기가 학교에서 교과서를 통해서 읽고 있는 것을 '시'로 알고 있다는 것이 중요하다. 어린이가 '시'로 알고 읽는 '동시'는 이미 '동시'가 아니다. '시'다.

---

2. 2016년 현재, 초등학교에서 사용하고 있는 국어 교과서는 2009 개정 교육과정에 따라 편찬된 것이다.

아직도 초등학교 교사들은 동시라는 말을 곧잘 쓴다. 입에 밴 말이라 쉽게 떨치지 못하는 것이다. 그러나 우리나라는 교과서를 하늘로 섬기는 나라다. 교사들도 곧 '동시'라는 용어를 잊어버릴 것이다. '국민학교'가 '초등학교'로 바뀐 것을 생각해 보라. 우리가 얼마나 쉽게 그리고 얼마나 빨리 '초등학교'에 익숙해졌는지···. 초등학생들이 학교에서 동시라는 말을 들을 수 있는 날도 얼마 남지 않았다. 이것이 동시의 앞날에 어떤 그림자를 드리우게 될지 지금으로서는 상상조차 하기 어렵다. 초등 국어 교과서에 '동시'라는 용어를 되살려내는 것은 불가능할 것 같다. 1학년(초등학교 1학년)부터 10학년(고등학교 1학년)까지 모두 하나로 아우르는 국민 공통 교육과정에 따라서 '동시'와 '시'를 '시'로 통합한 것이기 때문이다. 공은 이제 그쪽을 떠났다 하겠다.

나는 이참에 어린이문학에서도 '동시'라는 장르를 아예 폐기하는 것을 심각하게 고려해 볼 필요가 있다고 생각한다. 어린이문학 초창기에는 동시가 필요했다. 어린이를 위한 시라 할 만한 것이 드물었기 때문이다. 그러나 지금은 아니다. 어른시만 해도 우리가 동시의 영역이라 생각해 왔던 곳으로 많이 들어왔다. 어른시만 가지고도 '어린이를 위한 시' 모음집 몇 권은 어렵지 않게 만들 수 있다. 또 다른 변수는 어린이시의 성장에서 생겼다. 동시에 버금가는, 아니 동시를 뛰어넘는 어린이시도 아주 많아졌다. 이를 반영하기라도 하듯, 시교육을 동시가 아닌 어린이시로 하는 교사들이 꽤 많아졌다. 이런 까닭에 동시 쪽에서 태업이나 파업을 한다 하더라도 아쉬워할 사람은 그다지 많지 않다.

'동시'라는 장르가 어린이문학 전통의 산물이라 버리기 어렵다면 절충안을 생각해 볼 수 있다. 작가가 결단만 하면 바로 실천에 옮길 수 있는, 아주 간단한 방법이 있다. 그것은 동시를 쓰지 않고 시를 쓰는 것이다. 아니, 동시를 쓰더라도 동시라는 타이틀만 붙이지 않는 것이다. 지금까지

써 오던 시와 같은 성격의 시를 쓰되, 다만 동시라고만 하지 않으면 된다는 것이다. 어린이는 걱정하지 않아도 된다. 정말 어린이가 좋아할 만한 시가 있다면, 누군가 반드시 어린이한테 전해 줄 것이기 때문이다. 이런 경우, 어린이는 서양에서처럼, 시 모음집 형태로 시를 읽게 될 것인데, 이 또한 어린이를 위해서는 바람직한 것이다. 어린이는 좋은 시를 적은 비용으로 많이 접할 수 있으니까. 동시라는 용어를 굳이 쓰고 싶다면, 이와 같은 '어린이를 위한 시 모음집'에 실린 시를 동시라 하면 된다. 이 절충안은 용어는 살리고 장르 의식은 버리는 것이라 하겠다.

앞에서 말한 두 가지 방안은 어떻게 보면 동시를 죽이는 방안이다. 그러나 동시가 무엇인가. '어린이를 위한 시' 아니던가. 어린이를 위한다는 측면에서 보면, 지금처럼 동시 장르를 붙들고 있기보다는 버리는 쪽이 훨씬 더 낫다. 혀짤배기소리나 말장난에 지나지 않는 것도 동시로 행세할 수 있는 것이 무엇 때문이겠는가. 동시 장르라는 우산이 있기 때문이 아니던가. 동시 장르 의식이 동시에 얼마나 해를 끼치는지 보여 주는 예는 어른시를 쓰던 작가가 쓴 동시에서 어렵지 않게 찾을 수 있다. 새로 쓴 동시보다 그 전에 썼던 어른시가 차라리 더 동시답다고 말할 수 있는 경우가 적지 않다는 말이다.

그래도 동시만은 지켜야겠다고 생각한다면 철저한 구조 조정을 꾀할 일이다. 동시의 존재 이유를 부정하는 빌미가 되는 것은 미련을 두지 말고 다 버려야 한다. 그리고 동시를 동시로 똑바로 서게 만드는 것이 무엇인지 찾아내어 그것만 붙들고 죽자 사자 씨름하여야 한다. 이에 대한 단서를 얻기 위해서 동시와 인접해 있는 것들의 경계를 살펴보기로 한다.

동시와 인접 관계에 있는 것은 어른시와 어린이시다. 이 셋은 누구를 위하여 썼느냐와 누가 썼느냐를 가지고 나누어 놓은 것이다. 동시가 장르적 독립성을 확보하여 유지하려면 어른시와 달라야 할 뿐만 아니라 어린이시와도 달라야 한다. 그런데 어린이를 위하는 것과 어른을 위하는 것이 서로 겹칠 수 있고, 어른이 쓴 것과 어린이가 쓴 것이 서로 겹칠 수 있는데, 이 각각에 대한 처치는 다를 수밖에 없다.

우리는 앞에서, 동시라는 것을 따로 창작할 것 없이, 어른이 어른을 위해서 쓴 시 가운데 어린이도 위할 수 있는 시를 따로 가려내어 동시라는 이름을 붙이는 절충안을 제시한 바 있다. 이러한 절충이 성립할 수 있는 까닭은 어른을 위하는 것 중에 상당수는 그 자체로 어린이를 위하는 것이 되기 때문이다. 또 그 역도 마찬가지다. 따라서 어른시와 동시의 중첩은 자연스러운 것이라 그 중첩은 굳이 문제로 삼을 것이 못 된다고 하겠다.

동시와 어린이시의 중첩도 자연스럽게 받아들일 수 있는 것이 있다. 대상에 대한 어른과 어린이의 생각과 느낌이 같아서 생기는 중첩이 이에 속한다. 그런데 이 중첩은 인위적으로 해소해야 한다. 어린이가 시로 쓸 수 있는 것을 어른이 또 쓰는 것은 낭비다. 어린이가 시로 쓰는 데 어려움을 겪는 것도 있을 수 있다. 이런 것은 어린이가 시로 잘 쓸 수 있도록 어른이 도와주고 배려하면 된다. 그래도 어린이가 감당하지 못하는 것이 있으면 그때 어른이 나서서 시로 쓰면 된다. 이런 시가 어린이를 대변하는 어린이 화자 동시다.

동시와 어린이시의 또 다른 중첩은 모방에서 생긴다. 동시가 어린이시에서 모방하는 것은 대부분 어린이 화자와 관련된 것이고, 어린이시가 동시에서 모방하는 것은 대부분 구성과 표현의 기교와 관련된 것이다. 어린이시쓰기교육에서는 동시를 모방하는 것을 철저하게 금한다. 어린이시는 어린이시다워야 하는데, 동시를 모방하게 되면 그 귀한 어린이시다움을 잃게 되기 때문이다.

어린이를 대변하기 위한 것이 아니라면 어린이 화자 동시는 피하는 것이 좋다는 말은 앞에서 했다. 그때 빠뜨린 것 하나만 여기서 말하기로 하겠다. 동시의 어린이 화자는 현실의 어린이를 모방한 것이다. 그런데 현실의 어린이는 동시를 읽는 과정에서 동시의 어린이 화자를 모방하기도 한다. 자칫하면, 어린이 독자는 동시 읽기를 통해서 자신을 모방한 것을 다시 자신이 모방하는 일을 하게 되는 수도 있다. 동시에서 어린이를 화자로 내세울 때는 이것저것 많은 것을 따져야 하는 것이다.

동시의 고유 영역은 이와 같은 중첩 영역을 제거한 나머지 영역이다. 동시의 고유 영역을 다룬 동시의 예는 이미 살펴본 바 있다. 〈옥수수맛〉이 바로 그것이다. 내가 창작 배경을 몰랐다면, 〈동생이 엄마를 이기는 방법〉 또한 동시의 고유 영역을 지키고 있는 시라 했을 것이다. 그 어린 아이가 자신이 엄마를 이기는 방법을 직접 시로 쓸 수는 없지 않겠는가. 이런 동시가 어린이를 대변하는 어린이 화자 동시다.

동시다운 동시는 어린이의 비위를 맞추려 들지 않는 시다. 물론 어린이를 윽박지르지도 않는 시다. 비유하자면, 어린이를 찾아서 여기저기 기웃거리는 시가 아니라 어린이가 찾아올 때까지 느긋하게 기다리는 시다. 어디에선들 그런 동시를 얻지 못하겠는가. 그러나 동시를, 동시 장르를 지키고 싶다면, 그런 시를 동시의 고유 영역에서 찾아야 할 것이다.

마무리 말 한마디

듣기 거북한 말은 말하기도 민망한 말이다. 그런데도 이런 말을 서슴지 않는 것은 바로 내 아이들 때문이다. '초등학교 3학년인 늦둥이 쌍둥이와 함께 킬킬대고 찔끔거리고 토닥거리며 읽을 수 있는 동시'가 필요하기 때문이다.

어린이 화자 동시 비판

서론

  2007 개정 교육과정에 따른 현행의 초등 국어 교과서[1]에는 모두 89편의 동시가 실려 있다.[2] 이 가운데 화자가 어른이라는 것이 분명하게 드러나는 동시는 단 1편뿐이다. 이준관의 〈내가 채송화꽃처럼 조그마했을 때〉[3]가 바로 그 동시다. 이 동시는 화자가 어른임을 말해 주는 매우 선명

---

1. 2007 개정 교육과정에 따른 초등 국어 교과서는 다음과 같다. 초등 1-2학년에는 《듣기 · 말하기》, 《쓰기》, 《읽기》 등 세 종류의 국어 교과서가 있고, 초등 4-6학년에는 《듣기 · 말하기 · 쓰기》, 《읽기》 등 두 종류의 국어 교과서가 있다. 2016년 현재, 초등학교에서 사용하고 있는 국어과 영역의 교과서는 《국어》다. 《듣기 · 말하기》, 《쓰기》, 《읽기》 교과서가 《국어》로 통합된 것이다.
2. 2007 개정 초등 국어교육과정과 이에 따른 현행의 초등 국어 교과서에서는 '동시'라는 용어를 사용하지 않는다. 그러나 이 글에서는 어린이가 쓴 시와 어른이 어린이를 위해서 쓴 시를 구별할 필요가 있기 때문에, 이 각각을 '어린이시'와 '동시'로 일컫기로 한다. 한편, 전래동요, 어린이시, 지은이가 밝혀져 있지 않은 시를 포함하면, 초등 국어 교과서에 실려 있는 시의 편수는 100여 편에 이른다.
3. 교육과학기술부, 《읽기 6-1》, 2011, 142쪽.

한 언어적 표지를 가지고 있다. 89편의 동시 중에서 화자가 어른인 것이 확실한 동시가 1편에 지나지 않는 데 반하여, 화자가 어린이임을 의심할 수 없는 동시는 28편에 이른다.

나머지 60편의 동시는 화자가 어른인지 어린이인지 판단할 수 있는 언어적 표지가 없는 동시다. 이런 동시는 어른 화자 동시로 볼 수도 있고 어린이 화자 동시로 볼 수도 있어서 '화자 부정 동시'라 일컫기도 한다.[4] 화자 부정 동시도 말투나 표현 방식과 같은 반(半)언어적 표지나 관점이나 관심사 같은 비(非)언어적 표지를 통해서 화자의 정체를 짐작할 수 없는 것은 아니다. 물론 반언어적 표지나 비언어적 표지에 의한 화자 정체 판단은 논란의 여지가 있다. 따라서 이는 언어적 표지에 의한 화자 정체 판단의 보조 자료로 활용하는 것이 바람직하다.

초등 국어 교과서 수록 동시만 볼 때, '동시=어린이 화자 동시'라는 공식이 성립할 것 같다. 물론 초등 국어 교과서가 일정한 수준 이상의 문학적 성취도를 보인 동시만 모아 놓은 것도 아니고 또 우리나라 동시 전체의 화자별 비율을 고려하여 동시를 뽑아 놓은 것도 아니다. 그러나 초등 국어 교과서 수록 동시는 동시의 가장 중요한 독자로 일컬어지는 초등학생한테는 가장 강력한 권위를 지닌 정전 동시로 인식되기 때문에 그 영향력은 그 어떤 동시에 비할 바가 아니다. 그런데 '동시=어린이 화자 동시' 공식은 초등 국어 교과서에서만 확인할 수 있는 것은 아니다. 어른 화자 동시를 즐겨 쓰는 작가도 흔치 않고 어른 화자 동시를 일정한 비율 이상으로 수록한 동시집도 흔치 않기 때문이다.[5]

---

4. 이지호, 〈비평, 하려면 제대로 할 일이다〉, 《시와 동화》 2012년 겨울호, 2012. 12. 참고.
5. 동시는 곧 어린이 화자 동시라는 인식이 보편화되어 있음은 아무 동시집에서나 쉽게 확인할 수 있다. 내가 임의로 뽑아든 동시집 《저녁별》(송찬호, 문학동네, 2011)에는 어른 화자 동시로 분류할 만한 동시는 단 1편도 찾아볼 수 없었다. 그런데 '어린이 화자 동시=동시' 공식은 평론

잘 알려져 있는 바와 같이, 영어에는 동시라는 말이 없다. 그래서 우리의 '동시'를 영어로 번역할 때는 '어린이를 위한 시'(poetry for children)로 그 뜻을 풀어놓을 수밖에 없다. 그런데 '동시'와 '어린이를 위한 시'는 아무 제한 없이 서로 바꾸어 쓸 수 있는 말이 아니다.

'동시'는 '어린이를 위한다'는 또렷한 목적을 가지고 동시 작가가 창작한 시인 데 반하여, '어린이를 위한 시'는 그러한 목적을 달성할 수 있는 시라고 교사나 사서가 판단하여 일반시에서 따로 가려낸 시다. 우리의 동시가 개인 동시집에 실려 있는 데 비하여 서양의 '어린이를 위한 시'가 여러 작가의 작품을 모아 놓은 선집에 실려 있는 것도 그 산출 과정이 서로 다르기 때문이다. 우리의 동시집과 달리 서양의 어린이를 위한 시 선집에는 어린이 화자 시가 그리 높은 비중을 차지하지 않는다.[6] 이를 미루어보면, 동시의 경우, 작가의 '어린이를 위한다'는 목적의식이 어린이 화자에 대한 강박 관념으로 작용했음을 알 수 있다. 이와 같은 강박 관념이 '동시=어린이 화자 동시' 공식을 산출시켰음은 따로 말할 필요도 없다.

이 글에서는 어린이 화자 동시의 문제점을 세 가지 측면에서 논의할

에서도 공공연히 거론된다. 다음은 평론을 하기도 하는 어떤 동시 작가가 도종환의 시에 대해서 한 말이다. '도종환 동시의 화자는 어린이 화자가 드물다. 어린이 화자의 모습을 취하더라도 그의 자아의식이나 세계관, 그리고 말투는 영락없이 어른이다. 시의 화자가 아예 드러나지 않거나, 얼핏 모습을 비추더라도 어른 화자인지 어린이 화자인지 헷갈리고, 어정쩡한 경우도 많다. 그리고 그의 동시에서는 시의 대상이나 시 속의 상황이 대개가 어린이들의 현실 세계가 아니라 자연과 동식물에 관련된 것들이다. 한마디로 그의 동시는 어른인 시인의 시적 자아가 '어린이 화자'를 빌리지 않은 채, 시 속에 곧바로 개입하여 어린이의 눈이 아닌 어른의 눈으로 시의 상황이나 대상을 그려내고 진술하기 일쑤다. 그러다보니 그의 동시 속 화자들은 '안다' 따위, 일방적으로 단정하고 강요하는 말투를 일삼기 마련이다. 아무래도 그는 어린이를 잘 모르거나 동시를 너무 만만하게 본 것 같다.' (오인태, 〈어린이와 시인의 만남〉, 《어린이와 문학》, 2009년 3월호) 이 인용문은 도종환의 동시를 부정하는 듯한 주장을 펼치고 있는데, 그 이유로 화자가 어린이가 아니라는 점을 들고 있다.
6. 김애숙 엮음, 강순기 옮김, 《영국·미국 동시 선집 1 : 누가 바람을 보았을까》, 《영국·미국 동시 선집 2 : 별이 한가득 총총한 하늘》, 숲속나라, 2003, 참고.

것이다. 어린이 화자에 대한 강박 관념으로 인해서 어른 작가의 발상과 표현이 왜곡된다는 것, 화자와 작가를 동일시하는 특성 때문에 어린이 독자의 이해와 감상이 제약을 받는다는 것, 그리고 어린이의 생각과 느낌을 어린이의 말로 쓴다는 공통점 때문에 어린이 화자 동시는 어린이시와 장르 중첩을 피할 수 없다는 것을 차례대로 이야기할 것이다. 이어서, 어린이 화자 동시에 대한 문학적·교육적 대응 방향을 제시할 것이다.[7]

어린이 화자 동시의 문제점

1. 작가 측면 : 발상과 표현의 왜곡

동시 그 자체에 대한 비판은 지금까지 끊이지 않았다. 논자에 따라서 주안점이나 초점이 다르긴 했지만, 한결같은 것은 그것의 비문학성과 반교육성을 문제 삼는 것이었다.[8] 그리고 그 원인을 동시 작가의 안이한 문학 정신에서 찾았다. 예컨대, 이오덕은 동시의 '혀짤배기소리'는 동시 작가의 건강하지 못한 시정신의 산물이라 했다.[9]

그런데 동시의 비문학성과 반교육성은 작가의 건강하지 못한 시정신에서만 야기되는 것이 아니다. 어린이를 화자를 내세우는 장르적 관습에

---

7. 어린이 화자 동시는 작가와 화자를 동일시하는 어린이의 성향에 기대어 쉽게 동시를 창작하고자 하는 동시 작가의 어설픈 동시 의식에서 생산된다는 지적은 이미 〈동시를 버려야 동시가 산다〉(이지호, 《동시마중》 3호, 2010. 9)에서 이루어진 바 있다. 이에 대한 반론도 제기된 바 있고(정유경, 〈정말 어린이 화자 동시가 문제인가〉, 《동시마중》 12호, 2012. 3, 참고), 어린이 화자 동시를 둘러싼 논쟁에 대한 정리도 시도된 바 있다.(김권호, 〈'어린이 화자' 논쟁이 나아갈 길〉, 《창비어린이》, 2012 가을호, 2012. 9, 참고)
8. 이지호, 〈시·동시·어린이시〉, 《문학교육학》 12호, 한국문학교육학회, 2003, 참고.
9. 이오덕은 '시정신'과 '유희 정신'에 대립적인 의미를 부여했다. 그런데, '시정신'과 '유희 정신'은 맥락을 놓치면 오해를 불러일으킬 수 있는 용어다. 왜냐하면, '유희 정신'도 '시정신'의 일종으로 이해할 수 있기 때문이다. 그래서 이 글에서는 '유희 정신'을 '건강하지 못한 시정신'으로 바꾸어 썼다.(이오덕, 〈시정신과 유희 정신〉, 《시정신과 유희 정신》, 창비, 1977, 참고)

서도 야기된다는 것이다. 물론 작가의 시정신이 건강하다면 장르적 관습에서 야기되는 문제를 약화시키거나 줄일 수 있다. 그러나 완전히 해소하지는 못한다. 작가의 시정신이 건강하지 못하면 오히려 장르적 관습에 휘둘리기도 한다. 직설적으로 말하면, 어린이를 화자를 내세우다 보니 작가가 애초에 계획했던 동시의 발상과 표현이 왜곡되기도 한다는 것이다. 다음을 보라.

우리 아빠 시골 갔다 오시면
김용택

우리 아빠 시골 갔다 오시면
시골이 다 따라와요.

이건 담장의 호박잎
이건 강 건너 밭의 풋고추
이건 부엌의 고춧가루.

우리 아빠 시골 갔다 오시면
시골이 다 따라와요.
맨 나중에는 잘 가라고 손짓하시는
시골 우리 할머니 모습이 따라와요.[10]

이 동시는 제목에서부터 화자 표지를 잘 갖추어 놓았다. '우리 아빠'라

---

10. 교육과학기술부, 《듣기 말하기 쓰기 5-1》, 2011, 143쪽.

는 언어적 표지가 바로 그것이다. 이 동시는 이러한 언어적 표지뿐만 아니라 친절하게도 '~와요'라는 어린이 말투의 반언어적 표지를 통해서도 독자한테 화자가 어린이임을 알려 준다. 그런데 이 동시를 뜯어 읽어 보면 화자의 정체에 혼란을 느끼게 된다. 시적 대상에 대한 화자의 관점이 어린이의 그것으로 보기가 곤란하기 때문이다.

'호박잎'에서 시골집의 담장을, '풋고추'에서 시골의 강 건너 밭을, '고춧가루'에서 시골집의 부엌을, 그리고 그 모든 것을 모아 놓은 꾸러미에서 아빠를 배웅하는 할머니 모습을 바로바로 떠올릴 수 있으려면, 시골집과 시골집에 사는 할머니에 대해서 잘 알고 있어야 할 뿐만 아니라 가슴에 사무치는 애틋함까지 가지고 있어야 한다. 그럴 수 있는 사람은 '나'가 아니라 오히려 '우리 아빠'다. 이런 까닭에, 이 동시는 시적 대상을 노래하는 관점은 어른의 그것인데, 독자한테 전달하는 말투는 어린이의 그것이라고 말할 수 있다.

어린이 화자 동시는 일종의 번역 동시라 할 만하다. 어른 작가의 생각·느낌·언어를 어린이 화자의 그것으로 번역하여 쓰는 동시가 어린이 화자 동시라는 것이다. 그렇다면 〈우리 아빠 시골 갔다 오시면〉은 번역이 잘못된 동시라 해야 한다. 이 잘못은 바로잡을 방법이 없다. 어린이 화자가 감당할 수 없는 것을 어른 작가가 억지로 떠맡긴 데서 생긴 것이기 때문이다. 물론 번역의 오류를 최소화할 수는 있을 것이다. 그러나 그것조차도 작품에 대한 발상과 표현을 달리 하지 않으면 가능하지 않다.

일반적인 경우를 생각해 보자. 외국에 보내야 할 글을 써야 하는데, 번역의 불완전성이 마음에 걸리면 어떻게 하겠는가. 아마도, 아예 외국어로 글을 쓰려고 할 것이다. 어린이 화자 동시도 마찬가지다. 작가가 아예 어린이가 되어 어린이와 똑같이 생각하고 느끼고 말한 것을 시로 쓰면 된다. 그런데 아무리 외국어 실력이 뛰어나다 한들 외국어를 모국어처럼 쓰는 것은 불가능하지 않을까. 이런 비유를 드는 까닭이 있다. 터놓고 말해서, 어른은 천지가 개벽해도 어린이가 될 수 없다는 것이다. 다음을 보라.

수박씨

최명란

아~함
동생이 하품을 한다
입 안이
빨갛게 익은 수박 속 같다
충치는 까맣게 잘 익은 수박씨[11]

정호승은 〈수박씨〉가 실린 같은 제목의 동시집에 대해서 이렇게 이야기했다. "이 동시집을 낸 이가 어른이라는 사실을 감춘다면 이 동시집에 담긴 동시는 분명 아이가 쓴 것이라고 생각할 게 분명하다."[12] 그리고 바로 이 〈수박씨〉에 대해서는, 아이의 눈이라야 발견할 수 있는 경이로움을 노래한 동시라 했다.[13] 그런데 〈수박씨〉는 어린이가 쓸 수 있는 시가 결코 아니다. 입 안이 수박 속 같고, 충치가 잘 익은 수박씨 같다는 것을 어린이는 '발견'을 할 수도 없고 그래서 '경이'를 느낄 수도 없다.

〈수박씨〉의 비유는 형상의 유사성에 의한 비유인데, 작가가 파악한 형상의 유사성이라는 것은 매우 특이한 것이어서 일반적인 공감을 얻기 어

---

11. 교육과학기술부, 《듣기 말하기 쓰기 1-1》, 2009, 72쪽.
12. 정호승, 〈아이의 영혼으로 쓴 재미있는 동시〉, 최명란, 《수박씨》, 창비, 2008, 99쪽.
13. 위의 글, 100쪽 참고.

려운 것이다. 우선 '수박 속'의 형상이 어떤 것인지 쉽게 머릿속에 그려지지 않는다. 독자는 기껏해야 까만 씨가 드문드문 박혀 있는 수박의 붉은 속살 정도를 그릴 수 있을 뿐이다. 과연, '입 안'을 들여다보면서 '수박 속'을 연상할 수 있는 사람이 얼마나 될까. '입 안'에는 '이'만 있는 것이 아니다. '혀'도 있고, '목구멍'도 있고, '입천장'도 있고…. 어쨌거나, '충치'를 '까만 씨'라 한다면 '건치'는 뭐라 해야 하나. 덜 여문 수박씨? 게다가 이는 반원 모양으로 줄지어 있지만 '수박씨'는 수박 속 여기저기에 드문드문 박혀 있지 않은가. 한 마디로 말하면, 〈수박씨〉의 비유는 작가가 조작한 비유다. 그것도 어설프게 조작한 억지 비유다.

그런데 〈수박씨〉의 작가와 정호승은 〈수박씨〉의 비유를 '어설프게 조작한 억지 비유'로 보지 않고 '유치한 비유'로 보았다. 그리고 그러한 '유치한 비유'는 어린이가 아니면 '발견'을 할 수도 없고 '경이'를 느낄 수도 없다고 생각했다. 물론 어린이도 곧잘 비유를 한다. 그런데 그 비유는 자신이 직접 체험한 두 사물의 유사성에서 자연스럽게 터져 나오는 비유다. 그래서 어린이의 비유는 크게 새롭지도 않지만 크게 어색하지도 않고, 크게 정교하지도 않지만 크게 유치하지도 않다. 그렇다면, 〈수박씨〉의 작가와 정호승은 어린이를 왜곡했고 어린이의 비유를 왜곡했다고 말할 수 있다.

〈수박씨〉의 논리는 이런 것이다. '어른은 입 안의 충치에서 경이로움을 느끼지 않는다. 그렇다면, 그 경이로움은 어린이가 느낄 수 있는 경이로움이다. 어른은 어설프게 조작한 비유를 하지 않는다. 그렇다면, 그 어설픔은 어린이의 비유에서 볼 수 있는 어설픔이다.' 이것은 〈수박씨〉 특유의 논리가 아니다. 어린이 화자 동시에서 흔히 볼 수 있는 논리다. 동시의 어린이 화자가 지나치게 유치하거나 지나치게 성숙한 것, 또 지나치게 엉뚱하거나 지나치게 반듯한 것은, 동시 작가가 '어른과 다른 것 또는 어른이 알고 있는 것과 다른 것'에서 '어린이다운 것'을 찾으려 한 결과라는 것이다.

어린이가 되어서 동시를 쓰는 것, 그것은 일종의 로망일 뿐이다. 물론 그 로망의 뿌리는 매우 깊다. 일찍이 밴댈리스트는 이렇게 말했다. "어린이를 위하야 동요를 지으려는 것보다도 어린이가 되어서의 견지에서 동요를 써야 할 줄 압니다."[14] 그러나, 설사 어른이 어린이가 되어서 시를 쓰는 것이 가능하다 하더라도 그렇게 시를 써서는 안 된다.

동시는 '어린이를 위한 시' 중에서 특히 '어른이 쓴 시'를 가리킨다. 이 정의에 따르면, 동시는 어린이시와 구별되어야 한다. 어른이 아니면 쓸 수 없는 시, 그것이 동시이어야 한다. 어린이 화자 동시의 궁극적인 지향점은 어린이시로 보이는 동시일 수밖에 없다. 그런데 동시의 정의에 따르면, 그러한 동시는 동시다움을 잃은 시가 된다. 어린이 화자 동시의 딜레마는 이렇게 근원적인 것이다.

2. 독자 측면 : 이해와 감상의 제약

먼저, 어린이 화자 동시를 1편 읽어 보기로 한다.

걱정
　　　　한두이

엄마랑 아빠랑 싸웠다.

엄마는 안방에,

---

14. 밴댈리스트, 〈동요에 대하야〉, 《동아일보》, 1925년 1월 21일.

아빠는 내 방에.

온 집안이 조용하다.

전에는 엄마랑 자고 싶대도
일주일에 한 번밖에 허락 안 하던 아빠가
오늘은 나더러 엄마랑 자라고 한다.

그런데 하나도 기쁘지 않다.
언제까지 엄마랑 같이 자야 하나,
오히려 걱정이다.

이 동시는 초등학교 5학년 담임을 맡고 있는 교사가 자기 반의 시쓰기 수업을 위해서 본보기시로 쓴 것인데, 이러한 사실을 알고 이 동시를 읽은 학급 학생들은 교사한테 다음과 같은 반응을 보였다.

"아직도 부모님이 살아 계세요?"

"할머니 할아버지도 부부 싸움을 하시나 봐요."

"선생님, 유치해요. 지금도 엄마랑 같이 자고 싶어요?"

여기에서 우리는 초등학교 5학년 학생들도 동시의 작가와 내포 작가 그리고 화자를 구별하지 못한다는 것을 알 수 있다.

이 동시를 다른 학교의 1학년 학생들에게 읽게 한 다음, 지은이가 어른이라는 사실을 알려 주었다. 그리고 어른이 어린이처럼 쓴 까닭이 무엇인지 짐작해 보게 했다. 다음은 그 대답을 정리한 것이다.

- 어릴 때 있었던 일을 다시 떠올려서 썼을 것 같다.

- 어릴 때 저런 마음이 들었을 것 같다고 짐작해서 썼을 것 같다.

한 마디로 말해서, 과거 회상에 의한 창작이라는 것이다. 1학년 학생이라서 실제 상황의 재구성이나 상상에 의한 허구의 가능성을 생각하지 못하는 것이 아니다. 작가와 화자를 동일시하는 한, 어른 작가와 어린이 화자를 양립시킬 수 있는 방법은 과거 회상뿐이기 때문이다.

그러면, 어른 작가의 어린이 화자 동시에 대한 어린이의 평가는 어떠할까. 위의 1학년 학생들의 평가는 두 가지로 나타났다.

- 아이가 쓴 글로 알았을 때는 좋다고 생각했는데, 어른이 썼다고 하니 별로다.
- 어른이 아이처럼 시를 쓴 것이 대단하다.

두 번째 평가는 그것의 함의를 읽어야 한다. 즉, 어린이가 대단하게 여기는 것은 '어른이 아이처럼 시를 썼다는 행위 그 자체'라는 것이다. 이 평가는 '어른이 아이처럼 쓴 시 그 자체'에 대한 평가가 아니다. '어른이 아이처럼 쓴 시 그 자체'에 대한 평가를 아예 건너뛰어 버린 것, 그것은 긍정적인 평가로 간주할 수 있는 것이 아니다.

어른이 쓴 어린이 화자 시, 다시 말해서 지은이의 정체를 알게 된 어린이 화자 동시에 대한 어린이 독자의 평가는 그다지 우호적이지 않다. 그런데, 아래에서 볼 수 있는 것과 같이, 이보다 훨씬 더 혹독한 평가도 있다. 물론, 이것은 예외적인 상황에서 도출된 평가라서 일반화할 것은 못 되지만, 어린이 화자 동시의 이해와 감상에 관한 문제 제기를 하는 데는 아주 제격인 것이다.

〈엄마〉는 〈걱정〉을 읽은 어린이가 쓴 시인데, 〈걱정〉의 지은이와 〈엄마〉의 지은이는 실제로 엄마 아들 사이다.

엄마
이서이(산청 단성초 4년)

우리 엄마가 쓴 시를 보았다.
우리 엄마는 엄마 자신이 아빠랑 싸우셨으면서
왜 엄마의 엄마와 아빠가 싸우셨다 했을까
전혀 전혀 이해가 되지 않는다.

게다가 엄마랑 아빠랑 싸울 때 아빠가
'이럴 줄 알았으면 같이 살지도 않았어.'
라고 말할 때 가슴이 철렁했다.

그렇게 심하게 싸우셨으면서, 뭐?
엄마랑 아빠가 아니라
엄마의 엄마와 아빠가 싸웠다고?
이건 정말 말이 안 된다.

(2011. 12. 12.)

〈엄마〉는 〈걱정〉에 대한 일종의 시로 쓴 비평이라 할 만하다. 그런데 그 비평은 〈걱정〉이라는 동시 1편에 대한 작품 비평을 넘어서 어린이 화자 동시 전반에 대한 이론 비평으로까지 나아간다. 〈엄마〉가 비록 그 자체로 의미의 완결성을 확보한 온전한 시로 보기 어려운데도 기억해 둘 만한 시로 여기게 되는 까닭이 바로 여기에 있다.

〈걱정〉과 〈엄마〉를 엮어서 읽으면, 〈걱정〉은 어른인 엄마가 어린이인 자기 아들의 시각으로 엄마 자신의 부부 싸움을 그린 동시라는 것을 한눈에 알아볼 수 있다. (〈엄마〉를 쓴 어린이는, 엄마가 엄마 자신의 부부 싸움을 엄마 부모의 부부 싸움으로 바꾸었다고 했는데, 이것은 올바른 지적이 아니다.) 그런데 〈엄마〉를 지은 어린이는 이 동시를 납득하지 못한다. 이러한 동시를 쓴 엄마에 대해서 분개하기까지 한다. 과연, 이 어린이의 반응은 지나친 것일까. 그렇지 않다.

물론 엄마의 동시는 허구의 산물이다. 엄마 자신의 경험에서 이끌어낸 것이긴 하지만 경험 그 자체를 그대로 모사한 것은 아니다. 그 동시에서는 실제 작가인 엄마, 그 동시와 관련한 내포 작가인 엄마, 그리고 엄마가 화자로 내세운 허구의 아들이 선명하게 구별된다. 과연, 그 엄마의 실제 아들한테도 그 구별이 선명할까.

〈걱정〉의 지은이는 엄마로서 아들한테 사과하는 동시를 쓸 수도 있었다. 그리고 그 동시를 학급 학생들한테 들려줄 수도 있었다. 그런데 그렇게 하지 않았다. 왜 그랬을까. 그 해답은 〈걱정〉의 지은이가 〈걱정〉을 아들이 읽는 것을 껄끄러워했다는 고백에서 찾을 수 있을 것 같다. 즉, 작가와 화자를 동일시하는 어린이 독자의 특성을 고려했다는 것이다. 어른 화자 시는 어른의 시고 어린이 화자 시는 어린이의 시라는 어린이 독자의 생각이 시의 감상에 영향을 끼친다는 사실을 염두에 두었다는 것이다.

어떤 어른이 자기 아들한테 자신의 부부 싸움을 사과하는 이야기는 어린이 독자한테는 멋진 이야기로 들릴 수 있다. 하지만 그것은 결국 멋진 어른의 이야기일 뿐이다. 그리고 그렇게 멋진 어른을 부모로 둔 아들의 이야기 또한 웬만한 어린이 독자한테는 낯설게 들릴 수밖에 없다. 이에 반해서, 어떤 어른의 부부 싸움으로 인해서 그 아들이 마음고생을 하는 이야기는 안타까운 이야기이긴 하지만, 어쨌든 그것은 어린이의 이야기이고, 대부분의 어린이 독자 또한 그런 안타까운 일을 겪었기 때문에 자기 이야기처럼 느낄 수 있는 것이다. 어린이 화자 동시가 노리는 것이 바로 이것이다. 그러나, 우리가 이미 확인한 바 있듯이, 어린이 화자 동시의 프리미엄은 지은이에 대한 정보가 어린이 독자한테 노출되지 않는 동안만 유지된다.

어린이는 어린이 화자 시를 모두 어린이시라 여기는데, 여기에는 그럴 만한 까닭이 있다. 첫째, 어린이 자신이 시를 쓸 때 언제나 어린이 화자 시를 쓰므로, 어린이 화자 시는 어린이가 쓴 시로 생각하게 된다. 둘째, 어린이 화자 시는 어린이의 말과 행동을 보여 주므로 어른이 쓴 시로 의심할 생각을 못 하게 된다. 셋째, 어린이 화자 시의 지은이에 대한 정보를 충분히 얻지 못하기 때문에, 어린이 자신의 경험적 일반화가 성급한 것임을 알지 못하게 된다.

어린이가 접하는 시는 대부분 교과서에 실린 시다. 그런데 교과서는 2007 개정 교육과정 이전에는 지은이의 이름을 밝히지 않았다. 교과서가 일부러 숨긴 것을 교사가 굳이 일러줄 까닭도 없었지만 일러 주고 싶어도 이에 관한 정보를 찾기가 어려웠다. 교사용 지도서가 그만큼 부실했다. 2007 개정 교육과정의 교과서라 해서 만족스러운 것은 아니다. 교과서는 어린이시도 싣고 있는데, 몇 편 되지도 않지만 그것을 동시와 구분해 놓지도 않았다. 어린이시에 대한 관심이 아주 많은 교사가 아니면 이러한 사실조차 알지 못한다.

다른 연구를 위해서 필자가 진행하고 있는 설문 조사에 따르면, 어린이는 교과서에 실린 시는 모두 어른이 쓴 시로 생각하는 것으로 드러났다. 설사 어린이를 화자로 내세운 시라 하더라도 어린이시로 보지 않았다. 이유는 단순했다. 교과서 같이 중요한 책에 실어 놓은 시라면 어린이가 썼을 리 없다는 것이었다. 같은 이유로, 교과서에 실려 있는 어린이시 또한 어른이 쓴 어린이 화자 동시로 여기고 있었다.

어떻게 보면 모순이다. 어린이는 일반적으로 어린이 화자 동시를 어린이가 쓴 시로 이해한다. 그런데 교과서에 실려 있는 어린이 화자 동시는 어른이 쓴 시로 판단한다. 그러나 어린이를 조금이라도 아는 어른이라면 이 모순의 진술에 당황하지 않는다. 어린이 자체가 모순의 존재이기 때문이다. 이에서도 알 수 있듯이, 어린이 화자 동시는 여러 가지 양상으로 시에 대한 어린이의 이해에 혼란을 안겨 준다.

사실, 어린이 화자 시의 지은이에 대한 정보가 없으면 어른 독자도 그시의 지은이가 어른인지 어린이인지 잘 알지 못한다. 멀리 갈 것도 없다. 〈걱정〉이면 간단하게 확인할 수 있다. 내가 그 시를 처음부터 어린이가 쓴 시라 했다면 당신은 그것을 의심했겠는가. 어린이시에는 동시 못지않게 온전한 시적 형식을 갖춘 것이 적지 않고, 동시에는 어린이시 못지않게 어린이의 삶을 튼실하게 담아낸 것이 적지 않은데, 이것이 오히려 어린이시와 어린이 화자 동시의 구별을 더욱 어렵게 만든다.

지금까지 논의한 바를 정리해 본다. 어른 작가가 어린이 독자한테 좀더 쉽게, 좀 더 가깝게 다가가기 위해서 곧잘 어린이를 화자로 내세우는데, 이를 위해서는 먼저 어른의 시각에서 포착한 시상을 어린이의 시각에서 포착한 시상으로 전환하여야 한다. 그런데 이 시상 전환은 그저 이루어지는 것이 아니다. 어른 작가는 두 가지를 감수해야 한다. 하나는 쓰고 싶은 것보다 쓸 수 있는 것 또는 써야 하는 것을 앞세워야 한다는 것이다. 이것은 동시 창작에서 작가 자신의 문학 정신 구현보다 어린이 독자에 대한 교육적 배려를 우선시해야 한다는 것을 뜻한다. 〈걱정〉의 지은이를 보라. 학급 학생들을 위한 본보기시가 필요했기에, 엄마로서 아들에게 미안한 마음을 전하는 동시는 결국 쓰지 못하고, 아들이 엄마를 걱정하는 동시를 쓰지 않던가.

다른 하나는 어린이 왜곡에 대한 책임을 피할 수 없다는 것이다. 어른 작가는 어린이에 관한 정보를 어린이를 관찰하여 확보한다. 이 정보가 왜곡될 수는 있지만, 그 왜곡은 어느 정도 용인될 수 있는 것이다. 관찰이라는 정보 확보 방법의 한계에 따른 것이기 때문이다. 그러나 어린이 화자 동시는 어린이에 대한 왜곡의 책임을 전적으로 어른 작가가 져야 한다. 그 왜곡은 어른이 관찰한 것을 어린이가 경험한 것처럼 기술한 데 따른 것이기 때문에 어른 작가가 책임을 모면할 방법이 없다.

이와 같은 위험 부담을 안고 창작하는 것이 어린이 화자 동시이지만, 그것이 어린이 독자한테 긍정적으로 미치는 효과는 제한적이다. 어린이 독자가 어른 독자처럼 작가에 대한 정보를 얻어서 작가와 화자를 구별하게 되면, 어린이 독자에 대해서 어린이 화자 동시가 누리던 프리미엄은 사라지고 말기 때문이다.

3. 장르 측면 : 어린이시와의 중첩

어린이 화자 동시에서는 어른 작가와 어린이 화자가 충돌할 수밖에 없다. 어린이 화자 동시를 꼼꼼히 들여다보면 그 충돌의 흔적을 어렵지 않게 찾을 수 있다. 그런데 건강하고 정교한 시정신으로 무장한 어른 작가는 그 충돌의 흔적을 교묘하게 감출 수 있다.

한편, 어린이시에 대해서도 비슷한 이야기를 할 수 있다. 어린이의 사유 능력과 언어 사용 능력은 어른의 그것에 미치지 못하기 때문에, 어린이가 쓴 시는 대개는 어른이 쓴 시에 비해서 거칠고 엉성하다. 그러나 모든 어린이시가 그런 것은 아니다. 특히, 어린이가 자신의 가슴 속에 오랫동안 품고 있던 것을 시로 풀어낸 어린이시를 보면, 그렇게 탄탄하고 미끈할 수가 없다. 이렇다 보니, 어린이를 화자로 내세운 시가 어린이 화자 동시인지 어린이시인지 알아낸다는 것은 전문가한테도 쉽지 않은 일이 되어 버렸다.

어린이 화자 동시와 어린이시의 장르 중첩은 어른 독자한테도 어린이 독자한테도 참 불편한 것이다. 이러한 사실을 알게 되면, 어른 독자는 어린이 화자 동시의 정체성에 대한 의구심을 가질 수밖에 없고, 어린이 독자는 동일시를 통한 시의 이해와 감상을 주저할 수밖에 없다.

이 장르 중첩 문제를 해결하는 방법은 세 가지가 있다. 하나는 두 장르를 하나로 묶어 버리는 것이다. 어른이 썼든 어린이가 썼든 가리지 말고 하나의 이름으로 같이 부르는 것이다. 그 이름은 '동시'도 좋고 '어린이시'도 좋다. 사실, '동시'나 '어린이시'나 낱말 자체의 사전적 의미는 같은 것이 아닌가. 다른 하나는 어린이 화자 동시를 부정하는 것이다. 어린이가 쓸 수 있는 것처럼 쓰는 것을 지상 목표로 하는 시, 그것을 어른이 써야 하는 시로 설정하는 것 자체가 자가당착이다. 마지막 하나는 어린이시를 격리시키는 것이다. 어린이는 타고난 시인이라 시를 쓰지 못하게 할 수는 없다. 그러나 어른 화자 동시와 어린이시를 그 문학적 품격이 다르다는 이유로 차별할 수는 있다.

우리의 어린이문학계와 어린이교육계가 선택한 것은 세 번째 방법이었다. 어린이시는 학습 수행물에 지나지 않는 것이기 때문에 문학 작품인 어린이 화자 동시와 같은 자리에 나란히 둘 수 없다는 논리를 펼쳤다. 이것은 어린이 화자 동시를 살리기 위해서 어린이시를 죽이는 길을 선택한 것이나 다름이 없다. 우리는 이 장면에서 '어른이 어린이를 위하는 것'이 무엇을 의미하는지 다시 한 번 생각하게 된다.

어린이시를 교실에 가둬 놓은 논리를 짐작해 보면, 다음과 같다. 하나는 어린이시가 어린이 화자 동시보다 어린이 본연의 모습을 더 잘 그린다고 볼 수 없다는 것이다. 어른은 어린이가 아니기 때문에 어린이를 잘 모른다 할 수 있다면, 어린이는 어린이라서 어린이 자신을 잘 모른다 할 수도 있다는 것이다. 게다가, 어린이가 설사 어린이 자신에 관한 것을 어른보다 더 많이 알고 더 정확하게 안다고 하더라도, 그것을 시적 의미구조로 요령 있게 포착하는 능력은 어른에 비할 바가 아니라는 것이다.

또 다른 하나는 어린이시의 문학성에 대한 불신이다. 시에 대한 전문적인 지식과 안목의 부재, 시쓰기 경험의 부족, 시의 형상화 능력의 핵심이라 할 수 있는 사유 능력과 언어 능력의 미성숙을 이유로 들어, 어린이가 쓴 시를 문학 작품이 아닌 학습 수행물로 치부하는 것이 어린이문학계와 초등교육계의 오랜 관행이었다.

그러나 어린이시에 대한 이와 같은 문제 제기는 터무니없는 것이다. 하나씩 따져 보기로 한다. 사실, 어린이 자신의 내적 성찰이나 어린이에 대한 어른의 외적 관찰은 어린이에 대한 이해를 도모하는 방법으로서 그 우열을 가릴 수 없는 것이고, 또 각각 그 나름의 장점을 가지고 있는 것이다. 어린이를 연구하고자 할 때는 이 둘을 상호 보완적으로 활용해야 한다. 설사 어린이가 어른보다 어린이 자신을 더 잘 아는 것이 아니라 하더라도 어린이의 자기 성찰에 의해서 쓰인 어린이시는 다른 어떤 것으로 대체할 수 없는 그 나름의 의미와 가치를 지닌다.

시에 관한 지식과 안목, 그리고 시의 형상화 능력에 관한 것도 비판의 대상으로 잘못 잡은 것이다. 이러한 것은 어린이가 동시처럼 시를 써야 할 때 문제가 되는 것이지 어린이만이 쓸 수 있는 시, 즉 어린이시를 쓸 때는 그다지 문제가 되는 것이 아니기 때문이다. 그러니까, 이런 것에 관한 엄격한 검증은 오히려 동시 작가한테 요구해야 하는 것이다. 동시의 비문, 언어 오용, 모호한 표현, 억지 비유 등이 어린이한테 끼치는 부정적인 영향은 상상하는 것만으로 끔찍한 것이다.

마지막으로, 어린이시의 문학성에 대한 회의에 대해서 살펴보겠는데, 이에 앞서 말하고 싶은 것은 초등 시쓰기 수업 양상이다. 현행의 초등 시쓰기 수업에서는 문학 작품으로 간주할 수 있는 어린이시는 애시당초 씌어질 수 없기 때문이다. 어린이가 초등학교에 입학하여 처음으로 시쓰기를 공부하게 되는 단원이 《쓰기 1-1》넷째마당인데, 이 단원의 시쓰기 지도라는 것은 어린이 화자 동시를 본보기시로 제시한 뒤 이를 흉내 내어 시를 쓰게 하는 것이다.

이 단원에서 소개한 본보기시는 2편인데, 그 가운데 하나는 이미 우리가 읽어본 바 있다. 바로 〈수박씨〉다. 〈수박씨〉는 그 억지 비유 때문에 초등학생의 본보기시로 적절하지 않다는 이야기는 앞에서 이미 했다. 이 밖에도 〈수박씨〉가 초등학생을 대상으로 한 시쓰기 수업의 본보기시로 부적절한 이유는 또 있다. 제목을 잘못 붙인 것이다. 〈수박씨〉는 '충치'에 관한 시지 '수박씨'에 관한 시가 아니다. 비유에 전적으로 의지하는 시라면, 원관념에 해당하는 것을 제목으로 삼는 것이 일반적이다. 보조관념에 해당하는 것을 제목으로 삼는 독특한 취향을 지닌 작가도 물론 있을 수 있다. 그러나 그런 작가의 동시를 초등학교 1학년 학생 앞에 본보기시로 내놓는다는 것은 있을 수 없는 일이다.

문장 부호를 잘못 쓴 것도 지적하지 않을 수 없다. 이 동시는 보다시피 그 어떤 문장 부호도 쓰지 않았다. 동시는 이러면 안 된다. 우리글을 본격적으로 배우기 시작하는 초등학교 1학년 학생들이 본보기시로 읽는 동시라면 더더욱 안 된다. 동시는 우리글을 제멋대로 써도 되는구나 하는 잘못된 생각을 심어줄 수 있으니까. 문장 부호를 쓰지 않는 그런 기교는 어른이 읽는 일반시에서나 시험할 일이다.

어린이시의 저열한 문학성이 문제가 된다면, 그것은 전적으로 동시를 흉내 내어 어린이시를 쓰게 한 초등교육의 탓이다. 이 모든 사단의 바탕에는 저열한 문학성의 어린이 화자 동시가 놓여 있음은 말할 것도 없다. 흉내 내어 쓴 시가 어찌 본보기시를 뛰어넘을 수 있겠는가. 본보기시가 수준 이하인데, 그것을 흉내 내어 쓴 시에서 어찌 문학성을 기대할 수 있 겠는가.

흥미로운 것은, 어린이시에 우호적인 태도를 취했던 이오덕조차도 어 린이시를 문학 작품이 아닌 학습 수행물로 규정하고 싶어 했다는 것이다. 그러나 이것은 어린이 화자 동시로부터 어린이시를 떼어놓기 위한 이오 덕의 전략적인 역설이었을 뿐이다.[15] 어린이시가 문학 작품으로 평가받기 를 원하는 교사는 이미 문학 작품으로 평가받고 있는 어린이 화자 동시 를 본보기시로 삼을 수밖에 없다. 그러나 그것은 어린이로 하여금 어린이 화자 동시의 모방작이나 아류작을 쓰게 하는 결과를 낳는다. 이런 사실을 잘 알고 있었던 이오덕은 또래 어린이의 시에서 본보기시를 찾았다. 우리 나라 최초의 어린이시 모음집《일하는 아이들》(이오덕 엮음, 청년사, 1978 ; 보리, 2002)은 그렇게 탄생했다. 놀랍게도,《일하는 아이들》은 초판이 나온 지 30여 년이 훌쩍 넘은 오늘날에도 여전히 널리 읽힌다. 이것은 수록된 어린이시의 뛰어난 문학성이 아니면 설명할 수 없는 것이다.

이제 어린이시의 문학성에 대한 시비는 논란거리도 되지 못한다. 현

---

15. 예컨대, 이오덕의 다음과 같은 말을 보라. 어린이한테는 동시, 즉 어린이 화자 동시보다는 어 린이시가 더 의미 있는 시가 된다는 뜻으로 한 말들이다. "아동들이 쓰고 있는 동시-그것은 시 가 될 수 없을 만치 내용도 형식도 정체되어 버렸다. 아니, 그것은 처음부터 그렇게 구제될 수 없는 것으로 출발된 것이다. 바야흐로 동시는 아동의 유행가로서 아동의 세계에 미만되어 그들 의 창조적 생명을 좀먹고 있다. 이제 이 거짓 놀음의 교육은 지양되어야 하겠는데, 그리하자면 우선 '동시'란 용어부터 없애야 한다. 동시를 쓰자고 하면서 시를 쓰일 수는 없다. 아동들의 머 리 속에는 '동시'라는 말만 기억되어 있는 것이 아니다. 그 내용이, 동시적 성정이 아동들의 마 음을 사로잡고 생활을 지배하고 있는 것이다. 그래서 이 동시적 기분에서 벗어난다는 일이 매우 어렵다. 아주 동시와 시가 별개의 것으로 철저히 인식되도록 동시란 용어도 없애고, 전혀 다른 것을 배우고 쓴다는 자세를 가지게 해야 할 것이다. (…중략…) 동시 그 자체를 시로 발전시킨 다는 것은 불가능하기 때문이다."(이오덕,《아동시론》, 세종문화사, 1973, 209쪽) 이오덕은 이러 한 취지의 발언을 여러 번 거듭했다. 다음도 그중의 하나이다. "동시는 어른들에게 돌려주고 어 린이한테는 어린이시를 찾아주어야 하겠다."(이오덕,《글짓기교육-이론과 실제》, 아인각, 1964, 207쪽)

행 초등 국어 교과서만 해도 6편이나 되는 어린이시를, 동시와 마찬가지로 초등학생이 이해하고 감상해야 할 작품으로 싣고 있을 정도다.[16] 오늘날 동시에 버금가거나 동시를 뛰어넘는 문학성을 평가받는 어린이시는 그 목록을 작성하기도 어려울 만큼 그 수가 많다. 그것은 물론 초등 국어 교과서와 무관하게 어린이시쓰기 지도를 한 이름 없는 교사들의 노력 덕분이다. 이들이 본보기시로 채택하는 것은 거의 대부분 또래 어린이가 쓴 시다.[17] 본보기시는 초등학생의 시 읽기에도 영향을 끼친다. 어린이한테 꼭 읽어야 할 좋은 시로 인식되기 마련이다. 동시 작가가 모르는 사이에, 어린이시는 어린이의 시 읽기와 시쓰기 양쪽에서 조금씩 그 영향력을 높여 가고 있는 것이다.

어린이 화자 동시의 제한적 활용

어린이 화자 동시가 여러 가지 문제점으로 인해서 그 한계를 드러낸데다, 어린이시가 그것을 대체할 수 있는 가능성을 보여 줌에 따라, 어린이 화자 동시가 주류를 이루는 동시 장르는 새로운 국면을 맞이하게 되었다. 가장 먼저 생각할 수 있는 것은 동시 장르 자체를 폐기하는 것이다. 일반시에서 '어린이를 위한 시'를 가려 뽑는 것은 일도 아니기 때문에 이런 시도도 해볼 만한 것이다. 주변 여건도 이런 시도를 부추길 것으로 보인다.

2007 개정 교육과정 이후 초등 국어 교과서는 '동시'라는 용어를 쓰지

---

16. 개정 7차 교육과정의 국어 과목 교사용 지도서에 참고시로 실어 놓은 어린이시도 5편이나 된다.
17. 《어린이시》 1-20호(어린이시교육연구회, 2011.3-2012.10)에 실려 있는 어린이시쓰기 지도 사례를 보면, 이에 관한 많은 증언을 찾아볼 수 있다.

않고 있다. 물론 '동시'라는 용어만 쓰지 않고 있을 뿐이지 동시 작품은 과거와 마찬가지로 그대로 싣고 있다. 그러나 일반시와 동시 그리고 어린이시의 경계 허물기는 이미 시작되었다. 현행의 초등 국어 교과서는 일반시도 어린이시도 동시가 아니라는 이유로 배제하지 않겠다는 뜻을 수록 작품을 통해서 분명하게 밝히고 있다. 한 마디로 말해서, '어린이를 위한 시'의 경쟁 시대가 도래한 것이다.

그러나 동시 장르라는 것은 그렇게 쉽게 폐기할 수 있는 것도 아니고 또 폐기해서도 안 되는 것이다. 동시 장르가 그 오랜 세월을 견뎌올 수 있었던 것은 그 나름의 미덕이 있었기 때문이다. 일반시에서 가려 뽑은 '어린이를 위한 시'에는 없지만 동시에는 있는 것, 그것은 다름 아닌 '의도성'이다. 어린이를 위하려는 의도에서 동시는 창작된다는 것이다. 물론 이 의도성은 칼날의 양면 같은 것이다. 동시를 살리기도 하고 죽이기도 하는 것이 바로 이 의도성이다.

동시 중에는 오로지 어린이를 위하려는 의도로 씌어졌음을 드러내기 위해서 화자를 어린이로 내세우는 동시가 꽤 많다. 이러한 동시는 치열한 문학적 성찰과 교육적 계산 없이 대충 씌어지는 것이 보통이다. 실제로 동시 작가의 경험담을 들어 보면, 어린이 화자 동시는 어른 화자 동시에 비해서 쓰기가 수월하게 느껴진다고 한다. 그러나 모든 어린이 화자 동시가 그런 것은 아니다. 우리의 동시 문학사를 보면 어린이 화자 동시 중에도 문학적으로 교육적으로 의미 있는 동시가 꽤 많다. 이와 같은 어린이 화자 동시는 어린이한테 영합하기 위해서가 아니라 어린이를 대변하기 위해서 어린이 화자를 채택했다고 말할 수 있다.

동시는 어린이를 위하는 시다. 어린이한테는 어린이로 살아가는 하루하루가 어른으로 자라나는 하루하루다. 그러므로 동시는 어린이의 삶도 다루어야 하고 어른의 삶도 다루어야 한다. 이것은 동시가 어린이의 생각과 느낌도 소중하게 여겨야 하고 어른의 생각과 느낌도 소중하게 여겨야 함을 의미한다. 어린이의 생각과 느낌은 어린이의 입으로, 어른의 생각과 느낌은 어른의 입으로 말하는 것이 자연스럽다. 그렇다면 어린이 화자 동시도 어른 화자 동시도 어린이를 위해서는 꼭 필요한 것이다.

다만, 어린이 화자 동시는 어린이시와 중첩된다는 것이 문제다. 어린이도 쓸 수 있는 시를 어른이 쓰니까 이런 중첩이 생겼다. 어린이도 시를 쓸 수 있고 또 어른만큼 괜찮은 시를 쓸 수 있다면, 어른이 어린이를 흉내 내어 어린이의 생각과 느낌을 시로 표현하기보다는 어린이로 하여금 어린이 자신의 생각과 느낌을 시로 표현하게 하는 것이 훨씬 더 바람직하다. 어린이의 시쓰기 능력에 대한 의심은 이제 거둬들여야 한다. 어린이 화자 동시에 버금가거나 그것보다 더 뛰어난 어린이시를 찾는 것은 일도 아니다.

아이러니지만, 우리는 바로 이 지점에서 어린이 화자 동시가 나아갈 길을 모색할 수 있다. 어린이의 생각과 느낌 중에는 어린이가 이미 시로 썼거나 이제 시로 쓸 것도 있다. 그러나 어린이의 생각과 느낌이 모두 어린이시로 씌어지는 것은 아니다. 어린이가 아직 시로 쓰지 않은 것, 시로 썼다 하더라도 제대로 쓰지 못한 것이 있다면, 그것은 어른이 어린이 화자 동시로 쓸 수 있다. 어린이를 시로 대변하는 것, 그것은 동시가 마땅히 감당하여야 할 일이고, 그 일은 어린이 화자 동시로 수행하는 것이 효과적이기 때문이다.

어린이 화자 동시에 의한 어린이 대변이 필요한 까닭은 다음과 같다. 어린이는 생각이나 느낌이 있어도 그것을 말로 붙잡아내지 못하는 경우도 있고, 말로 붙잡아낸다 하더라도 시로 쓰는 데까지 이르지 못하는 경우도 있고, 시로 쓴다 하더라도 세상에 알려지지 않는 경우도 있다. 물론 이와 같은 경우의 수를 최소화하기 위해서 어린이시쓰기교육에서는 많은 노력을 한다. 그러나 그 노력의 성과가 금방 나타나는 것은 아니다.

또 어린이의 생각과 느낌이라는 것이 고정되어 있고 한정되어 있는 것이 아니다. 어린이의 삶이 이루어지는 시간과 공간에 따라서 어린이의 생각과 느낌이라는 것이 달라지게 마련이다. 이러한 까닭에 어린이의 생각과 느낌 중에는 어린이시로 형상화되지 못하거나 형상화되지 않는 것이 있게 된다. 이러한 것은 어른이 어린이 화자 동시로 형상화하는 것이 마땅하다. 어린이의 생각과 느낌을 세상에 알리는 것, 그것은 동시 작가의 신성한 의무이기도 하다.

어린이 화자 동시, 그러니까 어린이를 대변하기 위해서 쓰는 어린이 화자 동시는 결코 쉽게 쓸 수 없다. 어린이시로 씌어졌거나 씌어질 것 같은 것은 어린이 화자 동시로 써서는 안 되기 때문이다. 이런 점에서 보면, 어린이 화자 동시는 어린이시에 깊은 관심을 기울이는 동시 작가만이 쓸 수 있다고 말할 수 있다.

어린이 화자 동시는 언제든지 자신의 자리를 어린이시에 물려줄 준비를 하고 있어야 한다. 어린이 화자 동시의 작가는 자신의 시와 비슷하거나 더 나은 수준의 어린이시가 나타나는 순간, 어린이의 읽기 목록에서 자신의 시를 지우고 그 자리에 어린이시를 써 넣어야 한다는 것이다. 어린이 스스로 자신의 생각과 느낌을 시로 쓰게 되면, 어른이 그 어린이를 대변하려고 쓴 시는 제 역할을 다한 셈이 되기 때문이다. 물론 그 어린이 화자 동시는 그냥 사라지는 것이 아니다. 의미 있는 어린이시를 이끌어낸 동시, 어린이로 하여금 자신의 생각과 느낌을 시로 쓰게 한 동시로, 동시 문학사와 어린이시 교육사에 기록될 것이다.

어린이 화자 동시의 나아갈 길에 대한 나의 제안과 관련해 흥미롭게 읽을 수 있는 글이 있다. 다음은 그 글에서 소개한 어린이 화자 동시와 어린이시, 그리고 두 시에 대한 글쓴이의 생각과 느낌을 옮겨 놓은 것이다.

전학

남호섭

두고 온 친구들은
신발장에 신발을 집어 넣으며
내 하얀 운동화를 기억할까
누군가는 내 빈 자리에
자기 신발을 살짝 얹어 놓으며
나를 기억해 줄까

새 교실 새 신발장은
내 자리가 없다.
제일 끄트머리
아무도 봐 주지 않는 자리에
슬쩍 올려놓은 내 신발이
잘못 찾아온 손님 같다.

전학생

유은아(부안 주산초 5년)

전학생이 왔다.
여자일까? 남자일까?
진짜 궁금하다

여자였음 좋겠다

남자가 오면
남자6 여자1 아!
생각만 해도 다리가
후들 후들!

전학생이 여자가 오면
할께 너무 많다

그중에서 내가
하고 싶은 것은
바로 여자들의 시크릿을
만드는 것

(어린이시교육연구회,《어린이시》, 16호, 2012. 6.)

초등학교 4학년 때 나는 전학을 두 번 해서 학교를 세 군데나 다녔다. 이십 년이 흐른 삼십대 초반에 그때 기억을 떠올리면서 〈전학〉을 썼다. 어디에 발표한 기억은 안 나지만 첫 동시집에 실렸고, 몇 년 뒤 초등학교 3학년 교과서에 실렸고, 교과서가 개편되면서 이제는 빠졌다. 자신이 쓴 어느 작품엔들 애정이 안 가겠는가. 그런데 다시 읽어 보니 썩 마음이 가지 않는다. 벌써 이 작품을 쓴 지 이십 년 가까이 흘렀고, 내 눈과 손과 가슴이 그때와는 달라졌기 때문일 것이다.

〈전학〉에 마음이 가지 않는 이유가 무엇일까. '슬쩍 올려놓은 내 신발이/잘못 찾아온 손님 같다.' 부분이 특히 마음에 걸린다. 비유를 통해 내 감정을 얘기하고 싶었으나 마치 남의 얘기를 하고 있는 것 같다. 내 감정을 얘기해야 서정시인데 이것을 제대로 못하니 답답한 노릇 아닌가.

그런데 〈전학생〉에서는 '내가/하고 싶은 것은/바로 여자들의 시크릿을/만드는 것'이라고 곧바로 자기 얘기를 하고 있다. 화자의 마음이 얼마나 절실한지 있는 그대로 전해진다. 이 시를 쓴 은아의 마음이 생생히 읽힌다.

이런 부분에서 〈전학〉은 〈전학생〉을 못 따라가고 있다는 생각을 한다. 잘 된 '어린이시'가 시인이 쓴 '동시'를 부끄럽게 만드는 경우를 종종 본다. 잘 된 동시가 많지 않은 우리 현실이 안타깝다가, 동시를 쓰는 내 자신이 어린이시에 크게 자극 받기도 한다.[18]

남호섭의 〈전학〉은 7차 교육과정의 초등 국어 교과서에 실렸던 어린이 화자 동시다. 우리는 교과서의 권위에 의해서 〈전학〉은 '전학' 또는 '전학생'과 관련한 어린이의 생각과 느낌을 그 어떤 동시보다 그 어떤 어린이시보다 잘 그려낸 것으로 믿게 된다. 다시 말하면, 〈전학〉은 '전학' 또는 '전학생'과 관련한 어린이의 생각과 느낌을 가장 잘 대변한 동시로 인정하게 된다는 것이다. 그러나 그것은 한시적일 뿐이다.

남호섭에 따르면, 남호섭 자신의 〈전학〉을 뛰어넘는 시가 새로 나타났다. 그것은 어린이 화자 동시가 아니었다. 어린이시였다. 이를 두고 남호섭은 '어린이시'가 '동시'를 부끄럽게 만들었다고 말하고 있다. 이런 말까지 할 수 있는 동시 작가라면 자신의 어린이 화자 동시 〈전학〉 대신 어린이시 〈전학생〉을 어린이 독자한테 기꺼이 추천할 것이다. 우리는 여기에서 어린이 화자 동시의 운명을 읽을 수 있다. 어린이를 대변하기 위해서 쓰는 어린이 화자 동시는 어린이 스스로 자기 자신의 말을 하는 어린이시가 나타나면 뒤로 물러앉을 수밖에 없는 것이다.

우리는 남호섭의 글에서 자신의 동시에는 어린이시에서 볼 수 있는 절

---

18. 남호섭, 〈〈전학생〉을 읽고 떠오른 짧은 생각〉, 어린이시교육연구회, 《어린이시》, 18호, 2012. 8.

실함과 생생함이 모자란다는 자기반성을 읽을 수 있었다. 그런데 그 모자람이 반성으로 채워질 수 있는 것일까. 20년이 지난 일을 회상으로 되살려 내어 쓰는 어린이 화자 동시를, 지금 여기서 겪은 일을 가슴 벅찬 자기 감동으로 쓰는 어린이시에 견준다는 것 자체가 잘못이 아닐까. 우리의 판단으로는 남호섭은 이미 그때 최선을 다한 것이다. 그랬기 때문에, '전학' 또는 '전학생'에 관한 어린이의 생각과 느낌을 대변하는 시로 자리매김되어 교과서에까지 실릴 수 있었다. 〈전학〉이 〈전학생〉에 밀려나는 것은 지은이가 치열하지 않은 시정신으로 썼기 때문이 아니라 어린이 화자 동시로 썼기 때문이다.

자신의 어린이 화자 동시를 대체할 수 있는 어린이시를 기쁜 마음으로 기다릴 수 있는 동시 작가, 그런 동시 작가라야 어린이 화자 동시를 쓸 수 있다 하겠다. 그런데 어린이 화자 동시가 자리를 양보하는 것은 어린이시뿐이다. 다른 어린이 화자 동시에 밀린다는 것은 생각조차 할 수 없는 일이다. 어린이를 대변하는 일에서 어찌 둘째 셋째를 용납할 수 있겠는가. 그래서 진정한 어린이 화자 동시는 치열한 작가 정신을 바탕으로 하지 않으면 안 된다고 말하는 것이다.

결론

나는 이 글을 쓰기 위해서 몇 편의 동시를 직접 써 봤다. 어린이 화자 동시도 써 봤고 어른 화자 동시도 써 봤다. 쓰는 입장에서 볼 때, 어린이 화자 동시가 어른 화자 동시에 비해서 훨씬 편했다. 동시 작가가 어린이 화자 동시에 끌리는 것은 당연하다 하겠다.

그러나 어른 화자 동시보다 쓰기 쉬운 것은 어린이 흉내 어린이 화자 동시뿐이다. 어린이가 생각하고 느낄 만한 것을 연과 행을 구분하여 글로 옮겨 놓기만 하면 한 편의 시가 뚝딱 만들어지는데 어찌 쉽다 하지 않겠는가. 그러나 몇 단계의 간단치 않은 작업을 해야만 겨우 만들어지는 시도 있다. 어린이 대변 어린이 화자 동시가 바로 그러하다.

어린이 대변 어린이 화자 동시를 쓰려면 무엇보다도 먼저 어린이가 말로 표현하고 싶어 하는 어린이 자신의 생각과 느낌이 무엇인지 찾아야 한다. 이 단계의 작업을 위해서는 어린이의 사유와 정서에 대한 공부를 먼저 하지 않으면 안된다. 다음으로는 그 생각과 느낌이 다른 어린이에 의해서 이미 시로 씌어졌거나 이제 씌어질 가능성을 따져 보아야 한다. 이 가능성에 대한 판단에는 어린이시에 대한 이해가 결정적인 영향을 미칠 것임은 뻔한 일이다. 마지막으로 그 생각과 느낌을 어린이의 말로 표현할 수 있어야 한다. 이 대목에서는 어린이의 언어에 대한 이해가 필수적이다.

이렇게 힘든 과정을 거쳐야 하는 것이 어린이 대변 어린이 화자 동시이지만 잘 쓰면 잘 쓸수록 어린이시로 오해받을 가능성이 커진다. 그리고 어린이시와 중첩되는 동시라는 딱지가 언제 붙을지 모른다. 마침내는 어린이시로 대체되어 버린다. 그래도 동시 작가라면 한 번쯤은 이에 매달려 볼 만하다. 어린이 대변 어린이 화자 동시는 어른 화자 동시만큼이나 어린이를 위하는 동시이기 때문이다.

어린이 화자 동시는 어린이 대변 기능이 있어서 동시에서 완전히 배제할 수는 없다. 그러나 어린이 화자 동시를 어른 화자 동시와 대등하게 취급할 수는 없다. 더욱이 어른 화자 동시로도 어린이 대변 기능을 수행할 수 있음이 선행 연구에서 어느 정도 밝혀진 바 있다.[19] 만일 어른 화자 동

19. 예컨대, 〈혜란이 편지〉(임길택, 《할아버지 요강》, 보리, 1995)와 같은, 이른바 '전사시'는 어른 화자 동시지만 어린이 대변 기능을 훌륭하게 수행하고 있다. 다음은 〈혜란이 편지〉의 전문이다.

시의 어린이 대변 기능이 어린이 화자 동시의 그것과 그다지 다르지 않음이 밝혀진다면 어린이 화자 동시의 입지는 더욱 좁아질 것이다.

'선생님, 잠깐만요./이건 우리 둘만 아는 비밀이에요./아무한테도 말하지 마세요.//저는 어쩔 때/자다가 오줌을 싸요./선생님은 고치는 방법을 아세요?/알면 좀 가르쳐 주세요.' (이지호, 〈동시와 어린이시의 거리〉, 《국어교육》 128집, 한국어교육학회, 2009, 참고)

동시의 어린이말과 어른말

여는 말

어린이가 쓰는 말을 어린이말이라고 하자. 그러면, 어른이 쓰는 말은 어른말이 될 것이다. 사실, 어린이말과 어른말이 엄격하게 구분되는 것은 아니다. 어린이는 어른으로부터 낱말을 배우고 낱말을 운용하는 어법을 배워서 말을 하기 때문이다. 그런데 어린이가 배워서 알고 있는 낱말의 의미는 그다지 정확하지 않고 그 낱말의 목록은 그다지 풍부하지 않다. 게다가 어린이는 어른의 어법에 그다지 익숙하지 못하다. 이러한 까닭에, 어린이말은 단지 미숙한 어른말에 지나지 않는다고 말할 수도 있다.

그런데 흥미로운 현상이 있다. 어린이는 어른과의 의사소통에서 느끼는 어려움을 다른 어린이와의 의사소통에서는 그다지 느끼지 않는다. 어린이는 낱말의 의미를 자의적으로 규정하고 그 의미 범주를 임의로 확대함으로써 낱말의 제약으로부터 벗어난다. 또한 어린이는 자기 중심적인 사유 논리에 바탕을 둔 어린이 고유의 어법을 따름으로써 어른의 어법으로부터 자유로워진다. 그렇다면, 어린이말은 미숙한 어른말로 치부할 수만은 없을 듯하다. 즉, 어린이말은 어린이 고유의 어법으로 운용되는, 어른말과 다른 또 하나의 말이라고 할 수도 있다는 것이다.

어린이는 언젠가 어른이 된다. 그래서 어린이는 언젠가 어른말을 제대로 구사할 수 있어야 한다. 그런가 하면, 어른은 언제나 어린이와 함께 살아야 한다. 어른이 어린이와 함께 살기 위해서는 어린이와 대화를 할 수 있어야 하는데, 그 대화는 어린이말로 하지 않으면 안 된다. 그래서 어른은 언제나 어린이 시절에 자신이 사용했던 어린이말을 기억하고 있어야 한다. 기억할 수 없으면 다시 배우기라도 하여야 한다. 결국 어린이는 어른말을 배워야 하고 어른은 어린이말을 배워야 한다는 것이다.

동시는 어린이를 위하여 어른이 쓴 시이다. 그렇다면, 어른은 어린이가 즐겨 읽을 수 있는 동시를 쓰지 않으면 안 된다. 어린이가 즐겨 읽을 수 있는 동시란 어린이말로 쓰인 동시이거나 최소한 어린이가 이해할 수 있는 어른말로 쓰인 동시이다. 그러한 동시라야 어린이 고유의 생각 또는 어린이가 공감하고 감동할 수 있는 어른의 생각을 담을 수 있기 때문이다. 어린이는 이해할 수 없고 공감할 수 없고 감동할 수 없는 동시, 그래서 어린이는 도저히 읽어서 즐길 수 없는 동시가 있다고 하자. 그 동시는 어른이라면 이해할 수 있고 공감할 수 있고 감동할 수 있는 동시, 그래서 어른이라면 즐겨 읽을 수 있는 동시라 하자. 그러한 동시는 사이비 동시다. 동시의 이름으로 겉멋을 부린 어른시다.

어린이말로 쓴 동시

김용택은 어린이의 말과 어린이의 생각을 매우 존중한다. 이 점은 어린이에게 글자 공부를 시킬 때 받아쓰기를 하지 않는다거나 어린이의 글을 옮겨 적을 때 기껏해야 띄어쓰기 정도를 손본다는 데서 잘 드러난다. 어린이가 받아쓰기를 하면 어린이의 생각이 갇히고, 어린이의 글을 한 자라도 고치면 어린이의 생각이 다친다는 것이다.(김용택, 〈이 세상에는 작은 학교가 있습니다〉,《학교야, 공차자》, 보림, 1999, 참고)

어린이의 말과 어린이의 생각이 어른에 의해서 존중받을 만하다면, 그것은 그대로 동시로 쓰일 수도 있다. 실제로, 김용택은 어린이의 말을 있는 그대로 옮겨 적는 방법으로 동시를 쓰기도 한다. 이런 방법으로 쓴 동시가 바로 '전사시'다.

김용택의 전사시 〈2학년 교실 칠판〉(김용택,《콩, 너는 죽었다》, 실천문학사, 1998)을 보자. 이 동시의 제목은 이 동시가 교실 칠판에 어린이가 직접 쓴 글을 그대로 옮겨 적은 것임을 암시한다. 이 동시의 '1번'이나 '안졌쏨'과 같이 어른의 시에서는 좀처럼 볼 수 없는 표기법도 이 동시가 전사시임을 일러 준다.

2학년 교실 칠판

'장난 치는 사람 적기'
김현우 : 1번 장난했음
강지호 : 1번 장난했음
강지호 : 창문에 올라갔음
강지호 : 선생님 의자에 안졌쏨
강지호 : 오늘도 세수 안 했음

어린이의 말은 어린이의 어법으로 운용되기 때문에 어린이의 어법을 모르는 어른은 어린이의 말을 잘못 읽기 십상이다. 예컨대, 〈2학년 교실 칠판〉에 쓰인 '장난'이라는 말을 보자. 어린이의 어법으로 이 동시를 읽으면, '장난'은 자리에 따라서 서로 다른 의미를 지닌다는 것을 금방 이해할 수 있다. 하나는 '장난 일반'을 가리킨다. 소제목 '장난 치는 사람 적기'의 '장난'이 바로 그것이다. 다른 하나는 '일상적이고 평범한 장난'을 가리킨다. '강지호 : 1번 장난했음'의 '장난'이 그것이다. 그런데 '일상적이고 평범한 장난'을 '장난'으로 지칭했기 때문에 그렇지 않은 '특별한 장난'을 지칭할 때는 '장난'이라는 말을 아예 사용할 수가 없다. 이를 보여 주는 것이, '강지호 : 창문에 올라갔음'이라는 시행이다. 따라서, 여기에서 구체적으로 사용되지는 않았지만 '장난'의 또 다른 의미는 '특별한 장난'임을 알 수 있다.

어린이의 어법 중에서 특징적인 것의 하나는 단어의 의미나 그 의미의 범주를 자의적으로 확대하여 사용한다는 것이다. 이러한 어법은, 적어도 어린이에게는 정당하다. 어른에 비해서 턱없이 부족한 단어 목록에 의지하여 의사소통을 하여야 하는 어린이로서는 이러한 어법에 의지하지 않을 수 없는 것이다. 어른은 어린이의 어법을 이해하지 못하기 때문에 어린이의 말이 틀렸다고 판단한다. 그래서 어른의 어법에 입각하여 어린이의 말을 교정하려고 든다. 그 순간, 어린이의 말에 담긴 어린이의 생각까지 왜곡되는 것은 말할 것도 없다.

이제, 〈2학년 교실 칠판〉에 담겨 있는 어린이의 생각을 읽어 보기로 하자. 이 동시 속의 드러난 어린이 화자는 장난친 사람의 이름과 장난친 내용을 대등하게 나열하고 있다. 그런데 흥미로운 것은 장난친 사람은 두 사람인데 그 이름은 다섯 번 들먹이고 있다는 것이다. 김현우를 한 번 거명하고 강지호를 네 번 거명하였다. 이것은 칠판 속의 글이 어린이에 의해서 쓰인 것임을 확인해 주는 결정적인 증거가 된다. 어른이라면 이렇게 쓰지 않을 것이다. 장난친 사람의 이름은 한 번씩만 거명하고 그 이름 아래에 장난친 내용을 한꺼번에 썼을 것이다.

어린이의 생각과 어른의 생각이 다른 것은 어린이의 논리와 어른의 논리가 다르기 때문이다. 어린이의 논리에서는 동일한 주체라도 다른 행위를 하게 되면 독자적으로 인식된다. 〈2학년 교실 칠판〉에서 강지호가 네 번 거명되는 이유가 여기에 있다. 이에 반해서 어른의 생각에서는 동일한 주체가 다른 행위를 하더라도 자기 동일성을 유지하게 된다. 어른의 논리에 길들여진 사람은 어린이의 논리를 불합리하게 여기기가 십상이다. 그러나 어린이의 논리와 어른의 논리는 단지 서로 다른 논리일 뿐이다. 우열을 논할 논리가 아니라는 것이다.

어린이의 말을 그대로 옮겨 적은 동시는 어린이가 쉽게 이해할 수 있다. 그리고 그것이 어린이의 생각을 담고 있다면 어린이가 어렵지 않게 공감하고 감동할 수 있다. 더욱이 그 어린이의 생각이 어른의 생각에 버금가는 가치를 가지고 있다면, 그것에 공감하고 감동하는 것 자체에 대해서 자부심을 느낄 수 있다. 이러한 동시라면, 어린이가 즐겨 읽을 수 있다.

어린이 말투의 어른말로 쓴 동시

어린이말이 아닌데도 어린이말로 행세하는 어른말이 있다. 이와 같은 어린이 말투의 어른말은, 몸은 어린이지만 마음은 어른인 화자가 등장하는 동시에서 흔히 발견된다. 그 예를 정호승의 동시집《풀잎에도 상처가 있다》(열림원, 2002)에서 뽑아서 살펴보기로 한다.

정호승은 그의 동시집의 머리말에 해당하는 '시인의 말'에서 "이 시집은 제가 어린이가 되기 위하여 잠시 엄마 품에 안겨 쓴 시들을 모은 것입

니다."라고 말한 바 있다. 참으로 납득하기 어려운 말이다. 엄마 품에 안
긴다는 것은 어린이로 되돌아간다는 뜻일 게다. 그렇다면 정호승은, 잠
시나마 어린이로 되돌아가야 동시를 쓸 수 있고, 동시를 써야만 영원히
어린이로 남을 수 있다는 말을 하고 있는 셈이다. 이 말의 순환 논리를
이 자리에서 지적할 필요는 없을 것이다. 인용문에 이어지는 내용을 보
면, 동심과 어린이를 동일시하고 있음을 알 수 있는데, 문제는 동심을 어
린이말에 담긴 어린이 생각에서 찾는 것이 아니라 어린이 말투의 어른
말에 담긴 어른 생각에서 찾고 있다는 것이다.

붕어빵

눈이 내린다
배가 고프다
할머니 집은 아직 멀었다
동생한테 붕어빵 한 봉지를 사주었다
동생이 빵은 먹고 붕어는 어항에 키우자고 해서
그러자고 했다

이 동시의 화자는 어린이고 화자의 동생 또한 어린이다. 동생인 어린
이가 붕어빵을 손에 쥐고 먹으면서, 빵은 먹고 붕어는 어항에 키우자고
한다. 붕어 모양으로 된 빵에서 붕어와 빵을 분리시켜 생각한다는 것은
재미있는 발상이다. 그러나 그것은 유희적 발상일 뿐이다. 그러한 유희적
발상은 말장난 시를 낳을 뿐이다.
　이 동시는 손에 들고 있는 '붕어빵'이라는 사물을 '붕어'라는 사물과
'빵'이라는 사물로 분리하는 것을 보여 준다. 분리의 사유 과정은 다음과

같다. 먼저 '붕어빵'이라는 사물에서 '붕어빵'이라는 말을 분리한 다음, '붕어빵'이라는 사물은 버리고 '붕어빵'이라는 말만 남긴다. 그리고 '붕어빵'이라는 말에서 '붕어'라는 말과 '빵'이라는 말을 다시 분리한다. 마지막으로, '붕어'라는 말에 '붕어'라는 사물을 결합시키고 '빵'이라는 말에 '빵'이라는 사물을 결합시킨다. 그러나 이러한 말장난은 '언어'·'언어의 지시적 의미'·'언어의 지시적 대상'을 분리하여 인식할 수 있는 어른이라야 즐길 수 있는 말장난이다.

어린이는 이러한 발상을 하지 못한다. 어린이는 '언어'·'언어의 지시적 의미'·'언어의 지시적 대상'을 동일시하기 때문이다. 손에 들고 있는 '붕어빵'이 하나의 사물이라면 그에 대응하는 말 또한 '붕어빵'이라는 하나의 말이어야 한다. 즉, '붕어빵'이라는 말은 두 낱말이 아니라 하나의 낱말로 인식한 것이다. 그 '붕어빵'은 통째로 먹을 수 있는 것이기에 그렇다.

또 어린이는 '붕어빵'이라는 사물에서 '붕어'라는 사물과 '빵'이라는 사물을 분리할 수 없다. 이를 잘 보여 주는 예를, 어린이가 실제로 한 말에서 찾아보기로 하자.

버들강아지 이야기를 들은 수현이.

수현 : 엄마, 우리도 버들강아지 사러가자.

엄마 : 글쎄? 꽃집에 버들강아지가 있을지 모르겠다.

수현 : 엄마! 왜 꽃집으로가? 강아지 파는 가게로 가야지.

엄마 : ??????

(출전: 계양 동화 읽는 어른 모임 http://cafe.daum.net/JuvenileReading)

버들강아지를 직접 본 적이 없는 수현이가 버들강아지에 관한 이야기를 들었다. 수현이는 '버들강아지'라는 말이 끊어지지 않고 이어져 들리기 때문에 하나의 낱말로 인식한다. 그리고 하나의 낱말에 대응하는 하나의 사물을 연상한다. 그런데 그 낱말은 자신이 이미 알고 있는 '강아지'라는 사물을 가리키는 낱말을 포함하고 있는 말이다. 그래서 수현이는 자신감 있게 '버들강아지'는 강아지의 일종이라고 단언한다.

수현이와 비교해 볼 때, 〈붕어빵〉 속의 어린이는 결코 진정한 의미에서의 어린이가 아님이 바로 드러난다. 그 어린이는 어린이의 탈을 쓴 어른이거나 적어도 어른의 마음을 가진 애어른이다. 그러니 어린이말을 할 수 없는 것은 당연하다. 결과적으로, 〈붕어빵〉은 동시가 아니라고 할 수 있다. 동시가 아니면 시인가. 시도 아니다. 〈붕어빵〉에 등장하는 화자의 동생이 어른 또는 어른의 마음을 가진 애어른이라면 그가 하는 말은 너무나 유치한 말장난에 지나지 않기 때문이다. 결국 〈붕어빵〉은 동시 흉내를 내려다가 시도 되지 못한 사이비 동시라고 하여야 할 것이다.

어른말로 쓴 동시

동시는 어린이를 위하여 어른이 쓴 시라고 했다. 어른이 어린이를 위하는 시를 쓴다는 것은 어린이가 어른에게 하고픈 말을 대신 해 주는 시를 쓴다는 것을 뜻하거나 아니면 어른이 어린이에게 하고픈 말을 시로 쓴다는 것을 뜻한다. 전자는 어린이를 화자로 하는 동시로 실현되고, 후자는 어른을 화자로 하는 동시로 실현된다. 어린이 화자가 어린이말을 사용하는 것이 당연하듯이, 어른 화자가 어른말을 사용하는 것 또한 지극히 당연하다.

다만, 어른 화자가 사용하는 어른말은 어린이가 이해할 수 있는 어른 말이어야 하고, 어린이가 공감하고 감동할 수 있는 어른의 생각을 담고 있는 어른말이어야 한다. 이러한 어른말이라면 어린이 또한 얼마든지 즐겨 들을 수 있다. 그러나 어린이가 전혀 이해할 수 없는 어른말, 게다가 그 어른말이 어린이가 전혀 공감할 수 없고 감동할 수 없는 어른의 생각을 담고 있는 어른말이라면, 그 말은 동시에 쓸 수 없다.

먼저 어른말로 쓴 동시 중에서 모범이 될 만한 동시를 하나 골라서 살펴보기로 한다. 예로 드는 동시는 윤동재의 〈이름도 모르고〉(《서울 아이들》, 창비, 1989)이다.

이름도 모르고

서울 아이들에게는
질경이꽃도
이름 모를 꽃이 된다.

서울 아이들에게는
굴뚝새도
이름 모를 새가 된다.

서울 아이들에게는
은피라미도
이름 모를 물고기가 된다.

말도 마라. 이제는
옆집 아이도
이름 모를 아이가 된다.

앞날에 서울 아이들은
누구와, 무엇과 더불어
살아가게 될까?

이 동시에서는 화자가 누구라는 것을 명시적으로 드러내는 단서를 제시하지 않고 있다. 그러나 말의 내용을 근거로 하여 화자의 정체를 짐작할 수는 있을 듯하다.

서울 아이가 질경이꽃도 모르고 굴뚝새도 모르고 은피라미도 모르고 옆집 아이도 모른다는 것을 말할 수 있으려면 적어도 서울 아이에 대해서 상당히 많은 것을 알고 있어야 한다. 그리고 서울 아이가 그러한 것을 모른다는 것을 안타까워할 수 있으려면 그러한 것을 알고 있는 시골 아이를 자랑스러워할 수 있어야 한다. 그런데 시골 아이라면 서울 아이를 일방적으로 안타까워하지 않는다. 자신과 다른 환경에 사는 서울 아이를 부러워하기도 하기 때문이다. 또 시골 아이라면 자기 자신을 일방적으로 자랑스러워하지 않는다. 서울보다 열악한 환경에 사는 자기 자신을 오히려 부끄러워하기도 하기 때문이다. 이런 점에서 볼 때, 이 동시의 화자를 어른으로 단정하여도 크게 틀리지는 않을 것이다.

그러면, 이 동시의 의미 구조를 살펴보기로 하자. 1연-3연에서는 서울 아이들이 자연으로부터 유리된 삶을 살아감을 개별적이고도 구체적인 사례를 들어 말하고 있다. 4연에서는 서울 아이들이 또래 어린이로부터도 분리되어 살아감을 직설적으로 말하고 있는데, 이것은 '이름 모를'이라는 언어 표현적 매개 고리를 통해서 1연-3연과 이어진다. 즉, 자연으로부터 분리된 인간은 인간으로부터도 분리된다는 것을 말하고자 하는 것이다. 마지막 5연에서는 현재의 서울 아이들의 후손인 미래의 서울 아이들은 자연과 인간과 분리된 고독한 삶을 살아가게 될 것임을 암시하고 있다.

이 동시는 이러한 경고를 통해서 서울 아이들로 하여금 현재적 삶을 되돌아보고 바꾸어 나가도록 촉구하려는 것이다. 물론 서울 아이들의 그러한 삶은 서울 아이들 자신의 의지에 따른 것은 아니다. 그러나 서울 아이들 자신의 의지로 그러한 삶을 바로잡을 수는 있다. 간단한 일이다. 자연과 인간을 각기 그에 합당한 이름으로 불러 주기만 하면 된다.

이와 같은 의미 구조는 서울 아이들의 현재적 삶을 파악하고, 서울 아이들의 현재적 삶에서 미래적 삶을 예견하고, 그와 같이 불행한 현재적 · 미래적 삶을 개선하기 위한 방안을 모색하는 어른의 생각에서 짜올린 것이다. 어른의 생각은 어른말에 담는 것이 효과적이다. 어른의 어법으로 낱말을 운용하여 어른의 논리를 형성하는 것이 명확하고 간명하기 때문이다.

이 동시에 쓰인 말이 어른말이라는 것은 어렵지 않게 확인할 수 있다. 우선 어린이의 어법으로 낱말을 사용한 예를 전혀 찾아볼 수 없다. 다시 말하면, 어른의 어법으로 낱말을 운용하고 있다는 것이다. 예컨대, 구체적인 낱말을 통해서 추상적인 의미를 드러낸다. 질경이꽃과 굴뚝새와 은피라미의 이름을 모른다는 것으로 자연과의 단절을 나타내고, 옆집 아이의 이름을 모른다는 것으로 또래 어린이와의 단절을 나타낸다.

이 동시의 유기적 언어 구조 또한 이 동시의 말이 어른말임을 짐작하게 한다. 인간이 자연과 단절되면 곧 인간과도 단절된다는 것을 나타내기 위해서 1연-3연과 4연을 나란히 배치하고, 이 둘을 '이름 모를'이라는 매개 고리로 연결했다. 5연의 '누구'는 인간을 가리키고 '무엇'은 자연을 가리키는데, 이러한 지시대명사를 매개 고리로 하여, 5연과 1-3연, 그리고 5연과 4연을 자연스럽게 대응시킬 수 있었다.

〈이름도 모르고〉는 어른말로 쓴 동시이지만 어린이가 이해하는 데 그다지 어려움이 없고, 어른의 생각을 담아낸 동시이지만 어린이가 공감하는 데 그다지 힘이 들지 않는다. 어린이가 이해할 수 있고 공감할 수 있다면, 어린이가 감동할 수 있는 동시가 될 기본적인 조건을 갖추고 있다고 평가할 수 있을 것이다.

어른이 쓰는 시는 기본적으로 어른말을 사용하게 되고 또 어른의 생각을 담게 된다. 문제는 그 어른말과 그 어른의 생각을 어린이가 감당할 수 있는가 하는 것이다. 다음은, 2001년도 조선일보 신춘 문예에 동시 당선작으로 뽑힌 작품이다.

찻물 끓이기

가끔
누군가 미워져서
마음이 외로워지는 날엔
찻물을 끓이자

그 소리
방울방울 몸을 일으켜
쏴 쏴 솔바람 소리
후두둑후두둑 빗방울 소리
자그락자그락 자갈길 걷는 소리

가만!
내 마음 움직이는
소리가 들려.

주전자 속 맑은 소리들이
내 마음속 미움을
다 가져가 버렸구나
하얀 김을 내뿜으며
용서만 남겨 놓고.

이 시에 사용된 낱말들 하나하나는 결코 어린이가 이해하지 못할 정도로 어려운 것이 아니다. 그러나 그 낱말들을 모으고 묶을 때 어른의 어법을 적용하였기 때문에, 이 시의 구절과 문장은 어린이가 이해하지 못하는 어려운 말이 되고 말았다. 찻물 소리가 몸을 일으킨다든지, 내 마음 움직이는 소리가 들린다든지, 주전자 속 맑은 소리가 용서만 남겨 놓고 내 마음속 미움을 가져가 버렸다든지 하는 말은 이중 삼중으로 꼬아 놓은 추상적인 말이기 때문에 구체적인 말에 익숙한 어린이로서는 난감하기 짝이 없는 것이다.

게다가 그러한 말들은 어린이로서는 공감하기가 거의 불가능한 생각을 담고 있다. 공감할 수 없다면 당연히 감동할 수 없다. 미움 때문에 외로움을 느낀다는 것, 그 외로움을 이기려고 찻물을 끓인다는 것, 찻물 끓는 소리를 들으며 용서하는 마음을 갖게 된다는 것은 거의 도(道)의 경지에 오른 어른의 생각이다. 이 시의 발상과 유사한 발상으로 쓰인 박지원의 〈일야구도하기〉를 보라. 〈일야구도하기〉는, 시냇물 소리가 마음에 따라서 달리 들리는 것을 보고, 이른바 도를 깨달았다고 한 작품이다. 이 시 또한 미움과 외로움을 용서로써 해소하는 도의 경지를 노래하고 있는데, 이는 어린이 즐기기에도 결코 만만치 않은 것이다.

닫는 말

어린이는 어린이말을 하고 어른은 어른말을 하게 마련이다. 물론 어린이라고 해도 어른말을 할 수 있고 어른이라고 해도 어린이말을 할 수 있다. 그러나 어린이가 어른말을 할 때는 어린이 스스로 이해할 수 있는 어른말만 하여야 하고, 어른이 어린이말을 할 때는 최소한 어린이 화자를 앞세워서 어린이말을 하여야 한다. 어린이가 생경한 어른말을 하는 것도 어색하지만 어른이 어린이말을 흉내 내는 것도 우스꽝스럽다.

동시가 어린이를 위하여 어른이 쓰는 시이기 때문에 동시 안에서는 어린이말과 어른말이 뒤엉키기 마련이다. 그래서 어른이 동시를 쓸 때는 말과 말의 주체를 명확하게 인식해야 한다. 가장 황당한 것은 동시의 화자도 정체 불명이고 그 화자의 말도 성격 불명인 동시다. 화자가 어린이도 아니고 어른도 아니고, 그 화자의 말이 어린이말도 아니고 어른말도 아닌 동시가 바로 그런 동시다.

다음은 '제1회 아동문학평론가가 뽑은 올해의 좋은 동시'라는 거창한 이름의 동시 모음집 《닭들에게 미안해》(현대문학어린이, 2001)에 실려 있는 〈난꽃이 필 때〉라는 작품이다.

할머니는 베란다 가득 난초를 키우셨어요. 할머
니를 땅에 묻은 다음날, 난초는 우리 집으로 이사
를 왔어요. 어느 날 꽃대가 쑤욱 올라왔어요. 불
쑥 찾아오신 할머니 같았어요. 힘 빠진 할머니가
오래 누워 계시던 병원으로 전화를 걸었어요. 하
지만 그런 사람은 없대요. 이 세상 어디에 전화를
걸어도 할머니는 없대요.

난초 꽃대만 바라보았어요. 할머니 냄새를 맡으
려고 가까이 코를 대 보았어요.
할머니 목소리가 들렸어요. 할머니는 해마다 오
신댔어요. 향기로 오신댔어요.

이 작품이 이른바 '올해의 좋은 동시' 중의 하나로 뽑힌 까닭이 뭔지
참으로 궁금하다. 이 동시를 두고, 어린이말로 어린이의 생각을 훌륭하게
담아냈다고 평가했다면 그건 잘못된 것이다. 어린이말처럼 들리지만 결
코 어린이의 말이 아니고, 어린이의 생각처럼 보이지만 결코 어린이의 생
각이 아니기 때문이다.

　동시의 내용을 부분 부분 검토해 보자. 할머니가 키우시던 난초가 꽃
대를 올렸다. 그걸 보고 돌아가신 할머니를 떠올리는 것은 어린이라도 할
수 있는 일이다. 그런데 할머니가 오래 누워 계시던 병원으로 전화를 걸
었단다. 이 세상 여기 저기 전화를 안 건 데가 없었단다. 단언컨대, 이런
어린이는 이 세상에 존재하지 않는다. 이런 정도로 유치한 어린이를 본
사람이 있을까. 게다가 이 동시 속의 어린이는 난초 꽃대에서 할머니의
목소리를 들었다고 한다. 해마다 향기로 오시겠다는 목소리를 들었다고
한다. 놀라운 수사다. 그런데 어린이가 이런 말을 할 수 있을까. 아버지나
어머니가 일러 주신 말이라고 해야 그럴듯하게 들리지 않을까. 따라서 이
작품은 거짓 동시다. 어린이를 한없이 유치하게 만들었다가 한없이 어른
스럽게 만들기 때문이다.

　어린이를 위한 동시를 쓴다는 어른치고 그 동시를 읽을 어린이를 염두
에 두지 않는 사람은 없다. 그런데도 이와 같은 동시답지 않은 동시가 쓰
여지는 것은 무슨 까닭일까. 그것은 머릿속에 그림자로 붙들어둔 관념의
어린이를 염두에 두기 때문이다. 관념의 어린이는 어른이 상정하는 이상

적인 어린이다. 그러한 존재로서의 어린이가 아니라 그러하여야 하는 존재로서의 어린이다. 점잖게 일러도 알아듣는 애어른이거나 아무리 얼러도 떼를 쓰는 젖먹이다. 그것도 아니면 애어른에서 젖먹이로 제멋대로 넘나드는 도깨비다. 어린이를 위한 동시를 쓰려는 어른이라면 마땅히, 지금 여기에서 살아 움직이는 실제의 어린이를 붙들어야 한다. 그래야 진정으로 어린이가 즐겨 읽을 수 있는 동시를 쓸 수 있다.

어린이문학의 부끄러운 유산
: 부왜문학

어린이문학의 부끄러운 유산을 챙기는 까닭

어린이문학의 부끄러운 유산으로 흔히 손꼽는 것이 부왜문학과 반공문학이다. 그러나 여기에 하나를 더 보태야 한다. 그것은 독재옹호문학이다. 독재옹호문학이 부왜문학과 반공문학에 비하여 조명을 덜 받은 것은 그것의 음험함 때문이었다.

해방 이후, 우리는 무려 40여 년 동안 독재 정권에 짓밟히며 살아왔다. 어둠의 세월을 보낸 것은 어린이도 마찬가지였다. 독재자를 찬양하기 위해 태극기를 손에 쥐고 도로변을 가득 메워야 했고, 독재 이데올로기를 전파하기 위해 글을 쓰고 그림을 그리고 웅변을 해야 했고, 독재 정책을 뒤치다꺼리하기 위해 부모의 빈 주머니를 털어서 성금으로 바쳐야 했다.

이러한 어린이를 눈물 어린 눈으로 바라보았던 어린이문학이 과연 얼마나 되던가. 독재 정권에 시달리는 어린이를 건사하지 않은 것만 해도 잠재적인 독재옹호문학이라는 혐의를 벗기는 어렵다. 그런데 그 무렵의 어린이문학은 오히려 독재 이데올로기를 옹호하고 독재 정책을 지지하는 적극성을 띠기도 했다. 독재옹호문학은 곧잘 반공문학의 탈을 쓰고 어린이 앞에 나타났다. 이러한 까닭에 독재옹호문학을 일러 음험하다고 하는 것이다.

그러고 보면, 부왜문학의 뿌리는 참 끈질기기도 하다. 반공문학의 원형이 부왜문학이니 말이다. 어린이문학의 부끄러운 유산 가운데 가장 먼저 부왜문학을 이야기하고자 하는 것도 이 때문이다.

부왜문학이란 이른바 '친일문학'을 일컫는 말이다. 사실, 나는 부왜문학이라는 말이 그다지 마음에 들지 않는다. 일본을 굳이 '왜'로 비하하는 것이 자격지심 탓인 듯해서이다. 일본에 아부한 문학이라는 뜻의 '부일문학'이면 어떨까. 그러나 이를 고집하지는 않기로 한다. 말에서 작은 꼬투리를 잡아서 그 말을 지은 이의 큰 뜻을 훼손하고 싶지는 않기 때문이다.

'부왜문학'이라는 말을 처음 쓴 이는 '친일문학'은 역사 용어로 적절하지 않다고 했다. 역사 용어는 제 나라 잘 되는 길로 지어야 하는데, '친일문학'은 그렇게 지어진 말이 아니라는 것이다. '친일문학'은 일제 강점기에 일본에 빌붙어 우리나라를 해쳤던 문학이다. 그런데 '친일문학'이라는 말 그 자체는 한일 두 나라의 우호적 관계를 지향하는 문학이라는, 꽤나 긍정적인 의미를 내포하고 있다. 우리가 부정하여야 할 문학이라면 '친일문학'이라는 말을 써서는 안 되는 것이다. '부왜문학'이라는 말은 이 지점에서 그 정당성을 확보한다.

미래 지향적으로 생각해 보면, 이제는 우리도 진정한 의미의 '친일문학'을 탐색하여야 할지도 모른다. 일본과 친하게 지내는 것은 우리의 외연을 확대하는 한 방법이 되기 때문이다. 미래의 진정한 '친일문학'을 위해서라도 과거의 거짓 '친일문학'은 과감하게 청산하는 것이 마땅하다.

다음은 조선일보사에서 발행한 어린이잡지 《소년》 1939년 11월호의

'소년 총후 미담'에 실린 기사이다.

　강원도 문곡소학교 오륙 학년생 여자 열 네 명은 지난 여름방학에 근로 보국 작업으로 연필, 편지지, 비누 등 일용품을 행상하여 이십 삼 원이라는 큰돈을 벌었읍니다. 그래서 이 돈 전부를 얼마 전 국방 헌금하였읍니다. 뜨거운 여름날에 땀을 흘려가며 물건을 팔러 돌아다니며 심신 단련과 총후 봉사를 한 이 소녀들의 장하고 기특한 행동은 전 학교의 감격과 상찬을 사고 있읍니다.

이 자리에서 이 기사를 소개한 것은 부왜문학과 같은 어린이문학의 부끄러운 유산을 일일이 챙겨서 살펴보아야 하는 까닭을 확인하기 위해서다. 부왜문학은 말 그대로 일제에 아부하느라고 우리를 배반한 문학이다. 그런데 어린이문학의 경우에는 또 다른 배반을 문제로 삼아야 한다. 그것은 일제에 아부하려는 어른이 저지른 어린이에 대한 배반이다.

초등학교 5-6학년 여자 어린이가 떼를 지어 여름 방학 내내 행상을 하여 번 큰돈을 전쟁 자금에 보태라고 일제에 헌금했단다. 이것은 감격적인 일이고 칭찬을 할 일이란다. 과연 그럴까. 설사 제 나라를 지키기 위한 헌금이라 할지라도 이러한 헌금은 오히려 걱정할 일이고 꾸중할 일이지 않을까. 어린이가 행상이라니, 그것도 여름 방학 내내 무리를 이루어 한 행상이라니. 얼마나 애를 썼으면 그렇게 큰돈을 벌 수 있었을까. 더욱 기가 막힌 것은 그러한 행상을 심신 단련을 위한 것이라고 호도하기까지 했다는 것이다.

어린이에 대한 어른의 배반은 부왜문학에 국한된 것이 아니다. 그러면, 그것은 반공문학과 독재옹호문학을 끝으로 하여 사라졌을까. 아니다. 불행하게도, 그것은 오늘날의 어린이문학에서도 얼마든지 찾아낼 수 있다. 어린이를 어른의 돈벌이 대상으로 여기는 상업주의문학과 어린이에게 어른의 가치관을 주입하려는 교훈주의문학은 부왜문학과는 또 다른 형태로 어린이에 대한 어른의 배반을 보여 준다고 하겠다. 부왜문학의 부정적인 유산을 완전히 청산하지 않는 한 부왜문학은 형태를 달리하여 여전히 현재형으로 존재하게 될 것이다.

부왜어린이문학의 필요충분조건

청록파 시인으로 유명한 박목월. 그는 박영종이라는 본명으로 〈나란이 나란이〉(《소년》, 1939년 3월호, 조선일보사)라는 동시를 썼다. 이것은 체조 시간에 소학교 1, 2학년 아이들이 나란히 줄을 서서 마당을 도는 모습을 그린 것인데, 특히 오리 떼도 나란히 줄을 서서 (아이들을 따라서) 마당을 돌고 해바라기도 나란히 줄을 서서 (아이들과 오리 떼를 바라보느라고) 돌고 있다고 노래한 대목에서는 '아이들-오리 떼-해바라기'의 정서적 교감을 포착할 수 있는 시인의 따뜻한 마음이 잘 드러나 있어 동시를 읽는 재미가 제법 쏠쏠해진다. 그런데 이것은 부왜동시다.

〈나란이 나란이〉를 부왜동시라 일컫는 가장 큰 이유는 이것이 1941년에 공포된 국민학교령에서 강조했던 '강인한 체력'을 기르기 위한 운동을 노래했기 때문이다. 〈나란이 나란이〉가 부왜동시라면 〈체조 시간〉(이구조, 《동아일보》, 1937년 7월 9일) 또한 부왜동화라 하지 않으면 안 된다. 이 또한 운동을 장려하는 내용의 동화이기 때문이다. 이 작품이 발표된 1937년 과 국민학교령이 공포된 1941년 사이의 시간적 거리는 그다지 중요하지 않다. 국민학교령이 공포되기 이전에도 '강인한 체력'을 기르기 위해서 애쓰는 것을 높게 평가하는 분위기가 이미 형성되어 있었다.

〈체조 시간〉은 다르게도 읽을 수 있는 동화이다. 세 아이가 체조가 하기 싫어서 체조 시간에 운동장에 나가지 않고 학교 창고에 숨어 있다가 선생님께 들켜서 붙들려왔다. 선생님은 이들을 학급 친구들 앞에 세우고 학급 친구들과 함께 체조를 하게 한다. 한 아이는 부끄러워서 땅만 내려다보고 다른 한 아이는 울기만 하고 다른 한 아이는 시치미를 떼고 씩씩하게 체조를 한다. 그러자 선생님은 씩씩하게 체조한 아이는 말로 다짐만 받고 용서하고 땅만 보던 아이는 그냥 웃음으로 용서하고 울기만 하던 아이는 회초리로 때리고 망신을 준다. 물론 이는 교육적으로 바람직한 조치라 할 수 없는 것이다. 그런데 이를 빌미 삼아 〈체조 시간〉을 소박한 고발 동화라 할 수는 없는 것일까.

또 다른 예를 살펴보기로 하겠다. 다음은 동시 〈인형 병정〉(영동, 《소년중앙》, 1935년 7월호)의 전문이다.

우리아가가 잠을 잘 땐
무서운 꿈이 덤빌가보아
인형 병정이 눈을 부릅뜨고
파수를 보고 잇지요.
시게 속에 총을 감추어두군.

이것을 부왜동시로 간주하는 쪽에서는 '아기'와 '인형 병정'을 각각 우리 조선인과 일본 군인에 대한 비유로 이해할 것이다. 이 작품이 발표된 1935년은 만주사변이 있었던 1931년과 중일 전쟁이 일어나는 1937년 중간이어서 그런 비유로 이해하는 것이 온당할지도 모른다. 그런데 이 동시는 아기가 사나운 꿈에 시달리지 않고 잠을 잘 자기를 바라는 엄마의 바람에 초점을 맞추어 읽을 수도 있다.

그러나 〈나란이 나란이〉, 〈체조 시간〉 그리고 〈인형 병정〉은 다르게 읽기의 가능성에도 불구하고 부왜어린이문학으로 자리매김할 수밖에 없다. 발표자의 이력과 발표 지면의 성격도 이러한 판단을 뒷받침한다. 무엇보다도, 이러한 판단을 가장 강력하게 지지하는 것은 당시의 독자가 이들 작품에서 자연스럽게 일본의 군국주의를 연상하게 되었다는 사실이다. 극단적으로 말해서, 작가의 의도가 부왜에 있지 않았을 수도 있다. 그러나 작품의 의미는 작가의 의도가 아니라 독자의 이해에서 구성되기 때문에 그것은 전혀 고려의 대상이 되지 못한다. 우리는 여기에서 부왜어린이문학의 필요충분조건이 무엇인지 짐작할 수 있게 된다.

앞에서 예거한 작품은 부왜어린이문학으로서는 드물게 그 나름의 문학성을 획득한 작품이다. 작품 산출의 배경을 제거한다면 요즘에도 흥미롭게 읽을 수 있는 작품이라는 것이다. 이것은 역설이다. 부왜의 의도를 일부러 은폐하였거나 아예 가지지 않았기에 오히려 부왜의 목적을 좀 더 쉽게 좀 더 효과적으로 달성할 수 있었으니 말이다. 일제라고 이를 몰랐을 리 없다.

부왜어린이문학 대부분은 주제 의식의 직접적 노출에 급급할 뿐 그것을 독자에게 설득력 있게 전달하기 위한 형상화에는 거의 신경을 쓰지 않았다. 하루 저녁에도 수 편 또는 수십 편을 쓸 수 있는 이런 천박한 작품에 의존하여 선전과 선동을 하지 않으면 안 될 정도로 일제의 형편은 그만큼 다급했던 것이다.

아기까지도 부왜의 도구로 삼은 파렴치

'일본이 그렇게 쉽게 망할 줄은 정말 몰랐다.' 우리는 이 비슷한 말을 부왜를 일삼은 사람들한테서 많이 들었다. 일본이 천 년 만 년 갈 줄 알았다는 것이고, 부왜만이 조선의 살 길이라고 믿지 않을 수 없었다는 것인데, 이것은 거짓이다. 세상 돌아가는 사정을 그렇게 모를 정도로 어리석은 사람이 어찌 부왜를 한단 말인가. 아이들의 코 묻은 돈까지 국방 성금이라는 이름으로 빼앗아 전비에 보태야 할 정도로 휘청거리는 일본에 그렇게 적극적으로 아양을 떨었던 데는 그만한 까닭이 따로 있었을 것이다. 부왜의 논리를 규명하는 연구가 어느 정도 성과를 보이고 있으니 우리의 의문도 곧 해소될 것이라는 기대를 해 본다.

연극의 대본으로 쓰였음직한 《소국민상회(小國民商會)》(조한봉, 《매일신보》, 1942년 3월 22일, 1942년 3월 29일 2회 분재)에는 이런 말이 나온다. "적으나마 우리의 정성껏 모은 돈이면 제일 조흔 거야." 아이들은 한 사람이 한 달에 한 번 1전씩 내기로 뜻을 모으는데, 이 정도면 보통 정성이 아니라고 해야 할 것이다. 그 어려운 시절의 조선 아이들이 과연 돈이란 것을 손에 쥐어보기라도 했을까 의문스러우니 말이다. 그러나 작가는 고개를 젓는다. 그걸로는 어림없다는 것이다. 마침내 아이들은 날마다 산에 올라가서 한 시간씩 나물을 캐서 내다 팔아 돈을 만들기로 한다. 작가는 작중 인물의 입을 빌어 '그것은 참 좋은 생각'이라고 칭찬한다.

참으로 딱한 노릇이다. 어쩌면, 바로 그 아이들은 자기네가 먹을 나물을 캐러 다녀야 할 형편에 놓여 있는지도 모를 일이 아닌가. 공출이다 뭐다 해서 집에 먹을 것이 남아나질 않던 때였으니. 이런 아이들을 산으로 들로 내몰아 일제에 바칠 돈을 벌어 오라고 부추기는 작가 또한 염치라는 말은 알고 있었으리라.

부왜어린이문학은 아이들의 코 묻은 돈을 빼앗고 또 아이들의 노동력을 착취하는 것만으로는 성이 차지 않았던 모양이다. 아이들을 전쟁광으로 만들어 버리기로 작정한다. 그런 아이라야 자라면 기꺼이 일제의 총알받이로 나설 것이기 때문이다. 〈애기 병정〉(한파령, 《소년》, 조선일보사, 1940년 7월호)은 이를 잘 보여 주는 동시다.

여섯 살 난 애기가 병정이다.
닭하구 전쟁하는 병정이다.

바가지 모자 쓰고
병뚜껑 훈장 달고
부지깽 칼을 찼다.

장난깜 기관총 치켜들고
닭을 쫓는다.
적이라 추격한다.

담모퉁에 숨어 서서
타타타타 타타타 타타타타
닭한테다 총을 쏜다.

여섯 살 난 애기가 병정이다.
닭하구 전쟁하는 병정이다.

부왜어린이문학의 단골 메뉴 가운데 하나가 바로 이와 같은 전쟁놀이
다. 물론 전쟁놀이 그 자체가 나쁜 것은 아니다. 예나 지금이나 아이들은
전쟁놀이를 즐기고, 또 그것은 아이들이 즐길 만한 가치가 있는 놀이다.
그것은 용기와 지혜가 무엇인지 알게 해 주고 우정과 관용을 경험하게 해
주기 때문이다. 그러나 부왜어린이문학의 전쟁놀이는 이와는 질적으로
다르다. 적으로 규정한 모든 것을 증오하게 하고 또 그것에 대한 폭력을
정당화하게 한다. 위의 동시를 보라. 여섯 살 먹은 아이-아기라 할 수는

없지만 그렇다고 어린이라 하기도 좀 뭣한-가 친구처럼 같이 놀아야 할 닭을 적으로 여겨 마구 총질을 해 댄다. 이 얼마나 끔찍한 일인가.

부왜를 위해서 아이들의 마음을 병들게 하는 것도 마다하지 않는 파렴치, 이를 노골적으로 드러내는 것은 오히려 견딜 만하다. 이러한 의도를 은밀하게 감추는 것도 있는데, 이런 것이 더 위험하다. 〈반사-이〉(남대우,《매일신보》, 1941년 3월 31일)를 보자.

엄마가 두 손 들고
〈반사-이〉 하면,

애기도 두 손 들고
〈우-〉 하고

아빠가 두 손 들고
〈반사-이〉 하면

애기도 두 손 들고
〈우-〉 하고

애기 〈반사이〉는
〈우-〉가 〈반사이〉

얼핏 보면, 부모와 아기 사이의 놀이를 아기자기하게 그렸다고 말할 수도 있겠다. 그러나 왜 하필이면 만세 놀이인가. 또 그 놀이에서 왜 하필이면 만세를 '만세'라 하지 않고 '반사이 ばんざい'라 했을까. 이 무렵의

'반사이'는 일왕이나 일본군의 만세를 뜻했음을 우리는 잘 알고 있다. 그러니 이 동시는 부왜어린이문학, 그것도 아기까지 자신의 영달을 위한 수단으로 삼는 파렴치한 부왜어린이문학으로 간주할 수밖에 없다.

부왜의 이중 삼중 억압 기제

부왜문학은 '부왜' 바로 그것이 문제가 되는 문학이다. 부왜란 말 그대로 우리로 하여금 일본에게 무조건적으로 아부하게 하는 것이기에, 결국 우리 자신을 왜곡하면서까지 억압하는 기제로 작동하게 된다. 그런데 부왜의 억압 기제는 '우리(조선)-남(일본)'의 관계뿐만 아니라 우리 내부의 관계에서도 똑같이 작동한다. 즉, 여성을 겨냥한 부왜문학에서는 여성에 대한 왜곡과 억압이, 어린이를 겨냥한 부왜문학에서는 어린이에 대한 왜곡과 억압이 필연적이라는 것이다.

이런 관점에서 보면, 여자 어린이를 독자로 상정한 부왜문학은 가장 악랄한 부왜문학이라고 말할 수 있다. 여기에서는 민족(또는 국가)과 어린이와 여성에 대한 삼중의 억압 기제가 작동한다. 물론 이러한 억압 기제는 차별화된 형상화 전략을 통해서 교묘하게 은폐된다.

부왜 작가는 남자아이를 주인공으로 내세울 때는 부왜의 목적과 방법을 직설적으로 표출할 뿐만 아니라 그것을 독자에게 주입시키기 위한 선동적인 전략을 구사한다. 동화 〈전쟁노름〉(김효식,《매일신보》, 1941년 12월 21일, 1941년 12월 28일 2회 분재)에서는 전쟁놀이를 통해서 우리가 맞서 싸워야 할 적의 개념을 분명하게 밝히고 있고, 동화 〈개구리도 숨었건만〉(《방송소설명작선》, 조선출판공사, 1943)에서는 농사가 호미로 적과 싸우는 전쟁과 같은 것임을 강력하게 설득하고 있다. 어린이의 놀이와 일을 전쟁 상황에 대입하여 이야기하는 의도는 물론 뻔한 것이다.

이에 반하여, 여자아이를 주인공으로 내세울 때는 정서에 호소하는 방식을 주로 사용하였다. 동화 〈숙이의 적성〉(김호영, 《매일신보》, 1941년 5월 26일)을 보자. 숙이는 인단-'은단'으로 이해하면 된다-을 팔러 다니는데, 지원병인 오빠에게 위문대를 보내기 위해서다. 우리로서는 할머니와 단둘이 사는 숙이가 과연 오빠부터 챙길 마음의 여유가 있을지 의심하지 않을 수 없는데, 작가는 오히려 그렇기 때문에 그것이 이야기거리가 된다고 생각한다. 아니나 다를까, 우연히 마주친 어느 여의사는 숙이의 사정을 듣고 크게 감동하여 자신의 병원에 숙이의 일자리를 마련해 준다.

작가는 어린 숙이가 오빠에게 위문대를 보내기 위해 비를 맞으며 인단을 파는 모습을 애상적으로 묘사하여 독자의 동정심을 자극한다. 그러나 숙이의 행동은 일본 군인을 돕는 일이고, 그것은 곧 부왜이다. 숙이가 아침마다 신사에 가서 일본 군대가 승리하여 오빠가 무사히 돌아오기를 비는 것도 부왜이다. 그래서 독자가 숙이의 행복을 바라는 것 또한 부왜가 된다. 방심하고 있던 독자는 자신도 모르게 어느새 부왜에 동참하게 된다. 이 작품의 음험함이 여기에 있다.

여자아이를 주인공으로 설정한 또 다른 동화인 〈가을하늘〉(임인수, 《아이생활》, 1943. 11월)을 보자. 영자는 지원병으로 나간 오빠 대신 농사일을 한다. 가을의 풍경은 아름답지만, 영자는 그것을 즐길 새도 없이 바쁘게 일한다. 영자의 머릿속에는 들국화를 좋아하던 오빠 생각뿐이다. 영자는 오빠에게 위문대를 보내고, 위문대를 받고 전장의 병사들이 다들 반가워했다는 오빠의 편지를 받고 또 위문대를 보낸다.

작가는 전체 분량의 절반 정도를 가을 풍경을 아름답게 묘사하는 데 썼다. 그리고 전쟁터에 있는 오빠를 낭만적인 소년으로 그렸다. 들국화와 억새를 보며 고향 생각을 하고 '들국화'란 노래를 지어서 부르는 오빠의 모습은 가을 풍경만큼이나 아름답기만 하다. 이와 같은 형상화 전략은 감수성이 예민한 영자 또래의 여자아이를 파고들기 위한 것만은 아니다. 지원병으로 나서는 남자의 발목을 잡는 사람은 어머니와 누이와 같은 여자이기 십상인데, 이들의 두려움과 거부감을 덜어내기 위해서는 전쟁터와 그 속의 군인을 미화할 필요도 있었던 것이다.

위의 몇몇 작품에서 볼 수 있듯이, 여자 어린이를 겨냥한 부왜문학에서는 여자 어린이는 어린이로서는 어른의 보조자로, 여자로서는 남자의 보조자로 그려진다. 그런데 독자로서는 이러한 것을 아주 자연스럽게 받아들이게 된다. 전쟁과 같은 극단적인 상황에서는 무엇보다도 그것을 효율적으로 극복하는 것이 중요하기에, 나이와 성에 따른 역할 분담이 차별적인 것이라 하더라도 기꺼이 감수할 수 있다고 생각한다는 것이다. 심한 경우에는 그와 같은 역할 부여를 차별이 아닌 배려로 받아들이기도 한다. 무서운 것은 부왜와 상관없이 이것이 우리의 내면으로 스며들 수 있는 것이라는 점이다.

개화기 이래로 어린이와 여자의 권익에 대한 우리의 이해는 더디지만 꾸준히 신장되어 왔다. 그런데 부왜문학은 그것을 완전히 원점으로 되돌려 놓았다. 그뿐이 아니다. 부왜문학은 어린이와 여자의 권익은 다른 어떤 것을 위해서라면 언제든지 유보될 수 있는 것임을 선명하게 보여 주었다. 부왜문학의 해악이 부왜에만 있는 것이 아님이 섬뜩할 뿐이다.

남호섭의 동시 세계
: 《놀아요 선생님》의 경우

'놀아요 선생님'의 세 가지 관심사

남호섭 시인이 두 번째 동시집 《놀아요 선생님》(창비, 2007)을 펴냈다. 첫 번째 동시집 《타임캡슐 속의 필통》(창비, 1995)을 펴낸 지 12년 만이다. 그런데 정작 그 자신은 두 번째 동시집을 너무 빨리 묶어 내는 것이 아닌가 하고 부끄러워서 머뭇거렸다 한다. 19년 만에 내놓은 누군가의 시집을 읽고는 그런 생각을 떨칠 수 없었다고 했다. 우리는 여기에서 남호섭 시인이 두 번째 동시집을 내는 데 왜 12년이나 걸렸는지 그 까닭을 짐작할 수 있게 된다.

이 동시집의 제목으로 삼은 이른바 '놀아요 선생님'은 다름 아닌 남호섭 시인 자신이다. 시집에 수록된 〈놀아요〉를 보면, 그 별호는 남호섭 시인 자신이 지은 것으로 되어 있다. 이런 저런 평계를 대면서 '공부하지 말고 놀아요'라고 말할 수 있는 선생님을 가진 아이들, 그들은 분명 행복한 아이들이다. 그리고 그러한 아이들 앞에서 스스럼없이 '놀아요 선생님'으로 자처하는 선생님, 그 또한 그 아이들만큼 행복한 선생님이다. 그러한 아이들과 선생님을 지켜볼 수 있는 독자들도 어느 정도는 행복한 독자들이다.

《놀아요 선생님》을 읽으면 남호섭 시인의 삶이 보인다. 그 자신이 화자로 등장하지 않는 동시에서도 그의 눈길과 숨결이 느껴진다. 그래서 이 동시집을 그의 자화상이라 일컬어도 좋을 듯하다.

《놀아요 선생님》에는 60편의 동시가 실려 있는데, 남호섭 시인이 그 각각의 동시로 노래하고자 한 것은 세 가지 정도로 요약할 수 있다. 하나는 아이들이고 다른 하나는 이웃 사람들이고 마지막 하나는 자연이다. 간디학교에서 국어를 가르치고, 간디학교에서 멀지 않은 원지라는 한적한 시골에다 살림터를 잡고, 간디학교가 자리 잡은 둔철산 산자락을 출퇴근으로 오르내리는 남호섭 시인으로서는 그 세 가지가 당연한 관심사이리라.

《놀아요 선생님》의 '경계 넘어 하나 되기'

《놀아요 선생님》에 실려 있는 동시를 모두 아우를 수 있는 열쇳말을 찾는 것은 불가능하리라. 그러나 '경계 넘어 하나 되기'라는 열쇳말이라면 적지 않은 동시를 감당할 수 있을 것 같다. 다시 말해서, 남호섭 시인의 시적 지향성을 나타낼 수 있는 표현으로는 '경계 넘어 하나 되기'가 가장 적당할 것 같다는 것이다.

남호섭 시인의 경계 넘어서기는 아주 다양하다. 그는《놀아요 선생님》의 머리말에서 교사 남호섭과 시인 남호섭이 하나가 되는 순간을 간디학교에서 경험했음을 털어놓은 바 있다. 그때부터 남호섭 시인은 시를 안 써도 시인이었다고 한다. 같은 논리를 들이대면, 가르치지 않아도 교사였다고 말할 수 있으리라. 그렇다면, 그 순간은 시와 시 아닌 것의 경계를 넘어서는 순간이기도 했을 것 같다. 다음을 보라. 남호섭 시인은 이제는 한 걸음 더 나아가 시쓰기와 시 못(안) 쓰기의 경계까지 넘어서려고 한다.

시 못 쓰는 시인

봄비 그친 강 건너 산에서
연둣빛 잎새들이 피워 올리는
산안개 바라보다
때를 놓쳤네.

씀바귀인가 고들빼기인가
가던 길 멈추고
한참을 들여다보다
또 때를 놓쳤네.

솔바람 시원하더니
어느새 찔레꽃 내음에 취해서
마음까지 놓쳤네.

그래서 오늘도 시를 못 썼네.

남호섭 시인은 시를 쓴 것일까 쓰지 못한 것일까. 어리석은 질문인 줄 뻔히 알면서도 한마디 해 본다. 남호섭 시인은 이따금 시와 동시의 차이를 생각하곤 한다고 했다. 그러나 그 차이를 금세 잊어버린다고 했다. 그는 시와 동시의 경계 또한 이렇게 넘어섰던 것이다.

일찍이 손춘익 선생은 남호섭 시인이 새로운 동시를 쓴다고 말한 바 있다. 어린이를 중심에 놓고 생각하는 시인이기는 하지만 어린이만을 위한 시를 쓰는 시인이 아니라는 것이다. 어린이와 어른이 함께 즐길 수 있는 시, 그것이 남호섭 시인의 시라는 것이다. 이것은 남호섭 시인이 시인 듯 동시인 듯 그 경계가 분명치 않은 시를 쓴다는 말이기도 하다. 시도 쓰고 동시도 쓰는 시인은 참 많다. 그러나 시를 쓰는 것인지 동시를 쓰는 것인지 전혀 의식하지 않고 쓰는 남호섭 시인 같은 시인은 그다지 많지 않다.

《놀아요 선생님》에는 간디학교 연작시가 18편이나 실려 있다. 간디학교는 고등학교의 학력을 인정받는 대안학교이다. 그런데 그 학교와 그 학교에 다니는 학생들에 관한 것도 남호섭 시인을 거치면 동시가 된다. 〈내 여자 친구〉는 학생이 선생님의 휴대전화에 자신의 전화번호를 남기면서 그 이름을 '내 여자 친구'라 했다는 것이 그 대강의 내용이다. 남호섭 시인이 학생과 선생님의 경계를 분명히 그었다면 이런 일은 있을 수 없을 것이다. 학생과 선생님의 경계가 가볍게 허물어지는 자리라면 고등학생과 초등학생의 경계 또한 저절로 무너질 수밖에 없다.

남호섭 시인의 경계 넘어서기는 동식물로까지 확장된다. 나는 〈불 끈다〉를 《놀아요 선생님》에 실린 동시 중에서 최고의 수작으로 손꼽는 데 전혀 주저하지 않는다. 우선 동시부터 감상하자.

불 끈다

우리 집 방충망에
달라붙은

매미, 풍뎅이, 태극나방, 사마귀야

안녕,
우리 집 이제
불 끈다.

하고 싶은 말이 많지만 독자를 위해서 입을 다물기로 한다. 이런 절창에는 웬만한 해설은 군더더기가 될 테니까.

남호섭 시인은 목소리를 높이는 법이 없다. 제도권 교육의 모순에 염증을 이기지 못해 간디학교로 찾아든 아이들을 가르치면서도, 외롭고 고단한 노인들을 아침저녁으로 만나는 시골에 살면서도, 나날이 파헤쳐지고 더럽혀지는 산자락을 오르면서도 그 어떤 것에 대해서 개탄하거나 분노하거나 슬퍼하는 법이 없다. 그는 다른 방법으로 싸운다. 그것은 '경계 넘어 하나 되기'다. 교사인 그가 학생과 하나가 되고 젊은이인 그가 노인과 하나가 되고 사람인 그가 자연과 하나가 되는 것으로 세상의 모순과 맞서려고 하는 것이다.

그런데 경계를 넘어서려다 오히려 경계를 하나 더 쌓는 경우도 있을 수 있겠다. 남호섭 시인이 두려워하는 게 있다면 이런 잘못을 저지르는 일이 아닐까. 아래에서 볼 수 있는 강아지의 주인처럼 되는 것 말이다.

두려움

대형 할인 매장
백 원짜리 보관함에
누가 강아지를 집어넣고

문 잠갔나.

어둠 속에서
두려움에 떠는
비명 소리
발톱으로 쇠문을
긁어 대는 소리.

대형 할인 매장의 보관함에 갇힌 강아지. 이것은 아이러니다. 주인은 강아지를 대형 할인 매장에 데려왔다. 어쩌면 아기처럼 품에 꼭 안고 데려왔는지도 모른다. 그런데 강아지를 대형 할인 매장에 데려온 주인의 사랑이 그 강아지를 보관함에 가두는 속박이 되었다. 경계 넘어서기가 잘못된 것이다.

강아지가 사랑스럽다면 강아지를 사람들이 북적거리는 대형 할인 매장으로 데려올 것이 아니라 강아지가 마음껏 온 세상을 뛰어다니게 목줄이라도 풀어놓을 일이다.

앞의 〈불 끈다〉가 보여줬잖은가, 불을 찾아 날아든 곤충을 위하는 것은 밤새 불을 밝혀 그를 붙들어 놓는 것이 아니라, 잠자리에 들 시간이라고 불을 끄면서 작별 인사라도 하는 것이다.

사람이 동물과 하나가 된다는 것은 동물을 사람처럼 존중한다는 것이지 사람으로 대우한다는 것이 아니지 않는가. '경계 넘어 하나 되기'에도 지혜가 필요한 듯싶다.

'경계 넘어 하나 되기'라 하니 사뭇 거창해 보인다. 그러나 정작 남호섭 시인 자신은 그것을 대수롭지 않게 여기는 듯하다. 우리가 늘 마주치는 그렇고 그런 사람들의 마음이 원래 경계를 두지 않는 마음임을 몇몇 동시를 통해서 보여 준다.

백혈병 치료 중인 어떤 아이의 머리 깎은 모습을 텔레비전에서 보고는 가슴 아파하다가 자신도 머리를 깎아 버린 '청란'(〈기숙사〉)이나, 시시한 비빔밥 한 솥이면 금세 한 식구가 되는 '아이들'(〈한솥밥 먹기〉)이나, 마실 올 때는 빈손으로 오는 법이 없지만 돌아갈 때는 뭐라도 하나 슬쩍 집어 가는 두양댁 할머니, 그 할머니의 착한 마음뿐만 아니라 못난 마음까지도 감싸 안는 '우리 할머니'.

그렇다. 이런 사람들은 어디나 있다. 어쩌면 저밖에 모르는 나 같은 사람조차도 한 번쯤은 이런 사람들과 같은 마음을 냈을 것도 같다. 남호섭 시인이 바라던 것도 독자의 바로 이와 같은 자각이라면, 남호섭 시인과 나는 이미 시인과 독자의 경계를 넘어 하나가 된 것이라 할 수 있을 것이다.

'놀아요 선생님'이 마음으로 얻은 동시

동시 두 편을 잇달아 소개한 뒤에 이야기를 계속하기로 한다.

보랏빛

정취암 가는 길에
도라지 꽃 피었습니다.

이 세상 더 예쁜 빛은 없다는 듯
보랏빛으로 피었습니다.

대추나무

매미가 웁니다.
창밖 대추나무에서 웁니다.
귀가 쟁쟁하게 웁니다.

매미가 다 울고 간 뒤
대추 알 하나
더 열었습니다.

〈보랏빛〉은 참 단순하다. 도라지꽃의 보랏빛이 그렇게 예쁠 수가 없었다는 것이 다다. 그런데도 이것이 동시, 그것도 괜찮은 동시로 읽히는 까닭은 무엇일까. 도라지꽃의 보랏빛에서 도라지꽃의 자부심을 읽어내고 또 그 자부심을 진심으로 존중하는 시인의 넉넉한 마음이 독자의 마음에 울림으로 다가오기 때문은 아닐까. 그런데 이런 마음은 도라지꽃과 하나가 되지 않으면 절대로 생기지 않는 것이다.

〈대추나무〉는 매미의 울음과 대추의 결실을 관련지은 시적 발상이 재미있는 동시다. 그런데 이와 같은 발상 또한 대상과 맞닥뜨리지 않고는 결코 떠올릴 수 없는 것이다. 왜냐하면, 매미의 울음과 대추의 결실 사이에는 그 어떤 논리적 인과 관계도 존재하지 않기 때문이다. 아마도, 어느 여름날 남호섭 시인은 대추나무에 붙어 징하게 울어 대는 매미를 보았을 것이다. 울음을 뚝 그친 매미가 날아가 버린 자리에는 대추가 하나 달려 있었을 것이고. 물론 그것은 매미의 몸에 가려져 보이지 않던 대추였을 것이다. 그러나 그 대추는 매미가 울음을 울어 새로 열게 한 대추로 볼 수도 있는 것이다.

이와 같은 동시는 일부러 지으려고 해서 지을 수 있는 것이 아니다. 도라지꽃이, 그리고 매미와 대추나무가, 자신과 하나가 되어 주어 고맙다고 스스로 선물하지 않으면 시인의 손에 들려질 수 없는 동시라는 것이다. 그 어떤 것과 경계를 넘어 하나가 된다는 것이 쉬운 일이 아니다. 맞닥뜨리는 것만으로는 부족하다. 몰입하여야 한다. 그리고 기다려야 한다. 그 어떤 것이 스스로 경계를 지우고 나를 받아들일 때까지.《놀아요 선생님》이 세상에 나오기까지 12년이나 걸린 것도 그러한 기다림의 세월이 필요했기 때문이었으리라.

《놀아요 선생님》이 놓친 것

《놀아요 선생님》에 실려 있는 60편의 동시는 시적 완성도의 측면에서 볼 때 편차가 제법 크다. 이런 편차는 어느 동시집에서든 흔히 나타나는 것이기에 유난 떨 일은 아니다. 그러나 듣기 좋은 말만 하고 이 글을 맺을 수는 없는 일.

《놀아요 선생님》에는 읽는 맛이 밋밋한 동시도 적지 않다. 시인 자신의 개인적 감동에 너무 많이 기대는 경우에 이런 동시가 쓰여진다. 간디학교 연작시에 이런 성격의 동시가 많았던 것은 결코 우연이 아니다. 한 예를 보자. 스승의 날에 아이들은 옆구리 터진 김밥으로 선생님의 도시락을 쌌던 모양이다. 남호섭 시인은 그날 세상에서 가장 맛있는 김밥을 먹었다고 했다.(〈스승의 날〉) 남호섭 시인은 그 김밥에서 시적 환희를 느꼈을지도 모른다. 그렇기에 동시로까지 썼겠지. 그러나 독자는 다르다. '세상에서 가장 맛있는 김밥'은 단지 스승의 제자 사랑에 대한 은유로만 이해할 뿐이다.

'읽는 맛이 밋밋하다'는 것은 어쨌든 주관이 개입된 평가다. 남호섭 시인으로서는 '그렇게 생각하는 사람도 있구나' 하고 흘려 버려도 무방한 평가다. 그런데《놀아요 선생님》에는 생각이 어지럽거나 말이 어긋나 있는 동시 또한 쉽게 찾아볼 수 있다고 한다면 사정은 달라진다. 남호섭 시인으로서도 다시 챙겨봐야 할 것이다. 동시는 무엇보다도 말이 반듯해야 한다. 어린이가 동시를 읽었기 때문에 우리말을 잘못 배우게 되었다면 정말 큰일이기 때문이다. 동시에서는 이른바 '시적 허용'이라는 것도 좀처럼 허용하지 않는 까닭도 바로 여기에 있다. 다음을 보라.

시 읽어 줄까

-시 읽어 줄게 얘들아.
-시 읽어 줄게 얘들아.
아침 조회 시간마다 우리 선생님
우리를 귀찮게 하신다.

싫다고 하면 슬퍼하시고,
좋다고 하면 우리 마음하고
저렇게 잘 맞을까 싶은
시들만 골라 읽어 주신다.

-오늘은 내가 쓴 신데 들어 볼래?
이런 날은 우리가 시의 주인공이 된다.
선생님은 일부러 야단치지 않아도
우리를 주인공으로 만들어 놓으면
스스로 잘하리라는 걸 아시는 모양이다.

이 동시는 2연에서부터 파탄을 일으킨다. '싫다고 하면 슬퍼하시고'와 그 뒤에 이어지는 시구를 관련지어 살펴 보라. 내용과 형식 모두 서로 어긋나 있음을 알 수 있을 것이다. 3연도 심상치 않다. 3연의 앞부분은 선생님이 읽어 주는 시의 선택과 관련된 이야기니까 1, 2연에 이어 붙일 수 있다. 그러나 3연의 뒷부분은 너무 뜬금없다. 학생에 관하여 선생님이 직접 쓴 시를 읽어 주는 까닭이 1, 2연과 너무 동떨어진다.

이 동시의 내용을 재구성해 보았다. 의미의 자연스러운 흐름에 초점을 맞추느라 내용의 일부를 고쳤다. 동시의 원문과 비교해 보기 바란다.

'선생님은 아침 조회 시간마다 우리에게 시를 읽어 주고 싶어 한다. 우리는 귀찮았지만 선생님이 속상해 할까봐 못이기는 척 들어 주기로 한다. 그런데 막상 들어 보니 들을 만했다. 선생님이 들려주는 시가 어쩌면 우리 마음을 그리도 잘 나타내고 있는지. 어떤 때는 우리에 관해서 선생님이 직접 쓴 시를 읽어 준다. 선생님은 우리를 제법 괜찮은 학생으로 그린다. 아마도, 선생님은 그렇게 해서라도 우리에게 시를 읽어 주는 것을 계속할 수 있기를 바라시는 것 같다.'

〈시 읽어 줄까〉는 재미있는 동시가 될 요소를 많이 갖추고 있었는데, 참 아쉽다. 발상은 좋았는데 그 발상을 표현으로 전환하는 과정에서 약간의 실수가 있었던 것 같다. 좀 더 아쉬운 것은 이런 실수가 〈시 읽어 줄까〉에 한정된 것이 아니라는 것이다.

미처 말하지 못한 것

문득 대학 다닐 때가 생각난다. 그때는 이른바 시의 황금시대였다. 하루가 멀다 하고 좋은 시집이 쏟아져 나왔다. 몇 푼 안 되는 주머닛돈을 털어 시집을 한 권 사면 읽고 또 읽었다. 그러면 가슴은 쿵쾅거렸고 그 흥분은 최소한 하루는 지속되었다. 그런데 동시를 공부하면서부터 그런 살떨림을 잘 누리지 못했다. 동시의 수준이 시의 수준에 못 미친다는 말을 들으면서도 한 번도 반박할 생각을 못한 것도 이 때문이었다. 그러나 동시의 형편도 점점 나아지고 있는 듯하다. 《놀아요 선생님》은 그 징표의 하나라 말할 수 있다. 이 동시집을 좀 더 자세하게 소개하지 못한 것이 유감이다. 특히, 〈자전거 찾기〉, 〈똥〉, 〈잠자리 쉼터〉와 같은 아주 빼어난 동시를 아예 언급조차 못한 것이 내내 마음에 걸린다.

김륭의 실험시,
과연 동시의 새로운 지평인가

늦깎이 시인의 준비된 실험

김륭은 2007년 강원일보 신춘문예를 통해 등단했다. 이때 그의 나이가 우리 나이로 마흔 일곱이었으니 그는 늦깎이 시인이라 할 만하다. 신춘문예로 등단한 지 이태 만에 첫 동시집 《프라이팬을 타고 가는 도둑고양이》(문학동네, 2009)를 펴냈으니 준비된 늦깎이 시인이라 해야 옳겠다. 그한테는 등단이 시를 쓰는 계기가 된 것이 아니라 이미 써둔 시를 세상에 내놓는 계기가 되었다고 해야 할 것 같다. 그런데 그를 준비된 시인이라 한 이유는 따로 있다. 강원일보 신춘문예의 심사평을 잠시 살펴보자.

마지막으로 끝까지 논의의 대상이 되었던 김륭의 〈달려라 공중전화〉와 〈배추벌레〉는 동시가 갖추어야 할 덕목인 응축과 운율을 무시한 채 지나치게 서술에 의존하고 있다는 단점이 지적되었다. 그러나 응모한 다섯 편의 작품 모두 시적 대상에 접근해가는 방식이 다른 응모자들에 비해 새롭고, 실험 정신과 동화적 상상력이 돋보인다는 장점 또한 간과하기 어려웠다.

김륭이 강원일보 신춘문예에 투고한 작품은 다섯 편이었는데, 그중에 〈달려라 공중전화〉와 〈배추벌레〉가 최종심에 올랐고 그 둘 중에 〈배추벌레〉가 당선작으로 선정되었다. 나머지 세 편이 어떤 작품인지 우리로서는 알 수 없지만, 심사평에 따르면, 그 세 편 또한 〈달려라 공중전화〉와 〈배추벌레〉와 마찬가지로 실험 정신과 동화적 상상력이 돋보이는 시였던 모양이다. 그러나 김륭의 실험시는 신춘문예를 겨냥한 일회용 시가 아니었다. 이미 그 자신의 시로 껴안고 있던 시였다.

신춘문예를 통해서 실험시의 가능성을 확인한 김륭은 대부분 그의 실험시로 채워진 그의 첫 동시집 《프라이팬을 타고 가는 도둑고양이》를 출간한다. 이 동시집의 머리말에서 그는 자신의 실험 정신을 '관습적 상상에서 벗어나기'로 규정한다.

무슨 동시가 이렇게 어렵냐고 눈살 찌푸릴 사람이 많을 것 같습니다. 다시 한 번 머리 숙여 용서를 구합니다. 시골 할머니가 입고 있던 빨강내복처럼 몸에 착 달라붙어 있는 관습적인(?) 상상력에서 조금이라도 멀리 달아나 보고 싶었습니다. 울퉁불퉁 이야기가 있는 동시를 쓰고 싶었고 아이들보다 먼저 엄마 아빠에게 읽어 주고 싶었습니다.

김륭은 '관습적 상상에서 벗어나기'가 어떠한 것인지 구체적으로 말하지 않았다. (맥락상 '관습적인 상상력'보다는 '관습적인 상상'이 더 적절할 것 같다.) 시로 보여 줄 것이기에 굳이 말로 설명할 필요를 느끼지 못했을지도 모른다. 그런데 위의 인용문은 동시쓰기 방법뿐만 아니라 동시 장르

의식에서도 탈관습을 꾀하고 있음을 보여 준다. 탈관습적 상상에 의한 동시쓰기가 탈관습적 동시 장르 의식을 배태시켰던 것이다.

김륭은 자신의 동시는 어려울 것이라고 했다. 이유는 금방 유추할 수 있다. 탈관습적 상상으로 쓴 시라 하지 않았던가. 그리고 김륭은 자신의 동시는 어린이보다 어른한테 먼저 읽어 주고 싶다고 했는데, 이 말은 잘 납득이 되지 않는다. 그의 동시는 이른바 '어른을 위한 동시'라는 것일까. 어쨌거나, 우리는 여기에서 두 가지 사실은 분명하게 알 수 있다. 하나는 김륭 스스로 자신의 동시는 어린이한테는 어려운 것으로 판단했다는 것이고, 다른 하나는 김륭은 자신의 주 독자로 어른을 상정했다는 것이다.

정작 놀라운 것은 동시 문단의 반응이었다. 탈관습적 상상으로 쓴 김륭의 동시, 다른 말로 하면, 탈관습적 장르 의식을 보여 주는 김륭의 동시에 대해서 동시 문단은 큰 기대를 숨기지 않았는데, 이는 동시 문단의 보수성에 비추어 볼 때 매우 이례적인 것이라 하지 않을 수 없다.

김륭은 최근 몇 년 사이에 몇 권의 동시집을 잇달아 세상에 내놓았다. 《삐뽀삐뽀 눈물이 달려온다》(문학동네, 2012), 《별에 다녀오겠습니다》(창비, 2014), 《엄마의 법칙》(문학동네, 2014), 《달에서 온 아이 엄동수》(문학동네, 2016) 등이 바로 그것이다. 동시 문단의 긍정적인 평가가 힘이 되었을 것은 짐작하기 어렵지 않다. 준비된 늦깎이 시인 김륭, 그는 어느새 동시 문단의 든든한 한 축으로 사람들이 기억하게 되었다.

'탈관습적 상상'의 실체

김륭의 '관습적인(?) 상상력'의 '관습적인'에는 물음표(?)가 붙어 있다. 김륭 본인도 이 용어의 타당성을 그다지 자신하지 못했던 것 같다. 사실,

'상상'이란 용어는 '관습적인'이라는 수식어를 용인하지 않는다. '관습적 상상'은, 글자 그대로 해석한다면, 그 의미는 '오랜 세월 동안 지켜 내려온 특정한 패턴(또는 질서나 규칙)의 상상'이 될 것이다. 그런 '상상'은 누구나 할 수 있는 '상상'이긴 하다. 그러나 아무도 하려 하지 않는 '상상'이다. 의미 있는 가치를 창출하는 '상상'이 아니기 때문이다.

예컨대, '용'의 상상 패턴에 따라서 새로운 동물을 상상한다고 해보자. 표준국어대사전은, '용'을 '몸은 거대한 뱀과 비슷한데 비늘과 네 개의 발을 가지며 뿔은 사슴에, 귀는 소에 가까운 동물'로 설명하고 있다. 이에서 '용'의 상상 패턴을 알 수 있는데, 그것은 이런 저런 동물의 특정 부위를 따 모아서 하나의 새로운 동물로 조합하는 것이다. 이를 응용하면 코끼리 몸통, 개구리 발, 쇠뿔, 토끼 귀를 지닌 동물도 상상할 수 있다.

그러나 우리가 방금 상상한 그 동물은 삼족오에 비할 바가 못 된다. 삼족오는 말 그대로 다리가 셋인 까마귀다. 두 다리의 까마귀한테 다리를 하나 더 붙여 준 것, 이것은 다른 데서 빌려 온 것이 아니다. 그 누군가가 처음으로 창안한 것이다. 진정한 의미에서의 상상은 언제나 새로운 패턴의 상상인 것이다.

'상상'을 '관습적 상상'과 '탈관습적 상상'으로 나누어 대립시키는 것은 부질없는 것이다. 가치 있는 '상상'은 어차피 '탈관습적'인 것이기 때문이다. 김륭은 어쩌면 자신의 향기와 색채가 또렷한 독자적인 상상이라는 의미로 '탈관습적 상상'이라는 말을 썼는지도 모른다. 그렇다면 그것은 수사적인 용어에 지나지 않게 된다.

어쨌거나, 김륭의 이른바 '탈관습적 상상'의 실체를 그의 동시 〈밥풀의 상상력〉을 통해서 확인해 보기로 한다.

이안은 《프라이팬을 타고 가는 도둑고양이》에 붙인 해설의 제목을 '밥풀의 상상력으로 그린 숨은그림찾기'라 하였다. '밥풀의 상상력'이라는 말은, 김륭의 동시 〈밥풀의 상상력〉의 제목에서 따온 것이다. ('숨은그림찾기'라는 말도 김륭의 동시 제목에서 따왔다.) 그러니까 이안은 김륭의 '탈관습적 상상력'을 '밥풀의 상상력'으로 재명명했던 것이다. 아마도, 김륭의 동시 〈밥풀의 상상력〉만큼 김륭의 '탈관습적 상상력'을 잘 보여 주는 것이 없다고 생각했던 모양이다.

밥도 풀이라고 생각할래요
질경이나 패랭이, 원추리 씀바귀 노루귀 같은
예쁜 풀이라고 친구들에게 말해 줄래요

주렁주렁 쌀을 매단 벼처럼 착하게 살래요
밥그릇 싸움 같은 어른들의 말은
배우지 않을래요

말도 풀이라고 생각할래요
며느리배꼽이나 노루귀 같은 예쁜 말만 키워
입 밖으로 내보낼래요

온갖 벌레 울음소리 업어 주는 풀처럼 살래요
어른들이 밥 먹듯이 하는 욕은
배우지 않을래요

치매 걸린 외할머니 밥상에 흘린
밥알도 콕콕 뱁새처럼 쪼지 않을래요
풀씨처럼 보이겠죠

잔소리 많은 엄마는 잎이 많은 풀이겠죠
저기, 앞집 할머니도 호리낭창
예쁜 풀이에요

        〈〈밥풀의 상상력〉 전문,《프라이팬을 타고 가는 도둑고양이》〉

이 동시를 이안은 이렇게 설명한다.

'밥풀'(밥+풀, 밥=풀)이라는 단어에서 착상을 얻어 "밥도 풀이라고 생
각"하겠다는 말로 첫 행을 쓴 뒤, 이후 몇 차례 말의 가지 뻗기를 자유롭게
수행한 끝에 "엄마"도 "앞집 할머니도" "예쁜 풀"이라는 결론에 이르는
과정을 보여 준다.

이안은 이를 일반화하여 김륭 동시의 독법을 마련하는데, 다음이 그것
이다.

①시인이 사물-언어의 유사성을 어디에서 발견했는가를 찾아서(최초의
관계 설정) 그 자리에서부터 ②시인이 펼치는 자유 연상의 유기적 경로를
따라 표면적 의미를 파악한 후 ③그것의 심층적 의미를 따져 보는 식으로
접근하면 된다.

독법과 작법은 동전의 앞뒷면 같은 것이다. 이안이 옳다면, 김륭의 동
시 작법은 '사물-언어의 유사성'을 단서로 한 '자유 연상'을 핵심으로 하
는 것이라 할 수 있다.
그런데 '사물-언어의 유사성'이라는 말은 아무래도 잘못 쓴 말 같다.
언어는 관념적인 상징 기호에 지나지 않는 것이어서 사물과 유사 관계를

따지는 것이 불가능하기 때문이다. 물론 특수한 국면의 언어라면 이야기가 달라질 수 있다. 상형문자는 사물의 형상을 본뜬 것이고 의성어는 사물의 소리를 본뜬 것이기 때문이다. 그러나 이안이 이러한 특수한 언어 현상을 염두에 두면서 '사물-언어의 유사성'을 말했을 것 같지는 않다.

이른바 '밥풀의 상상력'은 '동음이의어를 활용한 언어 유희'에서 시작된다. '밥풀'의 '풀'은 '쌀이나 밀가루 따위의 전분질에서 빼낸 끈끈한 물질'을 가리키는 것이다. 그런데 김륭은 발음의 유사성에 기대어 그것의 의미를 '초본 식물'로 전환시켜 버린다. '밥풀'이 '풀(초본식물)'의 일종으로 귀착되는 순간, '밥풀'은 '밥'이라는 '풀'이 되고 마침내 '밥'은 '풀'이 된다. 이렇게 본다면, '밥풀' 그 자체에 관한 상상력, 그러니까 좁은 의미의 '밥풀의 상상력'은 '언어유희적 상상력'이라 할 수 있다. '언어유희적 상상력'과 '연상의 상상력'을 더하면 넓은 의미의 '밥풀의 상상력'이 된다.

〈밥풀의 상상력〉에서 보여 주는 상상의 전모는 다음과 같다.

1연 (언어유희) : 밥 → 풀

2연 (연상) : 밥 → 쌀 → 벼 → 착하게 살기 → 밥그릇 싸움 같은 어른
　의 말 배우지 않기

3연 (연상) : 말 → 풀 → 며느리배꼽이나 노루귀 → 예쁜 말만 하기

4연 (연상) : 풀 → 벌레 울음소리 → 욕 → 어른들이 밥 먹듯이 하는 욕
　배우지 않기

5연 (연상) : 어른들이 밥 먹듯이 하는 욕 배우지 않기 → 치매 할머니
　밥상의 밥알 쪼지 않기

　밥알 → 풀씨

6연 (연상) : 풀씨 → 잎이 많은 풀 → 잔소리 많은 엄마

치매 할머니 → 앞집 할머니 → 호리낭창 예쁜 풀

〈밥풀의 상상력〉은 '관습적 상상력'으로 쓴 시라 한들 조금도 어색할 것이 없다. 언어유희와 자유 연상은 오래된 상상의 한 패턴이기 때문이다. 물론 이 동시에서 보여 준 언어유희의 내용과 자유 연상의 구조는 김륭 자신의 것이다. 그런데 남의 것을 그대로 베끼지 않는 한 내용과 구조까지 동일한 언어유희와 자유 연상은 있을 수 없다. 이런 점에서, 〈밥풀의 상상력〉은 상상력 측면에서는 새로울 것이 없는 동시라 하겠다. 그럼에도 불구하고 〈밥풀의 상상력〉은 김륭 동시의 특성을 적나라하게 보여 준다고 말할 수 있다. 동시 문법적 측면의 파격적인 탈관습성 때문이다.

보다시피, 〈밥풀의 상상력〉은 소재 '밥풀'을 언어유희로 해체하여 마련한 '밥'과 '풀'이라는 낱말을 실마리로 하여 자유 연상을 마음껏 펼치고 있는 동시다. 그런데 시인은 저 현란한 언어유희와 저 복잡다단한 자유 연상을 통해서 무엇을 말하려고 했던 것일까. '엄마'도 '앞집 할머니'도 '예쁜 풀'임을 밝힌 것, 이안은 이것이 이 동시의 결론이라 했다. 물론 잘못 짚은 것이다.

〈밥풀의 상상력〉에는 적지 않은 진술이 있다. 그런데 그 진술은 개별적이고 독립적이다. 진술 상호 간의 논리적 관계는 전체를 하나의 큰 진술로 통합할 만큼 또렷하지 않다. 자유 연상으로 마련한 진술은 원래 그런 것이다. 자유 연상으로만 이루어진 본격적인 시가 없는 것도 바로 그 때문이다. '원숭이 똥구멍은 빨개→ 빨간 것은 사과→ 사과는 맛있어→맛있는 건 바나나…'로 이어지는 〈원숭이 똥구멍은 빨개〉라는 동요가 있다. 이와 같은 말놀이 동요가 겨냥하는 것은 언어유희를 통한 언어 습득이지 시적 사유를 통한 감동의 내면화가 아니다.

그런데 '앞집 할머니'도 '예쁜 풀'이라고 했는데, 그게 무슨 말일까.

'밥'이 '예쁜 풀'이라 한 것과 관련지어 해석해야 하는 것일까. 도통 알 수가 없다. 어쩌면 이렇게 되묻는 것이 부질없는 것인지도 모른다. 자유 연상은 연상 그 자체를 목적으로 하는 것이기 때문이다. 어쨌거나, 이 지점에서도 이안의 주장은 힘을 잃는다. 그 속뜻조차 짐작할 수 없는 진술을 결론이라 할 수는 없지 않은가.

동시도 한 편의 글이다. 글이라면 당연히 어떤 메시지를 담게 된다. 그런데 〈밥풀의 상상력〉을 읽는 독자는 그 메시지가 무엇인지 도무지 알 수가 없다. '예쁘고 고운 말만 하고 살자' 이런 말을 하고 있는 것도 같고, '약자의 밥을 빼앗지 말자' 이런 말을 하고 있는 것도 같고….

〈밥풀의 상상력〉이 '탈관습적 상상력'을 대변하는 것이라면, '탈관습적 상상력'이란 전통적인 동시 문법을 거부하는 상상력이라 할 수 있다. 이참에, 김륭의 동시 문법을 좀 더 자세하게 들여다보기로 한다.

동시 문법의 탈관습성

동시는 동시 장르의 글이다. '동시 장르'의 '글'이라면 동시 장르의 관습과 글의 관습을 지키는 것이 당연하다. 동시 장르의 관습과 글의 관습 중 어느 하나라도 지키지 않으면 아예 동시의 범주에 들지 못하거나 동시의 범주에 든다 하더라도 좋은 동시가 되지 못한다. 여기서는 김륭의 동시 장르적 측면의 탈관습성과 어법적 측면의 탈관습성을 차례대로 논의하기로 한다. 이 둘을 묶어서 지칭할 때는 '동시 문법의 탈관습성'이라 하기로 한다.

김륭은 그의 첫 동시집의 머리말에서, 자신의 동시는 어려운 동시라 했고 어린이보다 어른한테 먼저 읽히고 싶은 동시라 했다. 이는 동시 장르의 향유 관습에서 보면 매우 낯설게 느껴지는 말이다. 전통적인 동시 장르론에서는 동시는 어린이를 가장 중요한 독자로 간주하는 시이어야 하고, 그래서 어린이가 쉽게 읽을 수 있는 시이어야 한다고 말하고 있기 때문이다.

김륭의 동시가, 김륭의 말마따나 어른 독자도 힘겨워할 만큼 어렵다 하더라도 그 누구도 김륭의 동시를 동시의 자리에서 끌어내릴 수 없다. 무엇보다도 어려움의 정도는 계량화하기가 곤란하기 때문이다. 또 다른 이유를 들어 어려운 동시에 대한 맹목적인 거부를 반박할 수 있다. 즉, 어린이는 쉬운 동시만큼이나 어려운 동시도 좋아한다는 것이다. 물론 그 어려움은 어린이가 감당할 수 있는 수준의 것이어야 한다. 이 수준 또한 계량화하기는 곤란하지만 말이다.

문제는 김륭의 동시 상당수는 '어린이가 읽기 어려운 동시'가 아니라 '어린이가 읽기 불가능한 동시'라는 것이다. 〈밥풀의 상상력〉만 해도 그렇다. 시인이 최종적으로 무슨 말을 하고자 하는지 어른조차 알아낼 수 없는 동시다. 그래도 어른은 〈밥풀의 상상력〉을 즐길 수 있다. 의미가 이미지로 다가오는 것, 그것에서 희열을 느낄 수 있기 때문이다. 이런 점에서 김륭의 동시는 일단 동시 장르의 내용적 측면에서 일탈을 보이는 동시라 말할 수 있다.

김륭의 동시는 동시 장르의 형식적 측면에서도 탈관습을 꾀한다. 예로 들 동시는 〈염소랑 소랑 둘이서〉이다. 이 동시는 김륭의 첫 동시집에 실려 있는 첫 번째 동시인데, 김륭한테는 그만큼 각별한 동시였던 모양이다. 그런데 독자한테도 이 동시는 각별하게 다가온다. 김륭의 동시 문법의 탈관습성을 제대로 보여 주기 때문이다. 먼저 작품부터 읽어 보자.

염소랑 소랑 둘이서 풀을 뜯고 있어요

텃밭에서 잡초 뽑던 할머니 오물오물 웃고 있어요

틀니가 파랗게 물들었어요

염소랑 소랑 둘이서

병든 할아버지 농사일을 돕고 있어요

허리 펴지지 않는 할머니 흘끔거리며

꼬부랑꼬부랑 정답게 둘이서

풀을 뜯고 있어요
(〈염소랑 소랑 둘이서〉 전문,《프라이팬을 타고 가는 도둑고양이》)

〈염소랑 소랑 둘이서〉는, 한눈에 알 수 있듯이, 시행과 시행 사이의 간격이 꽤 넓다. 인용문은 원문을 그대로 옮긴 것이다. 이 동시가 실린 동시집을 보면, 이 동시의 시행 사이의 물리적 거리는 다른 동시의 연 사이의 물리적 거리와 같다. 이 사실만 놓고 보면, 이 동시의 시행 하나하나는 그 자체가 시의 한 연이라고 말할 수 있다. 물론 그렇게 말하면 곤란해지는 점도 있다. 이 동시에는 문장 하나를 두 개 또는 세 개의 시행으로 나눠 놓은 것도 있는데, 그 각각을 하나의 연으로 보아야 하는 문제가 생긴다는 것이다.

그렇다면, 시행 사이의 넓은 간격을 어떻게 설명해야 할까. 시행 하나하나를 뚝뚝 떼어서 천천히 읽으라고? 아니면 보기에 시원스러우라고?

도대체 시인의 의도는 무엇일까. 독자가 그것을 짐작할 만한 단서는 그 어디에도 없다.

말이 나온 김에 덧붙이자면, 김륭의 동시에서는 시행의 구분도 갈피를 잡기 어렵다. 시행은 의미와 운율 그리고 길이를 고려하여 구분하는 것이 보통이다. 물론 이 중에서 가장 중요한 것은 의미다. 그런데 김륭의 동시에서는 이와 같은 시행 구분의 일반론이 완전히 무시된다.

예로, 《엄마의 법칙》에 실린 〈우산〉의 일부를 보겠다. '그걸 아는 우산은 가끔씩 살을 부러뜨리거나/슬며시 없어진다 그러니까 우리는 한 번도/우산을 잃어버린 적이 없다'의 시행 구분에서는 의미와 운율이 전혀 고려되지 않았다. 그렇다고 길이가 고려된 것 같지도 않다. 〈우산〉과 같은 시행 구분이 예외적인 것이 아니다. 종잡을 수 없는 시행 구분은 김륭 동시의 한 특징이라 할 만하다.

〈염소랑 소랑 둘이서〉는 김륭 시인의 또 다른 탈관습을 보여 주는데, 그것은 언어의 자의적 사용이다. '할머니'가 '오물오물' '웃고' 있다느니, '염소랑 소랑 둘이서' '꼬부랑꼬부랑 정답게' '풀을 뜯고' 있다느니, 하는 표현을 보자. 참으로 기묘한 짜임의 '수식어-피수식어'다. 과연 이를 시적 표현이라는 이유로 용인해야 하는 것일까. 작가의 의도를 몰라서 이런 고민을 하게 되는 것이 아니다. 오히려, 작가의 의도가 너무 빤히 들여다보이기 때문에 독자의 고민이 더 깊어지는 것이다. 해당 시행의 이해를 위해서 그 앞뒤의 시행을 함께 살피기로 한다.

염소랑 소랑 둘이서 풀을 뜯고 있어요//텃밭에서 잡초 뽑던 할머니 오물오물 웃고 있어요//틀니가 파랗게 물들었어요

염소와 소는 풀을 뜯고 있고 할머니는 웃으며 잡초를 뽑고 있다. 그런

데 할머니가 '오물오물' 웃고 있다. '오물오물'에는 '입술이나 근육이 자꾸 오므라지는 모양'이라는 뜻도 있고 '음식물을 조금씩 자꾸 씹는 모양'이라는 뜻도 있다. 여기서는 이 두 가지 뜻이 다 쓰였다. 즉, '할머니 오물오물 웃고 있어요'는 할머니가 입술 근육을 오므리고 웃으면서 잡초를 입에 넣고 조금씩 자꾸 씹는다는 뜻으로 썼다는 것이다. 할머니는 웃고 있고 또 틀니가 파랗게 물들었다고 하니 이렇게 읽을 수밖에 없다.

이와 같은 비문법적인 독법을 강요하는 시인의 발상은 연상에 기반을 두고 있다. 염소와 소가 풀을 뜯는 것은 한편으로는 먹이를 먹는 것이고 다른 한편으로는 잡초를 제거하는 것이다. 시인은 할머니가 잡초를 뽑는 것을 염소와 소가 풀을 뜯는 것과 같은 것으로 간주해 버린다. 그리하여 시인에 의해서 할머니도 염소나 소처럼 풀을 오물거리게 된 것이다.

이와는 반대로, '꼬부랑꼬부랑'이라는 의태어는 할머니를 묘사할 때 써야 할 것을 염소와 소를 묘사할 때 썼다. 염소와 소의 허리도 할머니의 허리처럼 굽었다 할 수는 있다. 그런데 시인은 '꼬부랑꼬부랑'을 염소와 소의 허리를 묘사하는 데 바로 쓴 것이 아니다. '꼬부랑꼬부랑' 대목은 이렇게 읽어야 한다. '할머니 허리처럼 허리가 꼬부랑한 염소와 소가 정답게 풀을 뜯고 있다.' 어쩌면, 김륭은 독자가 이렇게 읽는다면 불만을 표시할지도 모르겠다. 그냥 '꼬부랑꼬부랑 정답게'로 읽어 달라고 말이다. 하긴, 어느 쪽으로 읽든 언어 규범을 파괴하는 것은 마찬가지니까.

김륭의 우격다짐 식의 자의적 언어 사용은 특히 비유적 표현에서 넘쳐나는데, 그 몇 가지 예를 들어 본다.

①시냇물처럼 졸졸, 따라다니던/엄마 잔소리도(〈도서관 가는 꿀돼지〉,
《삐뽀삐뽀 눈물이 달려온다》)
②엄마 말 듣고 오늘은 꽃처럼 자야지(〈꽃잠〉,《별에 다녀오겠습니다》)

③살금살금 걸어가다가 등 굽은 할머니처럼 잠시 쪼그려 앉기도 한다
    (〈살금살금〉,《엄마의 법칙》)
④얼룩이 날아간 얼룩말처럼 엄동수는 달리고(〈고양이 면허증〉,《달에서
    온 아이 엄동수》)

비유란 어떤 것(원관념)을 다른 어떤 것(보조 관념)에 빗대어 말하는 것이다. 당연히, 원관념과 보조 관념 사이에는 유사성이 있어야 한다. 비유의 목적은 보조 관념을 통해서 원관념을 좀 더 새롭게, 좀 더 알기 쉽게, 좀 더 멋들어지게 설명하거나 묘사하는 것이기 때문이다. 그런데 김륭의 비유는 이와 같은 일반 원칙에 어긋나는 것이 많다.

①의 경우, '~처럼'이 쓰여 비유로 보이지만 비유가 아니다. '졸졸'은 '시냇물'과 연결하면 의성어로 기능하지만 '따라다니던'과 연결하면 의태어로 기능한다. 다시 말하면, '시냇물'과 '엄마 잔소리'는 동음이의어 '졸졸'로 연결되어 있을 뿐이지 비유 관계로 연결되어 있는 것이 아니라는 것이다. 물론 이런 문장은 비문법적 문장이다.

②는 '꽃처럼'의 원관념이 불분명하다. 꽃처럼 잔다는 것이 어떻게 자는 것인지 그림이 잘 안 그려진다는 것이다. 물론 문맥을 고려하면 그 의미를 찾을 수는 있다. 화자가 들은 엄마의 말이 '여자는 잠도 예쁘게 자야 한단다'였다. 이를 고려하여, '꽃처럼 자야지'를 '예쁘게 자야지'로 읽을 수 있다는 것이다. 그러나 '꽃처럼 자야지' 그 자체는 비문이다. 또, 이 동시에는 '한밤중에도 우두커니 서 있다, 꽃은'이라는 구절도 나온다. 이에 기대면, 꽃처럼 잔다는 것은 서서 잔다는 것이 되어 버린다. 애시당초 잘못된 비유는 문맥을 고려해도 의미 파악에 혼선이 생긴다.

③의 '등 굽은 할머니처럼'은 아예 원관념이 존재하지 않는 보조 관념이다. 말하고자 하는 바는, 아마도, '등 굽은 할머니처럼 등을 구부리고 잠

시 쪼그려 앉기도 한다'였을 것이다. '등 굽은 할머니'를 보조 관념으로 쓴다면, 등을 구부리고 있는 모습을 묘사할 때 써야지 쪼그리고 앉은 모습을 묘사할 때 써서는 안 된다.

④는 보조 관념과 원관념의 내포가 어긋난 비유다. '얼룩이 날아간 얼룩말'은 하도 빨리 달려서 몸의 얼룩무늬가 바람에 다 날려간 얼룩말을 가리킨다. 그런 얼룩말이라 하더라도 늘 빨리 달리는 것은 아니다. 따라서 '얼룩이 날아가도록 달리는 얼룩말처럼 엄동수는 달리고'로 표현하는 것이 옳다. 이렇게 문법에 맞게 표현하려니 말이 많이 번잡해진다. 만일 김륭이 번잡한 문장을 피하려고 비문법적인 문장을 택한 것이라면, 다시 말해서 간명하면서도 어법에 맞는 문장을 찾으려는 노력을 소홀히 한 것이라면, 김륭은 토씨 하나에 온 정성을 다 기울이는 일반적인 시인과는 거리가 먼 시인으로 평가될 것이다.

김륭 동시 언어의 탈관습성은 수식어나 비유의 탈규범성에 국한된 것이 아니다. 언어 운용의 거의 모든 국면에서 확인할 수 있다. 다음을 보라.

㉠나는, 내 몸의 뼈가/강물에 다 비치도록 환하게/웃는다(〈투명 물고기〉,《엄마의 법칙》)

㉡삼겹살이 먹고 싶을 땐 꿀꿀/돼지가 내 머릿속을 뛰어다니고/소갈비를 뜯고 싶을 땐/고삐 풀린 소가/음매음매(〈돼지가 쳐들어왔다〉,《별에 다녀오겠습니다》)

㉢어제는 참외씨를 먹이더니/오늘은 수박씨를 먹였어요.// 눈만 뜨면 뒤뚱뒤뚱 오리궁뎅이 흔들며/닭장으로 달려가는 내 동생(〈오리궁뎅이〉,《삐뽀삐뽀 눈물이 달려온다》)

㉣야옹야옹 울기만 하면/우리 냥이 배고프구나(〈고양이 면허증〉,《달에서 온 아이 엄동수》)

㉠은 문장 전체의 의미가 모호하다. 환하게 웃는 것과 뼈가 다 보일 정도로 몸이 투명해지는 것 사이의 상관관계에 대한 보충 진술이 없는 한, 이 문장은 독해가 불가능하다. 물론 김륭의 동시에는 그 보충 진술이라는 것이 아예 없다.

㉡은 '고삐 풀린 소가'의 서술어가 없는 것이 문제다. '내 머릿속을 뛰어다니고'라는 서술어가 '돼지'에도 걸리고 '소'에도 걸리는 것일까. 결과적으로, ㉡에 포함된 두 문장은 내용상으로는 대등하지만 형식상으로는 대등하지 않게 되어 버렸다. 이 또한 김륭 동시의 시적 기교로 이해하여야 하는 것일까. 어쨌든, 서술어와 같이 꼭 필요한 문장 성분을 부당하게 생략하는 것도 김륭의 동시 언어의 한 특징이라 할 수 있다.

㉢은 첫 번째 문장의 주어가 없다. 물론 문맥상 그 주어는 뒤따라 나오는 '동생'임을 금방 알아차릴 수 있다. 두 번째 문장에 기대어 첫 번째 문장의 주어를 생략하려면, 두 문장의 구조가 유사하여야 한다. 보다시피, 예문은 전혀 그렇지 않다. 첫 번째 문장과 두 번째 문장의 배열 순서도 글쓰기의 일반 관행에 어긋난다. 두 번째 문장은 일상적으로 반복되는 사건에 대한 진술이고 첫 번째 문장은 어제와 오늘에만 있었던 특수한 사건에 대한 진술이다. 착각하지 않는다면 누구나 두 번째 문장을 첫 번째 문장보다 앞세울 것이다. 문장의 비논리적 배열, 그것도 김륭의 동시에서는 흔한 것이다.

㉣은 인용하는 사람(화자)의 말과 인용되는 사람(고양이를 키우는 김진우)의 말을 기계적으로 이어 붙여 놓은 문장인데, 이러한 문장은 말의 주체에 대한 혼선을 일으키기 때문에 일반적인 글쓰기에서는 용인되지 않는다.

김륭의 동시는 독자들한테 상당히 낯설게 느껴진다. 그런데 그 낯섦을 참신함으로 받아들이는 사람들도 없지는 않은 듯하다. 그 사람들이 간과

하는 것이 있다. 그것은 바로 그 낯섦의 대부분은 우리 말글의 오래된 관습을 의도적으로 무시하거나 파괴하는 데서 성취한 것이라는 점이다. 물론 말글의 규범이라는 것은 변하기 마련이고, 그 변화는 창조적 파괴에서 촉발되기 마련이다. 김률의 언어적 일탈은 어떨까. 과연 창조적 파괴라 할 수 있는 것일까.

말글 규범의 창조적 파괴는 기존의 말글 규범의 한계나 모순을 극복하는 것을 목적으로 삼는다. '왕따'라는 낱말을 보자. '왕따'는 '접두사+용언의 어간의 일부'로 만든 신조어다. '왕따'의 조어법은 우리의 전통적인 언어 규범에서는 용인되지 않는 것이지만 신조어의 생산성을 크게 높여 주는 것이다. 요즘처럼 신조어에 대한 수요가 클 때는 생산성의 매력을 무시할 수 없다. 세태가 이러하기에 '왕따'와 같은 탈관습적 신조어가 어렵지 않게 표준어로 자리 잡을 수 있었다.

이에 반해서, 김률의 동시 언어는 그 파괴성은 확실하지만 그 창조성은 잘 드러나지 않는다. 그 탈관습성으로 인해서 그저 낯설게만 느껴질 뿐이다. 극단적으로 평가하면, 김률의 동시 언어는 낯섦을 환기시키기 위해서 의사소통을 포기하는 것이라 할 수 있다. 김률의 동시에 호감을 느끼는 사람은 바로 그 낯섦에 매료된 것이 틀림없다. 김률의 동시 언어가 의미의 구성이나 전달의 측면에서는 제 구실을 하지 못한다는 것을 애써 무시한다.

메시지의 파편화 또는 이미지화

몇 개의 낱말이 모이면 문장이 되고 몇 개의 문장이 모이면 단락이 되고 몇 개의 단락이 모이면 글이 된다. 물론 낱말과 낱말의 관계, 문장과 문장의 관계, 단락과 단락의 관계는 유기적인 관계이어야 한다. 그렇지 않으면 잠꼬대 같은 글이 될 테니까. 동시 또한 이러한 구조로 짜인 글이어야 함은 말할 것도 없다.

김륭의 동시는 그 구조의 유기성이 꽤 허약하다. 일관되고 통일된 시인의 메시지를 생성하는 것도 또 전달하는 것도 불가능해 보일 정도다. 이 또한 넓은 의미의 언어의 자의적 사용 또는 말글 규범의 일탈에 속하는 것이지만, 동시 장르적 측면의 탈관습의 한 징표로 삼아도 무방한 것이다. 말놀이시가 아닌 한, 동시는 메시지가 있어야 하고 또 그 메시지는 단일하고 명료해야 한다. 단일하고 명료하면서도 두고두고 되씹어야 할 정도로 웅숭깊은 것, 그래서 어린이와 어른이 함께 즐길 수 있는 것, 바로 그것이 동시가 지향해야 할 메시지다. 이런 점에서 보면 다음과 같은 동시는 독자 입장에서는 난감할 수밖에 없다.

아빠 턱 밑으로 까칠까칠 돋아나는 수염쯤이야 염소가 봐도 우습다.

보도블록 사이를 악착같이 비집고 나오는 풀을 보며 곰곰 생각했다.
내 부드러운 살이 손톱과 발톱을 어떻게 몸 밖으로 밀어내는 걸까?

<그것이 동시가>《풀》 전문,《별에 다녀오겠습니다》)

1연은 아빠의 수염은 염소의 수염에 비할 바가 못 될 정도로 빈약함을 말하고 있다. (1연 또한 표현이 정확하지 않은 것이다. '아빠의 수염은 염소가 풀이라 여기고 뜯어먹으려고 해도 뜯어먹을 게 없을 정도로 빈약하다'로 읽을 수도 있다.) 그런데 2연은 난데없이 보도블록 틈새의 풀을 끌어들이더니 어느새 손톱 밑 살과 발톱 밑 살의 부드럽고도 강한 힘을 이야기하고 있다. 이렇게 콩 튀듯 하는 시상 전개는 일관되고 통일된 메시지를 지향하는 시인이라면 생각조차 하기 힘든 것이다.

이 동시는 연상으로 쓴 것이다. 연상으로 쓴 동시는 메시지의 파편화 또는 이미지화가 필연적이다. 그러나 김륭 동시의 주요 특징 중의 하나인 메시지의 파편화 또는 이미지화가 모두 연상의 산물인 것은 아니다. 다음 동시를 보라.

보슬보슬 보슬비가, 가랑가랑 가랑비가
적시고 싶은 것은 내 몸이 아니라
내 마음이다

그걸 아는 우산은 가끔씩 살을 부러뜨리거나
슬며시 없어진다 그러니까 우리는 한 번도
우산을 잃어버린 적이 없다

우산은 스스로 떠난 것이다

몸만 젖지 말고 마음도 젖어 보라고
그래야 쑥쑥 키가 큰다고,

우산은 가끔씩 새가 된다

(〈우산〉 전문, 《엄마의 법칙》)

김륭의 동시에서 흔히 볼 수 있는 것이 또 하나 있는데, 그것은 말의 장황함 또는 번다함이다.

〈우산〉 또한 그것을 잘 보여 준다. 1연의 1행은 그냥 '비가'로 줄일 수 있는 것이다. 보슬비니 가랑비니 하고 늘어놓을 이유가 없는 것이고, 또

보슬비나 가랑비도 보슬보슬이나 가랑가랑으로 장식할 까닭이 없는 것이다. 이 동시에서는 그저 '내 몸이 아니라 내 마음'을 적셔 주는, 하늘에서 내려오는 그 어떤 것, 그러니까 '비'이기만 하면 충분한 것이다. '비'에 대한 장황한 수식은 오히려 '비' 그 자체에 대한 독자의 몰입을 방해한다.

이 동시에는 유사 어구의 반복도 보이는데, 이 또한 김륭의 동시를 장황하고 번다한 동시로 각인시키는 구실을 한다. 1연의 '적시고 싶은 것은 내 몸이 아니라/내 마음이다'와 4연의 '몸만 젖지 말고 마음도 젖어보라고'는 거기서 거기다. 또, 2연과 3연도 의미의 일부가 겹친다. 슬며시 없어지는 것이 곧 스스로 떠난 것이 아니겠는가. 반복은 하지 않으면 안 될 필연적인 이유가 있을 때만 허용된다. 반복할 까닭이 없는 반복은 언어 낭비일 뿐이다.

김륭 동시의 장황한 말에 대한 지적은 이쯤 하고, 의미 문제로 넘어가기로 한다. 〈우산〉의 주요 진술은 넷으로 정리할 수 있다. ①비가 적시고 싶은 것은 '내 몸'이 아니라 '내 마음'이다. ②그것을 아는 우산은 '나'를 떠난다. ③ 마음도 젖어 보아야 키가 큰다는 것을 우산은 아는 것이다. ④ 우산은 가끔씩 새가 된다.

이 동시의 메시지는 일단 그 의미가 모호하다. 비가 마음을 적신다는 것이, 그리고 키가 큰다는 것이 도대체 무엇을 뜻하는 것일까. 시인은 늘 그랬듯이 독자가 이를 해석할 수 있는 그 어떤 실마리도 제공하지 않는다. 이 메시지의 또 다른 문제는 일방적인 주장이라는 것이다. 시인은 우산이 없어져야 비에 '내 마음'이 젖을 수 있다고 했다. 왜 그럴까. 시인은 또 마음도 젖어 보아야 키가 큰다고 했다. 왜 그럴까. 이와 같은 독자의 의문에 시인은 전혀 답을 주지 않는다.

어쨌거나, ①②③은 서로 연관이 있는 진술로 보이는데, ④는 앞의 셋과 잘 어울리지 않는다. 맥락상 '새가 된다'를 '없어진다'나 '떠난다'와 같은 뜻으로 쓴 것으로 받아들여야 할 것 같은데, 그래도 되는 것일까. 안 된다고 해도 큰일이다. 이 난데없는 진술을 어떻게 처리해야 할지 독자는 갈피를 잡을 수 없을 테니까.

김륭 동시에서 〈우산〉은 결코 예외적인 시가 아니다. 아니, 오히려 김 륭 동시의 전형에 해당한다고 말할 수도 있다. 이 글에서 전문을 인용했던 동시는 〈우산〉 말고도 세 편이 더 있었다. 그 세 편 모두 〈우산〉과 마찬 가지로 시인의 메시지는 밑도 끝도 없는 것이었다. 독자는 그 메시지에 담겨 있는 의미를 개념적으로 이해하는 것이 불가능하다. 일관성도 없고 통일성도 없는 동시에서 핵심 의미를 무슨 수로 포착할 수 있단 말인가. 〈우산〉의 경우라면, 독자는 대충 이런 생각을 하게 된다. '아, 시인은 우산 없이 비를 맞아 마음까지 젖어 보라는 거구나. 그러면 성숙해지는…. 에 이, 몰라.'

김륭 동시에서는 메시지가 문장 또는 단락 단위로 파편화되기 일쑤인데, 그 메시지의 파편들은 이가 잘 맞는 것이 아니어서 서로 붙여 놓아도 잘 맞물리지 않는다. 김륭 동시를 내팽개치지 않으려면 독자는 메시지의 파편들이 환기시키는 이미지라도 끌어모아야 한다. 오히려 메시지 자체 의 일관되고 통일된 의미보다는 메시지의 파편들이 환기시키는 애매모호 한 이미지를 더 즐기는 독자가 있는 것도 사실이다. 그러한 독자가 있기 에 김륭 동시는 계속 씌어질 수 있는 것이다.

김륭 동시의 역설

김륭의 실험시는 이안과 같은 시인, 김이구와 이재복과 같은 평론가 등에 의해서 우리 동시의 새로운 지평을 열어 보여 준 놀라운 상상력의 동시로 평가받고 있다. 김륭은 신춘문예에서 당선작을 냈을 뿐만 아니라

제2회 문학동네 동시문학상을 수상하기도 했고 제4회 창원문학상의 본심에 오르기도 했는데, 이것만 봐도 그의 실험시에 대한 동시 문단의 기대가 어느 정도인지 알 수 있을 것이다.

다음은 이재복이 제2회 문학동네 동시문학상 수상작인 《엄마의 법칙》에 붙인 해설의 한 대목인데, 김륭의 동시에 대한 호평의 근거를 알 수 있어 한 번쯤은 꼼꼼히 읽어볼 만하다.

김륭의 시를 처음 읽었을 때, 김륭 시에는 날개가 달렸구나 하는 생각이 들었다. 김륭의 시는 날아다닌다. 언어가 날개를 달았다. 날개를 달고 현실과 환상, 사람과 자연의 경계를 넘나들며 날아다닌다.(…중략…)

지금 금기가 깨진 시대, 어른과 아이의 경계가 허물어진 시대, 현실과 환상의 경계가 허물어진 시대, 사람과 기계의 경계마저도 허물어져 가는 시대에 가장 필요한 시의 언어가 바로 저 경계를 넘나드는 날개 달린 언어가 아닐까.(…중략…)

보통은 이런 날개 달린 언어들이 현실과 환상의 경계를 넘나들 때 그만 지금 여기와 통신이 끊긴 채 언어가 말의 우주 공간에서 공허하게 떠돌기 쉽다. 그런데 김륭의 시는 아주 묘하게 지금 여기에서 살아가는 아이 내면의 한 부분을 미끄러지듯 울리며 지나간다. 공허하지만은 않은 것이다. 언어가 그려 내는 이미지가 감정을 자극하여 마음의 한 구석을 울리는 힘이 느껴진다.

김륭의 동시 언어를 경계를 넘나드는 날개 달린 언어라 한 것에 대해서는 수긍할 수 있다. 비유적인 표현이라 의미하는 바가 명확하지는 않지만, 그것의 뉘앙스는 지금까지 이 글에서 논의한 '동시 문법의 탈관습성'과 그다지 다르지 않은 듯하기 때문이다. 그런데 그 언어가 공허하지 않다는 진술에 대해서는 동의하기가 어렵다.

이재복은 김륭의 동시는 "아이 내면의 한 부분을 미끄러지듯 울리며 지나간다."라고 했다. 그리고 "언어가 그려 내는 이미지가 감정을 자극하여 마음의 한 구석을 울리는 힘이 느껴진다."라고 했다. 한마디로 말해서, 어린이 독자도 김륭의 동시 언어가 그려 내는 이미지에 감동을 받게 될 거라는 것이다.

조금 전에 나는 김륭의 동시 언어는 메시지를 파편화하여 그 의미를 이미지로 휘발시켜 어른 독자마저도 갈피를 잡을 수 없게 만든다고 말했다. 같은 시인의 동시에 대한 평가가 사람에 따라서 이렇게 달라도 되는 것일까. 혹시, 논의의 대상으로 삼은 동시가 달라서 그런 것은 아닐까. 확인해 보기로 한다. 다음은 위 인용문의 마지막 단락을 진술하면서 이재복이 인용했던 동시다.

아무도 몰래 슬플 때가 있어요. 나는 혼자 식탁에 앉아 밥을 먹어요. 내가 함께 먹어 줄게. 고등어가 통조림 깡통 속에서 나와요. 밥알을 세고 있는 내 마음을 알았다는 듯 고양이도 야옹, 발가락을 살짝 깨물며 함께 울어 주어요. 아빠도 모르는 내 마음을 고등어와 고양이는 아는가 봐요. 일 나간 아빠가 돌아오기 전에 슬픔을 다 먹어 치워야 하지만 목이 메요. 이럴 땐 엄마가 없는 게 다행인지 모르겠어요. 자꾸 눈물이 나요. 슬픔을 숨길 통조림이 있으면 얼마나 좋을까요. 내가 들어 갈 만한 아주 커다란 통조림이어야겠지요. 가끔씩 나는 고등어통조림을 고래통조림으로 읽어요.

〈〈고등어통조림〉 전문,《엄마의 법칙》〉

이 동시는 엄마는 없고 아빠는 일 나가 돌아오지 않아 혼자 식탁에 앉아 밥을 먹는 아이의 슬픔을 노래하고 있다. 메시지 자체는 새로울 게 하나도 없는 평범한 것이다. 물론 화자가 처한 상황만큼은 어린이 독자의 마음을 아프게 할 정도로 애처롭기 그지없다. 어떤 어린이 독자는 눈물을 찔끔거릴지도 모르겠다. 그러나 이를 이유로 들면서 이 동시는 '아이 내면의 한 부분을 울리며 지나간다'고 말했다면 그것은 넌센스다. 독자의 시적 감동은 시인의 시적 성취에서 야기되는 것이어야 하기 때문이다.

이 동시를 새롭다 할 수 있는 것은 딱 하나다. 화자가 반찬으로 먹으려고 통조림을 따서 고등어를 꺼낸 것을 고등어가 화자와 함께 밥을 먹어 주려고 통조림 속에서 나온 것으로 표현한 것, 바로 그것이다. 이런 표현은 어느 누구도 시도해 본 적이 없는 표현일 뿐만 아니라 아이도 아주 재미있어 할 표현이다. 모르긴 해도, 이재복은 이 점을 높이 평가했던 게 아닌가 싶다.

그런데 이런 표현은 오히려 이 동시의 문제의식을 흐려 놓는다. 화자가 반찬으로 먹으려고 고등어 통조림을 땄는데, 통조림에서 튀어나온 고등어가 화자한테 밥을 함께 먹자고 하는 장면을 상상해 보라. 이와 같은 코믹한 반전 장면에서 과연 어린이 독자가 화자의 슬픔에 동참하고 몰입할 수 있을까. 아니다. 어린이 독자는 어쩌면 이렇게 신기하고 놀라운 일을 겪게 된 화자를 오히려 부러워할지도 모른다.

물론 시인이 말하고 싶었던 것은, 화자의 외로움과 쓸쓸함이 오죽했으면 반찬으로 따 놓은 통조림 속의 고등어한테까지 마음을 기댈까, 이런 것이었으리라. 그러나 그런 의도는 어린이 독자는 말할 것도 없고 어른 독자도 정서적으로 공감하기가 거의 불가능한 것이다. 반찬으로 삼을 고등어에 위안을 받을 수 있는 화자라면 숟가락이나 젓가락에도 위안을 받을 수 있을 터, 아무 것에나 쉽게 위안을 받을 수 있는 화자라면 그 외로움과 쓸쓸함은 이미 아무 것도 아닌 것이다. 상상과 망상을 갈라 세우는 것은 참 쉽다. 다른 사람이 공감할 수 있느냐 없느냐만 살피면 된다.

이 동시에도 난데없는 진술이 툭툭 튀어나온다. 화자는 왜 고등어 통조림을 고래통조림으로 읽을까. 자신의 슬픔을 충분히 숨겨 놓을 수 있는 큰 통조림 통이 있었으면 하는 마음이 아무리 크다 할지라도 통조림 통의 라벨을 그렇게 읽을 수는 없는 것이다. 그런데도 시인은 화자가 그렇게 읽을 수 있음을 어린이 독자가 받아들이기를 바란다. 김륭의 동시를 우격다짐의 동시로 일컬을 수 있는 이유가 바로 여기에 있다.

김이구는 이재복과 달리 김륭의 동시와 어린이 독자 사이의 거리감을 인식했던 것 같다. 그런데 그에 대한 처방이 놀랍다.

> 김륭의 시는 '김륭 동시의 독자'를 이끌어 낼 수 있을 것이다. 그러나 여기엔 두 가지 준비와 과정이 있어야 한다. 어린이가 동시가 무엇인지 제대로 배울 수 있는, 지금의 수준보다 훨씬 진전된 시 교육이 필요하다. 그런 과정을 통해 한 사람이 됐든 백 사람이 됐든 동시를 찾아 읽고 즐기고 쓰는 진짜 '동시 독자'가 나와야 한다. (…중략…) 다음으로 김륭의 '실험성' 또는 '상투성 거부'가 어떤 내용과 기법과 결합하는가 하는 점이다.[1]

김이구는 김륭의 동시가 어린이 독자를 얻기 위해서는 두 가지 준비를 해야 한다고 제안한다. 하나는 어린이에 대한 수준 높은 동시 교육이고 다른 하나는 김륭 동시 자체의 정교화다.

앞엣것은 터무니없는 제안이다. 이 제안은 어린이가 김륭의 동시를 읽

---

1. 김이구, 〈'동시 독자' 어린이를 기다리는 시-〈파란 대문 신발 가게〉의 신선한 충격〉, 《동시마중》, 2010년 9·10월호, 82쪽.

어야 할 필요성을 전제하고 있는데, 우리는 그 전제부터 납득하기 어렵다. 어린이가 도대체 무엇 때문에 지금보다 훨씬 더 높은 수준의 동시 교육을 받으면서까지 김륭의 동시를 읽어야 한다는 것일까. 게다가 이 제안은 구체화가 불가능한 제안이다. 김륭의 동시 읽기는 김륭의 동시 문법의 탈관습성을 즐기는 것을 목표로 삼아야 할 터인데, 그 목표에 도달하려면 어린이는 도대체 무엇을 어떻게 배워야 한다는 것일까.

뒤엣것은 결국 김륭의 동시가 준비가 덜 된 실험시임을 지적하는 것이나 다름없다. 김이구는 위에 인용한 글의 다른 대목에서, 김륭의 동시 〈파란 대문 신발 가게〉는 '비유의 결과에서 느껴지는 어색함', '상상의 지나친 확산 가능성', 의미상의 '어그러짐' 등의 결함을 가지고 있을 뿐만 아니라 시가 추구하는 바가 '정경의 묘사'인지 무엇인지 모호하다고 비판했다. 즉, 김륭의 '상투성 거부'라는 실험 정신은 그의 동시에서 제대로 구현되지 못했다는 것이다. 그런데 김이구는 위의 단점들은 '어린이다운 감성과 상상력의 자재로움의 일부일 수 있'다는, 이것도 아니고 저것도 아닌 모호한 결론을 내놓는다.

김이구의 제안은 역설적이다. 그 제안은 지금 여기 있는 김륭의 동시는 어린이 독자를 얻을 수 없다는 주장이나 마찬가지이기 때문이다. 첫째, 김륭의 동시를 읽히기 위한 동시 교육은 결코 이루어질 수 없다. 그 교육을 누가 한단 말인가. 김륭 스스로 한단 말인가 교육 당국이 한단 말인가. 또 그 교육을 받고자 나설 어린이가 과연 누구란 말인가. 둘째, 김륭의 동시가 내용과 기법상의 결함이 있어 어린이한테 난해하다면 어린이로서는 그 난해함을 극복할 길이 없다. 그렇다고 이미 발표된 동시를 다시 손볼 수도 없지 않은가.

지금까지 논의한 바에 따르면, 김륭의 실험시는 동시라 할 수 없는 것이다. 그 이유를 다시 정리해본다. 첫째, 김륭의 실험시는 어린이가 이해할 수 없다. 어린이가 김륭의 동시를 이해할 수 없는 것은 동시 문법과 글 문법을 잘 알지 못하기 때문이 아니라 김륭의 동시가 동시 문법과 글 문법을 파괴했기 때문이다.

둘째, 김륭의 실험시는 어린이가 재미를 느끼기가 어렵다. 이해할 수 없는 동시에서 무슨 재미를 느낄 수 있겠는가. 게다가 김륭의 실험시는 대개 호흡이 길고 중언부언이 많아서 기본적으로 지루한 느낌을 준다. 물론 〈고등어통조림〉에서 확인했듯이, 김륭의 동시는 부분적으로는 어린이한테 재미를 안겨줄 수는 있다. 그런데 그 재미는 지엽적인 재미에 그치는 것이다. 이런 지엽적인 재미는 오히려 동시를 감상하는 데 방해가 될 수 있다. 동시의 주 메시지에 대한 몰입이 지체되거나 저지될 수 있기 때문이다.

셋째, 김륭의 실험시는 오히려 어린이한테 해를 끼칠 수 있다. 김륭의 실험시는 동시 문법과 글 일반의 문법을 의도적으로 위반하는 방식으로 쓴 시다. 이와 같은 탈규범의 실험시는 '탈규범' 그 자체에 주안점을 두는 것이므로 기존의 규범조차 제대로 익히지 못한 어린이한테는 아무런 의미가 없는 것이다. 이러한 사실조차 알지 못하는 어린이는 김륭의 동시가 보여 주는 탈규범 문법을 오히려 규범 문법으로 인식하게 된다.

김륭의 상상에 대해서도 같은 방식의 평가가 가능하다. 어린이는 상상 그 자체도 배워야 하지만 상상과 망상을 그 내재적 논리의 일관성 유무로 구별하는 법도 배워야 한다. 그런데 김륭의 상상은 그 내재적 논리를 뒤집는 전복의 상상이다. 이 또한 상상의 논리에 익숙한 어른한테나 어울리는 상상이다.

김륭은 자신의 실험시를 '동시'라 했다. 스스로 어른한테 먼저 읽히고 싶은 시라 하면서도 말이다. 몇몇의 동시인과 평론가도 이런 저런 글로 김륭을 적극적으로 지지하고 나섰다. 김륭의 실험시를 '동시'라 하는 데 그치지 않고 한 걸음 더 나아가 '개성적이고 독창적인 동시'라고까지 했다. 그들은 김륭에게 실패를 두려워하지 말라고 격려하기도 하고 독자한테 김륭의 동시에 걸맞은 독법을 발견하라고 권고하기도 했다. 그들의 무조건적인 지지가 동시 문단에 이른바 '김륭 신드롬'을 불러일으키는 기폭제가 되었음은 말할 것도 없다.

그나저나 궁금하지 않은가. 김륭의 동시에 걸맞은 독법이란 도대체 뭘 말하는 것인지. 점검해 볼 필요가 있겠다.

개성적인 새로운 동시를 감상하려면 각각에 걸맞은 독법을 발견해야 한다. 시인들이 작품을 쓸 때 상투적이고 관습적인 작법을 버려야 하듯이 독자들은 작품을 읽을 때 상투적이고 관습적인 독법을 버려야 한다. 그것은 비우면서도 채우는 과정이다. 거기에서 새로운 동시를 감상하는 쾌감을 얻는다. 오병식이 아파서 달도 따라 아프다는 데에는 서로 간에 연관성의 끈이 잘 보이지 않는다. 달에 병문안 간다는 것도 어떻게 달에 병문안을 갈 수 있는지, 그것이 오병식에게 위로가 될지 잘 상상되지 않는다. 그렇다면 〈달이 오지 않는 밤〉은 재미없는 동시가 된다. 따라서 그러한 관습적인 연상은 비워 내고 텍스트의 감수성과 감각에 호응해 텍스트의 공간들을 채워 가야 한다. 이런 읽기가 모든 독자에게 보편적으로 잘 이루어질 수 있는 것은 아니고 독자마다 편차가 발생할 것이다.[2]

김이구는 김륭의 동시를 아예 '개성적인 새로운 동시'로 못 박았다. 그리고 김륭의 동시를 감상하려면 그것에 걸맞은 독법을 발견해야 한다고 했다. 그런데 그것은 '오병식이 아파서 달도 따라 아프다는 데에는 서로

---

2. 김이구, 〈오병식과 함께 달에 가는 시인〉, 《해묵은 동시를 던져 버리자》, 창비, 2014, 282쪽.

간에 연관성이 끈이 잘 보이지 않'아도 묻지도 따지지도 않는 독법이다. 독자가 해야 할 일은 오직 '텍스트의 감수성과 감각에 호응해 텍스트의 공간을 채워 가'는 것뿐이다. 이게 무슨 말인지 잘 알아들을 수 없지만, 짐작컨대 김륭이 그렇다고 하면 그런 줄 알라는 것, 그리고 그것을 정당화할 수 있는 논리가 필요하다면 독자 스스로 마련하라는 것 같다. 희한한 일이다. 김륭의 언어가 날아다녀서 그런지 김륭의 동시에 대한 평론의 언어도 날아다닌다.

어쨌거나, 김이구의 권고는 독자의 주체성과 자율성을 침해하는 듯한 인상을 준다. 독자는 누구의 동시든 자신의 독법대로 읽을 권리가 있다. 그리고 시인은 독자의 그 어떤 독법에서도 살아남을 튼실한 동시 텍스트를 생산할 의무가 있다. 동시 텍스트의 빈칸만 해도 그렇다. 시인이 동시 텍스트에 빈칸을 남겨 놓을 때는 독자가 그것을 채워 넣을 수 있는 단서를 동시 텍스트의 어딘가에 숨겨 놓아야 한다. 그러나 〈달이 오지 않는 밤〉에서 김륭은 그렇게 하지 않았다. 아무 단서도 주지 않고 그냥 빈칸만 남겼다. 이때 독자가 어떻게 해야 할까. 김이구의 권고는 독자가 알아서 그 빈칸을 적당히 채우든지 그냥 넘어가든지 하고 그저 김륭의 감수성과 감각을 챙기는 데 집중하라는 것이다. 독자가 시인을 위해서 존재하는 것이 아니라 시인이 독자를 위해서 존재한다는 상식만 떠올렸더라도 이런 권고는 하지 않았을 것이다.

이른바 '김륭 신드롬'은 동시의 지평 확대 가능성에 대한 기대감에서 촉발되고 확산되었다고 말할 수 있다. 문제는 김륭의 실험시가 동시의 지평을 넓혀도 너무 넓혔다는 것이다. 김륭의 실험시를 '동시'라 하는 한 동시의 지평은 그 경계를 긋는 것이 완전히 무의미해진다. 그래서 김륭의 실험시는 동시 장르 해체를 지향하는 시로 규정해도 어색할 것이 하나도 없다.

나 역시 동시 장르는 해체되어야 한다는 생각을 한 지 오래다. '동시'라는 용어를 버릴 수 없다면 어린이문학의 장르 용어로 쓸 게 아니라 어린이의 삶을 풍요롭게 하는 시를 지칭하는 교육 용어로 쓰는 것이 좋겠다고 생각한 적도 있다.

사실, '동시'는 장르적 정체성이 모호하기 짝이 없는 것이다. 우리는 보통 '동시'를 '어린이를 위하여 어른이 쓴 시'로 정의하는데, 이 정의로는 어떤 시가 '동시'인지 아닌지 판정할 수조차 없다. 그 어떤 시의 지은이에 대한 별도의 정보를 가지고 있지 않으면 그것이 어른이 쓴 시인지 어린이가 쓴 시인지조차 가려낼 수 없는 경우도 많다. '어린이를 위한 시'냐 아니냐에 대한 판정의 어려움은 더 말할 것도 없다. 김륭의 실험시만 해도 그에 대한 평가가 극과 극으로 갈리고 있지 않은가. 어떤 시에 '동시'라는 라벨을 붙이느냐 마느냐는 전적으로 그 시를 쓴 시인에 맡기는 것이 관례로 굳어진 것은 결코 우연이 아니다. 김륭의 실험시가 동시가 된 것은 그 자신이 그것을 동시라 했기 때문이다.

이런 점에서 볼 때, 동시 장르 해체는 언젠가는 반드시 이루어져야 할 일이라 하겠다. 김륭의 경우는 역설적이다. 동시의 지평을 넓히려 했던 시도가 동시 장르를 해체하려는 시도로 해석될 수 있으니 말이다.

마무리 말

김륭의 동시집 다섯 권을 다 읽고 난 소감 중에 미처 말하지 못한 것이 있는데, 그것은 김륭의 동시는 그게 그거라는 느낌을 준다는 것이다. 김륭의 동시는 기법으로 승부를 거는 것인데 동시마다 기법이 똑같으니 그런 느낌을 받는 것이다.

김륭 자신은 이런 말을 듣는 것이 억울할지도 모르겠다. 어떤 동시는 비틀기 기법으로 썼고 어떤 동시는 뒤집기 기법으로 썼고 어떤 동시는 뒤섞기 기법으로 썼는데 왜 동시마다 기법이 똑같다고 하느냐고 항변할지도 모르겠다. 시인의 입장에서는 그렇게 말할 수도 있을 것이다. 그러나 독자의 입장에서 보면 그 정도의 차이는 차이라 할 수도 없다. 동시 문법과 글 문법을 무시하는 기법이라는 점에서는 마찬가지이기 때문이다.

김륭이 야심차게 준비했을 것으로 보이는 다섯 번째 동시집《달에서 온 아이 엄동수》는 엄동수라는 한 아이를 주인공으로 한 연작 이야기 동시집인데, 여기에서도 그게 그거라는 느낌을 떨칠 수 없다. 그는 이전의 동시집에서 오병식이라는 연작 동시의 주인공을 등장시킨 바 있다. 게다가 김륭의 동시는 기본적으로 이야기성을 짙게 드리우는 동시라서,《달에서 온 아이 엄동수》에 붙여 놓은 '이야기 동시'라는 타이틀이 오히려 새삼스럽다. 그뿐이 아니다. 김륭이 이전의 동시집에서 수를 셀 수 없을 정도로 자주 끌어들였던 '달'이라는 소재가 이 동시집에서도 여전히 중요한 역할을 한다. 결정적으로, 이 동시집 역시 기법에 주안점을 두고 있다는 점, 그 기법은 이전의 기법과 별반 다르지 않다는 점, 그 점 때문에 이 동시집의 성과라 할 수 있는 한 아이의 일상에 대한 다각적인 조망 또한 빛이 바래져 버렸다.

흥미로운 것은 김륭의 동시집에서 독자의 눈길을 사로잡는 동시는, 다른 말로 해서 김륭의 창의성과 개성을 읽을 수 있는 동시는 오히려 김륭이 거리를 두고자 했던 '관습적인(?) 상상력'으로 쓴 동시다.

선생님, 밥을 잘못 먹은 거 아니에요?
오늘은 숙제가 너무 어려워요.

바람 소리, 물소리, 새소리

한 시간 동안 듣기

개구리, 올챙이 시절에 꾸었던 꿈
두 시간 동안 읽어 보기

벌레 한숨 소리와 하품 소리
밤새 받아써 오기

우리 엄마 아빠가 알면 큰일 날 거예요.
잘못하면 선생님 잘릴지도 몰라요.

(〈숙제가 너무 어려워요〉 전문,《별에 다녀오겠습니다》)

　이 동시는 문장 부호까지 제대로 찍을 정도로 전통적인 동시 문법과 글 문법을 온전하게 잘 지키고 있다. 이런 점에서 이 동시를 김륭의 용어를 빌어 '관습적인(?)인 상상력'으로 쓴 동시라 하였지만, 따지고 보면 이 동시야말로 탈관습적인 상상력으로 쓴 동시라 할 만하다. 선생님이 내주는 숙제가 '바람 소리 듣기'이고 '개구리 올챙이 적 꿈 읽기'이고 '벌레 한숨 소리 받아쓰기'란다. 이러한 상상은 숙제에 대한 통념을 비웃는 시원스러운 상상이라 하지 않을 수 없다. 여기서 되새겨야 할 것은 기존의 동시관에서도 이와 같은 상상을 가치 있는 상상으로 여긴다는 것이다.
　'탈관습적 상상'이란 말을 굳이 써야 한다면, 그것은 의미가 참신한 상상을 가리키는 데 써야지 논리를 무시한 상상을 가리키는 데 써서는 안 된다. 그런데 김륭이 탈관습적 상상으로 썼다는 동시는 대개 논리가 아예 없거나 논리가 뒤엉킨 상상을 보여 주었다. 거기에다 동시 문법과 글 문법을 아랑곳하지 않는 모습도 적잖이 보여 주었다. 그 결과, 김륭의 '탈관습적 상상력'은 맹목적인 규범 파괴적 상상력과 동의어로 여길 수밖에 없게 되었다.

이 글을 쓰는 내내 머리를 떠나지 않는 사자성어가 있었다. 그것은 '과유불급'이었다. 시인한테 들려주고 싶은 말이다.

비평, 하려면 제대로 할 일이다

이 글을 쓰는 까닭

정유경 씨의 〈정말 어린이 화자 동시가 문제인가?〉(《동시마중》 12호, 2012. 3.)는 나로서는 관심을 가질 만한 글이었다. 나의 〈동시를 버려야 동시가 산다〉(《동시마중》 3호, 2010. 9.)를 겨냥하고 쓴 글이기 때문이다.

그러나 나는 그 글을 끝까지 읽지 못했다. 그의 문장은 어법을 아랑곳하지 않는 것이었고, 그의 주장은 논리로 이해할 수 있는 것이 아니었기 때문이다. 글도 사람이 쓰는 것이다. 모자라고 기울고 치우침이 어찌 없을 수 있겠는가. 내가 쓰고 있는 이 글도 결코 온전할 리 없다. 성기고 빈 데가 반드시 있을 것이다. 그런데도 내가 정유경 씨의 글을 인정으로 감싸지 못하는 것은 그 어긋남과 뒤틀림의 정도가 용인 가능한 수준을 훨씬 넘어섰기 때문이다. 결국 나는 그 글을 덮고 말았다.

그러다가 김권호 씨의 〈'어린이 화자' 논쟁이 나아갈 길〉(《창비어린이》

38호, 2012. 9.)을 읽게 되었다.[1] 이 글은 나의 글과 정유경 씨의 글을 논의의 대상으로 삼은 글인데, 여러 가지로 나를 놀라게 했다. 그리고 정유경 씨의 글을 다시 읽게 만들었고, 마침내 이 글까지 쓰게 만들었다.

김권호 씨는 자신은 '누구를 편들고자 하는 것이 아니'라면서 다음과 같이 말했다.

> 그가 도발적인 발언을 위해 "이름이 뜨르르한 작가"의 동시를 골라 무리한 평가를 시도한 것은 분명 선정적 효과를 거두기는 했을지라도 패착임이 분명하다. 그렇다고 이런 발언의 취지까지 싸구려로 취급해서는 안된다. 그의 〈텃밭〉 해석에 공감하지 않더라도 우리 동시가 독자에게 외면당하는 현실은 분명한 사실이고, 그 원인이 어디에서 비롯되는지 따져 보는 태도는 분명 소망스러운 것이다. 그러므로 정유경은 이지호가 두 시를 분석하면서 어린이 화자 문제에 대해 한마디도 언급하지 않고 넘어간 부분을 지적했어야 했다.(김권호, 43쪽)

그러니까, 김권호 씨는 '이지호'가 틀렸음을 지적한 '정유경'이 옳다는 것이었다. 그런데 김권호 씨는 나와 정유경 씨의 주장 가운데 어느 것이 타당한가를 판가름한 데 그친 것이 아니었다. 먼저, 나에 대한 비판의 강도를 정유경 씨보다 훨씬 더 높였다. '도발적인 발언', '무리한 평가', '선정적 효과', '패착', '싸구려' 같은 극단적인 평가어는 정유경 씨의 글에서 인용한 것이 아니라 김권호 씨 자신이 쓴 것이다. 다음으로, 정유경 씨가 놓쳐 버린 나의 허점을 그가 새로이 지적함으로씨 나에 대한 비판의 밀도

---

1. 이지호의 글, 정유경의 글 그리고 김권호의 글을 인용할 때는, 글쓴이의 이름과 그 글이 수록된 잡지의 쪽수만 밝힌다.

를 정유경 씨보다 훨씬 더 높였다. (그의 지적이 온당한지 아닌지는 따로 살필 예정이다.)

내가 정유경 씨의 글에 글로 맞대응할 생각을 하지 않은 까닭은 이미 말한 바 있다. 정유경 씨의 글은 읽기조차 힘겨운데 어찌 그에 대해서 쓰기까지 하랴? 이것이 솔직한 내 심정이었다. 그런데 또 다른 까닭도 있었다. 행여, 정유경 씨의 글에 흥미를 느끼는 사람이 있다면 그는 그 글이 겨냥하고 있는 나의 글도 찾아 읽고, 두 글을 나란히 놓고 스스로 시시비비를 가릴 것이라 믿었다. 물론 소모적인 논쟁에 대한 경계도 한몫했다. 나중에 다시 확인하겠지만, 정유경 씨가 쟁점화하려고 했던 것은 애시당초 쟁점이 될 수 없는 것이었다. 그렇다면 남는 것은 지엽적인 문제다. 지엽적인 문제를 놓고, 반박하고 재반박하고…. 재미없는 일이다. 주변에서 한마디 해야 하는 것 아니냐 하는 말들을 하곤 했지만 나는 그냥 웃어 넘겨 버렸다.

내 예상대로, 과연, 정유경 씨의 글에 흥미를 느끼는 사람이 있었다. 그리고 나의 글까지 찾아 읽으면서 시시비비를 가린 사람이 있었다. 그가 바로 김권호 씨다. 김권호 씨는 정유경 씨의 글을 읽는 데 별 어려움을 겪지 않은 듯했다. 그렇다면, 나는 또 다른 잘못도 저지른 셈이 된다. 정유경 씨의 글을 일러 어법과 논리에 문제가 있는 글이라 한 잘못 말이다. 사정이 이렇게 돌아가니, 나로서는 정유경 씨의 글을 기를 쓰고 다시 읽지 않을 수 없었다. 김권호 씨의 글과 나의 글도 다시 읽지 않을 수 없었다.

다시 읽기를 통해서 내가 얻은 결론은 내가 또 다른 글을 써야 한다는 것이었다. 그런데 내가 써야 할 글은 어린이 화자 동시를 둘러싼 쟁점에 관한 것이 아니라 비평의 기본에 관한 것이었다. 어린이 화자 동시에 관한 3편의 글을 앞에 놓고 어린이 화자 동시론을 펼치지 못하고 비평 일반론을 펼쳐야 한다는 것은 참으로 우울한 일이다. 나로서도 그렇고 우리 비평계로서도 그렇다. 그래도 어쩌겠는가, 그 3편의 글에 대해서 내가 할 수 있는 말이면서 또 하고 싶은 말은, '비평은 하려면 제대로 해야 한다' 이 하나인 것을.

문장은, 꼬지 말고 반듯하게

작가·비평가는 글로 독자를 만난다. 그 글이란 게 온전치 않으면 그 만남이란 것 또한 온전할 리 없다. 그런데 글이란 따지고 보면 문장의 연속에 지나지 않는다. 문장이 반듯하지 않으면 글이 온전할 수 없다. 이를 누구보다도 잘 아는 작가·비평가는 무엇보다 먼저, 그리고 무엇보다 철저하게 자신의 문장을 챙긴다. 어려운 일도 아니다. 문법 측면에서 정확한 문장인지, 의미 측면에서 명료하고 적절한 문장인지, 의사소통 측면에서 설득 효과가 있는 문장인지, 사전을 찾고 문법책을 뒤적이며 자신의 문장을 돌아보고 또 돌아보면 되는 것이다. 특히, 어린이문학의 작가·비평가를 꿈꾸는 사람은 '바른 글 좋은 글'에 대한 의식이 남달라야 한다. 어린이가 읽을 글을 쓰려는 사람이고, 어린이가 읽을 글에 대한 글을 쓰려는 사람이기 때문이다.

물론 언제나 예외는 있는 법이다. 정유경 씨가 바로 그런 예외에 속한다. 다음은 정유경 씨가 〈정말 어린이 화자 동시가 문제인가〉에서 그의 글쓰기 의도와 방법을 밝힌 대목이다. 일부를 따온 것이 아니다. 전부를 그대로 옮겼다. 그래봤자 두 문장에 지나지 않지만. 각각의 문장도 그리 복잡한 구조로 짜인 것도 아니다. 그런데 내가 이 두 문장에 대해서 지적할 수 있는 문제는, 과장하자면, 그 두 문장에 쓰인 낱말의 수만큼이나 된다. 이제 그 실상을 들여다보기로 하자. 참고로 말하면, 인용문의 각주는 정유경 씨가 직접 붙인 것이다.

시간이 조금 지난 듯하지만, 아직도 내게 가장 뜨거운 화두는《동시마중》3호에 실린 이지호 교수의 글[2]이었다. 따라서 이 글은 그의 발언에 비판적으로 응답하는 것으로 전개될 것이다.(정유경, 103-104쪽)

첫째 문장은 이어진 문장이다. 그런데 그 이어짐이 자연스럽지 못하다. 가장 큰 이유는 '시간이 좀 지난 듯하지만'이 나타낼 수 있는 것은 단순한 '시간의 경과'에 지나지 않는데, 이에 이어지는 문장에서 필요로 하는 것은 '일정 시간의 지속'이기 때문이다.

다음으로 지적할 수 있는 것은 '가장'이라는 부사에 관한 것이다. '화두'라는 것은 한 번에 하나씩 붙드는 것이 일반적이다. 그런데 정유경 씨는 자신의 '화두'에 대해서 '가장'이라는 최상급 비교 부사를 썼다. 정유경 씨가 한꺼번에 여러 개의 '화두'를 붙들고 있는 사람이라면 모를까, 그렇지 않다면 이 부사는 쓸 수 없는 것이다.

'화두'라는 말도 쓰임이 적절하지 못했다. 정유경 씨는 '이지호 교수의 글'이 화두라 했다. 그리고 그 글이 〈동시를 버려야 동시가 산다〉임을 각주를 통해서 직접 밝혔다. 정유경 씨는 과연 '이지호 교수의 글' 전체를 '화두'로 삼은 것일까. 그렇지 않을 것이다.

정유경 씨가 화두로 붙잡은 것은 '이지호 교수의 글' 전체가 아니라 그 글 중의 이른바 '어린이 화자 동시 지양론'이다. 그런데 위의 인용문만 가지고는 어떤 독자도 그러한 사실을 알아차릴 수 없다. 정유경 씨는 강렬한 이미지와 복잡한 뉘앙스를 지닌 '화두'라는 말을 사용했다. 이런 말은 보기에는 화려할지 몰라도 읽기에는 갑갑한 것이다. 이런 말은 그것의 내포적 의미가 선명하게 드러나도록 써야 한다. 그러나 정유경 씨는 그렇게

---

2. 이지호, 〈동시를 버려야 동시가 산다〉,《동시마중》2010년 9-10월호.

하지 않았다. 그 결과, 글쓰기 목적과 의도가 모호해져 버렸다.

엄밀히 말하면, 정유경 씨는 '이지호 교수의 글'을 '화두'로 삼은 것이 아니라 '이지호 교수의 글'에서 '화두'를 마련한 것이다. 인용문에서 알 수 있듯이, 정유경 씨는 '이지호 교수의 글'을 비판하고자 했다. 비판의 대상을 어찌 '화두'라 할 수 있겠는가. 그 비판을 통해서 펼치고자 했던 자신의 주장을 '화두'라 하는 것이 온당할 것이다.

둘째 문장은 접속어 '따라서'부터가 말썽이다. 인용문의 두 문장은 '원인-결과' 또는 '전제-결론'의 관계에 놓여 있는 것이 아니다. 따라서 두 문장을 '따라서'로 이어 붙여서는 안 된다. 두 문장 사이에, 그 화두라는 것에 대한 답을 구하는 글을 쓰기로 했음을 밝히는 문장을 끼워 넣었더라면, 문장의 연결 관계가 좀 더 자연스러워졌을 것이다.

둘째 문장의 '그의 발언'도 모호하다. '이지호 교수의 글'에 실린 '그의 모든 발언'을 가리키는지, 그중의 일부를 가리키는지, 일부를 가리킨다면 무엇을 가리키는지 독자는 도무지 알 수가 없다. 이 대목의 '그의 발언'의 실체를 확인하려면 정유경 씨의 글을 전부 다 읽어볼 수밖에 없다. 어쩌면 이런 불친절은 의도적인 것인지도 모르겠다. 정유경 씨가 '비판적으로 응답'했던 '그의 발언' 중에는 어린이 화자 지양론과 무관한 발언도 포함되어 있으니까.

둘째 문장은 낱말의 의미론적 호응 관계에서도 문제를 드러낸다. '응답'은 '발언'에 대해서 하는 게 아니라 '질의'에 대해서 하는 것이다.

우리는 방금 정유경 씨가 자신의 글쓰기 의도와 글쓰기 방법을 밝힌 두 문장에서 얼마나 많은 잘못을 저질렀는지 확인하였다. 내가 이 두 문장을 지목한 것은 의도적인 것이었다. 누구든지 글을 쓸 때는 글쓰기 의도와 글쓰기 방법의 기술에 가장 많은 공을 들인다는 것을 감안했다. 물론 사람이니까 실수가 있을 수 있다. 그러나 정유경 씨의 경우에는 실수라는 말이 어울리지 않는다. 그의 글은 한 문장 걸러 한 문장이 비문이라 할 만하기 때문이다. 내가 보기에, 정작 정유경 씨가 가장 뜨겁게 껴안아야 할 화두는 '어린이 화자'도 아니고 '동시'도 아니다. 바로 '문장'이다.

김권호 씨의 경우는 어떠할까. 김권호 씨 역시 자신의 글쓰기 의도와 글쓰기 방법을 두 문장으로 밝혔는데, 이 두 문장을 통해서 김권호 씨의 문장 의식을 들여다보기로 한다.

이 글은 두 논자의 쟁점을 정리하고, 필자의 의견을 덧붙이는 형식으로 진행하려 한다. 누구를 편들고자 하는 것이 아니며, 어린이 화자 문제를 통해 한국의 동시 문학이 어떻게 앞으로 나아가야 하는지를 살펴보는 자리임을 밝힌다.(김권호, 41쪽)

첫째 문장은 '글'을 '전개하려 한다' 또는 '글쓰기'를 '진행하려 한다'로 써야 하는 것이다.

둘째 문장은 좀 심각해 보인다. 전체 문장 구조는 '[(~것이 아니며)+(~자리임을)]+ 밝힌다'로 분석할 수 있다. 먼저, 지적할 것은 이 문장은 이어서 쓸 수 없는 것을 이어서 쓴 문장이라는 것이다. (~것이 아니며)와 (~자리임을)은 그 문법적 위상이 대등하지 않기 때문에 '~며'라는 나열형 어미로 이어 붙여 써서는 안 된다.

다음으로 지적할 수 있는 것은 주어의 부당한 생략이다. (~것이 아니며)의 주어는 첫째 문장의 '이 글은'과 같은 것이라서 생략했다고 말해도 된다. 그러나 (~자리임을)의 주어는 '이 글은'이 될 수 없다. 무엇을 그것의 주어로 쓸 수 있을지 문득 궁금해진다.

왜 이렇게 문장을 꼬아서 쓸까. 얼마든지 쉽게 쓸 수 있는 내용인데. 예컨대, 이렇게 말이다. "누구를 편들고자 이 글을 쓰는 게 아니다. 어린이

화자 문제를 통해 한국의 동시 문학이 나아가야 할 바를 탐색하기 위해서
이 글을 쓴다."

　김권호 씨의 문장은 어법에 좀 문제가 있지만, 그 오류의 정도가 정유
경 씨에 비할 바는 아니다. 그래도 이 말만은 하고 넘어가야겠다. 비평이
란, 간단히 말하면, 남의 글의 옳고 그름과 좋고 나쁨을 따지는 글쓰기 행
위이다. 따지는 것은 논리로 해야 하고, 따진 것을 드러내는 것은 문장으
로 해야 한다. 그래서 문장력과 논리력을 비평가가 갖추어야 할 기본 자
질이라 하는 것이다.

남의 글은, 왜곡하지 말고 있는 그대로

　남의 글에 대해서 이런 저런 이야기를 하려면 무엇보다 먼저 남의 글
을 정확하게 이해하여야 한다. 그리고 남의 글을 인용할 때는 그 글의 핵
심을 인용하여야 한다. 특히, 남의 글을 요약하여 인용할 때는 글쓴이의
의도를 왜곡하지 않아야 하고, 가능하다면 원글의 이미지나 뉘앙스도 훼
손하지 않아야 한다. 남의 글에 대한 정확하고 간결한 요약, 그것이 전제
되지 않으면 남의 글에 대한 정밀하고 논리적인 비평은 있을 수 없다.

　내가 정유경 씨의 비평을 신뢰하지 못하는 이유 중 하나는, 방금 내가
비평의 전제라 한 것과 관련된다. 즉, 그의 인용과 요약은 나의 핵심을 비
켜갔을 뿐만 아니라 나의 의도를 왜곡하기까지 했다. 정유경 씨가 '나의
발언'에 대해서 '비판적으로 응답'하고 나선 것이 네 가지인데, 이를 중심
으로 하여 그의 인용과 요약이 어떤 문제점을 가지고 있는지 살펴보기로
한다.

　다음은 정유경 씨의 글을 직접 인용한 것인데, 이 자리의 논의에 필요
한 것만 선택적으로 인용했다. '첫째'라는 순번은 정유경 씨 자신이 직접

매긴 것이다.

첫째, 이지호 교수는 지은이 이름을 밝히지 않은 어린이시 〈나는 안경을 썼다〉와 안도현 시인의 〈텃밭〉을 비교하는 것으로 논의를 시작하였다.(⋯ 중략⋯) 이지호는 비교한 두 시 중 '내 아이와 함께 읽기 좋은 시'는 당연히 〈나는 안경을 썼다〉라고 단언하는데, 이 의견에 정말 많은 사람들이 동의하는지 모르겠다.(정유경, 104쪽)

정유경 씨는 이 '첫째'를 통하여 내가 〈나는 안경을 썼다〉를 〈텃밭〉보다 더 높이 평가한 것을 비판했다. 인용문에는 나타나 있지 않지만, 정유경 씨는 〈텃밭〉에 대한 아주 색다른 해석을 보여 주면서, '내 아이와 함께 읽기 좋은 시'는 오히려 〈텃밭〉이라 하였다. 그런데 이에 대한 김권호 씨의 반응이 흥미롭다.

정유경은 안도현의 동시에 대한 다른 해석을 보여 주느라 이지호가 두 시를 평가하면서 어린이 화자 문제를 세심하게 분석하지 않은 점을 비판하지 않았다.(김권호, 44-45쪽)

김권호 씨는 왜 이런 말을 하게 되었을까. 원인 제공은 정유경 씨가 했다. 정유경 씨가 '나의 발언'에 대해서 '비판적으로 응답'하겠다고 한 것은 그의 글 〈정말 어린이 화자 동시가 문제인가〉의 2장 '어린이 화자 동시는 천덕꾸러기인가'에서였다. 2장의 구성적인 측면에서 볼 때, 정유경 씨가 거론하는 모든 문제는 어린이 화자와 관련한 문제일 것이라고 추측하게 되는 것은 너무나 당연하다. 그러나 정유경 씨는 그 '첫째'에서 어린이 화자 문제를 거론하지 않았다. 내가 어린이 화자 문제를 거론하지 않았기 때문이다.

그러면, 나는 〈동시를 버려야 동시가 산다〉의 2장에서 어린이시와 동시를 견주어 읽을 때, 어린이 화자 문제를 왜 살피지 않았을까. 나로서는 그것을 이야기할 필요가 없었다. 정유경 씨도 확인해 주었듯이, 나는 '내 아이와 함께 이야기하기에 좋은 시'는 〈텃밭〉이 아니라 〈나는 안경을 썼다〉임을 말하기 위해서, 그러니까 단지 어린이시보다 작품성이 떨어지는 동시가 있음을 말하기 위해서 두 시를 비교했던 것이니까.

그리고 이 두 시를 놓고 어린이 화자 문제를 논의한다는 것은 애시당초 불가능한 일이었다. 〈텃밭〉의 화자는 어린이로 볼 수도 있고 어른으로 볼 수도 있는 것이지만, 〈나는 안경을 썼다〉의 화자는 모든 사람이 어린이로 볼 수 밖에 없는 것이다. 화자가 선명하지 않은 동시와 어린이가 화자인 것이 분명한 어린이시를 어찌 비교한단 말인가. 설사 〈텃밭〉이 화자가 어른임이 확실한 시라 할지라도 나로서는 그 화자를 〈나는 안경을 썼다〉의 화자와 비교할 까닭이 없다. 화자의 비교로는 두 작품의 우열을 가릴 수 없기 때문이다.

정리하면 이렇다. 정유경 씨는 나의 어린이 화자 동시 지양론을 비판하겠다고 해 놓고는 그것과 전혀 무관한 '어린이시와 동시, 견주어 읽기'를 끌어들였다. 그런데 김권호 씨는 오히려 나를 비판했다. '어린이시와 동시, 견주어 읽기'에서 어린이 화자 동시 지양론을 펼치지 않았다고. 더불어 정유경 씨도 나무랐다. 나의 허술함을 정유경 씨가 지적하지 않았다고. 한 마디로 말하면, 나의 의도에 대한 오해, 나의 글에 대한 오독이 이런 해프닝을 낳은 것이다.

정유경 씨가 두 번째로 '나의 발언'에 '비판적으로 응답'한 것은 어떨까.

둘째, 이지호는 어린이시와 안도현 동시를 비교한 후 문제는 '어설픈 동시 의식'이라고 했다. 그런데 '어설픈 동시 의식'이 무엇인지 구체적인 언급이 전혀 없어 동시인 독자로서 답답하다.(…중략…) '어린이를 화자로 내세우지 않으면 동시가 안 된다고 생각하는 작가가 많'다고 말하며 '어린이 화자에 대한 강박 관념이 곧 어설픈 동시 의식'임을 내비쳤는데, 어린이 화자에 대한 강박 관념을 가진 동시인이 많다는 말이 정말 사실에 근거한 것인지도 의문이다.(…중략…) 어린이 화자 동시에 대해 강박 관념을 가지고 있는 사람은 오히려 이지호 교수 자신은 아닌지 묻고 싶다.(정유경, 105-106쪽)

한 번은 짚고 넘어갈 문제가 있다. 호칭에 관한 것이다. 보다시피, 정유경 씨는 나를 '이지호' 또는 '이지호 교수'로 지칭한다. (김권호 씨는 나를 '이지호'라 하기도 했고 '이지호 평론가'라 하기도 했다.) '둘째'에서만 그런 것이 아니다. '첫째'에서도 그랬다. 아니, 그의 글 곳곳에서 그랬다. 한두 번이면 실수라 하겠지만…. 그렇다고 복선이 깔린 것이라 하기도 곤란하고. 이러한 혼선은 그의 언어에 대한 무감각 또는 무신경에서 비롯된 것이라 하지 않을 수 없다.

'둘째'는 두 가지 반론을 담고 있다. 하나는 내가 '어설픈 동시 의식'을 제대로 설명하지 않았다는 것이다. 다른 하나는 '어린이 화자에 대한 강박 관념'은 실재하지 않는다는 것이다. 인용과 요약의 측면에서 문제가 되는 것은 '어설픈 동시 의식'에 관한 것이므로, 이에 초점을 맞추어 논의를 진행하고자 한다.

내가 '어설픈 동시 의식'의 개념을 직접 정의하지 않은 것은 사실이다. 그러나 게을러서도 아니고 세심하지 못해서도 아니다. 그럴 필요가 없었기 때문이다. 다음을 보라. 정유경 씨가 '둘째'에서 문제로 삼은 나의 글의

한 대목이다.

우리는 방금 어린이시 중에서 못난 축에 드는 어린이시와 이름이 뜨르르한 작가가 쓴 동시를 비교하면서 읽어봤다. 독자가 동시를 왜 외면하느냐고? 그 물음에 되물음의 답을 하고 싶다. 독자가 동시를 어찌 외면하지 않을 수 있느냐고.

문제는 어설픈 동시 의식이다. 어린이를 화자로 내세우지 않으면 동시가 안 된다고 생각하는 작가가 많으니, 어린이 화자 동시로 이에 관한 이야기를 해볼까 한다.(이지호, 99쪽)

우선, 정유경 씨의 요약에 대해서 한마디 하고 싶다. 내가 쓴 원글과 정유경 씨의 요약문을 비교해 보라. 정유경 씨의 요약문에서는 내가 뜬금없이 '문제는 어설픈 동시 의식이다'라고 돌출 발언을 한 것처럼 되어 있다. '독자가 동시를 외면하지 않을 수 없다'는 의미로 진술한 나의 또 다른 발언은 그리 긴 것도 아닌데, 왜 빼버렸을까. 그것을 집어넣어 놓았다면, 독자가 정유경 씨의 글만 읽고도, '어설픈 동시 의식'이란 '어른조차 그 의미를 잘 알 수 없는 〈텃밭〉 같은 동시를 생산하는 시 의식'임을 쉽게 알아차렸을 텐데.

한편, 나는 '어린이 화자 동시'로 '어설픈 동시 의식'에 대해서 이야기하겠다고도 했다. 원글의 둘째 단락에서 바로 그렇게 말하지 않았던가. 물론 그 '어린이 화자 동시'는 '어린이를 화자로 내세우지 않으면 동시가 안 된다고 생각하는 작가'의 '어린이 화자 동시'에 국한된다. 이 대목에서도 독자는 '어설픈 동시 의식'이 무엇을 가리키는지 짐작할 수 있다. 즉, '어린이를 화자로 내세우지 않으면 동시가 안 된다고 생각하는 시 의식'이 바로 '어설픈 동시 의식'이라는 것을. 이것은 정유경 씨 또한 이미 파악하고 있던 것이었다. 그래놓곤 '어설픈 동시 의식'이 무엇을 가리키는지 모르겠다고 투덜거린다. 물론 어린이 화자에 대한 강박 관념은 '어설픈 동시 의식'의 하나일 뿐이다. 나는 다른 대목에서 이를 분명한 어조로 강조한 바 있다. 다음이 바로 그것이다.

> 오해하지 마시길. 어른 화자를 내세우기만 하면 무조건 동시다운 동시가 된다고 말하는 것은 아니니까. 어린이 화자 동시든 어른 화자 동시든 문제는 어설픈 동시 의식이다. 이 자리가 적절한 자리는 아니지만, 어설픈 동시 의식이 어른 화자 동시를 얼마나 유치하게 만드는지 예를 들어 살펴보기로 하겠다.(이지호, 107쪽)

한 마디로 말해서, 동시는 유치해도 된다는 생각, 바로 그것이 '어설픈 동시 의식'이라는 것이다. 이러한 '어설픈 동시 의식'은 어른 화자 동시에서도 찾아볼 수 있다. 그런데도 어린이 화자 동시에 초점을 맞춘 까닭은 '어린이를 화자로 내세우지 않으면 동시가 안 된다'고 생각하는 동시 작가, 나아가서 '어린이를 화자로 내세우기만 하면 저절로 동시가 된다'고 생각하는 동시 작가가 많다고 판단했기 때문이다.

'어설픈 동시 의식'과 관련해서 정유경 씨는 억측을 펴기도 했다. 다음을 보라.

> 위의 글 107~109쪽을 읽다 보면, '어설픈 동시 의식'이란 '동시는 어린이를 위한 것'이라는 생각 자체를 말하는 것이라는 짐작을 할 수 있다. 그런데 이는 동시를 정의할 때의 첫 번째 요건에 해당되는 것으로, 이를 '어설프다'고 표현한 것은 동시의 존재 자체를 폄하하는 것이라 생각된다.(정유경, 105쪽, 각주 4)

정유경 씨의 짐작 내용도 터무니없는 것이려니와, 정유경 씨의 진술 방식도 터무니없는 것이다. 나의 글 〈동시를 버려야 동시가 산다〉의 107~109쪽을 읽다 보니 그런 짐작을 하게 되더란다. 이게 비평에서 할 말인가. 그나저나 107~109쪽의 어디를 보면 그런 짐작을 할 수 있는가. 내가 다 궁금하다. 이러한 터무니없는 진술 또한 단순한 실수나 착오에서 비롯된 것이 아니다. 이와 같은 엉뚱한 작문은 또 있으니까.

이번에는 아예 출처도 밝히지 않고 말했다. "어린이 화자를 내세우지도 말고 어린이를 위한 것도 쓰지 말라는 것이 이지호 교수의 주장인 셈이다."(정유경, 117쪽, 각주 20) 정유경 씨가 나의 글이 어떤 제목을 달고 있었는지 한 번만 돌아봤어도 이런 헛소리는 하지 않았을 것이다.

이제, 정유경 씨의 '셋째'로 넘어가기로 한다. '셋째' 역시 '첫째'와 마찬가지로 작품 해석에 관한 논박이다.

셋째, 이지호는 최종득 시인의 〈동생이 엄마한테 이기는 방법〉을 예로 들어 이 동시가 어린이 화자를 고집함으로써 사실을 왜곡하는 결과를 낳았고 굳이 어린이 화자를 내세워 얻는 것이 없으므로 〈둘째가 제 엄마한테 이기는 방법〉으로 제목을 바꾸어야 한다고 지적하였다.(…중략…) 그렇게 보면 이 동시의 제목 설정은 그렇게 잘못된 것이 아니다.(정유경, 106쪽)

〈동생이 엄마한테 이기는 방법〉은 동시집에 실려 세상에 나온 지 한참 된 동시다. 그런 동시를 두고, 작가가 어린이 화자를 '고집했다' 비판하고, 작가한테 제목을 '바꾸어야 한다'고 지적했다고? 내가? 어 다르고 아 다른 법이다. 말이란 것은 그렇게 함부로 하는 게 아니다. 정유경 씨의 요약문이 겨냥하고 있는 나의 원글은 다음과 같다.

내가 알기로, 이 시는 아이의 말을 그대로 옮긴 것이다. 그 아이는 작가의 둘째 아들이고. 그런데 작가는 슬쩍 사실 관계를 왜곡했다. 둘째 아들의 말을 첫째 아들이 듣고 시를 쓴 것처럼.(…중략…) 나의 관심사는 오직 하나다. 이 시의 제목을 '둘째가 제 엄마한테 이기는 방법'이라 하지 않고 '동생이 엄마한테 이기는 방법'이라 함으로써 무엇을 얻게 되었는가 하는 것이다. 내 눈에는 얻은 것은 보이지 않고 잃은 것만 보인다.(…중략…) 〈동생이 엄마한테 이기는 방법〉은 굳이 어린이 화자를 내세울 필요가 없는 것을 그렇게 한 것이다. 이것을 보면, 작가의 머릿속에는 어린이 화자가 동시의 표지로 자리 잡고 있는 듯하다. 이런 동시는 그래도 봐줄 만하다. 어린이 화자를 작가 자신의 유치하고 안이한 시정신을 숨기는 가림막쯤으로 여기는 동시가 허다하니까.(이지호, 100-101쪽)

윗글의 요점이 잘 파악이 안 되기는 김권호 씨도 마찬가지였던 모양이다. 김권호 씨는 이런 말을 했다.

이지호는 '둘째가 제 엄마한테 이기는 방법'이라 하지 않고 위 제목을 선택했기에 잃는 것이 많다고 본다.(…중략…) 이지호가 어린이 화자 문제를 〈동생이 엄마한테 이기는 방법〉의 제목으로 접근한 것은 적절치 않았다.(김권호, 46쪽)

정유경 씨와 김권호 씨가 얼토당토않은 요약을 하게 된 저간의 사정을 짐작할 수 없는 것은 아니다. 나의 글 중 밑줄 친 부분을 잘못 읽어 그런 요약을 한 것 같다는 것이다. 밑줄 친 부분의 함의는 이것이다. '작가가 어른을 화자로 내세우지 않고 어린이를 화자로 내세움으로써 무엇을 얻게 되었는가 하는 것이다.' 이렇게 읽어야 한다는 것은 그 다음 문장이 분명하게 일러 주고 있다. '굳이 어린이 화자를 내세울 필요가 없는 것을 그렇게 한 것이다'라고 말이다.

위 인용문을 내가 요약해 보겠다. 〈동생이 엄마한테 이기는 방법〉은 작가 자신의 직접 체험을 바탕으로 하여 쓴 시다. 어른의 체험을 시로 형상화할 때는 어른을 화자로 하는 것이 마땅하다. 굳이 어린이를 화자로 내세울 필요가 없다. 그래봤자 얻는 것은 없고 잃는 것만 생기기 때문이다. 어른의 체험을 어린이의 체험으로 왜곡하면서까지 어린이를 화자로 내세운 것을 보면, 작가는 어린이 화자를 동시의 표지로 인식하고 있는 듯하다.'

참 답답하다. 두 사람의 행태가. 내가 〈동생이 엄마를 이기는 방법〉을 논의에 끌어들인 이유가 무엇이었던가. '어린이 화자에 대한 작가의 강박 관념'을 설명하려고 끌어들였다는 것은 정유경 씨도 김권호 씨도 너무나 잘 알고 있지 않았던가. 설사 내가 제목을 바꾸라는 말을 했다고 하더라도, 그건 가볍게 짚고 넘어갈 일이다. 중요한 것은 〈동생이 엄마를 이기는 방법〉이 '어린이 화자에 대한 작가의 강박 관념'을 설명하는 사례로 적절한가 아닌가를 따지는 일일 테니까.

말이 나온 김에 김권호 씨의 요약을 하나 더 보기로 한다. 다음은 동시와 어린이시를 견주어 읽는 자리에서 내가 한 말을 김권호 씨가 요약한 것이다.

동시는 "잘 와 닿지 않"고 "억지처럼 느껴"지고 어색하지만, 어린이가 쓴 시는 "읽는 도중 마음이 이랬다저랬다" 했다.(김권호, 42쪽)

내가 한 말이라는데도 나는 그 말이 무슨 말인지 도통 모르겠다. 어린이시를 읽는 도중 마음이 어떻게 되었다는 건지…. 밑줄 친 부분에 대응하는 원글은 이렇다.

　이 시를 읽는 도중 마음이 이랬다저랬다 했다. 안쓰럽고 안타까운 마음, 기특하고 대견한 마음, 흐뭇하고 사랑스러운 마음…….(이지호, 98쪽)

　김권호 씨의 요약, 얼마나 절묘한가. 생략 하나로 원글을 의미도 통하지 않는 형편없는 글로 만들어 버리다니. 신기에 가까운 요약이다.
　마지막으로 나의 글에 대한 정유경 씨의 네 번째 논박을 소개하기로 하겠는데, 이것은 인용과 요약의 측면에서는 따로 말할 것이 없다. 독자는 이런 것도 있었다는 것 정도로 알아 주면 되겠다.

　넷째, 이지호는 어린이들이 시를 읽을 때 시의 화자와 작가를 동일시하는 성향이 있기 때문에 시인이 어린이 화자 동시를 쓰는 것은 문제가 있다고 한다. 그런데 이는 전제부터가 반드시 옳다고 할 수 없다. (정유경, 108쪽)

　우리는 지금까지 정유경 씨가 '나의 발언'에 대해서 '비판적으로 응답'한 것 넷을 살펴보았다. 그 결과, 넷 가운데 셋이 인용과 요약의 측면에서 적지 않은 문제를 안고 있음을 확인할 수 있었다. 그런데 정유경 씨가 나의 글에 대한 논박 항목으로 설정한 것은 내가 주장한 '어린이 화자 지양론'의 뼈대 노릇을 했던 것이 아니다. 그래서 정유경 씨의 비평을 일러, 지엽적인 문제를 갖고 씨름한 비평이라 평가하게 되는 것이다.
　정유경 씨의 네 가지 비판적 응답 중에서, '첫째'는 작품 해석에 관한 문제 제기이고, '셋째'는 작품 제목에 관한 이의 제기라서, 어린이 화자 동시 옹호론을 펼치는 자리에서는 전면에 내세울 게 못 된다. '둘째'의 '어설픈 동시 의식'과 '어린이 화자에 대한 작가의 강박 관념' 그리고 '넷째'의 '화자와 작가를 동일시하는 어린이 성향'은 내가 '어린이 화자 동시 지양론'을 설명할 때 직접 거론했던 것이긴 하다. 그러나 이것들로는 기껏해야 '어린이 화자 동시 지양론'의 일부를 비판할 수 있을 뿐이다. 이를 확인하기 위해서 우리는 잠시 후에 '어린이 화자 동시 지양론'의 전체 구조를 들여다보게 될 것이다.

'둘째'와 '넷째'는 서로 묶을 수 있는 것이다. 이렇게 말이다. "'어린이 화자에 대한 작가의 강박 관념'은 '어설픈 동시 의식'의 한 양상인데, '화자와 작가를 동일시하는 어린이 성향'이 그러한 강박 관념의 형성 기반이 된다." 실제로, 나는 그렇게 엮어서 썼다.

김권호 씨는 정유경 씨의 네 가지 논박 항목을 세 가지로 정리하여 그것에다 '이지호 대 정유경 논쟁의 쟁점들'이라는 이름을 붙였다. 김권호 씨에 따르면, 첫 번째 쟁점은 '어설픈 동시 의식'이고, 두 번째 쟁점은 '작가들의 강박 관념'이고, 세 번째 쟁점은 '화자와 작가의 분리'였다. 그런데 '어설픈 동시 의식'에 대한 문제 제기는 그 개념의 불명료성에 관한 것이었다. 이를 두고 쟁점 운운한다는 것은 우스운 일이다. 따라서 김권호 씨가 정리한 쟁점은 둘뿐이라 하겠다.

김권호 씨는 정유경 씨의 '첫째'에 대해서는 어정쩡한 태도를 취했다. 그의 글 〈'어린이 화자' 논쟁이 나아갈 길〉의 2장 '이지호 대 정유경 논쟁의 쟁점들'에서 '어린이시와 동시, 견주어 읽기'를 다루고 있긴 하지만, 쟁점으로 명명하지는 않았다. '첫 번째 쟁점'보다 먼저 논의하면서도 '첫 번째'니 '두 번째'니 하는 번호를 매기지 않았다는 것이다. 정유경 씨의 '셋째'에 대해서는 자체 교정을 시도했다. 〈동생이 엄마한테 이기는 방법〉에 대해서 정유경 씨는 작품의 제목 문제만 거론했지만, 김권호 씨는 그것은 그것대로 따로 논의하면서 '작가들의 강박 관념' 문제도 함께 논의했다.

김권호 씨가 '세 번째 쟁점'이라 한 것은 정유경 씨가 '넷째'에서 말한 것과 다르지 않다. 표현에만 약간 변화를 주었을 뿐이다.

보다시피, 김권호 씨는 정유경 씨의 논박 항목을 거의 그대로 끌어다 놓고 그것을 '나와 정유경 씨의 쟁점'이라 규정했다. 나의 글과 정유경 씨의 글을 한데 묶어 "'어린이 화자' 논쟁"이라 일컬었다. 과연, 그렇게 말할 수 있을까. 이쯤에서 나의 글 〈동시를 버려야 동시가 산다〉를 소개하기로 한다. 다음은 그 글의 전체 목차다.

1. 누가 동시를 읽는가

2. 독자는 동시를 왜 외면하는가

3. 그래도 읽히는 동시는 있다

4. 동시의 위기, 어떻게 극복할 것인가

5. 마무리 말 한마디

〈동시를 버려야 동시가 산다〉는 동시의 내포와 외연을 재조정하여 독자가 동시를 외면하는 위기 상황을 극복해야 한다는 제안을 담고 있는 글이다. 나의 이른바 '어린이 화자 동시 지양론'은 2장에 실려 있다.

2장의 세부 내용은 다음과 같다. 원글에는 번호가 매겨져 있지 않다. 여기서는 요점 정리 차원에서 내용별로 번호를 매겼다. 정유경 씨가 '비판적으로 응답'한 부분은 밑줄을 그어 놓았다.

2. 독자는 동시를 왜 외면하는가

　(1) 어린이시보다 작품성이 떨어져서 독자한테 외면당하는 동시

　　1) <u>안도현의 동시 〈텃밭〉과 어린이시 〈나는 안경을 썼다〉 견주어 읽기</u>

　　2) 안도현의 동시에서 확인되는 어설픈 동시 의식

(2) 어린이 화자 동시를 통한 <u>어설픈 동시 의식의 재확인</u>

 1)《동시마중》창간호와 2호에 실린 동시의 공통점 : 어린이 화자

 2) 어른 체험을 어린이 체험으로 바꾸기 : <u>최종득의 동시 〈동생이 엄마한테 이기는 방법〉</u>

(3) 어린이 화자 동시의 문제점

1) 동시의 어린이 화자 악용 사례

 ①작가의 유치하고 안이한 시정신의 가림막으로 악용

 ②어른의 생각과 느낌을 어린이의 그것으로 보이도록 포장

2) 어린이 화자 동시가 허용되는 예외 상황 : 하고 싶은 말이 있어도 이런저런 이유로 하지 못하는 어린이를 대변하는 어린이 화자 동시

3) 동시의 어린이 화자 악용이 가능한 이유 : <u>시의 작가와 화자를 동일시하는 어린이 성향</u>

4) 시의 작가와 화자를 동일시하는 어린이 성향의 형성 요인과 그것의 역이용

 ①시의 장르적 특성과 어린이시의 영향으로 그런 성향이 형성됨

 ②어린이 화자 동시(어린이가 화자이지만, 어른이 썼다는 것을 어린이 독자가 알 수 있는 시)는 일부러 꾸며서 쓴 허구의 시임을 어린이가 알아차림

 ③일부러 꾸며서 쓴 허구의 시임을 보여 주기 위한 어린이 화자 동시는 허용됨

5) 어린이 화자 동시가 동시로 인증받기 어려운 까닭(이지호, 96-103쪽)

한눈에 알아볼 수 있을 것이다. 정유경 씨가 나의 '어린이 화자 동시 지양론'을 논박한다는 것이 얼마나 엉성하고 얼마나 자기 편의적인 것인지를. 곁가지만 툭툭 치는, 그것도 자기 취향에 맞는 곁가지만 툭툭 치는,

그런 논박이다. 그래서 정유경 씨의 비평은 논박해야 할 것을 논박하는 비평이 아니라 논박하고 싶은 것을 논박하는 비평이라 평가할 수 있는 것이다.

이미 밝혔듯이, 나는 정유경 씨의 논박에 대해서 글로 대응할 생각을 전혀 하지 않았다. 그의 논박 항목은 내가 쟁점으로 삼을 만한 것이 아니기 때문이고 '어린이 화자' 논쟁의 핵심도 아니기 때문이다. 같은 이유로, 김권호 씨가 '이지호 대 정유경 논쟁의 쟁점들'이라 한 것도 나는 인정하지 않는다. 김권호 씨 자신에 의해서 간단히 교통정리가 될 수 있는 것들이 어찌 '어린이 화자' 논쟁의 쟁점이 될 수 있겠는가. 사실, '어린이 화자에 대한 동시 작가의 강박 관념'이나 '화자와 작가의 동일시 성향'은 따로 증명할 필요도 없는 것이다.

성인시는 아주 특별한 경우가 아니면 어린이를 화자로 내세우지 않는다. 그런데 동시는 왜 걸핏하면 어린이를 화자로 내세우는가. 이에 대한 답이 바로 '어린이 화자에 대한 동시 작가의 강박 관념'이다. 이 답은 절대로 부정할 수 없다. 왜냐하면 질문과 동의어인 답이기 때문이다. 이 답을 무너뜨리는 방법은 한 가지뿐이다. 그것은 어린이 화자 동시보다 어른 화자 동시가 훨씬 더 많다는 것을 증명하는 것이다. 이를 증명하는 것이 과연 가능할 것 같은가. 아니다. 불가능하다. 이 세상의 모든 동시를 조사한다고 해도 결론은 잠정적일 수밖에 없다. 앞으로 나타날 동시가 어떤 변수로 작용할지 모르기 때문이다.

'화자와 작가의 동일시 성향' 역시 자기 체험이나 통계로 부정할 수 있는 것이 아니다. 정유경 씨의 말이 아니더라도, 나는 화자와 작가를 분리해서 동시를 읽는 어린이가 존재한다는 것을 인정할 수 있다. 정유경 씨는 왜 인정할 수 없을까. 화자와 작가를 동일시하며 동시를 읽는 어린이가 있을 수 있다는 것을.

한 가지 더 말해 주고 싶은 것이 있다. '화자와 작가의 동일시 성향'은 어린이 특유의 성향이 아니라는 사실이다. 정도의 차이는 있지만 어른한테도 그런 성향이 있다. 이를 잘 보여 주는 것이 바로 18·19세기의 이야기꾼인 전기수에 관한 일화이다. 어느 이야기꾼이 이야기를 들려주다가 이야기 내용에 흥분한 청중이 휘두른 칼에 찔려 죽었단다. 청중이 왜 칼을 휘둘렀겠는가. 작가와 화자를 혼동했기 때문이 아니면 무엇 때문이겠는가.

이상에서 내가 말하고자 하는 바는 간단하다. 정유경 씨는 논박할 만한 것도 아닌 것을 논박한다고 법석을 떨었고, 김권호 씨는 쟁점이라 할 수 없는 것을 쟁점이라 하여 판을 키웠다. 그것도 좋다. 제대로 하기만 했다면 말이다.

자기주장은, 우기지 말고 논증을

다음은 나의 글에 대한 김권호 씨의 결론이다.

> 이지호는 가능하지 않은 줄 알면서도, '동시를 버려야 동시가 산다'고 주장했지만, 이는 동시를 버리라는 주문이라기보다 동시를 살리기 위한 모색이라고 보아야 한다. 다만 그의 논의가 적절한 사례와 정확한 통계를 바탕으로 하지 못한 것은 아쉽다.(김권호, 57쪽)

문득 궁금해진다. '가능하지 않은'의 주어가 뭔지. 동시를 버리는 것이 가능하지 않다는 것일까. 동시가 사는 것이 가능하지 않다는 것일까. 아니면, '동시를 버려야 동시가 산다'가 가능하지 않다? 이건 아예 말이 안 된다. 나 스스로 나의 명제를 부정하는 셈이 되니까. 그나저나 김권호 씨는 내가 그 무엇이 가능하지 않음을 안다는 것을 어찌 알았을까. 물론 이런 지적이나 하자고 윗글을 인용한 건 아니다.

나의 글에 대한 김권호 씨의 결론을 이 자리에 끌어다 놓은 것은 나의 글이 '적절한 사례와 정확한 통계를 바탕으로 하지 못한 것'이라는 그의 평가 때문이다. '적절하지 않은 사례'란, 김권호 씨의 표현대로 하자면, 내가 '무리한 평가'를 했던 〈텃밭〉의 사례, '제목으로 접근한 것'이 잘못이었던 〈동생이 엄마를 이기는 방법〉의 사례를 가리키고, '정확하지 않은 통계'란 《동시마중》 창간호와 2호에 게재된 어린이 화자 동시에 대한 나의 잘못된 통계를 가리킨다.

'정확하지 않은 통계'라는 것부터 점검해 보기로 한다. 내가 '정확하지 않은 통계'에 의존했다고 비판을 받게 된 것은 다음 몇몇의 문장 때문이다. 이 밖에 그런 지적을 받을 문장은 단 하나도 쓰지 않았다.

> 《동시마중》 창간호와 2호에 실려 있는 동시는 수십 편이다. 작가만 해도 30명이다. 수십 편에 이르는 그 동시에 공통점이 하나 있다. 그것은 어린이를 화자로 내세웠다는 것이다. 어른 화자 동시를 즐겨 쓰던 남호섭조차도 이번에는 어린이 화자 동시를 썼다.(이지호, 99쪽)

김권호 씨는 이 몇 줄의 글을 겨냥하여, 나의 논의가 '적절하지 않은 사례'와 함께 '정확하지 않은 통계'가 아쉬운 논의라 했다. 여기서는 '아쉬운 논의'라는 부드러운 표현을 썼다. 그러나 우리는 이미 확인했다. 그것이 의미하는 바는 '패착'이고 '싸구려'인 '논의'라는 것을. 어쨌든, 김권호 씨의 결론만 보면, 누구든지 '정확하지 못한 통계'는 나의 논의를 신뢰하지 못하게 만드는 결정적인 결함인 것처럼 여기게 된다. 글이란, 또 말이란 이렇게 무서운 것이다.

김권호 씨의 그 말을 듣는 순간, 나는 '침소봉대'라는 한자성어를 떠올렸는데, 내가 뻔뻔한 것일까. 물론 몇 줄의 글도 글은 글이다. 그리고 몇 줄의 글에 함축된 통계적 오류도 오류는 오류다. 나는 나의 표현이 잘못된 것임을 인정해야 한다. 나는 분명 '수십 편에 이르는 그 동시에 공통점이 하나 있다'는 말을 했고, 이는 '수십 편에 이르는 그 동시는 모두 어린이 화자 동시다'로 해석될 수 있는 말이다.

그런데 나는 다른 자리에서 수십 편에 이르는 그 동시가 100% 모두 어린이 화자 동시일 수 없음을 스스로 인정한 바 있다. 예컨대, 〈옥수수맛〉(김광화, 《동시마중》 2호)에 대해서 "우리가 이 시의 화자를 어른 화자로 보는 것은 이런 이유에서이다."(이지호, 105쪽)라 하여 이 동시의 화자가 어른임을 대놓고 말했다.

이만하면 미루어 짐작할 수 있지 않았을까. 문제가 된 그 문장은 통계학적 엄밀함을 염두에 두고 기술한 것이 아니라는 것을. 내가 그 문장을 통해서 말하고 싶었던 것은 동시 작가들이 어린이 화자 동시를 많이 쓴다는 것, 바로 그것 하나였다.

그러나 정유경 씨는 이런 정황은 전혀 고려하지 않고 그 몇 줄의 글을, 그 자신의 표현대로, '시시콜콜 따'져들었다.

내가 세어 보니 1호와 2호에 실린 동시는 모두 73편이었다. 그리고 실린 작품들을 읽어본 결과 어린이 화자 동시는, 적어도 내가 판단하기에는, 1호에 10편(33편 중), 2호에 17편(40편 중), 이렇게 총 27편이었다. 백분율로 환산하면 37% 정도 된다. 이를 두고 과연 '공통적'이라 할 수 있으며 '작가가 강박 관념을 가지고 있다'고 할 수 있는지, 나는 고개가 갸웃거려진다.(정유경, 105-106쪽)

정유경 씨는 자신이 '세어 보니' '판단하기에는' 어린이 화자 동시가 37% 정도라고 했다. 이 진술은 흥미를 느낄 만한 것이다. 정유경 씨는 지금 나의 통계적 오류를 밝히고자 나의 그 몇 줄 안 되는 글을 '시시콜콜' 따지고 있는 중이다. 이것이 얼마나 섬세한 논증을 필요로 하는 작업인지, 정유경 씨는 정말 몰랐단 말인가. 물론 몰랐으니, 이렇게 목소리만 높이고 있는 것일 테지만. '내가 세어 보니 그렇더라, 내가 판단해보니 그렇더라. 내가 그렇다면 그런 줄 알아라' 이 말에 그냥 넘어가는 사람도 있긴 있었다. 김권호 씨를 두고 하는 말이다. 이에 대해서는 잠시 후에 다시 말하기로 하고.

정유경 씨는 어떤 방법으로 세어 봤는지, 어떤 절차로 판단했는지, 이에 대해서는 일언반구도 하지 않았다. 이렇게 하면 그 자신의 판단에 대한 다른 사람의 판단을 원천적으로 봉쇄할 수 있다고 생각한 것일까. 그랬다면 그건 큰 착각이다.

이와 같은 우기기 식의 주장은 간단하게 물리칠 수 있기 때문이다. '내가 세어 보니까, 내가 판단해 보니까, 그렇지 않더라. 물론 100%는 아니더군. 그러나 96.5%는 되던데. 수록된 동시의 96.5%가 어린이 화자 동시라면, 수록된 동시의 공통점을 어린이 화자라 해도 되지 않을까. 동시 작가들이 어린이 화자에 대해서 강박 관념을 가지고 있다 해도 되지 않을까.' 내가 이렇게 반박하면 정유경 씨는 어떻게 재반박할까.

그러나 나까지 정유경 씨처럼 막무가내로 우길 수는 없는 일이다. 동시 작가 두 사람한테 부탁했다. 《동시마중》 창간호와 2호에 수록된 동시의 화자에 대한 통계를 내 달라고. 좀 더 객관적인 결과를 얻을 수 있을 것 같아서 제삼자한테 의뢰한 것이다. 조사 결과는 다음과 같다.

편수		조사자1 (최종득)		조사자2 (이준식)	
		편수	비율(%)	편수	비율(%)
창간호	어린이 화자 동시	16	48.5	10	30.3
	어른 화자 동시	0	0	17	51.5
	화자 부정 동시	17	51.5	6	18.2
	(계)	(33)	(100)	(33)	(100)
2호	어린이 화자 동시	21	52.5	15	37.5
	어른 화자 동시	3	7.5	15	37.5
	화자 부정 동시	16	40.0	10	25.0
	(계)	(40)	(100)	(40)	(100)

'화자 부정 동시'란 화자를 어린이 또는 어른으로 확정하기가 곤란한 동시를 말한다. 화자의 정체를 추정하는 단서가 되는 '화자 표지'가 선명치 않은 동시가 이에 속한다. 이 '화자 부정 동시'는 어떤 사람은 어린이 화자 동시로 분류하고 또 어떤 사람은 어른 화자 동시로 분류한다. 그런데 '화자 표지' 그 자체가 선명한지 선명하지 않은지에 대한 판단도 사람에 따라서 다를 수 있다. 이 두 가지 요인 때문에 동시의 화자에 대한 통계는 누가 조사하느냐에 따라서 큰 편차를 보이게 된다.

《동시마중》 창간호의 어린이 화자 비율은, 조사자1에 따르면 최소 48.5% 최대 100%이고, 조사자2에 따르면 최소 30.3% 최대 48.5%이다. 이 통계는 우리한테 두 가지 사실을 일러 준다. 하나는 어린이 화자 동시의 비율에 대한 나의 판단도 옳을 수 있고 그 판단에 이의를 제기한 정유경 씨의 판단도 옳을 수 있다는 것이고, 다른 하나는 적어도 어린이 화자 동시의 비율에 관한 한 어느 하나의 판단으로 다른 하나의 판단을 부정하는 것은 위험하다는 것이다.

구체적인 작품을 통해서 이를 재확인하기로 한다. 〈동시를 버려야 동시가 산다〉에서 작품 자체를 논의한 동시는 〈텃밭〉, 〈동생이 엄마를 이기는 방법〉, 〈옥수수맛〉, 〈뒤이어〉 등 4편이다. 단지 이름만 들먹인 동시 작가도 있는데, 그의 동시는 〈양촌 할매〉, 〈고라니〉 등 2편이다. 〈동생이 엄마를 이기는 방법〉을 제외한 나머지 5편은 《동시마중》에서 가져온 것이다. 그런데 이 5편의 화자에 대한 이해 또한 조사자에 따라서 달랐다. 조사자1은 이 5편의 동시를 모두 화자 부정 동시로 파악했다. 조사자2는 〈텃밭〉, 〈뒤이어〉, 〈양촌 할매〉는 어른 화자 동시로, 〈옥수수맛〉, 〈고라니〉는 화자 부정 동시로 파악했다.

정유경 씨는 남호섭 씨의 동시에 대해서도 논증 없는 주장을 되풀이했다.

그는 '어른 화자 동시를 즐겨 쓰던 남호섭 시인조차도 어린이 화자 동시를 썼다'며 개탄하듯 말하였는데 나는 이것도 잘 이해가 되지 않는다. 《동시마중》1호에 실린 남호섭 시인의 동시 〈양촌 할매〉와 〈고라니〉는, 나로서는 아무리 보아도 어린이 화자 동시로는 읽히지 않기 때문이다. (정유경, 106쪽)

여기에서 정유경 씨가 조자룡의 헌 칼처럼 휘두르고 있는 것은 '아무리 보아도' 딱 그 한 마디다. 이렇게 막무가내로 우기기만 하면 우리의 두 조사자도 같은 방식으로 우길 수 있다. 이렇게 말이다. 나는 '아무리 보아도' 둘 다 화자 부정 동시로밖에 안 읽히는데, 나는 '아무리 보아도' 〈양촌 할매〉는 어른 화자 동시로밖에 〈고라니〉는 화자 부정 동시로밖에 안 읽히는데.

어쨌거나, 이 두 시는 일단 화자 부정 동시로 판단할 수 있는 것이다. 〈양촌 할매〉의 '할매'는 아이한테도 '할매'이고 나 같은 어른한테도 '할매'다. 〈양촌 할매〉의 화자는 어린 독자한테는 어린이로 어른 독자한테는 어른으로 파악될 가능성이 크다. 이 자리에서 이 시의 내용까지 분석해서 보여 줄 여유는 없지만, 그 내용 또한 이런 가능성을 뒷받침해 주고 있다는 것이 나의 판단이다.

〈고라니〉는 화자의 형식 표지라 할 만한 것을 전혀 찾을 수 없는 동시다. 그래서 이를 두고 어른 화자 동시라 한 정유경 씨의 주장을 굳이 반박하고 싶지는 않다. 그러나 〈고라니〉의 화자를 어린이 또는 어른 둘 중의 하나로 선택해서 말하라고 한다면, 나는 주저 없이 어린이라 말할 것이다. 왜냐하면, 한밤중에 오줌이 마려워 잠결에 마당에 나와 볼 일을 보는 것은, (화장실이 마당 한편에 있는 집에서 사는)어린이한테는 흔한 일이지만 어른한테는 매우 드문 일이기 때문이다.

정유경 씨의 우기기보다 나의 눈살을 더 찌푸리게 만든 것은 김권호 씨의 덧씌우기다. 김권호 씨의 말을 더 들어 보자.

> 필자의 판단에도 정유경의 반박은 이지호의 잘못을 명백히 밝히고 있어 덧붙일 말은 없다. 아무리 어느 정도의 도발, 독선, 과장이 허용되는 '발언 대 발언'이라는 꼭지에 쓴 글이라 할지라도 사실 관계의 왜곡이 있어서는 안 된다.(김권호, 44쪽)

이미 말했듯이, 김권호 씨는 몇 줄 안 되는 한 단락의 글로 그 글이 포함된 170여 단락의 글 전체를 결판내려 들었다. 그런데 그가 근거로 내세운 것은 '필자의 판단', 딸랑 그거 하나였다. 정유경 씨의 글에서 수시로 목격하게 되는 우기기와 똑같은 것이다. 그는 우기기에서 한걸음 더 나아가기도 했다. 나의 글에 '도발'을 덧씌우고 '독선'을 덧씌우고 '과장'을 덧씌웠다. 문득 《동시마중》 편집자한테 묻고 싶어진다. '발언 대 발언'이라는 글 꼭지는 도발과 독선과 과장의 글도 허용하는지.

말이 나왔으니 하는 말인데, 김권호 씨는 '도발'이라는 말을 참 좋아하는 듯하다. 좋아서 쓴다는데 누가 뭐라 할 수 있겠는가. 그러나 쓰려면 제대로 쓸 일이다.

- 이지호 평론가가 〈동시를 버려야 동시가 산다〉라는 도발적 제목의 글을 발표했다.(김권호, 40쪽)
- 그가 도발적 발언을 위해 '이름이 뜨르르한 작가'의 동시를 골라 무리한 평가를 시도한 것은 분명 선정적 효과를 거두기는 했을지라도 패착임이 분명하다. 그렇다고 이런 발언의 취지까지 싸구려로 취급해서는 안 된다.(김권호, 41쪽)
- 7차 교육 과정에서 동시란 말이 삭제되고 시로 통일되면서 교과서에서 동시라는 용어가 사용되지 않는 것에 대한 이지호의 발언 역시 도발적이지만(…하략…)(김권호, 57쪽)

'동시를 버려야 동시가 산다'를 왜 도발적인 제목이라 한 것인지, 교육과정과 교과서는 더 이상 동시라는 용어를 사용하지 않는다는 나의 발언을 왜 도발적인 발언이라 한 것인지, 김권호 씨는 전혀 설명하지 않았다. 그냥 그렇다고 우기고 있는 것이다.

다른 것이야 그러려니 하고 넘어갈 수 있지만, 두 번째의 것은 그럴 수 없다. 가만히 있으면, 나의 발언은 '도발적인 발언'에 그치는 것이 아니라 '싸구려 발언'으로 전락해 버릴 테니까.

김권호 씨는 나의 글 〈동시를 버려야 동시가 산다〉의 양대 결함으로 '잘못된 통계'와 더불어 '적절하지 못한 사례'를 들었다. '적절하지 못한 사례'란 작품 해석이 잘못된 사례를 의미한다. 김권호 씨는 〈텃밭〉과 〈동생이 엄마한테 이기는 방법〉에 관한 나의 해석이 잘못된 해석이라는 정유경 씨의 의견을 그대로 받아들여 이런 말을 한 것이다.

아무래도 〈텃밭〉을 다시 함께 읽어 봐야 할 것 같다. 다음은 〈텃밭〉의 전문이다.

할머니가
상추씨 뿌리려고
빈 텃밭을 걸어갔다

할머니 발자국 따라
밭고랑에 길이 났다

몇 밤 자고 난 뒤
연둣빛 싹이 올라왔다

상추씨가 터널을 뚫으려고
땅속에 발을 내렸겠다.

이제, 이 시에 관한 나의 해석을 옮겨 본다.

〈텃밭〉은 겉으로 보기엔 거치적거리는 것이 없다. 그런데 막상 읽어 내려가면 곳곳에서 발목이 잡힌다. 2연을 보라. '할머니 발자국 따라/밭고랑에 길이 났다'고 했는데, 잘 와 닿지 않는다. 밭고랑은 밭이랑과 달리 다져져 있는 것이 보통이지만, 힘주어 발을 디디면 발자국이 찍힐 수는 있을 것이다. 문제는 그 발자국을 길로 봤다는 것이다. 4연의 '터널'과 관련지으려고 그랬는지 몰라도, 억지처럼 느껴진다. 밭고랑은 이미 그 자체로 길로 보이는 것인데, 그 위에 한 줄로 찍힌 발자국까지 길로 보인다 하니 말이다. 3연은 '몇 밤 자고 난 뒤'가 어색했다. '연둣빛 싹이 올라왔다'와 호응이 안 되니까. '몇 밤 자고 나니'로 고치는 것이 어떨까 싶다. 4연이 결정적이다. 나로서는 도무지 감조차 잡을 수 없다. 상추씨가 터널을 뚫는다 했는데, 어디에서 어디로 뚫는다는 것인지, 터널 뚫는 것하고 발을 내리는 것하고 무슨 상관이 있는 것인지…. (…중략…) 〈텃밭〉? 솔직히, 나는 이 시를 작가가 왜 썼는지 모르겠다는 말밖에 할 말이 없다. 내가 알 수 없는 시를 내 아이더러 알아보라고 할 수는 없지 않겠는가.(이지호, 98-99쪽)

나는 이 시는 표현의 미숙함 때문에 시상의 전달에 실패했다고 진단했다. 밭고랑에 과연 발자국을 따라 길이 날 수 있을까. 이제 막 밭을 갈아 엎어 고랑을 냈다면 발자국이 찍힐 수 있을 것 같기는 하다. 문제는 '밭고랑에 길이 났다'고 함으로써 독자한테 환기시키고자 하는 것이 무엇인가 하는 것이다. 그런 것이 또렷하지 않으므로 2연은 있으나마나다. 2연의 '길'과 4연의 '터널'을 연결해서 읽을 수 있는 그 무엇이 없으니 이런 말을 하는 것이다. 3연은 비문이다. 아이들이 읽을 동시에 비문이 있다는 것은 끔찍한 일이다. 4연이 가장 큰 문제라고 했다. '터널을 뚫으려고'가 구체적으로 무엇을 의미하는지 독자가 알 도리가 없기 때문이라고 했다.

정유경 씨는 2연과 3연에 대한 나의 해석엔 아무런 토를 달지 않았다. 나의 지적이 타당하다고 생각한 것일까. 어쨌든, 그의 해석은 4연에 집중된다.

〈텃밭〉은 이지호가 말한 것처럼 그렇게 이상하고 어려운 시가 아니다. 줄지어 나온 상추 싹을 보고 시인은 땅 속에 발을 내린 '뿌리들'을 본 것이다. 그 자디잔 뿌리들이 뻗어나가 서로에게 맞닿으면 그것이 바로 터널을 뚫는 순간이 아니겠는가. 마지막 연의 내용을 터널이 뚫렸다는 것으로 하지 않고 '터널을 뚫으려고 땅 속에 발을 내렸겠다'라고 함으로써 어린 상추 뿌리의 힘찬 움직임을 격려하고 '터널이 뚫리게 될' 순간을 같이 기대하게 하는 효과도 낳았다고 보는데, 그렇지 않은가?(정유경, 104-105쪽)

정유경 씨는 상추 뿌리들이 서로 맞닿는 순간이 곧 터널이 뚫리는 순간이라 하였다. 이 설명에 따르면, '터널'은 상추 뿌리들이 서로 맞닿아 옆으로 길게 이어져 있는 모습을 은유한 것이 된다.

'터널'은 땅속에 뚫려 있는 길이다. 그러니까, 땅속에 있는 공간으로서 속이 비어 있으면서 길게 이어져 있는 공간이 '터널'이라는 것이다. 그런데 '서로 맞닿아 있는 상추 뿌리들의 연결체'는 일정한 공간을 차지한다. 과연 이것을 '터널'이라 할 수 있을까. 문제는 그것을 '터널'이라 하는 순간 4연 전체가 엉망이 되어 버린다는 것이다. 위의 해석대로라면, '터널을 뚫으려고'는 '뿌리를 옆으로 뻗어 다른 뿌리와 맞닿게 하려고'로 읽어야 한다. 또 '발을 내렸겠다'는 '뿌리를 옆으로 뻗었겠다'로 읽어야 한다. '내리다'를 '옆으로 뻗다'로 읽어야 하는 시라면, 어찌 엉망인 시라 하지 않을 수 있겠는가.

상식적으로 접근해 보자. 이제 막 싹이 튼 상추의 뿌리는 정말 있는 둥 마는 둥이다. 상추씨를 한 자리에 한 움큼 뿌렸다면 상추 뿌리들이 서로 엉겨 있을 수는 있다. (사실, 엉기기도 쉽지 않다. 이제 막 싹이 돋은 상추는 아주 작은 곧은 뿌리 하나를 내릴 뿐이다.) 그러나 그것에서 '터널'을 연상한다는 것은 어불성설이다. 그런데 일반적으로 상추는 흩뿌린다. 만일 상추씨를 흩뿌렸다면? 과연 뿌리들이 서로 맞닿아 일렬로 죽 늘어설 수 있기나 할까.

정유경 씨는 이 동시의 4연은 '어린 상추 뿌리의 힘찬 움직임을 격려하고 터널이 뚫리게 될 순간을 같이 기대하게 하는 효과도 낳았다'고도 했다. 무엇을 어떻게 읽으면 그런 효과를 확인할 수 있을까. 이를 설명하지 못한다면, 이 진술 또한 우기기 진술이라는 비판을 면하지 못한다.

김권호 씨는 일단 나의 해석과 정유경 씨의 해석을 요약해서 소개한다. 그런데 나의 해석을 요약했다는 것이 이렇다.

특히 〈텃밭〉에 대해서는 '나로서는 도무지 감조차 잡을 수 없다. 상추씨가 터널을 뚫는다 했는데, 어디에서 어디로 뚫는다는 것인지' 공감할 수 없다면서 '작가가 왜 썼는지 모르겠다는 말밖에 할 말이 없다. 내가 알 수 없는 시를 내 아이더러 알아보라' 할 수는 없다고 혹평했다.(김권호, 43쪽)

이걸 나의 해석에 대한 요약이라고 내놓고는, 다음과 같은 판결문을 써내려갔다.

필자 역시 정유경의 입장에 더 공감이 간다. 풍요로운 해석이 가능한 시가 더 좋은 시라는 입장에서 보면 더욱 그렇다. 동시가 어린이들에게 명료한 시상을 보여줘야 한다는 취지는 이해할 수 있지만, 이지호의 〈텃밭〉 평가는 억지스러운 데가 있다.(김권호, 43쪽)

정유경 씨의 해석은 '풍요로운 해석'이고 나의 해석은 '억지스러운 해석'이란다. 물론 판결 이유는 없다. 이제는 이런 판결문이 놀랍지도 않다.

그런데 그의 다음과 같은 말은 여전히 놀랍다. "그가 도발적 발언을 위해 '이름이 뜨르르한 작가'의 동시를 골라 무리한 평가를 시도한 것은 분명 선정적 효과를 거두기는 했을지라도 패착임이 분명하다. 그렇다고 이런 발언의 취지까지 싸구려로 취급해서는 안 된다."(김권호, 41쪽) 밑도 끝도 없이 이렇게 말할 수 있는 그 대담무쌍함이 놀랍다는 것이다.

〈동생이 엄마한테 이기는 방법〉의 평가를 둘러싼 이견에 대해서는 따로 논의를 하지 않기로 한다. 이미 한 차례 훑어본 바 있기 때문이기도 하고, 지면의 압박도 적지 않기 때문이기도 하다. 그러나 가장 결정적인 이유는 따로 있다. 지금까지 논의한 것만으로도 정유경 씨와 김권호 씨의 비평이 비평의 정도에서 얼마나 벗어나 있는지 충분히 보여 줄 수 있었다는 것이다.

우리는 방금 정유경 씨와 김권호 씨의 논증 가운데 대표적인 것을 봤다. 정유경 씨의 논증은 솔직히 논증이라 할 수도 없는 것이었다. 아전인수, 침소봉대, 견강부회, 자가당착…. 이런 말 이외에는 뭐라 할 말이 없다. 그런데 김권호 씨의 논증은 정유경 씨의 논증과는 좀 달랐다. 들쑥날쑥했다고나 할까. 몇몇에 대한 논증은 아주 치밀했다. 예컨대, '어설픈 동시 의식'과 '어린이 화자에 대한 동시 작가의 강박 관념'의 실체에 관한 논증이 이에 속한다. 그러나 몇몇에 대한 논증은 영 수준 이하였다. 논증을 아예 빼먹는 경우도 더러 있었고.

이왕이면 생산적인 비평을

다음은 나의 비평과, 나의 비평을 겨냥한 정유경 씨의 비평에 대한 김권호 씨의 마무리 총평이다.

만약 반론자인 정유경이 그 점[3]을 헤아렸다면 첫째, 둘째…… 하면서 조목조목 따져 물을 이유는 별로 없었다. 이지호가 언급한 동시들의 해석에

---

3. '이지호의 발언이 도발적이긴 하지만, 그것은 아이들과 함께 읽을 수 있는 좋은 작품의 출현을 바라는 충정에서 나온 말이라는 점'을 가리킨다.

서는 서로 충돌하고 있지만, "실제 아이들의 삶과 인식을 확장시켜 주지 못하는 고만고만한 동시들"을 극복해야 한다는 점에서는 입장을 같이 하기 때문이다. 그 극복의 방법으로 이지호는 어린이 화자의 '신중한 사용'을, 정유경은 '적절한 사용'을 말하고 있는데 이는 사실 동어 반복이지 않은가. 표면적으로 이지호가 어린이 화자 죽이기에, 정유경은 어린이 화자 지키기에 앞장선 것으로 보이지만 도발적 주장을 걷어 내면 결국 같은 지점에서 만난다.(김권호, 57쪽)

내가 과연 어린이 화자의 '신중한 사용'을 당부했는지, '어린이 화자 죽이기'에 나섰는지, 그리고 정유경 씨가 과연 어린이 화자의 '적절한 사용'을 말했는지, '어린이 화자 지키기'에 앞장섰는지는 다시 살펴볼 일이지만, 여기서는 일단 김권호 씨의 최종 평가를 존중하기로 한다. 이 최종 평가에 따르면, 정유경 씨는 나한테 따져 물을 이유가 없는 것을 따져 물었다. 그뿐만 아니다. 정유경 씨가 비평을 한다고 한 것은 결국 나의 말을 동어로 반복하는 것이었다. 이와 같은 김권호 씨의 말은 정유경 씨의 비평을 부질없는 비평으로 만들어 버린다.

이 지점에서 김권호 씨의 글쓰기 의도를 다시 상기해 볼 필요가 있을 것 같다. 김권호 씨는 일단 '두 논자의 쟁점'을 정리하겠다고 했다. 그런데 김권호 씨가 '두 논자의 쟁점'이라 한 것은 정유경 씨가 '첫째, 둘째… 하면서 조목조목 따져 물은 점'과 그다지 다르지 않다. 그렇다면, 김권호 씨는 정리할 이유가 없는 것을 정리하겠다고 나선 격이 된다. 이것은 나의 판단이 아니다. 김권호 씨 자신의 판단이다. 정유경 씨가 따져 물을 이유가 없는 것을 따졌다고 김권호 씨 스스로 말했지 않은가.

김권호 씨는 '어린이 화자 문제를 통해 한국의 동시 문학이 어떻게 앞으로 나아가야 하는지' 살펴보겠다고 했다. 좀 걱정스럽다. 김권호 씨 자신에 의해서 '어린이 화자 문제'에 관하여 정유경 씨가 따져 물은 것이 원인 무효가 되어 버렸는데, 한국의 동시 문학이 나아갈 방향을 무엇에 기대어 어떻게 제시하겠다는 것일까.

김권호 씨는 그의 글을 다음의 말로 마무리했는데, 이 말 이외에는 한국의 동시 문학이 나아갈 방향에 대한 말이라 할 만한 게 없어서 이를 인용했다.

> 만일 어린이 화자를 고집해 교육 결과물보다 못한 동시를 계속 양산한다면 이지호의 도발적 주장처럼 동시가 죽는다 한들 전혀 아쉬울 필요가 없는 일이다. 몇 해 전, 필자는 정체성 모색의 한 방법으로 '경계를 지우는 글쓰기'를 제안한 적이 있다. 이제 시인은 자신의 목소리로 아이들 앞에서 노래해야 한다. 그것이 동시가 되어야 한다.(김권호, 58쪽)

난데없이 '경계를 지우는 글쓰기' 운운은 또 뭔가. 어쨌거나, 이 인용문의 핵심은 '시인은 자신의 목소리로 아이들 앞에서 노래해야 한다'이다. 그러니까, 김권호 씨는 이 말 한 마디를 해 놓고, 한국의 동시 문학이 나아갈 바를 제시했다고 말하고 있는 것이다. 허탈하지만, 그러려니 하자. 문제는 어린이 화자를 고집하지 말라는 이 말은 내가 〈동시를 버려야 동시가 산다〉에서 했던 말과 다르지 않고, 정유경 씨가 〈정말 어린이 화자가 문제인가〉에서 크게 반발했던 말과 다르지 않다는 것이다. 정유경 씨가 나의 말을 동어로 반복했다고 날을 세웠던 김권호 씨가 아니었던가. 그런데 그 또한 나의 말을 동어로 반복하고 있다. 이 얼마나 자가당착적인 글쓰기인가. 또 이 얼마나 소모적인 글쓰기인가.

김권호 씨의 지적이 옳다면, 정유경 씨도 소모적인 글쓰기를 했다는 비판을 피할 수 없다. 이제 그 이유를 간단하게 말하고자 한다.

정유경 씨의 문제의식은 그가 쓴 글의 제목인 '정말 어린이 화자 동시가 문제인가?'와 그 글 속의 소제목 중의 하나인 '어린이 화자 동시는 천덕꾸러기인가?'에 잘 나타나 있다. 그의 문제의식은 나의 문제의식과 대립되는 것이긴 하지만, 매우 의미 있는 문제의식이다. 이러한 문제의식에서 발현된 글쓰기라면 어린이 화자 동시의 순기능을 밝히는 데 주력하는 것이 마땅하다. 나 또한 어린이 화자 동시에는 어린이를 대변하는 순기능이 있음을 간단하게나마 언급한 바 있지 않은가. 정유경 씨가 어린이 화자 동시의 순기능을 섬세하고 치밀한 논증으로 온 세상에 드러냈다면, 정유경 씨의 글은 매우 생산적인 글이 되었을 것이다.

그러나 정유경 씨는 다른 길을 택했다. '나의 발언'에 '비판적으로 응답'하는 글쓰기를 했다. 나의 자료 해석에 이의를 제기하고 나의 통계 처리의 오류를 밝히는 것으로 어린이 화자 동시에는 아무런 문제가 없음을 입증하려고 했다는 것이다. 정유경 씨의 그 모든 지적이 구구절절 다 옳았다 하자. 그러면, 정유경 씨가 궁극적으로 원했던 대로, 온 세상이 어린이 화자 동시가 천덕꾸러기가 아님을 알아줄 것 같은가. 천만에. 기껏해야, 이지호의 논거가 이지호의 주장을 뒷받침하기에 적절하지 않았음을 알아줄 뿐이다. 그것이 무슨 의미가 있겠는가. 이지호나 이지호의 대리인은 금방 또 다른 논거를 들이대면서 같은 주장을 반복할 텐데.

비평, 결코 간단한 글쓰기가 아니다. 이왕 힘들게 하는 것, 남는 것이 있는 비평을 꾀할 일이다.

한마디 더

아직도 할 말은 많이 남았다. 특히 정유경 씨의 글 〈정말 어린이 화자가 문제인가〉의 3장과 4장에 대해서는 지금까지 쓴 글만큼 더 쓸 수 있을 정도로 할 말이 많이 남았다. 그러나 이쯤에서 멈추려 한다. 지금까지 쓴 글로도 내가 전하고자 하는 바는 충분히 전할 수 있을 것 같으니까.

그래도 한마디는 더 하고 이 글을 마칠까 한다. 내가 정유경 씨와 김권호 씨의 글을 읽으면서 가장 먼저 떠올린 것은 저 1985년의 《민중교육》지 사건이었다. 20명의 교사가 파면되고, 2명의 교사와 1명의 출판인이 국가보안법 위반으로 실형까지 받은 《민중교육》지 사건. 그러나 이 사건은 일종의 슬프디 슬픈 희극이었다. 다음은, 이를 뒷받침하는, 김민곤 씨의 전언이다.

검찰은 《민중교육》의 좌담과 주요 논문들의 내용을 군데군데 잘라 붙여 공소장을 만들었고 재판부는 공소 사실을 대부분 인정하였다.

그러나 진실은 가려지기 마련이다. 해직 교사 중의 한 사람이었던 송대헌 씨는 1986년에 파면 취소 소송을 내어 1989년 대법원에서 최종 승소했다.

남의 글을 비평한다면서, 《민중교육》지 사건에 대한 검찰의 공소장처럼 글을 써서는 안 되지 않겠는가. 검찰의 공소장을 그대로 베낀 재판부의 판결문처럼 글을 써서는 안 되지 않겠는가.

2부

동시와 어린이시의
어깨걸기를 위하여

왜 어린이시인가

어린이시의 매력

우리나라 최초의 어린이시 모음집이라 할 수 있는 《일하는 아이들》이 그 오랜 세월 동안 많은 사람의 사랑을 받고 있는 까닭이 무엇이겠는가. 그것의 뛰어난 문학성을 빼놓고는 이를 설명할 길이 없다. 잘 쓴 어린이시는 잘 쓴 어른시만큼이나 좋지만 잘못 쓴 어린이시는 결코 잘못 쓴 어른시만큼 나쁘지 않다. 어린이의 글로서 어른의 글과 동등한 대우를 받고 있는 것은 어린이시가 유일무이하다.

어린이시가 어른시와 동등한 문학적 위상을 가진다는 것은, 적어도 시쓰기에서만큼은 어린이가 어른과 동등한 인격적 위상을 누린다는 것이다. 그렇다면 어린이를 행복하게 해 주는 것으로는 어린이시만한 것도 없다고 해야 할 것이다.

한편, 어린이시는 어린이로 하여금 어린이를 알게 해 준다. 자기 자신을 알게 해 주고 또래의 다른 어린이를 알게 해 준다. 어른인 우리도 우리 자신을 모를 때가 많다. 하물며 어린이임에랴. 어린이시는 어린이한테 거울과 같은 역할을 한다. 어린이는 자신이 쓴 시 또는 또래 어린이가 쓴 시를 통해서 자기의 마음을 들여다볼 수 있다. 이 또한 어린이가 어린이시를 통해서 누릴 수 있는 행복의 하나임은 말할 것도 없다.

어린이가 자기가 쓴 시를 통해서 자신을 알아가는 일이 쉬운 일은 아니다. 그러나 염려할 것은 없다. 시를 쓰는 어린이 옆에는 어린이시를 사랑하는 어른이 붙어 있기 마련이어서 어린이가 필요로 할 때는 언제든지 도움의 손길을 내밀 것이기 때문이다.

또래 친구가 쓴 시를 통해서 또래 친구를 알아가는 일은 꽤 신나는 일이다. 더욱이 그 또래 친구가 자기가 잘 아는 같은 반 친구라면 말할 것도 없다. 어린이가 가장 좋아하는 어린이시는 잘 썼다고 평가받는 어린이시가 아니라 자기가 잘 아는 또래 친구가 쓴 어린이시라는 사실을 어린이시를 가르치는 어른은 기억해 둘 필요가 있다.

어린이시는 어린이만 행복하게 해 주는 것이 아니다. 어른 또한 행복하게 해 준다. 이 또한 어린이시의 매력이다. 제대로 된 어린이시에는 언제나 어린이다운 어린이가 들어앉아 있다. 물론 그 어린이는 행복한 어린이다. 슬퍼하거나 괴로워하거나 고통스러워하는 어린이라 할지라도 그 어린이는 행복한 어린이다. 슬퍼해야 할 것을 슬퍼하고 괴로워해야 할 것을 괴로워하고 고통스러워해야 할 것을 고통스러워하고 있을 테니까.

어린이는 행복하게 살아야 한다. 행복한 어린이로 살지 못하면 결코 행복한 어른으로 살 수 없다. 어른은 행복한 어린이를 지켜보는 것만으로도 쉽게 행복해진다. 그러고 보면, 어린이가 행복하게 사는 것은 미래의 어른뿐만 아니라 현재의 어른까지도 행복하게 살게 하는 것이라고 말할 수도 있겠다.

어린이시는 동시를 쓰는 어른한테 시를 쓰는 방법을 가르쳐 주기도 한다. 동시를 쓰는 어른은 자신이 어른인데도 불구하고 대부분 어린이를 화자로 내세운다. 어른 자신의 생각과 느낌 그리고 어른 자신의 말과 행동을 어린이의 그것으로 보이게 하기 위한 것이다. 그래서 동시를 쓰는 어른은 어린이에 대해서 공부하는 것을 당연하게 여긴다. 어른이 어린이를 공부할 때 교과서로 삼는 것이 바로 어린이시다. 어린이시 속의 어린이는 현실의 어린이와는 달리 어린이 자신에 대해서 하나도 숨김없이 모든 것을 다 이야기해 주기 때문이다.

어린이시는 세상을 바꾸어 놓을 수도 있다. 다음과 같은 어린이시가 그렇다.

아빠는 왜?
지은이 모름

엄마가 있어 좋다
나를 이뻐해주어서

냉장고가 있어 좋다
나에게 먹을 것을 주어서

강아지가 있어 좋다
나랑 놀아주어서

아빠는 왜 있는지 모르겠다

초등학교 2학년 어린이가 썼다는 이 시는 MBC의 '일요일 일요일 밤에

- 오늘을 즐겨라'(2010년 9월 26일 방영)를 통해서 세상에 알려졌는데, TV를 본 사람들은 다양한 반응을 보였다고 한다.

'아이한테 냉장고와 강아지만도 못한 존재로 비치는 아빠의 모습'에서 아빠들은 일단 씁쓸해했을 것이다. 불안에 떨었던 아빠들도 있었을지 모르겠다. 자기 또한 그런 아빠로 비치는 것은 아닌가 하고. '어떻게든 시간을 내서 아이들과 놀아 주어야지' 하고 마음을 다잡은 아빠들도 없지는 않았을 것이다.

아빠가 아닌 사람들이라면 일단 아빠들을 동정하고 안타까워했을 것 같다. 가족을 위해서 열심히 일하고도 아이들한테 이런 대접을 받으니 말이다. 이런 사람들이라면 아이들을 야속하게 여겼을지도 모른다. 아무리 아이들이기로서니 그렇게 철딱서니가 없을까 하는 생각을 할 수도 있을 테니까. 이와는 반대로, 오히려 아빠들을 이죽거렸을 사람도 있었을지 모른다. 이런 말로 말이다. '그러게, 평소에 좀 잘 하지.'

놀랍지 않은가. 꼬맹이가 쓴 시 한 편이 이렇게 많은 사람들을 이렇게 많은 생각들에 잠기게 할 수 있다는 것이. 어쩌면, 꼬맹이가 쓴 시라 그런 힘을 발휘하게 된 것인지도 모른다. 〈아빠는 왜?〉가 있어서 대한민국의 아빠들이 달라졌다는 말을 10년 후 TV 뉴스에서 보게 된다 해도 나는 웃어넘기지 않을 것이다. 어린이시의 힘을 알고 있으니까.

어린이시쓰기의 매력

아이를 키워 본 사람이면 다 아는 사실이지만, 아이의 표현 욕구라는 것은 어른이 감당하기가 버거울 정도다. 아이가 태어나면서부터 세상으로부터 받았던 그 강렬하고도 지속적인 다양한 자극들을 생각해 보라 세상에 대한 아이의 적극적인 반응은 오히려 당연한 것이다. 어른이야 자신의 반응이 다른 사람에 대한 또 다른 자극이 될 수 있다는 것을 알기 때문에 자신의 표현 욕구를 적절한 수준에서 통제하려고 한다. 그러나 아이는 그런 것까지 신경 쓸 수도 없고 신경 쓸 필요도 없다. 아이가 신경 써야 할 것이 있다면 그것은 자신의 표현 욕구를 분출할 수 있는 수단과 방법을 찾는 일이다. 표정과 몸짓으로 표현하다가 행동으로 표현하게 되고, 그림으로 표현하다가 낙서로 표현하게 되는 것도 그러한 노력의 결과임은 말할 것도 없다.

아이의 이와 같은 적극적인 표현 행위는 나이가 들어감에 따라 어른으로부터 칭찬이나 격려를 받는 경우보다 꾸지람이나 비난을 받는 경우가 점점 더 많아진다. 어른이 갖다 붙이는 이유는 다양하다. 위험하다, 난잡하다, 버르장머리 없다, 시끄럽다, 지저분하다, 귀찮다, 엉뚱하다, 터무니없다 등등. 초등학교에 들어갈 때만 해도 앞에 나서서 발표도 잘 하던 아이가 학년이 올라갈수록 점점 움츠러들어 마침내 발표자로 지명당하는 것조차 두려워하게 되는 것도 다 까닭이 있었던 것이다. 문제의 심각성은 그렇게 만든 것이 교육이라는 데 있다.

초등교육은 어린이를 행복하게 살게 하는 교육이어야 한다. 어린이는 어린이로 행복하게 살아야 어른이 되어서도 행복하게 살 수 있고, 다음 세대의 어린이까지도 행복하게 살게 해 줄 수 있다. 어린이로 행복하게 살게 하는 첫걸음은 어린이 스스로 자신을 귀하게 여기며 살게 하는 것이다. 물론 어린이로 하여금 그렇게 살도록 가르치는 것은 어른의 몫이다. 그것은 어려운 일도 아니다. 어린이를 귀하게 대접하기만 하면 되니까. 어른한테 귀한 대접을 받으며 살아가는 어린이는 자신이 어린이로 살아갈 때뿐만 아니라, 어른으로 살아갈 때도 자신을 귀하게 여기며 살아가고 다음 세대의 어린이까지도 귀하게 여기며 살아간다.

어린이를 귀하게 여긴다는 것은 어린이의 생각과 느낌, 욕망과 꿈 그리고 말과 글을 귀하게 여긴다는 것이다. 그러나 우리의 초등교육이라는 것은 어린이의 그것들을 무참하게 짓밟아 버리는 데 온힘을 다한다. 초등 교육의 이름으로 이루어지고 있는 모든 것은 한 마디로 말하면 어린이의 생각과 느낌, 욕망과 꿈 그리고 말과 글을 어른의 그것들로 바꿔치기하는 것이라 말할 수 있다. 어른스럽고 점잖고 철든 어린이가 바람직한 어린이 로 모범적인 어린이로 간주되는 것을 보면 이는 한눈에 딱 알아볼 수 있 는 일이다.

초등학교 어린이 중에는 글쓰기를 싫어하는 어린이가 많다. 싫어하는 정도도 학년이 올라갈수록 더 심해진다. 학년이 올라갈수록 어른이 좋아 할 만한 생각과 느낌을 어른이 좋아할 만한 말과 글로 써야 한다는 것을 절실하게 느끼게 되는데, 그런 글쓰기를 좋아할 어린이가 어디 있겠는가. 그러나 모든 어린이가 모든 글쓰기를 싫어하는 것은 아니다. 자기들끼리 돌려 보는 글을 쓰는 것은 오히려 즐기기까지 하는 어린이도 많다.

어린이시쓰기가 어린이한테 매력적일 수밖에 없는 것은 시를 쓸 때만 큼은 어른이 어른의 생각과 느낌, 욕망과 꿈 그리고 말과 글을 강요하지 않기 때문이다. 교과 공부를 할 때면 말 같잖은 말이라는 꾸중을 들을 말 도 시에다 쏟아 놓으면 선생님도 부모님도 눈감아 준다. 그것이 어린이에 대한 배려에서 비롯된 것이 아니고 시에 대한 이해에서 비롯된 것이라 하 더라도 상관없다. 어린이한테 자유를 준다는 점에서는 마찬가지니까.

시쓰기를 하라고 하는 선생님한테 '왜 우리만 시쓰기를 해야 되요? 그 렇게 좋은 것이면 선생님도 하세요' 하고 대들었다고 해 보자. 이 어린이 는 어떻게 될까. 아무리 마음이 넉넉한 선생님이라도 그냥 넘어가지는 않 을 것이다. 그런데 이 말을 시에 쓰면 선생님의 대접이 사뭇 달라진다. 책 으로 묶어 세상 사람들한테 '우리 아이가 이렇게 좋은 시를 썼어요' 하고 선생님은 자랑하기까지 한다. 어린이시 한 편 잠깐 감상하고 넘어가자.

선생님도 쓰세요

마쓰시마 사토코(도오쿄오, 초등 3년)

선생님이
갑자기
"시를 써라."
란 말 하잖았어요.
남의 시를 보는 것만으로는
별로 시를 알 수가 없어요.
선생님은
의자에 앉아서
가만히 있을 뿐이잖아요.
선생님도 시를 쓰세요.[1]

불행하게도, 모든 교사가 마쓰시마 사토코의 담임 선생님처럼 어린이 시를 잘 이해하는 것은 아니다. 아직도 적지 않은 교사가 어른시 흉내 내는 시를 어린이한테 강요한다. 초등 국어 교과서가 그렇게 시키고 있기 때문이다. 그래도 어린이한테 시쓰기는 그다지 곤욕스럽지 않다. 왜냐하면, 짧게 써도 되니까. 일기를 쓰라고 하면, "시 쓰면 안 되요?"라는 질문을 하는 어린이가 꼭 나온다. 쓰지 않아도 된다면 모를까, 꼭 써야 한다면 그나마 시를 쓰는 것이 낫겠다는 것인데, 그렇게 생각하게 된 까닭이야 뻔하지 않겠는가.

그런데 글이란 것은 짧게 쓰는 것이 더 어려운 법이다. 짧게 말하면서

---

1. 김녹촌 옮기고 엮음, 《개미야 미안하다》, 온누리, 2000.

도 할 말은 다 하는 것, 그것, 아무나 쉽게 할 수 있는 것이 아니다. 어린이 시에 대한 이해가 부족한 어른이라도 이 정도는 다 안다. 그래서 대충 때 우려고 짧게 쓴 시라 해도 대놓고 나무랄 수가 없다. '시는 원래 짧게 쓰는 것 아닌가, 시다운 시를 쓰려고 짧게 썼다.' 이렇게 우기고 나서기라도 하면 어찌하겠는가.

우리는 방금 어린이가 시쓰기를 다른 글쓰기에 비해서 상대적으로 더 좋아하는 까닭을 두 가지로 살펴보았다. 그런데 그 까닭이라는 것을 곱씹어 보면, 어린이가 주체적인 인간으로 바로 서는 데 시쓰기만큼 적절한 것도 없겠다는 생각도 하게 된다. 하고 싶은 말을 마음대로 할 수 있는 시쓰기에서는 하고 싶은 말을 넉넉하게 찾아내는 것이, 하고 싶은 말을 마음대로 할 수 없는 시쓰기에서는 하고 싶지 않은 말을 짧게 줄이는 것이, 시쓰기의 관건이 될 것이다. 하고 싶은 말을 찾아내고, 하고 싶지 않은 말을 줄이는 것은, 적극적이냐 소극적이냐 하는 차이는 있겠지만, 자기 주체성을 강화하는 노력이라는 점에서는 마찬가지다. 이런 점에서 본다면, 어린이시쓰기는 어린이가 어린이의 생각과 느낌, 욕망과 꿈 그리고 말과 글을 지켜낼 뿐만 아니라 그것들을 더욱 더 튼실하게 가꾸어가는 수단이고 방법이라 할 수 있겠다.

어린이시쓰기교육의 매력

어린이시쓰기교육의 매력은 어린이시쓰기 교수·학습의 매력을 가리킨다. 어린이가 시쓰기 활동에서 느낄 수 있는 매력에 대해서는 이미 살펴본 바가 있다. 어린이시쓰기 학습의 매력과 어린이시쓰기 활동의 매력이 반드시 일치하는 것은 아니지만 겹치는 부분이 적다 할 수는 없을 것이다. 그래서 이 자리에서는 어린이시쓰기 교수의 매력, 바꾸어 말하면,

어린이시쓰기를 가르치는 교사가 느낄 수 있는 매력에 초점을 맞추기로
한다.

1. 가르치고 배우는 즐거움

어린이시쓰기교육의, 첫 번째 매력은 교사가 가르치고 배우는 즐거움
을 만끽할 수 있다는 것이다. 여기서 말하는 가르치고 배우는 즐거움이란
가르치는 교사의 즐거움과 배우는 학생의 즐거움을 합쳐 놓은 것이 아니
다. 가르치니까 배우게 되는, 교사 자신의 즐거움을 가리킨다. 이것을 셋
으로 나누어 정리해 보기로 한다.

누군가를 가르치려면 먼저 누군가한테 배워야 하는데, 이를 즐거워하
지 않는 사람이라면 교사가 되지도 않았을 것이고 될 수도 없었을 것이
다. 교사한테는 '가르치려고 배우는 즐거움'이 있다고 말하는 것도 이 때
문이다. 또, 가르치다 보면 모르던 것을 스스로 깨치게 되는 수가 있는데,
이 경우의 즐거움도 꽤 쏠쏠한 것이다. 교사만이 누릴 수 있는 두 번째 즐
거움이 바로 이 '가르치면서 배우는 즐거움'이다. 교사의 세 번째 즐거움
은 '가르쳐서 배우는 즐거움'이다. 교사의 가르침을 받은 학생은 교사의
가르침 이상의 것을 깨치게 된다. 배움의 합은 언제나 가르침의 합을 넘
어서기 때문에, 청출어람이 가능한 것이다. 청출어람, 그것은 교육의 로망
이 아니다. 교육의 본질 그 자체다.

초등교육 현장에서 교사가 이와 같은 교육 삼락을 누리기란 쉽지 않
다. 어린이의 인지적·정의적·도덕적 수준이 어른의 그것에 비해서 크게
떨어지기 때문이다. 그러나 어린이만이 할 수 있는 것, 이를테면 어린이
시나 어린이 그림을 교수·학습의 대상으로 삼는 경우는 이야기가 달라
진다. 교사가 어린이한테 배워야 하고 또 배우게 되는 것이 한둘이 아니
기 때문이다.

어린이시의 정의에 따르면, 어린이가 쓴 시는 모두 어린이시라 하여야 한다. 그런데 어린이시라 해서 다 똑같은 대접을 받을 수 있는 것이 아니다. 어린이 중에는 애어른도 있고 어리광쟁이도 있다. 당연히, 어린이시 중에도 애어른시가 있고 어리광쟁이시가 있다. 애어른이라서 애어른시를 쓰게 되고 어리광쟁이라서 어리광쟁이시를 쓰게 되는 경우도 있을 것이다. 그러나 그런 경우만 있는 것은 아니다. 어린이다운 어린이라 할지라도 어린이시를 잘못 이해하게 되면 그런 시를 쓰게 된다. 어른이 어린이를 위해서 썼다는 동시 가운데는 잔소리를 늘어놓는 시와 어리광을 부리는 시가 적지 않은데, 교사가 이런 것을 어린이가 써야 하는 시의 모델로 제시하게 되면 어린이다운 어린이라 하더라도 별 수 없는 것이다. 문제는 어린이다운 어린이와 그렇지 않은 어린이, 어린이시다운 시와 그렇지 않은 시를 어떻게 분별하는가 하는 것이다.

어린이 스스로 생각하는 '어린이다움'과 어른이 생각하는 '어린이다움'이 다를 것은 따로 따져 보지 않아도 쉽게 짐작할 수 있는 일이다. '어린이시다움'에 대한 이해 또한 마찬가지다. 어린이의 지적 능력이 어른의 그것에 미치지 못한다 하여 어린이의 생각을 무시하는 어른이 있다면, 그 어른의 지적 능력부터 의심하지 않을 수 없다. '어린이다움'과 '어린이시다움'에 대한 어린이의 생각, 그것이 어떠한 것이든 그 또한 어른이 '어린이다움'과 '어린이시다움'을 이해하는 데 중요한 실마리가 된다.

어린이는 어린이 자신에 대해서 어른보다 잘 알 수도 있고 잘 모를 수도 있다. 어른 또한 어린이에 대해서 어린이 자신보다 잘 알 수도 있고 잘 모를 수도 있다. 어린이의 내면과 외면에 대한 이해, 그리고 그에 대한 주관적인 이해와 객관적인 이해가 서로 얽혀서 어린이에 대한 총체적인 이해를 구성하게 되기 때문에 이러한 일이 생기는 것이다.

어린이시의 경우도 똑같이 말할 수 있다. 어른이 어린이시로 규정하는 것이라 해도 어린이가 자신의 시로 간주하지 않는 것이라면 그것은 결코 진정한 어린이시가 될 수 없다. 마찬가지로, 어린이 스스로 자신의 시로 규정하는 것이라 해도 어른이 어린이시로 간주하지 않는 것이면 그 또한 결코 진정한 어린이시가 될 수 없다. 어린이와 어린이시에 대한 이해도 이러할진대 '어린이다움'과 '어린이시다움'에 대한 이해야 말할 것도 없다.

어린이시와 관련한 모든 것은 그 개념부터 어린이와 어른의 상호 소통과 의견 조율을 거쳐서 정의하는 것이 옳다. 이를 가르침과 배움의 관계로 바꾸어 말하면, 적어도 어린이와 어린이시에 관해서는 어른(교사)과 어린이(학생)는 서로 가르쳐야 하고 서로 배워야 하는 입장에 놓여 있다고 하겠다. 이러한 까닭에, 어린이시쓰기교육은 교사한테 교육 삼락을 누릴 기회를 제공한다고 말하는 것이다.

2. 한껏 칭찬할 수 있는 즐거움

어린이는 잘 하는 것도 있고 못 하는 것도 있다. 잘 하는 것은 칭찬하는 것이 마땅하고 못 하는 것은 꾸중하는 것이 마땅하다. 이렇게 말해 놓으니 칭찬하고 꾸중하는 것이 참 쉬워 보이는데, 실상은 그렇지 않다. 어린이시를 통해서 이를 확인하고 넘어가기로 하자.

수학 시험

윤민영(진주 천전초 4년)

수학 시험을 85점 맞았다.
그래서 엄마가 친구랑 비교하셨다.

나도 수학 시험은
반에서 2등인데….

그나마
정말 잘한 건데….

너무 속상해
울어버린다.

(2011. 04. 04.)

무지막지하게 어렵다고 소문이 나 있는 것이 초등학교 4학년 수학이다. 그런데 이 시를 쓴 어린이는 그 수학 시험에서 85점을 받고도 엄마한테 칭찬을 듣지 못했다. 그 점수는 학급에서 두 번째로 높은 점수였는데도 말이다. 엄마가 드러내 놓고 꾸중까지 했을 것 같지는 않다. 그러나 이 시를 쓴 어린이한테는 '칭찬 못 들음=꾸중 들음'이었을 테니, 엄마는 꾸중한 것이나 마찬가지다. 엄마는 왜 그랬을까. 엄마의 눈에는 제 아이의 높은 점수는 보이지 않고 제 아이보다 더 높은 점수를 받은 아이의 점수만 보였기 때문이 아닐까. 칭찬하여 격려해야 할 것을 남과 비교하여 꾸중하는 것, 우리 어른이 어린이한테 흔히 저지르는 잘못이다.

시험
　　　김민채(진주 천전초 4년)

오늘 시험 조금 못 봤다고
엄청 혼났다.

그거 조금 못 봤다고
된통 혼났다.

한 번이라도
"다음번에는 잘하면 돼."라고
말해주지 않는 엄마

나는 너무 슬프다.

(2011. 04. 04.)

이 시를 쓴 어린이는 시험을 '조금' 못 봤다고 했다. 그런데 엄마한테 '엄청' 혼났고 '된통' 혼났다. 칭찬과 꾸중에 대한 어린이와 어른의 생각 차이가 이렇게 크다. 아이는 시험을 '조금' 못 본 것은 꾸중 들을 일이 아니라고 여기는 듯하다. 그래도 시험을 잘 본 것은 아니니 꾸중을 '조금' 들었다면 그런대로 참아 넘겼을 것이다. 그런데 엄마는 꾸중을 '조금' 한 것이 아니라 '많이' 했다. 이번만 그런 것이 아닌 모양이다. 한 번도 격려를 받아 보지 못했다고 하는 것을 보면 말이다.

우리는 이 두 편의 어린이시에서 다음과 같은 사실을 확인할 수 있었다. 첫째, 어린이는 칭찬과 격려를 원하는데, 어른은 꾸중과 다그침을 일삼는다. 둘째, 칭찬거리와 꾸중거리에 대한 판단은 어린이와 어른이 다를 수 있는데, 그것은 관점의 차이에서 비롯되는 것이다. 셋째, 어린이가 납득하지 못하는 어른의 꾸중은 어린이를 해치는 결과를 낳는다. (이렇게 뒤집어서 말할 수도 있을 것이다. 어린이가 납득할 수 없는 어른의 칭찬은 어린이한테 그다지 도움이 되지 않는다고.)

칭찬은 고래도 춤추게 하고 꾸중은 춤추는 고래도 주저앉힌다는 것을 믿는 어른이라면 무엇보다도 먼저 어린이가 쓴 시를 눈여겨볼 일이다. 어린이시만큼 칭찬하기 좋은 것이 없고 또 어린이시만큼 꾸중하지 않아도 좋은 것이 없기 때문이다.

방금 살펴본 두 편의 어린이시만 해도 그렇다. 무엇보다도, 시를 쓴 어린이가 자신의 생각과 느낌을 귀하게 여기고 있는 것을 높이 살 수 있다. 그것은 시를 쓴 어린이한테만 귀한 것이 아니라 시를 읽는 우리 어른한테도 귀한 것이다. 자신의 생각과 느낌을 귀하게 여기는 경우에만 그것을 있는 그대로 솔직하게 시로 쓸 수 있기 때문이다. 결과적으로, 이 두 시는 우리 어른으로 하여금 '어린이에 대한 어른의 칭찬과 꾸중'을 다시 한 번 되돌아보게 했다. 그렇다면, 이 두 시는 어른을 가르치는 어린이시라 해도 무방하다.

어린이시에도 꾸중거리가 있을 수 있다. 그런데 그것은 어린이한테 전혀 책임을 물을 수 없는 것이거나 책임을 묻는다 하더라도 아주 조금 묻는 시늉이나 하고 말 것이기 때문에 시를 쓰는 어린이한테 별로 부담이 되지 않는다.

예컨대, 〈수학 시험〉의 1연은 문장 연결 관계도 어색하고 문장 성분의 호응 관계도 어색하다. 이것은 시의 수준을 떨어뜨리기는 하지만 어른이 꾸중거리로 삼을 수는 없다. 왜냐하면, 초등학교 4학년 어린이의 언어 구사 능력으로는 감당할 수 있는 것이 아니기 때문이다. 물론 언제까지나 이런 문장을 허용할 수는 없기 때문에 이에 대한 적절한 지도가 필요하다. 그러나 그 문장에 대한 지도 또한 이 시 전체의 성과에 대한 칭찬의 연장선에서 이루어질 것이기 때문에 시를 쓴 어린이는 자신이 꾸중을 듣는다는 생각은 하지 않게 된다.

다음 두 편의 어린이시에서 볼 수 있는 꾸중거리 또한 어린이한테 책임을 물을 수 없는 것이다. 그런데 그 까닭은 서로 다르다.

쉬는 시간

　　　창원의 어느 1학년 어린이

운동장에서 놀았다.
놀이 기구도 타고 재미있고 하는 쉬는 시간!
그리고, 마음대로 해도 됐다.

(2009. 4. 4.)

두목

　　　창원의 어느 5학년 어린이

선생님은 두목이다.
못 하면 혼나고
숙제 안 해 오면
혼난다.
이젠 두목으로 부르고 싶다.

(2011. 3. 31.)

〈쉬는 시간〉은 초등학교에 입학한 지 겨우 한 달 지난 어린이가 시를 쓴답시고 쓴 시다. 물론 교사한테 시에 대해서 배운 것도 거의 없는 상태에서 썼다. 이렇게 씌어진 시를 두고 꾸중거리를 운운한다는 것 자체가 오히려 이상한 것이다. 초등학교 1학년이 쓴 시에도 감동적인 시가 없는 것은 아니나 그런 시를 염두에 두며 이 시를 평가할 수는 없다.

〈두목〉은 전적으로 비유에 의지해서 쓴 시다. 어린이가 어른 못지않은 참신한 비유를 생산하는 경우가 있는데, 그것은 경험으로 두 사물의 유사성을 확인하는 경우다. 겪은 것을 있는 그대로 쓰다 보면 참신한 비유를 얻게 되는 수도 있다는 것이다.

그러나 어린이가 머리로 참신한 비유를 얻는 것은 거의 불가능하다. 전혀 겪은 바 없는 두 사물을 앞에다 두고 그 둘의 차이점을 넘어서는 유사점을 머릿속에서 논리적으로 이끌어내는 것은 어린이의 사유 능력과 언어 구사 능력으로는 감당할 수 없기 때문이다. 이럼에도 불구하고, 어린이가 비유에 매달리게 되면 참신한 비유도 얻지 못할 뿐만 아니라 어린이 자신의 삶까지 왜곡하게 된다.

〈두목〉이라는 시는 물론 어린이가 쓴 것이다. 그러나 그것은 교사의 잘못된 지도에 따른 것이어서 그것에 대한 모든 책임은 교사가 져야 한다. 어린이시는 교육의 산물이다. 오죽하면 어린이시의 8할은 교사의 몫이라 하겠는가. 어린이가 좋은 시를 쓰게 되면 그 공은 모두 어린이한테 돌리고, 어린이가 좋지 않은 시를 쓰게 되면 그 허물은 모두 교사한테 돌려야 한다. 그것이 교육이다. 그것이 어린이시쓰기교육이다.

지금까지 논의한 바대로, 어린이시에는 어린이를 칭찬할 것은 있어도 꾸중할 것은 없다. 적어도, 어린이가 자신의 생각과 느낌을 귀하게 여기면서 쓰는 시는 그렇다. 어린이시쓰기교육이 교사한테 매력적일 수밖에 없는 또 다른 까닭이 여기에 있는 것이다. 어느 교사가 어린이를 꾸중하면서 가르치고 싶어 하겠는가. 칭찬할 것은 눈을 씻고 봐도 보이지 않고 꾸중할 것은 눈을 감아도 훤히 보이니 그러는 거지. 그러나 어린이시쓰기교육에서는 그런 것을 걱정할 필요가 전혀 없다. 다만, 칭찬거리가 있는데도 그것을 찾아내지 못하면 어쩌나 하고 걱정하고, 기껏 찾아낸 칭찬거리를 어린이가 납득할 만한 이유를 대면서 충분히 칭찬하지 못하면 어쩌나 하고 걱정하면 된다.

3. 자연스럽게 생활 지도를 할 수 있는 즐거움

어린이시쓰기교육은 일단 어린이가 시를 잘 쓰게 하는 것을 목표로 설정하게 된다. 이러한 목표를 달성하려면, 어린이는 자기가 겪은 바를 더도 덜도 말고 있는 그대로 솔직하게 써야 하고, 교사는 어린이가 그렇게 시를 쓸 수 있도록 있는 힘을 다해서 도와야 한다. 어린이시쓰기교육이 이러한 방향으로 전개되기 때문에, 어린이시교육현장에서는 언제나 어린이의 삶 또는 생활이 화제의 중심이 될 수밖에 없다. 그래서 어린이시쓰기교육을 하다 보면 의도하지 않아도 저절로 생활 지도를 하게 된다.

초등교육에서는 어린이의 생활 지도가 매우 중요한 몫을 차지한다. 그런데 생활 지도가 말처럼 그리 쉬운 것이 아니다. 우선 어린이의 생활 지도에 필요한 어린이에 관한 기본 자료를 확보하기가 어렵다. 어린이의 부모가 작성한 가정환경 조사서는 형식적이어서 별 도움이 안 되고, 어린이가 쓴 일기는 사생활 침해 논란이 있어서 들여다보기가 꺼림칙하다. 일상적인 대화를 통해서 이런저런 정보를 얻어 볼까 해도 그것도 여의치 않다. 어린이의 집안 사정을 화제로 삼는 것도 어색하지만, 어린이한테 들을 수 있는 말의 대부분은 '몰라요'와 '그냥요'니까.

어린이시쓰기교육을 하는 교사는 어린이에 대한 정보에 목말라 하지 않아도 된다. 교사가 늘 접하는 어린이시는 시를 쓴 어린이에 관한 정보의 보고이기 때문이다. 구체적인 사례를 통해서 이를 확인하기로 하자.

사과

박진아(산청 단성초 1년)

사과는 우리 가족 모두 좋아하는 과일이다. 난 사과가 달콤해서 좋고, 오빠는 아삭해서 좋다고 한다. 우리 어머니께서는 새콤하다고 좋아한다. 아버지께선 새콤달콤 맛있다고 말씀하신다. 동생은 아무 맛도 없이 좋다고 한다. 할머니, 할아버지께선 아삭아삭 새콤달콤 맛있다고 말씀하신다. 우리 가족은 사과를 좋아해서 사과가족이다.

(2011. 4. 6.)

이 시를 쓴 어린이는 가족 구성원 한 사람 한 사람에게 사과를 좋아하는 까닭을 물어봤던 모양인데, 어른들의 대답이 참 재미가 있다. 이 어린이와 오빠와 동생은 그냥 자기가 생각한 대로 말한 것으로 보인다. 그런데 어른들의 대답은 어른들 자신의 생각만 담고 있는 것이 아니다. 어머니는 이 시를 쓴 어린이가 말한 까닭에 기대어 자신의 까닭을 구성하였고, 아버지는 이 어린이와 어머니가 말한 까닭을 확장하여 자신의 까닭을 만들었고, 할머니와 할아버지는 이 어린이와 오빠와 어머니와 아버지가 말한 까닭을 조합하여 자신의 까닭을 엮어 내었다.

이쯤 되면, 이것은 '질문-대답 놀이'라 할 만하다. 어른과 아이 사이뿐만 아니라 어른과 어른 사이에서도 서로를 사랑스러워하는 마음이 있지 않다면 이런 놀이가 이루어질 수 없다. 이 시를 쓴 어린이는 '우리 가족이 사과를 좋아하는 각각의 이유'를 말하고 싶었던 모양인데, 우리가 이 시에서 듣게 되는 것은 그것만은 아니다. 이 어린이의 가족은 대가족이라는 것, 그리고 매우 화목한 가족이라는 것까지 이 어린이시로부터 간접적으로 듣게 된다.

어린이의 생활 지도가 어려운 또 다른 까닭으로는 생활 지도에 대한 어린이 자신의 거부감 또는 경계심을 들 수 있다. 경제적으로 어려운 가정의 어린이, 부모 사이 또는 부모 자식 사이에 불화가 있는 가정의 어린이, 결손 가정 또는 다문화 가정의 어린이, 친구나 성적 등의 문제로 스트레스가 많은 어린이일수록 생활 지도의 필요성은 더욱 커지지만, 이런 어린이일수록 생활 지도에 대한 거부감 또는 경계심 또한 더욱 커진다.

그러나 어린이시쓰기교육에서 덤으로 이루어지는 생활 지도에서는 이러한 것이 전혀 문제가 되지 않는다. 다음을 보라.

가족 사랑

김경민(거제 창호초 4년)

우리집은
의료보험증이 없다.
그래서 아프면
다른 사람 의료보험증을 빌린다.
그럼 난 다른 애가 된다.
그럴 때마다
"미안하다."
말 한 마디에
마음이 풀린다.

(학급 문집《노래하는 섬아이들》1호, 2003.)

이 시를 쓴 어린이의 집은 국민의료 보험료를 납부할 수 없을 정도로 형편이 어려웠던 모양이다. 형편이 어려운 집에는 병도 자주 찾아든다. 몸이 아프면 어쩌겠는가, 남의 의료보험증이라도 들고 병원에 갈 수밖에. 이런 생활은 불편하기만 한 것이 아니다. 사람을 주눅 들게 만든다. 부끄럽고, 초라해지고, 원망스럽고….

그나마 다행인 것은 부모가 '미안하다'는 말을 이 어린이한테 했다는 것이다. 그러나 그 말로 떨쳐 버릴 수 있는 것은 부모를 원망하는 마음뿐이다. 남들 보기 부끄러운 마음과 자신을 초라하게 여기는 마음까지 떨쳐 버릴 수 있는 것은 아니다. 이러한 부끄러움과 초라함은 어린이 스스로 자신의 가난한 삶을 남한데 스스럼없이 이야기하고 남들 또한 이 어린이의 가난한 삶에 대해서 스스럼없이 이야기할 때나 극복될 수 있는데, 그것을 가능하게 하는 것이 바로 어린이시쓰기교육이다.

이미 말했듯이, 어린이시쓰기교육은 어린이의 생각과 느낌 그리고 그 것의 원천인 어린이의 삶을 귀하게 대접함으로써 어린이 스스로도 자신의 그것을 귀하게 여기게 하는 데서 시작된다. 처음부터 교사가 어린이가 부끄러워하고 초라하게 여기는 것을 귀하게 대접하면 어린이는 당황할 것이다. 그래서 이런 작업은 점진적으로 진행하는 것이 좋다. 교사는 어린이의 모든 것을 귀하게 대접해야 하겠지만, 어린이의 입장을 고려하여 귀하게 대접할 것의 우선순위를 정하는 것이 바람직하다는 것이다.

다음은 그 우선순위의 한 예다. '어린이 자신도 자랑스러워하는 것→ 어린이 자신만 자랑스러워하는 것→ 어린이 자신만 부끄러워하는 것→ 어린이 자신도 부끄러워하는 것'. 위의 시는 시를 쓴 어린이의 타고난 씩 씩함 때문에 씌어졌을 수도 있다. 그러나 어린이의 모든 것을 귀하게 여 기는 교사를 만나지 못했다면 그 타고난 씩씩함도 아무 소용이 없었을 것 이다.

이 어린이시는 참 감동적인 시다. 입에 침이 마르도록 칭찬한다 해도 칭찬하는 사람이 전혀 쑥스러움을 느끼지 않을 시다. 그래서인가, 이 시 의 자잘한 결함이 더욱 더 도드라져 보인다. '옥에 티'라서 그런 것이다. 이처럼 문학성을 충분히 확보한 시라면 고쳐쓰기를 하게 하는 것이 좋다. 어린이도 즐거운 마음으로 고쳐쓰기에 달려들 것이기에 좋은 결과를 얻 을 수 있다. 그런데 이 시의 경우에는 고쳐쓰기 지도를 꼭 해야 하는 또 다른 이유가 있다. 고쳐쓰기 지도를 하는 가운데 자연스럽게 생활 지도를 할 수 있다는 것이 그 이유다.

고쳐쓰기 지도를 하려면 시의 내용에 대해서 말하지 않을 수 없다. 이 시의 무엇이 어떻게 잘못되었는지를 어린이가 알아들을 수 있게 설명하려면 어린이의 가난한 삶을 들먹이지 않을 수 없다는 것이다. 그러나 교사가 이렇게 한다고 해도 어린이는 거부감을 거의 가지지 않게 된다. 교사가 자신의 모든 것을 귀하게 대접한다는 것을 알고 있기 때문만은 아니다. 교사가 이야기하는 것은 '어린이의 가난한 삶'과 '시'의 관계이지 '어린이의 가난한 삶'과 '어린이'의 관계가 아니기 때문이다. 이 시의 고쳐쓰기 지도는 '어린이의 가난한 삶'을 '어린이'로부터 분리하여 '시'에 결합함으로써 어린이로 하여금 자신의 가난한 삶을 객관적인 거리를 두고 바라볼 수 있게 해 주는 것이다.

어린이시쓰기교육에서는 모든 어린이시를 고쳐쓰기 지도의 대상으로 삼지 않는다. 고쳐쓰기를 하지 않아도 칭찬할 만한 것이 아주 많은 어린이시만 고쳐쓰기 지도의 대상으로 삼는 것을 원칙으로 한다. 그러한 어린이시라야 어린이로 하여금 고쳐쓰기에 적극적으로 뛰어들게 할 수 있고 또 고쳐쓰기의 성과도 크게 나타나기 때문이다. 〈가족 사랑〉의 고쳐쓰기 지도에서 어린이가 거부감을 가지지 않게 만드는 또 다른 이유가 여기에 있다. 어린이가 쓴 시에 대한 교사의 칭찬이 어린이가 자신의 가난한 삶에서 느꼈던 부끄러움과 초라함을 잊게 해 준다는 것이다.

어린이의 생각과 느낌 그리고 그것의 원천인 어린이의 삶을 있는 그대로 들여다볼 수 있고 또 그것에 대해서 어린이와 스스럼없이 이야기를 나눌 수 있고, 어린이의 생활 지도까지 자연스럽게 할 수 있는 것, 그것은 어린이시쓰기교육을 하는 교사만이 누릴 수 있는 특권이다.

방금 살펴본 어린이시쓰기교육의 세 가지 매력은 교사만 공감할 수 있는 것이 아니다. 매력이라고 말한 그것의 내용을 조금만 비틀어 보자. 그러면 어린이도 공감할 수 있는 매력이 된다. '배우고 가르치는 즐거움', '한껏 칭찬받을 수 있는 즐거움', 그리고 '자연스럽게 생활 지도를 받을 수 있는 즐거움'을 마다할 어린이는 없을 테니까.

글을 맺으며

우리는 지금까지 어린이시의 매력, 어린이시쓰기의 매력 그리고 어린이시쓰기교육의 매력에 대해서 알아보았다. 그런데 이러한 매력은 그저 생기는 것이 아니다. 만들어야 하는 것이다. 그것도 교사가 만들어야 하는 것이다. 어린이시쓰기교육을 담당하는 교사가 어린이시와 관련한 이런저런 매력을 극대화할 수 있는 자질과 덕목을 기르려고 애를 쓰는 것은 당연하다 하겠다. 그런데 교사가 갖추어야 할 자질과 덕목이란 것이 어찌 한둘이겠는가. 그리고 그 하나하나가 어찌 하루아침에 갖출 수 있는 것이겠는가. 이러다 보니, 어린이시쓰기교육의 가치와 의의를 인정하는 교사라 할지라도 어린이시쓰기교육에 선뜻 뛰어들지 못한다.

최선의 어린이시쓰기교육은 물론 어렵다. 그러나 차선의 어린이시쓰기교육은 짐작하는 것보다 훨씬 쉽다. 교사가 어린이시를 진정으로 좋아한다는 것을 어린이한테 보여 주기만 해도 어린이시쓰기교육은 일정한 성과를 거둘 수 있기 때문이다. 어린이시의 무엇이 좋은지 그것이 왜 좋은지 논리적으로 말할 수 없어도 상관이 없다. 어린이시를 마주하는 순간 표정이 밝아지고 어깨에 신바람이 들어가는 교사라면 어린이시쓰기교육을 담당할 자격이 충분하다는 것이다. 어린이는 시를 머리로 쓰는 것이 아니라 몸으로 쓴다 했다. 같은 맥락에서 이렇게 말할 수 있다. 어린이는 시쓰기 또한 교사의 논리에서 배우는 것이 아니라 교사의 태도에서 배운다고.

교사가 어린이시를 진정으로 좋아하는 것만으로도 어린이시쓰기교육에 뛰어들 수 있는 또 다른 까닭도 있다. 그것은 어린이시쓰기교육이 교사가 어린이한테 배우면서 가르치고 가르치면서 배우는 방식으로 이루어진다는 것이다. 교사가 만나는 어린이는 열이면 열, 백이면 백 모두 다르다. 그리고 각각의 어린이도 날마다 다른 모습을 한다. 그러니까, 교사는 해마다 다른 어린이를 만나고 또 날마다 다른 어린이를 만난다는 것이다. 당연히, 교사가 어린이한테 배우는 것도 해마다 다르고 날마다 다르고, 가르치는 것도 해마다 다르고 날마다 다르다. 이런 점에서 본다면, 어린이시쓰기교육은 처음도 없고 끝도 없다. 아니, 처음이나 끝이나 똑같다. 어린이시쓰기교육을 담당하는 교사도 마찬가지다. 전문가도 없고 초보자도 없다. 아니, 전문가나 초보자나 똑같다.

어린이시가 좋은 줄 모르는 경우에는 어찌 하여야 하는가. 이런 고민을 하는 교사가 있다면, 그는 어린이시를 제대로 읽어 본 적이 없는 교사다. 어린이시를 읽고 읽고 또 읽어 보라. 그러면 어린이시가 어린이한테 그리고 교사 자신한테 얼마나 좋은 것인지 저절로 알게 된다. 어린이시를 보면 시를 쓴 어린이가 보이고 어린이와 함께 하는 교사 자신도 보이는데, 어찌 좋아하지 않을 수 있겠는가.

어린이시의 네 가지 양상과
그 문학적 함의

어린이시와 자기감동

우리는 흔히 어린이가 쓴 시를 어린이시라 일컫는다. 그런데 어린이시라는 용어는 단순히 시의 지은이가 어린이임을 드러내기 위한 편의적인 용어가 아니다. 어린이시는 어른이 어린이를 위해서 쓰는 동시와 구별되는 그 나름의 독특한 창작 방법으로 씌어지는 독자적인 문학 장르다.[1] 그러므로 어린이시는 어린이만이 쓸 수 있는 시 또는 어린이가 아니면 쓸 수 없는 시로 이해하는 것이 옳다.

어린이시는 특정의 어린이가 쓰는 시가 아니다. 유치원생부터 초등학교 고학년생까지 우리가 통상 어린이라 일컫는 이라면 누구나 쓸 수 있는

---

1. 이오덕은, '시인들은 언어로 시를 구축하지만 아동들은 생활에서 이미 얻은 시를 기술하는 것이다'고 했고(이오덕, 《아동시론》, 세종문화사, 1973, 60쪽), 이지호는 어린이시와 동시는 제재의 범주와 주제의 성격이 서로 다르다고 했다.(이지호, 〈어린이시와 동시의 거리〉, 《국어교육》 128집, 한국어교육학회, 2009, 참고)

것이 어린이시다. 이들 어린이가 시를 쓰기 위해서 특별한 훈련을 거치는 것도 아니다. 기껏해야, 겪은 바를 있는 그대로 솔직하게 쓰기만 하면 시가 된다는 말을 듣고 시를 쓰는 것이다.[2] 그런데도 어린이는 종종 어른이 어린이를 위해서 쓴 동시에 버금가거나 그것보다 더 뛰어난 시로 평가받는 시를 써낸다. 그런가 하면, 어린이가 시라고 쓴 것 중에는 시라는 이름을 붙이기가 민망한 것도 있다. 이처럼 어린이시는 그 양상이 천차만별인데, 흥미로운 것은 이 천차만별이 어린이시의 고유 자질에서 비롯된 것이라는 점이다.

이오덕은 아동시를 '아동이 쓰는 시'로 전제한 뒤, '아동의 생명이 넘치는 생활 감동을 소박 솔직하게 나타낸 시다'[3]고 하여 아동의 생활 감동을 아동시, 그러니까 어린이시의 기본 요건으로 제시한 바 있다. 이러한 견해는 우리보다 앞서서 어린이시에 관심을 가졌던 일본에서도 쉽게 찾아볼 수 있다.

일본의 《아동시 교육사전》에는 아동시가 다음과 같이 정의되어 있다.

정의 1 : 아동시란 아동이 쓴 시다.

정의 2 : 사람은 어른이든 어린이든 토로하기를 원한다. 토로하기는 개인·집단·민족의 감정을 고양시킨다. 시는 이 감정을 조직하는 한 수단이다.

정의 3 : 아동시란 생활인인 아동이 자신을 둘러싼 자연과 사회의 사건이나 사물, 인간의 외적·내적 측면에 접했을 때 자신의 내부에서 발생하는 감동을 장황하게 설명하지 않고 보다 직접적으로 다른 사람에게 전할

---

2. 초등 국어 교과서에서 시쓰기의 교수·학습 활동으로 제시하는 것은 한 마디로 '동시 흉내 내어 쓰기'다. 여기에서 생산되는 시는 동시의 모방작 또는 아류작일 수밖에 없다.
3. 이오덕, 앞의 책, 188-189쪽 참고.

수 있도록 조금은 자연 발생적으로 또는 조금은 의식적으로 말을 선택해서 문자로 표현하는 것을 말한다.

정의 4 : 아동시란 아동이 쓰는 시다. 아동이 생활 감동을 응축시킨 말로 내재율로 표현한 것으로 산문과는 다른 표현으로 쓰는 것이다.[4]

역시 핵심은 생활 감동이다. 그런데 같은 일본에서 나온 《아동문학사전》은 생활 감동 대신에 자기감동을 어린이시의 기본 요건으로 제시하고 있다.

아동시 : 어린이가 자신의 감동을 문자로 표현한 자유율의 시 형태 작품. 지금까지 아동자유시, 동시, 아동생활시, 어린이시 등으로 불려왔다.[5]

생활 감동이란 실제 생활에서 얻은 감동을 가리키는 것으로 상상에 의한 허구적인 감동과 대별되는 것이다. 물론 그 생활 감동은 어린이 자신의 생활 감동임은 말할 것도 없다. 그런데 어린이시의 기본 요건으로 삼기에 적절한 용어는 생활 감동이 아니라 자기감동이다. 《빨간 머리 앤》에서 보듯 어떤 어린이한테는 상상 감동이 생활 감동만큼 중요한 의미를 지니기도 한다는 것이 그 첫째 이유고, 어린이시는 다른 누구도 아닌 어린이 자신의 감동을 문자로 표현한 것이어야 한다는 것이 그 둘째 이유다.

사실, 자기감동은 어린이시뿐만 아니라 어른시의 기본 요건이기도 하다. 자기 자신이 감동하지 않은 것에 대해서 시를 쓸 사람은 어린이든 어른이든 아무도 없기 때문이다. 그런데도 어린이시에서 유독 자기감동을

---

4. 日本作文の會 편, 《兒童詩敎育事典》, 百合出版, 1970, 15-16쪽.
5. 日本兒童文學會 편, 《兒童文學事典》, 東京書籍, 1988, 330쪽.

강조하는 데는 이유가 있다. 어린이시에서는 자기감동이 필요충분조건이지만 어른시에서는 필요조건이기 때문이다. 어린이는 오로지 자기감동의 표출을 겨냥하여 시를 쓰지만 어른은 자기감동의 표출과 타자감동의 촉발을 함께 겨냥하여 시를 쓴다.

어린이는 시라는 것을 알아서 시를 쓰는 게 아니다. 어린이는 단지 자기감동을 글로 썼을 뿐인데, 어른이 그것을 시로 인정한 것이 어린이시다. 어린이는 타자감동을 의도적으로 겨냥하여 시를 쓰는 것이 거의 불가능하다. 독자의 감동, 즉 타자감동을 겨냥하여 시를 쓰려면 시가 무엇인지도 알아야 하고 타자에 대한 이해도 갖추어야 하는데, 이 둘 다 어린이한테는 벅찬 것이다. 어린이는 자기가 감동을 느낀 것에 대해서 남도 감동을 느낄 것인지 느끼지 못할 것인지 알지 못한다. 대개의 어린이는 자기가 감동한 것이면 남도 감동할 것으로 여기고 자기가 감동하지 않은 것은 남도 감동하지 않을 것으로 여긴다. 남이 무엇에 대해서 감동을 느낄지 짐작할 수 없다면 그 감동을 염두에 두면서 시를 쓰는 것이 어찌 가능하겠는가.

어린이시에서 자기감동을 강조하는 또 다른 이유는 어린이의 자기감동은 자연적인 것이고 어른의 자기감동은 인위적인 것이라는 데서 찾을 수 있다. 물론 상대적으로 그렇다는 것이다. 어린이도 인위적으로 자기감동을 구성할 수 있지만 그럴 필요를 느끼는 경우는 흔치 않다. 어른도 자연적으로 자기감동을 얻기도 하지만 그런 행운을 만나는 경우는 많지 않다.

어린이시의 자기감동은 지극히 주관적이다. 자기감동의 주관성은 자기감동과 관련한 발상의 주관성과 표현의 주관성으로 다시 나눌 수 있다. 발상의 주관성이란 어린이 자신한테 감동으로 다가온 것이면 타자가 공감할 수 있는 것인지 아닌지 살펴보지도 않고 시의 씨로 채택하는 것을 가리키고, 표현의 주관성이란 어린이 자신이 알아볼 수 있는 말이면 타자가 이해할 수 있는 것인지 아닌지 따져보지도 않고 시어로 채택하는 것을 가리킨다.

이와 같은 자기감동의 주관성으로 인해서 어린이시는 다양한 양상으로 전개된다. 이 글에서는 화자의 자기감동을 이해하는 독자의 범주에 따라서 어린이시의 양상을 '나의 시', '너의 시', '우리의 시', '모두의 시'로 분류하고, 그 각각의 문학적 함의를 살펴보고자 한다.

화자의 자기감동의 공감 범주

이오덕은, "시의 원형이 감탄사라고 한다면, 아이들이 저도 몰래 지껄인 감탄의 말을 지적해서 이런 것이 시라고 말해 주는 것은 시의 도입에서 자연스러운 지도라고 할 수 있다."고 하면서, 다음과 같은 3학년 아이의 이른바 '지껄인 말'을 그 예로 들었다.

야아,
아카시아꽃 냄새 좋아.
야아,
꺾어 먹을까.
야아,
많이 있구나.[6]

인용문 속의 '3학년 아이의 말'은 온통 감탄사와 감탄의 말로 채워져 있다. 감탄사와 감탄의 말 또한 자기감동을 나타내는 말이 분명하므로 '3

---

6. 이오덕,《아동시론》, 세종문화사, 1973, 83-84쪽.

학년 아이의 말'을 시로 간주하는 이오덕의 주장을 대놓고 반박할 수는 없는 일이다. 실제로, 어린이가 시라고 쓴 것 중에는 이와 같이 감탄의 말로만 채워진 것이 아주 많다. 그러한 것을 어린이시의 범주에서 제외한다면 어린이시는 크게 빈약해진다.

'3학년 아이의 말'은 3학년 아이 자신의 감동이 실재한다는 것, 그리고 그 감동이 아카시아꽃의 냄새와 흐드러짐에 관한 것임을 누구나 쉽게 알수 있다. 그러나 그뿐이다. 제삼자는 그러한 것이 그 3학년 아이한테 감동으로 다가간 까닭을 전혀 알 수 없다. 아카시아꽃의 좋은 냄새가 어떠한 것인지, 아카시아꽃의 흐드러짐이 어떠한 것인지는 전혀 알 수 없기 때문에 제삼자는 그것이 과연 감동을 불러일으킬 만한 것이지 판단하는 것이 불가능하다.

이오덕은 이런 것도 시라는 것을 말해줄 필요가 있다고 했다. 다시 말하면, 어린이 자신만 이해할 수 있는 자기감동이라 하더라도 그것을 문자로 표현하면 시가 된다는 것이다. 위의 인용문의 경우, 제삼자도 화자의 자기감동의 실재는 이해할 수 있다. 그러나 자기감동의 실재는 시의 충분조건이 되지 못한다. 언어로 표현한 것이면 그것이 무엇이든 자기감동의 실재를 보여 주는 것이 되기 때문이다.

위의 '3학년 아이의 말'에서 화자의 자기감동의 실재는 말할 것도 없고 그 실체까지 이해할 수 있는 독자도 있을 수 있다. 예컨대, 화자가 평소에 배불리 먹고 다니는 아이가 아니라는 것, 배가 많이 고프면 아카시아꽃을 따먹곤 하는 아이라는 것, 이런 것을 알고 있는 담임 선생님 같은 독자라면, 현재의 화자한테는 아카시아꽃 냄새가 그렇게 향기로울 수 없고 아카시아꽃이 흐드러진 것이 그렇게 반가울 수 없다는 것을 어렵지 않게 짐작할 수 있다. 이와 같은 특별한 독자는 위의 인용문과 같은 감탄사와 감탄의 말만 가지고도 화자의 자기감동의 실체를 이해한다고 말할 수 있다.

 가장 바람직한 것은 화자가 자기감동을 문자로 표현할 때 자기감동을 구조화하여 보여 주는 것이다. 그러면 특별한 독자가 아닌 일반 독자 또한 화자의 자기감동의 실재뿐만 아니라 그것의 실체까지 이해할 수 있다. 물론 자기감동의 구조화가 어린이한테 쉬운 일은 아니다. 어린이의 사유 능력이나 언어 운용 능력이 제한적이기 때문이다. 게다가 어린이는 자기감동의 구조화의 필요성을 그다지 느끼지 못한다. 어린이는 자신의 감동을 표출하는 데 주안점을 두기 때문이다. 독자라는 타자를 의식하지 않는다면 자신의 감동을 일부러 구조화할 까닭이 없는 것이다.

 어린이시는 어린이가 직접 화자가 되어 자기감동을 문자로 표현하는 시다. 그런데 화자의 자기감동 가운데는 그 실체를 화자 자신만이 이해할 수 있는 것이 있는가 하면, 제삼자인 독자도 이해할 수 있는 것도 있다. 자기감동의 문자화를 시의 기본 요건이라 할 때, 전자는 시를 쓴 어린이 자신한테만 시가 된다. 시를 쓴 어린이 입장에서는 이런 시는 '나한테만 시가 되는 시', 즉 '나의 시'라 말할 수 있다.

 한편, 후자는 다시 둘로 나눌 수 있다. 작품 외적 세계에서 시 또는 시를 쓴 어린이에 관한 정보를 얻을 수 있는 특별한 독자라야 그 실체를 이해할 수 있는 화자의 자기감동도 있고, 작품 내적 세계에서 제공한 정보만 접할 수 있는 일반 독자도 그 실체를 이해할 수 있는 화자의 자기감동도 있다. 앞엣것은 시를 쓴 어린이와 정서적으로 매우 가까운 거리의 사람한테만 시가 되는 시기 때문에 '우리의 시'라 일컫기로 한다. 뒤엣것은 모든 사람한테 시로 인식되는 시라서 '모두의 시'라 부르기로 한다.

 한 가지 더 살필 것이 있다. 위에서 말한 '3학년 아이의 말'은 화자 자신이 직접 자기감동을 문자로 표현한 것이 아니다. 화자가 저도 몰래 '지껄인 말'을 이오덕이 몰래 엿듣고 문자로 표현한 것이다. 다시 말하면, 시의 요체인 자기감동은 어린이의 것이지만, 시를 언어구조물로 만드는 문자화는 어른에 의해서 이루어진 것이다. 앞의 그 인용문을 시라 한다면, '3학년 아이의 시'라 하는 것이 옳은가, 아니면 '이오덕의 시'라 하는 것이 옳은가.

이에 대한 판단에 도움이 되는 것이 있는데, 그것은 바로 어린이 화자 동시다. 어린이 화자 동시 중에는 실제의 어린이가 실제로 한 말을 있는 그대로 문자로 옮겨 적는 방법으로 쓴 것이 있다. 어린이의 자기감동을 담은 어린이의 말만으로 이루어진 이러한 동시도 우리는 어른이 쓴 시로 간주한다. 시의 요체인 자기감동은 어린이의 것이지만, 그것을 시로 붙들어 두려고 문자화를 시도한 사람은 어른이기 때문이다. 이에 비추어 말한다면, 위의 인용문은 '이오덕의 시'라 해야 한다. 어린이의 입장에서 보면, 어른, 당신의 시라 할 수 있다. 이에 해당하는 시를 '너의 시'라 하여 따로 논의하기로 한다.

엄밀히 말하면, 위의 인용문은 '3학년 아이의 시', 즉 '나의 시'도 아니고 '이오덕의 시', 즉 '너의 시'도 아니다. 두 사람 모두 그것을 시로 쓰고자 하는 시의식이 없었기 때문이다. 어린이는 자기감동을 그냥 흘려 버렸고, 이오덕은 자기감동을 그냥 흘려 버려서는 안 된다는 말을 하려고 했을 뿐이다. 이오덕은 위의 인용문에 제목도 붙이지 않았고 말의 주인인 3학년 아이의 이름도 밝히지 않았다. 이로 미루어보면, 이오덕은 위의 인용문을 어린이의 시로도 생각하지 않았던 것 같다.

어린이시의 네 가지 양상

1. 나의 시
먼저 어린이시를 한 편 읽기로 한다.

오동나무

박선용(상주 청리초 4년)

저쪽
지붕 위에
자주감자 색으로
활짝 핀
오동꽃
지붕보다 높으게
올라갔구나!⁷

〈오동나무〉는 지붕보다 높은 곳에서 꽃을 피운 오동나무에 대한 시다. 우리는 시를 쓴 어린이의 자기감동이 무엇인지는 금방 알 수 있다. 그러나 오동나무가 지붕보다 높은 곳에서 꽃을 피운 것에 대해서 화자가 어째서 감동을 느끼게 되었는지 우리가 이해하기는 쉽지 않다. 이 시는 그에 관한 어떠한 정보도 제공하지 않기 때문이다.

〈오동나무〉도 자기감동을 표출한 시가 분명하다면, 그 자기감동은 시를 쓴 어린이 자신한테만 이해되는 자기감동이다. 이러한 어린이시는 어린이 자신한테만 시가 되는 시다. 이런 시가 바로 '나의 시'다.

'나의 시'는 표현의 불완전성에서 비롯된다. 자기감동의 실체를 제대로 설명하지 않거나 충분히 묘사하지 않은 데서 비롯된다는 것이다. 표현의 불완전성은 일차적으로 타자의 독해 가능성을 고려하지 않는 표현의 주관성에서 유발된다. 그런데 표현의 미숙성에서 유발되는 것도 있다. 어

---

7. 이오덕, 《일하는 아이들》, 청년사, 1978, 258쪽.

린이의 언어 구사 능력은 어른의 그것에 비할 바가 아니다. 자기감동을 제대로 설명하고 충분히 묘사하고 싶어도 언어 구사 능력이 그것을 뒷받침하지 못하는 경우도 생기는데, 이를 일러 표현의 미숙에 의한 불완전성이라 하는 것이다.

흥미로운 것은 어린이시 중에는 표현이 온전한 것도 꽤 많다는 것이다. 이런 어린이시 역시 주관적인 표현과 미숙한 표현에서 자유로울 수 없는 일반 어린이가 쓴 것이다. 그렇다면, '나의 시'의 근본적인 원인은 발상의 불완전성에서 찾는 것이 옳겠다.

어른의 시쓰기 발상이라면 어떤 자기감동을 시의 씨로 삼을 것인가, 그 자기감동을 어떻게 구조화하여 시에 담을 것인가에 초점을 맞출 것이다. 가장 바람직한 시쓰기 발상은 말할 것도 없이 타자감동으로 전이될 수 있는 자기감동을 시의 씨로 삼고, 그것의 뼈대와 윤곽이 잘 드러나도록 구조화하는 것이다. 물론 이러한 시쓰기 발상은 인지적인 것이다.

이에 반해서, 어린이의 시쓰기 발상은 정의적이다. 어린이는 타자감동으로 전이될 가능성을 보고 자기감동을 선택하는 것이 아니다. 어린이의 인지적 사고 능력으로는 그에 관한 판단을 한다는 것 자체가 무리다. 어린이가 할 수 있는 최선의 방안은 자신의 마음속 깊숙한 곳까지 들어와 자신을 흔들어대는 자기감동을 시의 씨로 선택하는 것이다. 놀랍게도, 이렇게 옹골진 자기감동은 곧잘 타자감동으로 전이될 뿐만 아니라 그 뼈대와 윤곽도 어린이가 그다지 애쓰지 않아도 저절로 선명하게 잡힌다.

감동이란 별 게 아니다. 말 그대로 '깊이 느껴서 일어나는 마음의 움직임', 그것이 곧 감동이다. 기쁨, 슬픔, 즐거움, 짜증스러움, 신남, 지겨움, 사랑스러움, 미움, 정겨움, 노여움, 아쉬움, 안타까움과 같은 감정 또한 감동의 한 양상임은 말할 것도 없다. 감동 중에는 일부러 챙기지 않으면 알아차리기도 쉽지 않은 여리고 흐릿한 것이 있는가 하면, 그 누군가의 마음을 단박에 사로잡는 강렬하고 또렷한 것도 있다. 그런데 이 차이는 그다지 중요하지 않다. 여리고 흐릿한 감동이 강렬하고 날카로운 감동으로 바뀌기도 하고 강렬하고 날카로운 감동이 여리고 흐릿한 감동으로 바뀌기도 하기 때문이다.

시의 씨로 제격인 옹골진 감동은 절절하거나 지속적인 감동이다. 가슴이 벅차오르거나 먹먹해질 정도로 절절한 감동이나 잊혀지지 않고 문득문득 머리에 떠오르는 지속적인 감동은 마음속 깊은 곳에 자리 잡기 때문에 자꾸 자꾸 되새김질하게 된다. 그러다 보면 감동의 뼈대와 윤곽이 자기도 모르는 사이에 저절로 갖추어지게 된다.

앞에서 살펴본 바 있는 '3학년 아이의 말'은 온통 감탄사와 감탄의 말로 채워져 있다. 3학년 아이의 자기감동이 그만큼 강렬하고 날카로웠던 것이다. 그러나 그것은 찰나적인 것이었다. 이오덕에 따르면, 그 말은 '아카시아꽃을 따 먹으려고 가지를 휘어잡으면서 지껄인' 말이라고 한다. 이런 장면에서라면 누구라도 아카시아꽃 냄새가 좋다는 것, 아카시아꽃이 많이 피었다는 생각밖에 하지 못했을 것이다. 만일 이 아이가 뒷날에 이 장면을 다시 떠올렸다면 자기감동을 좀 더 자세하게 설명하거나 묘사했을지도 모른다.

2. 너의 시

'나의 시'의 대척점에 둘 만한 것이 바로 '너의 시'다. '나의 시'가 화자의 자기감동이 화자인 어린이 자신한테만 자기감동으로 인식되는 시라면, '너의 시'는 화자의 그 무엇이 오로지 '너'라 일컬을 수 있는 특정의 독자한테만 자기감동으로 인식되는 시다.

어린이는 일반적으로 독자를 의식하지 않고 시를 쓰지만, 교사나 학부모와 같은 특정의 소수 타자가 독자로서 자기 존재를 강력하게 환기시킬 때는 예외적으로 독자를 의식하고 시를 쓴다. 이 경우, 어린이는 독자를 감동시키기 위한 시를 쓰려고 애쓰게 된다. 자기감동의 표출로 타자감동의 촉발을 꾀할 수도 있는 일이지만, 이런 방식의 시쓰기를 어린이가 의도적으로 선택하기는 어렵다. 그래서 자기감동의 표출을 포기하고 타자감동의 촉발을 겨냥하는 시쓰기를 생각하게 된다.

어린이시 중에는 교사나 부모가 좋아할 만한 내용이나 형식으로 쓴 시가 꽤 많다. 이런 시는 일단 '너의 시'의 혐의를 둘 만하다. 어린이 자신을 주체적으로 드러내는 시가 아니라 타자한테 영합하는 시일 가능성이 높기 때문이다. 이런 어린이시는 어린이의 자기감동이 없는 시라 말할 수 있다. 그런데 교사나 부모라는 타자의 감동을 어린이 자신의 감동으로 받아들이는 어린이도 있다. 교사나 부모라는 타자를 감동시키기 위한 시쓰기를 한다는 사실에서 어린이 스스로 감동을 얻기도 한다는 것이다.

다음은 '너의 시'의 극단적인 예라 할 만한 것이다.

비밀
　　　이○○(부산 초량초 4년)

이건 꼭 비밀로 하세요
예 우리 엄마 춤추다가 붙들렸어요.
이제는 좋은 엄마 되었어요.
5·16 군사 혁명 덕택이지요.

이건 꼭 비밀로 하세요
예 우리 아빠 길 가시다가 새끼줄에 갇혔어요.

이젠 왼쪽길 가는 아빠 되었어요.
5·16 군사 혁명 덕택이지요.

이건 꼭 비밀로 하세요
예 우리 오빠 깡패질하다 혼이 났어요.
이젠 우리 오빠 참 착해요.
5·16 군사 혁명 덕택이지요.

이건 꼭 비밀로 하세요
예 우리 언니 사치품 모두 없앴어요.
이제 우리 언니 사치 안 해요.
5·16 군사 혁명 덕택이지요.

이건 꼭 비밀로 아세요?
예 일제 연필 크레온 마구 버렸어요.
아빠한테 엄마한테 잃었다 하겠어요.
군사 혁명 과업 완수 우리 집부터.[8]

한눈에 짐작할 수 있듯이, 〈비밀〉은 온통 거짓으로 꾸며내어 쓴 시다. 어린이가 이런 시를 썼던 이유는 국가 시책에 내몰린 교사의 강요나 권유 때문이었을 것이다. 어쩌면, 이 시를 쓴 어린이는 스스로 이 시를 신문사에 투고했을지도 모른다. 그렇다 하더라도 이 시는 자기감동 표출시가 아니라 타자감동 겨냥시라 해야 한다. 신문에 실리기 위해서 신문사의 비위

---

8. 《소년부일》, 1961. 7. 2.

에 맞는 시를 쓰려고 애를 썼을 게 틀림없기 때문이다.

'너의 시'를 설명하는 데 빼놓을 수 없는 것이 바로 '마주이야기시'다. '마주이야기시'는 어린이가 한 말을 어른이 선택적으로 따서 글로 옮겨 놓은 시다. 말의 주인은 어린이지만, 그 말을 시로 짜는 사람은 어른이다. 어린이의 입장에서 보면, 어른, '너의 시'라 할 수 있다.

박문희는 '아이들이 한 말을 어른들이 받아 적어 둔 것'을 마주이야기 라 하였다. 또 마주이야기를 시로 보고 마주이야기시라고 하기도 했다.[9] 마주이야기시와 같은 것을 일본에서는 구두시(口頭詩)라 한다. 글이 아닌 말로 지어낸 시라는 뜻이다. 이오덕은 '유아시'를 어린이시에 포함시킨 바 있는데[10], '유아시'는 '마주이야기시'나 '구두시'를 가리키는 것이다.

박문희가 마주이야기라 한 것을 보면, 어린이의 말로만 된 마주이야기 가 있고, 어린이의 말과 어른의 말이 섞인 마주이야기가 있다. 그런데 그 어느 것이든 어린이의 시로 보기는 어렵다. 모두 어른의 받아적기로 만들 어지기 때문이다.

여기에서는 어린이의 말과 어른의 말이 섞인 마주이야기시를 살펴보 기로 하는데, '너의 시'로서의 본질은 어린이말로만 된 마주이야기시의 그것과 다르지 않다.

참을 수 있어

이민표(7살)

"민표야! 엄마 이불 좀 갖다

---

9. 박문희 엮음 《침 튀기지 마세요》, 고슴도치, 2000, 엮은이의 말 참고.
10. 이오덕, 《삶을 가꾸는 글쓰기교육》, 보리, 2004, 213쪽 참고.

덮어줘."

"엄마 아파?

응~ 열이 조금 있네. 엄마

몇 살이야?"

"왜 그래? 서른 다섯 살."

"그럼 됐어. 참을 수 있어

난 일곱 살인데 열 나도

참잖아."[11]

〈참을 수 있어〉는 마주이야기시 모음집 《나 이빨 뺐어요》에서 가져온 것인데, 이 책은 마주이야기시를 활자로 인쇄하지 않고 삐뚤삐뚤한 어린이의 글씨로 씌어진 것을 사진으로 찍어서 실었다. 이것만 보면, 〈참을 수 있어〉는 어린이가 직접 쓴 시로 생각하기가 쉽다. 그런데 《나 이빨 뺐어요》를 펴낸 박문희에 따르면, 이 책은 '학부모님과 선생님들이 어린이가 한 말을 귀담아 듣고 적어 놓은 것을 어린이가 보고, 마치 그리듯이 글씨를 옮겨 쓰고 그림을 그린 것'을 엮은 것'이다.

〈참을 수 있어〉에서도 어른의 받아 적기와 어린이의 베껴 쓰기의 흔적을 쉽게 찾을 수 있다. 행갈이와 문장 부호 사용 그 자체는 어른의 받아 적기에서 이루어진 것으로 보이고, 어색한 행갈이와 잘못된 문장 부호 사용은 어린이의 베껴 쓰기에서 이루어진 것으로 보인다.

〈참을 수 있어〉는 어른과 어린이의 대화로 짜여 있다. 이 대화를 의미 있는 대화로 만들어 주는 것은 물론 어린이의 말이다. 그런데 이 대화를 시로 구성한 이는 어른이다. 따라서 시로서의 〈참을 수 있어〉의 진정한

---

11. 박문희 엮음, 《나 이빨 뺐어요》, 지식산업사, 1995, 13번째 수록 작품.

주인은 어린이가 아니라 어른이다. 동시에도 어린이의 말을 시의 요체로 삼은 시가 드물지 않다. 만일 〈참을 수 있어〉를 어린이시라 한다면, 어린이의 말에 많이 기대고 있는 수많은 동시들의 장르적 위상이 모호해질 것이다.

〈참을 수 있어〉에서도 어린이의 자기감동만큼은 우리 같은 제삼자도 선명하게 확인할 수 있다. 그런데 그것을 그냥 흘려버리지 않고 의식 속에 붙들어둔 이는 어린이가 아니라 어른이다. 또 그것을 한 편의 완결된 글로 구성한 이도 어린이가 아니라 어른이다. 〈참을 수 있어〉의 처음과 끝을 보라. 그것은 어린이가 지정한 것이 아니라 어른이 스스로 선택한 것이다.

어린이가 어른한테 자기감동을 붙잡은 자신의 말을 들려주면서 여기서부터 저기까지 받아 적어 달라고 구체적으로 부탁하여 어른이 받아 적은 것이라면 그것은 이론의 여지가 없는 어린이다. 그것은 어른이라는 타자가 문자화한 것이긴 하지만 어린이 자신의 시정신에 의해서 어린이 자신의 말로 구술된 것이기 때문이다. 그러나 〈참을 수 있어〉나 그밖의 다른 마주이야기시는 그렇게 지어진 것이 아니다. 마주이야기시는 어른의 시의식 또는 시정신에 의해서 지어진 것이라서 어린이의 말로 구성한 것임에도 불구하고 어린이시라 할 수 없는 것이다.[12]

어린이시는 어린이 스스로 자기감동을 포착하여 한 편의 완결된 글로 표현한 것을 말한다. 자기감동은 어린이시의 내적(미학적) 자질이라 할 수 있고, 언어적 완결성은 어린이시의 외적(형식적) 자질이라 할 수 있다.

이에 따르면, 〈비밀〉과 〈참을 수 있어〉와 같은 마주이야기시는 온전한

---

12. 이러한 논의가 마주이야기의 가치를 떨어뜨리는 것은 결코 아니다. 어린이의 언어와 사고에 관한 이해를 넓히는 데는 마주이야기만큼 적절한 것도 다시 찾기 어렵다.

의미의 어린이시라 할 수 없다. 그런데 두 시의 위상은 조금 차이가 난다. 〈비밀〉은 어린이가 타자 감동을 겨냥하긴 했지만 어쨌든 직접 자기 손으로 썼다. 따라서 〈비밀〉을 어린이시에서 배제하지는 못한다. 마주이야기시는 다르다. 마주이야기시 중에는 시로서의 내적·외적 자질을 갖추고 있는 것이 분명히 있다. 그러나 마주이야기시는 원천적으로 어린이시에서 배제하여야 한다. 어린이가 직접 글로 쓴 시도 아니고 어린이가 스스로 완결된 형태로 구술한 시도 아니기 때문이다.

3. 우리의 시

어린이시는 독자라는 타자를 감동시키기 위해서 쓰는 시가 아니다. 부모나 교사와 같은 소수 특정의 독자를 감동시키기 위해서 쓴 어린이시가 없는 것은 아니지만 불특정 다수의 독자를 감동시키기 위해서 쓰는 어린이시는 상상하기 어렵다. 불특정 다수의 독자라는 것은 어린이한테는 모호한 것이고, 또 그러한 독자를 감동시키기 위한 방법이라는 것은 어린이한테는 난감한 것이다.

흥미롭게도, 어린이시는 타자감동을 겨냥하여 쓰는 시가 아닌데도 곧잘 타자감동을 이끌어낸다. 어린이가 꾀하는 것은 자기감동의 표출이지만, 그것이 의도하지 않은 타자감동의 촉발로 이어지기도 한다는 것이다.

자기감동은 말 그대로 자기의 감동이라서 자신은 그 내용에 대해서 아주 잘 안다. 이미 잘 아는 것을, 남한테 보여 줄 것도 아닌데 자세하게 적을 필요가 있을까. 어린이는 보통 이렇게 생각한다. 그래서 어린이시는 자기감동이 있었다는 사실만 밝힌다든지, 자기감동의 윤곽만 그려 놓는다든지, 자기감동의 한 조각만 내놓는다든지 하는 걸로 끝내 버리는 것이 대부분이다. 어른 독자가 어린이시에서 어린이의 자기감동을 구체적으로 파악하는 데 어려움을 겪는 것도 무리가 아니다.

그런데 어린이시에 담겨 있는 어린이의 불명료한 자기감동을 마치 자신의 자기감동인 양 금방 이해하는 사람도 있다. 이런 사람은 어린이의 자기감동을, 설사 그것이 평범하고 따분하고 재미없는 것이라 하더라도, 거의 맹목적으로 독자 자신의 자기감동으로 받아들이려고 한다. 한 마디로 말해서, 어린이시에 쉽게 감동한다는 것이다. 그 어린이한테 깊은 관심을 가지고 있는 부모나 교사, 또래의 친한 친구가 바로 그런 사람이다.

이와 같은 특별한 독자를 만나게 되면, 어린이시는 '나의 시'에서 '우리의 시'로 그 위상이 달라진다. 자기한테만 시로 기능하던 것이 다른 누군가에게도 시로 기능하게 됨에 따른 위상 변화라 하겠다. 물론 이 경우의 '우리'는 그 의미 범주가 상당히 좁은 것이다. 시를 쓴 어린이와, 그 어린이와 직접 마음을 나눌 수 있는 일군의 사람들, 그들만을 가리킨다. 먼저, '우리의 시'에 대한 이해를 넓혀 줄 외국의 사례를 하나 소개하기로 한다. 어떤 어린이가 글쓰기 시간에 다음과 같은 짧은 글을 썼다고 한다.

어제 나는 우리 집 뒤의 우리 집 밭의 우리 집 복숭아를 따 먹었습니다.[13]

한눈에 알아볼 수 있듯이, 이 글에는 '우리'라는 말이 과도하게 많이 쓰였다. 일반적인 경우라면 이건 고쳐쓰기의 대상으로 삼아야 한다. 그런데 담임 선생님은 다르게 생각했다. 이 '우리'에 오히려 특별한 의미를 부여하여 이 짧은 글을 아주 잘 쓴 글로 평가했다. 어째서일까. 이 어린이는 도벽이 있었다. 이를 알고 있는 친구들은 이 어린이가 어떤 물건을 가지

---

13. 이오덕, 《삶을 가꾸는 글쓰기교육》, 보리, 2004, 16쪽. 이 인용문과 관련한 에피소드 역시 같은 책에 의지하여 설명한 것임.

고 있으면 일단 의심부터 했다. 마침내 이 어린이는 강박 관념을 가지게 되었다. 이 짧은 글의 '우리'는 바로 그 강박 관념의 산물이었다.

'우리의 시'는 그 '우리'에 속하는 사람이 아니면 화자의 자기감동을 파악하기조차 쉽지 않은 것이다. 그러나 그 '우리'에 속하는 사람한테는 그 어떤 것보다 참된 시로 받아들여지게 된다. 다음을 보라.

배롱나무

　　　　김○○(김해 주석초 4년)

　　배롱나무를 만져보니까
　　부드럽다.

(2010. 3. 19.)

〈배롱나무〉도 담임 선생님한테 많은 칭찬을 받은 시다. 일반 독자라면, 이것도 과연 시라고 할 수 있을까 하고 고개부터 갸웃거렸을 것이다. 자기감동이라 할 만한 것이 눈에 잘 띄지 않기 때문이다. 그러나 담임 선생님은 이 시가 아주 강렬한 자기감동에 바탕을 둔 시라는 것을 단박에 알아차렸다. 이 시를 쓴 어린이는 난생 처음 배롱나무를 만져 봤고, 배롱나무의 껍질이 다른 나무의 껍질과 달리 반들반들하고 매끌매끌하다는 것을 발견했고, 그리고 그 놀라운 경험을 난생 처음 시로 썼다는 것을 알고 있었던 것이다. 이 시를 쓴 어린이는 자폐증이 있는 어린이였다.

한편, '우리'의 범위는 고정된 것이 아니다. 〈배롱나무〉만 해도 그렇다. 〈배롱나무〉는 이제 이 글을 읽은 사람들한테도 '우리의 시'로 인식될 수 있는 것이다. 정보의 공유 범위가 넓어지면 '우리'의 범위도 넓어진다. 다음은 학교 단위의 '우리의 시'도 있을 수 있음을 보여 주는 어린이시다.

아침 달리기

손경한(창원 외동초 5년)

아침에 달리기를 한다.
1바퀴를 돌았는데
숨이 찬다.
"헉헉."
힘들다.

이제 3바퀴를 뛴다.
축구를 할 수 있다는 생각을 하고
뛰었더니 덜 힘들었다.

다 뛰었다.
근데 시간이 다 됐다.

젠장.

(2011. 3. 11.)

이 시는 반 아이들에게 큰 호응을 불러일으켰다고 한다. 특히, 마지막
의 '젠장'에 이르러서는 난리도 아니었다고 한다. 책상을 치고, 발을 구르
고, 자리에서 일어나 펄쩍펄쩍 뛰고…. 제삼자로서는 좀체 납득이 되지
않는 일이다. 화자는 기껏해야 아침 시간에 좋아하는 축구를 못했던 것
뿐이다. 아쉽긴 하겠지만, 그게 뭘 그리 대단한 일이라고. 그런데 반 아이
들의 반응을 보면, 그렇게 볼 일이 아닌 것 같다. 화자는 조금 아쉬워했던

것이 아니라 아주 많이 아쉬워했던 것이다.

시를 쓴 아이, 시를 쓴 아이의 반 친구들, 그리고 그들이 아닌 제삼자, 이들 사이의 정서적 괴리는 알고 있는 정보의 차이에서 비롯된 것이다. 이 학교의 어린이들은 등교하자마자 운동장을 세 바퀴를 돌아야 한다는 사실을 제삼자는 전혀 알지 못했던 것이다. 좋아하는 축구를 하려고 죽을 힘을 다해 운동장을 세 바퀴 돌았는데 아침 자유 시간이 끝나 버렸다는 사실을 몰랐던 것이다.

이로 미루어보면, '우리의 시'는 제도나 관습, 문화의 범주에서도 논의할 수 있을 것 같다.

4. 모두의 시

'모두의 시'는 어린이가 쓴 시가 누구에게나 시로 인식되는 시를 가리킨다. 어린이의 자기감동이 그 어린이의 주관적인 자기감동이 아님을 제삼자가 인정하는 시가 바로 모두의 시다. 다음과 같은 시가 이에 속한다.

개 짖는 소리
이단디(진주 배영초 5년)

개들이 멍멍멍 짖는다고?
아니다. 절대 아니다.

우리 집 진돗개 진주는 컹컹컹.
우리 집 강아지 돌이는 뭬뭬뭬.
산책 갈 때 만나는 옆 동네 꼬마 개는 왁왁왁.

그 건너편에 사는 치와와는 워워워.

치와와 앞집의 커다란 개는 월월월.

커다란 개 옆집의 누런 개는 뭇뭇뭇.

비슷한 소리는 있어도

똑같은 소리는 절대 없다.

(2012. 6. 29.)[14]

아주까리

박희복(상주 청리초 4년)

형님이 풀 뽑으라고

나를 부른다.

대답도 하지 않고 갔다.

풀을 뽑다가 아주까리를 뽑았다.

형님 모르게 가만히 심어 놓았다.

(1960. 6. 22.)[15]

〈개 짖는 소리〉는 주제부터 흥미를 끈다. 이것은 상투적인 의성어에 대한 문제를 제기하고 있는데, 이러한 문제 제기는 실제 소리에 민감한 어린이가 아니면 생각하기가 쉽지 않은 것이다. 개 짖는 소리를 저렇게 섬세하게 구분할 수 있다는 것은 개를 아주 많이 좋아한다는 것이다. 어린

---

14. 이지호 엮음, 《숙제 다 했니?》, 상상의힘, 2015.
15. 이오덕 엮음, 《일하는 아이들》, 청년사, 1978.

이는 누구나 개를 아주 많이 좋아하지만 어른은 그렇지 않다. 그래서 이런 시는 어린이가 아니면 쓰기 어려운 시라 할 수 있다. 어른이 쓴 시에서는 찾아보기가 어려운 시라면 어른으로서도 좋아할 수밖에 없는 시다. 〈개 짖는 소리〉는 어린이 특유의 개성적인 자기감동에 기반을 둔 시라 하겠다.

〈아주까리〉 또한 어린이의 생각과 느낌이 어떤 것인지 잘 보여 준다. 풀 뽑으라고 형님이 부르는데, 선뜻 좋다 할 어린이가 어디 있겠는가. 그런데 못 한다는 말도 못 한다. 혼날까봐. 화자는 대답을 하지 않는 것으로 자기 마음을 표현한다. 화가 나 있으니 일이 제대로 될 리가 없다. 풀을 뽑는다는 것이 아주까리를 뽑았다. 형님한테 들키면 야단맞을 일이다. 형님이 눈치 채기 전에 다시 심는다. 그러는 사이에 형님한테 품었던 불만과 짜증이 걱정과 미안함으로 바뀐다.

〈아주까리〉의 화자는 짧은 시간에 여러 가지 감정의 변화를 겪는다. 그 하나하나의 감정을 맞아들이는 화자의 마음이 절절하다 보니 지켜보는 사람의 마음에도 같은 감정의 변화가 일어난다.

〈개 짖는 소리〉와 〈아주까리〉는 어린이가 자기감동을 풀어내어 쓴 시지, 타자감동을 겨냥하여 쓴 시가 아니다. 그런데도 어른과 같은 타자의 마음에도 울림을 준다. 어린이시는 어린이의 자기감동 그 자체만으로도 타자감동을 촉발시킬 수 있는 것이다.

'모두의 시'라 해서 반드시 '좋은 시'가 되는 것은 아니다. '모두의 시'는 단지 어린이 화자의 자기감동의 실체를 일반 독자도 이해할 수 있는 시를 가리킬 뿐이다. 이에 반해서, '좋은 시'는 화자의 자기감동을 독자가 자신의 '자기감동'으로 내면화하는 시다. 바꾸어 말하면, '좋은 어린이시'는 어린이 화자가 자기감동을 표출함으로써 독자라는 타자의 자기감동, 즉 타자감동을 촉발시키는 시다.

그런데 어린이시의 '좋은 시'는 어린이도 어른도 모두 감동할 수 있는 시를 가리키는 것이지 흠결이 없는 시를 가리키는 것이 아니다. 흠결이라 할 만한 것이 전혀 없는 시라면 더할 나위 없이 좋을 것이다. 그러나 흠결이 있다 하더라도 그것을 상쇄할 만한 미덕이 있다면, 그 또한 나쁘지 않은 것이다.

어린이시의 문학적 함의

시는 어린이시든 어른시든 일단 '나의 시'에서 출발한다. 시의 미학적 본질을 이야기할 때 우리가 흔히 끌어들이는 '세계의 자아화'라는 것도 '나의 시'를 정당화하는 것이라 할 수 있다. 그런데 세계의 자아화로 설명할 수 있는 것은 자기감동의 획득, 그 자체에 관한 것뿐이다. 타자감동의 획득을 설명하려면 또 다른 개념을 끌어들여야 한다. 세계의 자아화뿐만 아니라 그것의 의사소통성까지 논의해야 비로소 '모두의 시'를 제대로 설명할 수 있다는 것이다.

'나의 시'가 시의 근원임은 자명한 사실이다. '우리의 시'도 '모두의 시'도 '나의 시'에서 비롯되기 때문이다. 나는 감동하지 않았지만 너는 감동할 수 있을 것이다? 이런 것은 있을 수 없다. '나의 시'는 아니지만 '너의 시'는 될 수 있다? 이 역시 말이 안 된다. 그런데 놀랍게도 동시에서는 이런 일이 종종 일어난다.

동시는 보통 어른이 어린이를 위해서 쓴 시로 정의한다. 문제는 '어린이를 위해서'를 '시'보다 더 앞세운다는 것이다. '어린이를 위해서'에 지나치게 몰입하다 보면 동시도 시라는 것, 무엇보다도 먼저 '나의 시'가 되어야 한다는 것을 잊어버리게 된다. 오로지 어린이 독자, 너만을 위한 동시가 생기는 것도 이 때문이다.

한편, '우리의 시'는 '모두의 시'가 될 가능성이 있는 시라는 점에서 가벼이 여겨서는 안 되는 시다. '우리의 시'는 대부분 시를 쓴 어린이와 그 어린이의 담임 교사 그 둘한테만 시로 인식되는 시다. 이미 말한 바 있듯이, 어린이의 자기감동이 담임 교사의 자기감동으로 전환될 수 있었던 것은 어린이의 자기감동과 관련한 의미 있는 정보를 담임 교사가 따로 갖고 있기 때문이다. 다른 사람들도 그 정보를 안다면 아마도 담임 교사처럼 그 시에 감동할 것이다. 그렇다면 '우리의 시'에 대한 고쳐쓰기의 방향은 정해진 것이나 다름없다. 그 의미 있는 정보를 시 자체에 녹여 넣는 쪽으로 가닥을 잡으면 되는 것이다.

'나의 시', '우리의 시' 그리고 '모두의 시'는 그 자체로는 일정한 수준의 문학 작품으로 대우할 수 없다. 그러나 이를 빌미로 어린이시를 싸잡아 어린이문학의 영역에서 배제하는 것은 잘못된 일이다. 어린이시에는 문학적 품격이 어른시에 이른 '좋은 시'가 엄연히 존재하기 때문이다. 혹자는, 어린이시는 '창조적 의도'가 없는 것이기 때문에 설사 '모두의 시'라 하더라도 문학 작품으로 간주할 수 없다고 말한다.[16] 생각하기 나름이다. 의도하지 않으면서 의도하는 것이 꼭 흠이라고만 할 수 없는 것이다.

지금까지 살펴본 어린이시의 네 가지 양상은 어린이를 대상으로 하는 시쓰기 지도의 방향과 틀을 모색하는 데도 도움이 된다. 시쓰기의 도입부에서는 '나의 시'를 강조할 필요가 있다. 자기 자신만이 알 수 있는 자기감동으로도 시를 쓸 수 있다는 것을 알게 되면, 시의 기본 개념에도 눈을 뜨게 될 뿐만 아니라 시쓰기에 대한 두려움도 없앨 수 있기 때문이다.

---

16. 이재철은 아동시, 그러니까 어린이시에 대해서 이렇게 말했다. '아동시란 그것이 창작될 때 특별히 문학 본래의 조건인 창조적 의도를 가지고 지어진 것이 아니고, 미성인간(未成人間)이 학습의 방편으로 쓴 것이기 때문에, 아동문학의 한 장르로서의 동시와는 엄연히 구별되어야 마땅한 것이다.'(이재철,《아동문학개론》, 서문당, 개고판, 1983, 124쪽)

'나의 시'에 대한 이해가 어느 정도 이루어지면, '우리의 시'와 '모두의 시'를 통해서 시의 의사소통성에 대한 이해에 도전할 필요가 있다. 이때, '우리의 시'와 '모두의 시'가 어떻게 다른지를 확인하는 교수·학습을 할 필요가 있는데, 이에 대한 자료는 같은 학급의 어린이가 쓴 시에서 마련하는 것이 좋다.

한편, '너의 시'를 통해서는 주체적인 시쓰기의 의미를 가르칠 수 있을 것이다. 자기감동을 스스로 포착하고 그것을 자기 자신의 말로 표현하는 것이 시쓰기에서 무엇보다 중요하다는 것을 일러 주는 데는 '너의 시'만 한 것도 없을 것이다.

결론

우리는 그동안 관행적으로 어린이가 쓴 시를 어린이시라 일컬어왔다. 그런데 어린이가 쓴 시 중에는 어린이시 고유의 특성을 보이는 시도 있고 그렇지 않은 시도 있어서, 어린이시의 내적 요건을 좀 더 명확하게 가다듬을 필요가 있었다.

어린이가 동시를 흉내 내어 쓴 시, 이것은 어린이시인가 아닌가. 또 어린이 중에는 어른과 필적할 만한 일찍부터 천재성을 드러낸 어린이도 있다. 이른바 시의 신동이라 불린 어린이가 쓴 시는 어린이시인가 아닌가.[17] 이 글에서는 이 문제를 해결하기 위해서 어린이시의 기본 요건이라는 개념을 설정했고, 그 기본 요건으로 어린이의 자기감동을 제시했다. 이에 따르면, 어린이시는 어린이의 자기감동으로 쓴 시를 가리킨다. 어린이의

---

17. 시의 신동이 쓴 시는, 최향, 《우리 옛 동시》, 글동산, 2000 ; 허경진, 《옛 어른들이 어릴 적 지은 한시 이야기》, 달마, 2014, 참고.

자기감동에 기반을 둔 시가 아니라 하더라도 어린이가 쓴 시라면 어린이시에서 완전히 제외시킬 수는 없다. 그러나 이런 시는 진정한 의미의 어린이시라 할 수는 없을 것이다.

어린이시는 어린이의 자기감동이 어느 범위의 독자한테까지 객관적인 자기감동으로 인정받느냐에 따라서 '나의 시', '너의시, '우리의 시' 그리고 '모두의 시'로 나눌 수 있다. 이론적으로는 동시나 일반시도 그렇게 나눌 수 있을 것이다. 한편, '모두의 시'가 아니면 '좋은 시'가 될 수 없다. '좋은 시'의 요건은 '자기감동의 타자감동화'라 할 수 있는데, 이 요건은 어린이의 자기감동이 객관적인 자기감동으로 인정받는 '모두의 시'에서만 갖출 수 있는 것이기 때문이다.

어린이시의 '나의 시', '너의 시', '우리의 시' 그리고 '모두의 시'는 그 나름의 문학적 의의를 지닌다. 그런데 어린이시의 장르적 위상을 동시의 그것과 동렬에 올려놓는 것은 일부의 '모두의 시'에서 찾을 수 있는 '좋은 시'다. 이것은 어린이시를 어린이문학의 서정 장르에 편입시킬 수 있는 근거가 된다. 어린이시가 어린이문학의 서정 장르로 편입된다면 어린이문학의 서정 장르 자체에 대한 재정립도 꾀해 볼 만하다.

어린이시와 동시의 거리
: 시적 발상의 차이를 중심으로

서론

　어린이시교육에서는 흔히 어린이가 쓴 시를 어린이시라 하여 어른이 어린이를 위해서 쓴 시인 동시와 구별한다. 이러한 전통은 일본 어린이시 교육의 선구자인 키타하라 하쿠슈(北原白秋)에서 비롯된 것이다.

　키타하라 하쿠슈는 1918년부터 그 해에 창간된 잡지 《아카이도리(赤い鳥)》에서 어린이를 대상으로 하여 시쓰기를 지도하였는데, 이때 그가 주창한 것이 아동자유시였다. 아동자유시란 말 그대로 어린이가 쓴 자유율의 시를 가리킨다. 이 무렵에 어른이 어린이를 위해서 쓴 시는 정형률의 동요가 대부분이었는데, 키타하라 하쿠슈는 정형률은 어린이의 리듬 감각에 부합하지 않으므로 어린이가 동요를 전범으로 하여 시를 쓰는 것은 옳지 않다고 생각하였다. 키타하라 하쿠슈가 동요를 거부한 것은 정형률 때문만은 아니었다. 동요에서 드러나는 어른의 마음과 어른의 말 또한 그로서는 용인할 수 없는 것이었다. 이리하여, 그는 마침내 어린

이의 마음을, 어린이의 말로, 어린이의 리듬으로 쓰는 아동자유시를 제안하게 된다.[1]

그런데 키타하라 하쿠슈의 논의에서 더 진전된 논의는 우리나라는 물론이고 일본에서조차 찾아보기가 어렵다.[2] 일본의 어린이시교육은 일찍부터 초등교육의 한 축으로 자리를 잡았는데, 이에는 어린이시교육 내부의 다양한 분화와 치열한 경쟁이 크게 기여했다. 예컨대, 아동자유시가 음풍농월의 매너리즘에 빠지게 되자 이의 대안으로 아동생활시가 제안된다. 또 아동생활시가 문학성을 외면한다는 비판을 받게 되자 이를 극복하기 위해서 아동주체시가 제창된다. 이리하여 어린이가 쓴 다양한 유파 또는 경향의 시를 통칭할 수 있는 용어가 필요하게 되었는데, 그리하여 만들어진 것이 아동시, 즉 어린이시라는 용어이다. 이 용어가 일본에서 널리 쓰이게 된 것은 패전 이후라 한다.[3]

어린이시교육의 고유 가치를 입증하여야 했던 어린이시교육의 초창기에는 어린이시와 어린이를 위한 어른시, 즉 동시의 문학적 거리를 밝히는 데 관심을 기울일 수밖에 없었다. 키타하라 하쿠슈의 논의는 그와 같은 어린이시교육적 필요에 부응하는 것이었다. 그러나 어린이시교육 자체의 분화가 본격적으로 전개되었던 어린이시교육의 발전기에는 자기 경쟁력 확보가 최우선의 과제가 되었다. 논의의 축이 어린이시와 동시의 거리 규명에서 어린이시 상호 간의 거리 규명으로 옮겨간 것은 자연스러운 일이라 하겠다.

우리나라에서는 어린이시를 문학 작품으로 인정하지 않는 경향이 있

---

1. 弥吉菅一,《日本の兒童詩の歷史的研究》, 少年寫眞新聞社, 1968, 87쪽 참고.
2. 日本作文の會에서 펴낸《兒童詩教育事典》(百合出版, 1970)에도 어린이시와 어린이를 위한 어른시, 즉 동시의 거리에 관한 표제어는 찾아볼 수 없다.
3. 江口季好,《兒童詩教育入門》, 百合出版, 1968, 13쪽 참고.

다. 이는 우리나라 어린이시교육의 기초를 마련했던 이오덕에 기인하는 바가 크다.

이오덕은 어린이시를 문학 작품이 아닌 학습 결과물로 규정했다.[4] 게다가 어린이시교육은 국어과교육의 전유물이 아니라고도 주장했다. 어린이시교육은 모든 교과교육 나아가서는 비교과교육이 함께 감당하여야 한다는 것이었다.[5] 한편, 어린이문학계에서는 어린이시를 문학적 수준이 아주 낮은 하급의 시로 평가했는데,[6] 결과적으로 이 또한 이오덕의 주장과 마찬가지로 어린이시와 어린이를 위한 어른시의 문학적 거리에 대한 연구를 외면하게 만들었다.

이오덕의 주장을 논박하는 것은 어렵지 않다. 먼저 학습 결과물이라고 해서 문학 작품이 되지 말라는 법은 없다. 그리고 다른 교과교육 또는 비교과교육에서 감당할 수 있는 어린이시교육의 지향점과 국어과교육만이 감당할 수 있는 어린이시교육의 지향점은 따로 있다. 어린이시는 누가 뭐래도 시일 수밖에 없는 것이고, 어린이시를 시로서 가르칠 수 있는 것은 국어과교육뿐이기 때문이다.

한편, 어린이시의 문학적 저열성에 관한 논란은 어린이시 모음집에 대한 인기로 간단히 논박할 수 있다. 우리나라 최초의 어린이시 모음집인 《일하는 아이들》은 출간된 지 몇십 년이 지난 오늘날까지도 꾸준히 독자의 사랑을 받고 있는데, 수록된 작품의 빼어난 문학성이 아니면 이를 설

---

4. 이오덕, 〈아이의 글쓰기와 어른의 문학 작품 쓰기가 어떻게 다른가〉, 《삶·문학·교육》, 종로서적, 1987, 참고.

5. 이오덕은 글쓰기교육을 두고 이러한 주장을 펼쳤다. 그러나 이오덕의 글쓰기교육에는 어린이시교육도 포함되는 것이기에 본문처럼 말하는 것도 허용된다. (이오덕, 《삶·문학·교육》, 31쪽 참고)

6. 유경환, 《한국현대동시론》, 배영사, 1979, 6쪽 및 이상현, 《아동문학강의》, 일지사, 1987, 51쪽 참고.

명할 길이 없다.[7]

어린이시교육은 어린이시를 읽고 쓰게 하는 교육일 수도 있고 동시를 읽고 그것을 모방하여 쓰게 하는 교육일 수도 있는데, 그 어느 쪽의 어린이시교육이라 하더라도 어린이시와 동시의 문학적 거리에 대한 이해를 바탕에 깔지 않으면 안 된다. 어린이시와 동시의 다름 자체를 인식하는 것으로는 충분하지 않다. 그 다름의 양상까지 구체적으로 확인해야 한다. 이런 점에서 볼 때, 어린이시와 동시의 문학적 거리에 대한 논의는 때늦은 감이 있다고 하겠다.

어린이시와 동시의 문학적 거리는 일단 쓰기 주체의 차이를 실마리로 하여 살펴볼 수밖에 없다. 어린이시는 어린이가 쓰는 시이고 동시는 어른이 쓰는 시이기 때문이다. 그런데 어린이시의 화자는 언제나 어린이인데 반하여 동시의 화자는 어린이일 수도 있고 어른일 수도 있다. 어른 화자 동시는 키타하라 하쿠슈가 지적한 대로 어른의 마음을 어른의 말로 쓰는 것이기 때문에 별다른 분석을 거치지 않더라도 어린이시와 확연하게 다름을 한눈에 알아볼 수 있다. 그러나 어린이 화자 동시는 겉으로 봐서는 어린이시와 거의 구별되지 않는다. 이러한 까닭에, 이 글은 어린이시와 어린이 화자 동시의 화자를 비교·대조하는 데 초점을 맞추기로 한다.

---

7. 이와 관련한 이오덕의 행보는 흥미롭다. 이오덕은 누구보다도 열정적으로 어린이시 고유의 문학적 매력을 역설해 왔다. 그런데 이오덕은 어린이시를 문학으로 간주하는 것을 누구보다도 강력하게 반대해 왔던 것도 사실이다. 이는 결코 이율배반이 아니다. 이오덕은 동시의 저열한 문학성을 확인하자, 동시에 기대어 어린이시쓰기교육을 하는 것을 용인할 수 없었다. 그러자 동시와 변별되는 어린이시 고유의 재미와 감동을 탐색하는 데 주력하게 된다. 이는 어린이시의 문학성을 규명하기 위한 노력이라고도 말할 수 있는 것이다. 한편, 교육 현장의 어린이시교육은 여전히 동시 흉내 내기에 치중하고 있었다. 이를 차단하기 위한 방편이 어린이시를 문학이 아닌 것, 즉 학습 결과물로 묶는 것이다. 이에 관한 자세한 논의는, 이지호, 〈시·동시·어린이시〉, 한국문학교육학회, 《문학교육학》, 2003 겨울호, 2003 참고.

어린이시와 어린이 화자 동시[8]의 문학적 자질이 서로 다르다면 우리는 그 둘의 발상이나 표현에서 의미 있는 차이를 발견할 수 있을 것이다. 그러나 여기에서는 발상의 측면, 즉 제재의 선택 범주, 그리고 주제와 제재의 관련 양상을 중심으로 하여 그 둘의 문학적 거리를 살펴볼 것이다. 표현의 측면을 비교·대조하는 것은 다음의 연구 과제로 남겨두기로 한다.

작가와 화자의 관계

어린이는 실제의 자기 자신과 시를 쓰는 순간의 자기 자신을 분리하는 법이 없고, 시를 쓰는 순간의 자기 자신과 시 속의 화자를 분리하는 법이 없다. 어린이는 현실 세계에서 자신이 직접 겪은 바를 시로 쓰기 때문에 작가인 어린이가 시의 화자가 되는 것이 당연하다고 생각하는 것이다. 어린이시에서는 작가가 동일할 경우 서로 다른 작품에서도 화자의 자기 동일성이 유지된다.

어린이가 시를 쓰는 자신과 시 속의 화자를 분리하지 않는 것은 다시 말할 것도 없이 그 둘을 분리할 수 있는 능력이 부족하기 때문이다. 어린이는 자기 자신을 삼자화하여 객관적으로 바라볼 수 있는 능력도 부족하고, 자기 자신의 또 다른 모습을 찾아낼 수 있는 능력도 부족하고, 자기 자신과 전혀 다른 그 어떤 인격체를 상상할 수 있는 능력도 부족하다. 그러나 그것보다 더 중요한 이유가 따로 있다. 어린이는 그 둘을 분리하여야 할 필요성을 전혀 느끼지 못한다는 것이다. 어린이는 자신이 경험한

---

8. 다음부터는 '어린이 화자 동시'는 '동시'로 약칭하기로 한다. 단, 일반적인 의미의 동시로 오독할 수 있는 자리에서는 원래대로 '어린이 화자 동시'로 기술할 것이다.

바를 있는 그대로 솔직하게 쓰는 방법으로 시를 쓰기 때문이다.

동시, 즉 어린이 화자 동시에서는 당연히 작가와 화자는 서로 다른 인격을 지니게 된다. 말 그대로, 작가는 어른이고 화자는 어린이기 때문이다. 그러나 엄밀히 말하면, 화자는 어린이의 얼굴을 한 어른일 뿐이다. 어린이 화자의 생각과 느낌이라는 것이 작가인 어른의 생각과 느낌이기 때문이다. 동시가 허구의 어린이 화자를 내세우는 것은 작가의 생각과 느낌에 대해서 어린이 독자가 친밀감을 느끼도록 하기 위해서인데, 이는 일종의 문학적 기교에 해당한다.

동시에서 화자가 작가의 대리인이 되는 것이 아니라 작가가 화자의 대리인이 되는 경우도 있다. 작가가 실제의 어린이를 대신하여 그 어린이가 이미 말했거나 말하고 싶어하는 것을 다른 어린이 또는 어른에게 전달하기 위해서 동시를 쓰는 경우가 그렇다. 이와 같은 어린이 대변 어린이 화자 동시는 실제 어린이를 시 속에 전사하는 방식으로 동시를 쓰게 된다.

한편, 동시에서는 동일한 작가의 작품일지라도 작품마다 화자가 다르다. 어른이 대변하여야 할 실제의 어린이가 한두 사람이 아니기 때문에, 또는 어른이 어린이의 말로 포장하여 들려주고 싶은 말이 한두 가지가 아니기 때문에 작품마다 인격이 다른 화자를 내세우게 되는 것이다. 어떤 동시집에서든 이를 간단하게 확인할 수 있다.

한 예로, 임길택의 동시집 《할아버지 요강》(보리, 1995)에 수록된 작품을 보자. 〈누나〉의 화자는 사내아이지만 〈이럴 땐〉의 화자는 여자아이다. 〈할아버지 요강〉의 화자한테는 할아버지가 살아 계시지만 〈꽃구름 속〉의 화자한테는 할아버지가 안 계신다.

어린이는 시를 쓸 때뿐만 아니라 읽을 때도 작가와 화자를 동일시하는 경향이 있다. 그래서 울고 있는 여자 어린이가 화자인 시는 실제의 여자 어린이가 울면서 쓴 시로 믿는다. 이런 까닭에, 어린이 독자는 어린이 화자 동시의 작가가 어린이가 아니라 어른이라는 사실을 알게 되면 당혹감을 느끼게 된다. 한 작가의 동시집을 읽는 경우에는 그 당혹감이 배가된다. 작품마다 화자가 달라서 작가의 정체성을 의심할 수밖에 없기 때문이다. 이것이 어린이 화자 동시의 맹점이다. 이를 타개할 수 있는 유일한 방법은 어린이 독자가 작가를 의식하지 않고 시에 몰입할 수 있도록 시 속의 화자를 진짜 어린이처럼 형상화하는 것이다.

동시는 어린이를 위해서 쓰기보다는 어린이가 되어서 써야 한다고 한다.[9] 동시를 쓰는 어른한테 어린이를 위해야 한다는 목적 의식이 앞서게 되면 어른의 얼굴과 목소리를 감출 수 없게 된다. 이렇게 되면 어린이가 쓴 시처럼 보이려고 어린이 화자를 내세운 노력이 물거품이 된다. 어린이가 되어서 쓴다면 어린이를 위해서 쓴다는 생각은 아예 하지 않게 될지도 모른다. 반대로, 어린이를 위해서 쓴다면 어린이가 되어서 쓰려고 하지도 않을 것이다. 어린이를 위하려고 하는 것은 어른이지 어린이가 아니기 때문이다. 결국, 어린이다운 어린이 화자를 형상화하기 위해서는 어린이가 되어서 써야 하고, 어린이가 되어서 쓰려면 어린이를 위해서 쓴다는 생각은 버려야 하는 것이다.

제재의 범주

우리는 자신이 몸으로 겪은 현실 세계에 대해서 시를 쓸 수도 있고, 머리로 꾸며낸 상상의 허구 세계에 대해서 시를 쓸 수도 있다. 어린이도 마

---

9. 밴댈리스트는 일찍이 이렇게 말했다. '어린이를 위하야 동요를 지으랴는 것보다도 어린이가 되야서의 견지에서 동요를 써야 할 줄 압니다.'(밴댈리스트, 〈동요에 대하야〉, 《동아일보》, 1925. 1. 21.)

찬가지일 것이다. 그런데 어린이시 모음집을 보면, 대부분이 현실 세계의 것을 제재로 선택한 어린이시로 채워져 있다. 예컨대, 같은 초등학교에 다니는 어린이들의 시만 모아 놓은 《까만 손》(탁동철 엮음, 보리, 2002)을 보면, 전체 126편의 어린이시 가운데 어린이가 상상하여 꾸며서 쓴 시는 단 한 편도 없다. 이에는 그만한 까닭이 있는 것으로 보인다.

어린이는 몸으로 겪으며 배우는 것을 머리로 따져서 배우는 것보다 먼저 시작했다. 몸이 머리보다 더 일찍 깨어나고 또 더 빨리 자라기 때문에 그럴 수밖에 없는 것이다. 머리로 따져서 배울 때도 몸으로 겪어서 배운 것을 근거 또는 기준으로 삼는다.

좋은 예로 언어 학습을 들 수 있다. 어린이는 언어의 상황 의존적인 의미를 자신의 몸을 기준으로 하여 이해한다. 그래서 어린이는 몸으로 언어를 배운다고 말하기도 한다.[10] 어린이도 언젠가는 몸에 의지하지 않고 머리로만 배울 수 있는 때를 맞이하게 된다. 이때를 어린이와 어른의 분기점으로 삼을 수도 있을 것 같다. 어린이는 몸이 머리를 지배하고 어른은 머리가 몸을 지배한다고 말할 수도 있기 때문이다.

어린이가 몸으로 겪을 수 있는 것은 물론 바로 이 현실 세계이다. 그러니까, 어린이의 학습 대상은 현실 세계이고 학습 방법은 '몸으로 겪기'인 것이다. 어린이가 시를 쓸 때 조금도 망설이지 않고 현실 세계에서 몸으로 겪은 바를 제재로 취하는 것은 당연한 것이다. 어린이로서는 시로 쓰는 것도 그다지 어려운 일이 아니다. 몸으로 겪은 바를 있는 그대로 글로 옮겨 놓기만 하면 된다. 그런데도 종종 놀라운 성과를 거둔다.

몸으로 현실 세계를 겪는다는 것은 몸과 현실 세계가 '자극-반응'의 과정을 함께 거친다는 것을 뜻한다. 몸이 현실 세계를 자극하여 현실 세

---

10. 正高信男,《子どもは ことばを からだで 覚える》, 中公新書, 2001, 참고.

계의 반응을 이끌어내기도 하고 현실 세계가 몸을 자극하여 몸의 반응을 이끌어내기도 한다. 그런데 이 '자극-반응'의 메커니즘은 철저하게 자연 법칙 또는 인간 법칙의 지배를 받는다. 따라서 그것을 인위적으로 왜곡하지 않고 있는 그대로 문자로 옮겨 놓기만 하면 논리적 구성에 관한 한 시비가 있을 수 없는 깔끔한 시를 얻게 된다. 이런 점에서 '몸으로 겪은 대로 시쓰기'는 최소의 노력으로 최대의 효과를 거둘 수 있는 경제적인 시쓰기라고 말할 수 있다. 어린이의 현실 세계는 어린이의 생활 범위를 벗어나지 않는다. 그래서 어린이시를 생활시라 일컫기도 하는 것이다.[11]

생활시의 대척 지점에 놓을 수 있는 것이 허구시다. 허구시란 말 그대로 상상으로 구축한 허구 세계에 대해서 쓴 시를 가리킨다.[12] 이미 말한 바와 같이, 어린이도 종종 허구시를 쓴다. 그러나 그것의 문학적 성과는 변변찮다. 어린이시 모음집에서 허구시를 찾아보기 힘든 것은 어린이가 허구시를 쓰지 않기 때문이 아니고 완성도가 높은 허구시를 쓰기가 어렵기 때문이다.

다음은 초등학교 5학년 어린이가 쓴 시인데, 어린이의 이름은 밝히지 않기로 한다.

---

11. 여기서 말하는 '생활시'는 단순히 어린이의 생활에서 이끌어낸 시를 의미할 뿐이다. 어린이의 삶을 개선하는 것을 어린이시쓰기의 목표로 삼았던 아동생활시파의 생활시를 가리키는 것이 아니다.

12. '허구시' 또는 '허구 세계'라는 용어가 혼란스러울 수도 있을 것이다. 작품 자체가 허구이고, 작중 세계가 허구 세계이기 때문이다. 그런데도 이러한 용어를 굳이 쓰려고 하는 데는 까닭이 있다. 동시의 어린이 화자는 실제의 어린이를 모델로 한 인물이 아니고 작가가 머리 속에서 상상으로 만들어낸 거짓 어린이를 모델로 한 인물이다. 상상의 어린이를 가리키는 말로는 '허구의 어린이'가 가장 적절하다. 그리고 그러한 허구의 어린이가 살아가는 세계는 '허구 세계'가 되고, 그 허구 세계에 관한 동시는 '허구시'가 되는 것이다.

옹달샘과 내 얼굴

물 먹다
얼굴 보면
흐물흐물
주름진 얼굴.

옹달샘에
비 오면
내 얼굴은
점박이 얼굴.

화가 나서
휘저어 보면
얼굴이
두 개 세 개 늘어난다.

가만히 두고 보면
고운 내 얼굴.[13]

    지은이한테는 옹달샘에 얼굴을 들이대고 물을 마셔본 경험과 빗방울
이 떨어지는 옹달샘에 얼굴을 비추어 본 경험이 있었을 수는 있다. 그렇
다 하더라도 그것은 서로 다른 별개의 경험이었을 것이고 게다가 기억조

---

13. 김기경 엮음, 《큰 상 받은 동요 동시》, 동림, 1998.

차 희미한 오래 전의 경험이었을 것이다. 어쩌면, 아예 이러한 경험 자체를 가지지 못했을 수도 있다.

이렇게 추단하는 이유는 시에서 말하고 있는 바가 실제 상황과 부합하지 않기 때문이다. 첫째, 옹달샘은 샘이라서 물이 고여 있는 것이 아니라 흘러나오는데, 거기에 얼굴을 비추어 볼 생각을 할 사람은 그리 많지 않을 것이다. 둘째, 옹달샘에서 물을 마신 다음에 거기에 얼굴을 비추어 보았는데, 이어서 곧장 빗방울이 떨어지는 옹달샘에 또 얼굴을 비추어 보았다고 믿기는 어렵다. 셋째, 빗방울이 떨어지는 옹달샘에 얼굴을 비추어 본다면 얼굴 자체가 아예 이지러질 것이다. 그런데 이 시는 빗방울이 떨어지는 자리가 점처럼 보인다고 했다. 넷째, 옹달샘에 비친 얼굴이 주름지고 점박이로 보인다고 해서 화를 낼 사람이 과연 있을지 의심스럽다.

우리가 이 시를 허구시로 판단하는 것은 시적 내용의 상황 논리적 결함 때문이다. 만일 그러한 결함이 없다면, 우리는 이 시를 생활시로 이해했을지도 모른다. 결국 현실 세계를 모방하는 허구시, 즉 현실적 허구시의 성공 여부는 리얼리티의 확보 여부에 달려 있는 것이다. 그런데 어린이한테는 이에 관한 문제의식이 없다는 것이 문제가 된다. 즉, 어린이는 현실 세계를 모방하는 경우에도 그것의 리얼리티에는 관심을 두지 않는다는 것이다. 결과적으로, 어린이의 현실적 허구시는 경험하지 않은 것을 경험한 것처럼 쓴 거짓시가 된다. 이것은 어린이시교육에서 어린이의 현실적 허구시를 경계하는 근거가 되기도 한다.

허구시에는 환상적 허구시도 있다. 말 그대로, 현실 세계와 아예 다른 초현실 세계나 비현실 세계를 상상으로 구축하여 그것을 제재로 하여 쓰는 시가 환상적 허구시다. 이러한 시는 초현실성 또는 비현실성이 전제되어 있어서 현실적 허구시와는 달리 거짓시의 혐의로부터 자유로울 수 있다. 환상적 허구시 역시 어린이가 감당하기에는 만만치 않다. 그 까닭을, 일본의 어린이시를 통해서 확인해 보기로 한다.

심해어

나는 바다 깊은 곳이 아니면
살 수 없는 물고기다.
우리들이 살고 있는 위의 세계는
도대체 어떤 세계일까
(…중략…)
희고 둥근 과자 같은 거품이
많이 있는 곳에는
우리가 모르는 세계가 있을 것 같다.
(…중략…)
나는 배를 보는 것은
지금이 찬스다 하고 생각해서
위로 위로 올라갔다.
그러자 갑자기 몸이 느슨해지고
눈이 튀어나오고 귀가 아팠다.
나는 깊은 바다가 아니면 살 수 없는 물고기다,
라는 것을 잊고 있었던 것이다.[14]

이 시는 허구시로서는 드물게 시적 성취도가 꽤 높은 시다. 그런데 이

---

14. 日本作文の會,《兒童詩教育事典》, 百合出版, 1970, 24-25쪽에서 재인.(필자 번역)

러한 시를 쓰는 것은 생활시를 쓰는 것보다 훨씬 까다롭다. 이 시의 경우를 보자. 어린이는 일단 심해와 심해어에 관한 어느 정도의 과학 지식을 가지고 있어야 한다. 그리고 그러한 과학 지식을 토대로 하여 현실 세계와 다른 허구의 환상 세계를 창안하여야 한다. 물론 그 환상 세계는 그 나름의 내적 질서를 갖추어야 한다. 마지막으로, 그러한 환상 세계에서 일어날 법한 사건이나 상황에서 현실 세계를 살아가는 데 도움이 되는 교훈이나 재미를 이끌어내어야 한다.

첫 번째의 것은 그다지 문제가 되지 않는다. 간단한 노력으로 해결할 수 있는 것이다. 그러나 두 번째와 세 번째의 것은 어린이한테는 버거운 과제가 된다. 이것은 풍부한 상상력과 치밀한 구성력을 요구하는 것인데, 어린이한테는 그런 능력이 부족하기 때문이다. 어린이가 상상으로 꾸며낸 내용으로 글을 쓰는 것을 힘들어하는 것도 이와 같은 이유에서이다.

어린이한테 상상으로 구축한 허구 세계에 관한 시를 쓰도록 권유하는 경우도 있다. 어린이의 생활이 달라졌기 때문에 글의 내용도 표현의 모습도 그것에 대응해 나가지 않으면 안 된다는 것이 그 이유이다. 즉, 어린이의 생활이 도시형으로 변했고 어른의 문화에 휩쓸려서 어린이 주체의 문화가 활력을 잃어버렸고 가정의 모습 또한 변했기 때문에, 어린이의 생활그 자체에 대해서 시를 쓰는 것이 어려워졌다는 것이다. 따라서 어린이는 '자유로운 상상·자유로운 허구·자유로운 표현'을 지향하여 현실적인 한계를 극복하도록 해야 한다는 것이다.[15]

그러나 우리는 이에 동의하지 못한다. 어린이의 사고 능력을 감안하지 않은 주장이기 때문이다. 다른 이유도 물론 있다. 어린이의 생활 자체가 과거와는 달리 자연과 동떨어져 있기 때문에 그것을 전사하는 방식의 시

---

15. 青木幹勇, 《子どもが甦る 詩と作文》, 國土社, 1996, 12-25쪽, 참고.

쓰기가 힘들어졌다는 것은 일리가 있는 지적이다. 그러나 어린이의 생활이 달라졌다고 해서 어린이가 생활 자체를 외면할 수 있는 것은 결코 아니다. 세상이 어떻게 달라진다고 하더라도 어린이시교육에서는 언제나 생활시를 기본으로 삼을 수밖에 없다. 더욱이, 생활시는 어린이가 쉽게 쓸 수 있고 또 잘 쓸 수 있는 것이니까 이에 집중하는 어린이시교육은 교육적 효과도 높다.

이제 동시에 대해서 살펴보기로 하자. 동시는 기본적으로 허구시로 규정하게 된다. 우리는 이미 동시의 화자는 작가의 머리 속에서 구성된 허구의 인물이라는 점을 확인한 바 있는데, 그러한 화자가 활약하는 작중 세계는 허구 세계일 수밖에 없기 때문이다. 어른의 허구시에도 현실적 허구시가 있고 환상적 허구시가 있는데, 우리의 관심사는 아무래도 현실적 허구시에 집중된다. 어린이시와 동시를 같은 수준에서 논의할 수 있는 것은 그 둘의 문학적 성취도의 우열을 가리기 힘든 현실적 허구시이기 때문이다.

동시, 즉 어린이 화자 동시는 궁극적으로 어린이시를 지향한다고 했다. 실제로 그러한 목표를 달성했다고 평가할 수 있는 동시도 적지 않다. 다음을 보라.

꼴등도 3등
　　　김용택

달리기를 했다.

다해 1등
재석이 2등

나 3등

우리 반은
모두 세 명이다.[16]

이 동시는 작가를 모르는 경우에는 어린이시로 착각하기 딱 좋은 것이다. 한 반이 세 명인 학교에서 공부하는 어린이라면 이런 말을 한두 번씩 했거나 들어봤을 것 같으니까. 어쩌면, 작가는 어린이의 말을 들은 대로 옮겨서 시로 쓴 것인지도 모른다. 그러나 이 동시를 전사시로 단정할 수는 없다. 그러한 학교에 관한 정보를 가지고 있는 어른이라면, 그러한 학교에서 어린이를 가르치는 교사가 아니라 할지라도 이런 생각은 어렵지 않게 할 수 있기 때문이다.

이처럼 어린이시와 동시의 시적 발상이 유사할 수 있는 것은 어린이와 어른의 마음이 맞닿는 영역이 존재하기 때문이다. 즉, 어린이와 어른이 공유할 수 있는 생각과 느낌이 있기 때문이라는 것이다. 그러나 그것에 의지하여 쓸 수 있는 동시는 그리 많지 않다. 어린이와 어른이 공유할 수 없는 생각과 느낌이 훨씬 더 많기 때문이다. 동시는 일반적으로 어른의 마음을 어린이의 마음에 전달하는 것을 목표로 삼는다. 그것이 어린이를 위하는 것이라고 믿는 것이다. 동시가 어린이 화자를 내세우는 것도, 현실적 허구시에 더 큰 비중을 두는 것은 그러한 목적성을 감추기 위한 문학적 기교임은 말할 것도 없다.

동시가 내세우는 어린이 화자는 실제의 어린이를 모델로 했다고는 하나 분명 가상의 거짓 어린이다. 그리고 그 거짓 어린이는 작가인 어른의

---

16. 김용택, 《너 내가 그럴 줄 알았어》, 창비, 2008, 43쪽.

마음을 어린이의 마음에 전달하기 위한 목적을 띠고 작품 내적 세계에서 활약한다. 따라서 어린이 화자한테는 어른의 그림자가 드리워질 수밖에 없다. 특히, 의도된 교훈이나 작위적인 재미를 겨냥한 동시에서는 그 그림자의 음영이 더 짙어진다. 이것은 어린이 화자 동시의 딜레마라 할 수 있을 것이다. 다음에 인용하는 시는 7차 교육과정의 초등학교 국어과 교과서에 실려 있는 동시다.

넌 바보다

신형건

섭던 껌을 아무 데나 퉤 뱉지 못하고
종이에 싸서 쓰레기통으로 달려가는
너는 참 바보다.
개구멍으로 쏙 빠져 나가면 금방일 것을
비잉 돌아 교문으로 다니는
너는 참 바보다. (…중략…)
바보라고 불러도 화내지 않고
씨익 웃어 버리고 마는 너는
정말 정말 바보다.
그럼, 난 뭐냐?
그런 네가 좋아서 그림자처럼
네 뒤를 졸졸 따라다니는
나는?[17]

---

17. 교육부,《말하기·듣기·쓰기》(7차 교육과정), 12-13쪽.

중략 부분의 내용은 다음과 같다. "연탄장수 아저씨한테도 인사하는 너는 바보다, 호랑이 선생님이 전근 가신다고 혼자 눈물을 찔끔거리는 너는 바보다, 대단치도 않은 민들레를 한참 바라보는 너는 바보다, 나의 허풍도 잘 받아주는 너는 바보다."

이 동시의 첫 부분을 읽어 보자. '나'는 씹던 껌을 종이에 싸서 쓰레기통에 버리는 '너'를 바보라고 생각한다고 했다. 우리는 이를 의아하게 여길 수밖에 없다. 껌을 종이에 싸서 쓰레기통에 버린다고 바보라고 생각할 실제의 어린이가 몇이나 되겠는가.

만일 '나'가 '너'를 이미 바보로 생각하고 있던 참이라면 이야기는 달라진다. 껌을 종이에 싸서 쓰레기통에 버리는 '너'의 행위에서 '너'가 바보임을 재확인하게 되었음을 화자가 독자에게 말하는 것으로 이해할 수 있기 때문이다. 예컨대, '너'는 씹던 껌을 버릴 때는 종이에 싸서 쓰레기통에 버리고, 개구멍이 있는데도 멀리 돌아서 교문으로 다니고…. 그러니 '너'는 바보다. 그런데 (오늘도) 너는 씹던 껌을 종이에 싸서 쓰레기통에 버리더라. 역시 '너'는 바보다.

그러나 우리는 이 시의 어린이 화자는 '바보'를 반어적으로 사용하고 있음을 한눈에 알아볼 수 있다. 이와 같은 반어적 표현은 식상할 수 있는 주제인 착하고 순진한 어린이에 대한 칭찬을 산뜻하게 포장하고자 하는 작가의 시적 발상에서 비롯되었음은 말할 것도 없다. 이 시의 어린이 화자는 또 다른 화법도 구사한다. 그것은 반전의 화법이다. 바보인 '너'를 좋아하는 '나'도 바보라는 진술이 바로 그것이다. 이 대목에서 독자는 이 시의 어린이 화자가 세태에 물든 영악한 아이가 아니라 어린이다운 어린이임을 재인식하게 된다. 이 또한 작가의 계산된 시적 발상에 이끌린 것임은 말할 것도 없다.

이 시가 재미있게 읽히는 이유가 반어적 표현과 반전 화법에 있다는 것은 어떤 점에서 보면 역설이라고 말할 수 있다. 왜냐하면, 그것 때문에 이 시가 어린이시가 아닌 동시임이 드러나고, 화자가 어른의 대리인인 가상의 거짓 어린이임이 밝혀지기 때문이다.

동시는 어린이시처럼 보이도록 하는 것을 궁극적인 목표로 삼기 때문에 실제의 어린이와 똑같은 화자, 그리고 현실 세계와 똑같은 허구 세계를 구성하려고 갖은 노력을 다하지만 그 결과가 언제나 썩 만족스러운 것은 아니다. 그러나 그것은 작가의 역량 부족에 기인하는 것이 아니고 어린이 화자를 내세워 어른의 생각과 느낌을 전하여야 하는 동시의 장르적 딜레마에 기인하는 것이다.

주제의 성격

우리는 앞에서 어린이시와 동시는 제재의 범주가 다르다는 것을 확인한 바 있다. 그런데 주제의 범주에서도 이 둘은 의미 있는 차이를 보인다. 먼저, 어린이시를 한 편 살펴보기로 한다.

오락실
　　　　김성민(함안, 함안초1)

머리가 어지러우면
오락실로 오세요.
오락실에서 게임을 하면
머리가 안 아플 거예요.
그래서 오락실에 오는 사람이
많은 거예요.

머리가 아프면

꼭 오세요.

(2000. 10.)[18]

몸에 병이 있는 어린이가 아니라면, 머리가 지끈지끈 아플 때는 공부
할 때가 아닐까. 이 시를 지은 어린이는 공부를 하다가 오락실에 갔던 모
양이다. 그런데 게임을 하다 보니 머리가 씻은 듯이 말끔하다. 이 어린이
는 자신의 이러한 경험을 바탕으로 다른 사람들이 오락실에 가는 까닭도
아픈 머리를 낫게 하기 위한 것이라고 단정한다. 그리고 머리가 아픈 사
람에게 오락실에 갈 것을 권유하기까지 한다. 생각하는 것이 초등학교 1
년생답다고 하겠다.

동시에서는 이러한 성격의 주제를 드러내는 작품은 좀처럼 찾아보기
어렵다. 어른은 어린이와 달리 주제의 범주에서 상당한 강도의 자기 검열
을 한다. 어린이를 위하여야 한다는 강박 관념에 사로잡혀서 동시를 쓰는
어른으로서는 어린이한테 나쁜 영향을 끼칠 수 있는 여지가 있는 내용의
말은 할 수 없기 때문이다. 어린이 화자를 내세워 어린이인 척하는 상황에
서도 자신이 어른임을 잊어 버리지 못하는 것이다.

동시는 주제의 범주에서 제약을 받는 것과 같은 이유로 제재의 범주에
서도 제약을 받는다. 이에 관한 예시로는 〈내 자지〉[19]라는 어린이시가 적
당할 것 같다. "오줌이 누고 싶어서/변소에 갔더니/해바라기가/내 자지를
볼라고 한다./나는 안 비에 줬다." 어떤 어른은 이와 같은 어린이시는 어
린이에게 읽히는 것조차 문제가 된다고 생각하기도 한다. 사정이 이러한

---

18. 이지호 엮음,《숙제 다 했니?》, 상상의힘, 2015.
19. 이오덕 엮음,《일하는 아이들》, 청년사, 1978 ; 보리, 2002.

데, 어른한테 이와 비슷한 제재의 동시를 기대한다는 것은 어불성설일 것이다. 동시가 기피하는 제재는 성·폭력·위계와 관련된 것 그리고 잔인하고 혐오스러운 것 등이다. 물론 어린이는 교사나 학부모가 부당하게 개입하지 않는 한 특정의 주제나 제재에 대하여 청탁을 가리는 법이 없다.

다음에 살펴볼 것은 주제와 제재의 관련 양상이다. 시쓰기를 할 때 주제를 먼저 잡을 수도 있고 제재를 먼저 고를 수도 있다. 어린이는 대개 제재에서 주제를 이끌어내는 방식의 시쓰기를 한다. 어린이시의 원천인 자기감동은 구체적인 사물·사건·현상에서 발현되기 때문이다.

어른 또한 제재 우선주의를 취하는 것이 보통이다. 자기감동의 표출이 어른의 시쓰기에서도 무엇보다 중요하기 때문이다. 그런데 어른은 어린이와 달리, 대상에 대한 직접 경험뿐만 아니라 대상에 대한 사유 경험에서도 자기감동을 맛볼 수 있다. 대상의 해체와 재구성 또는 대상의 분리와 조합으로 지적·정의적 희열을 즐길 수 있다는 것이다. 그래서 어른의 경우에는 주제로부터 그것을 형상화하는 데 적합한 제재가 무엇인지 파악하여 그것을 끌어모으는 방식의 시쓰기, 즉 주제 우선주의 시쓰기도 가능하다. 비슷한 제재의 어린이시와 동시로 이를 확인하기로 한다.

구두 소리
　　　　이케다 노리코(초등 6년)

똑 똑 똑
건너편 아저씨의 구두 소리.
똑 똑 똑
이번에는 이웃 아저씨.
8년 전

아버지를 여읜 나는
아버지 구두 소리를 모른다.
떨어진 구두를 신은 아버지건
조금쯤 다리를 저는 아버지건
아무 상관없으니까
아버지 구두 소리가 듣고 싶다.
한 번만이라도 좋으니까
듣고 싶다.[20]

한 동네에 오래 살다 보면 구두 소리만 듣고도 누가 오고 가는지 알 수 있는 법이다. 이 시의 화자 또한 그랬다. 그런데 이 화자는 정작 자기 아버지의 구두 소리는 모른다. 아버지를 오래 전에 여읜 터라 들어 본 기억이 없기 때문이다.

이 시에서 화자는 '아버지'가 그립다고 말하지 않고 '아버지의 구두 소리'가 그립다고 말한다. 물론 화자 자신의 감정을 에둘러 표현한 것이다. 그런데 이렇게 표현하게 된 것은 아버지에 대한 그리움이 이웃집 아저씨의 구두 소리에서 촉발된 것이기 때문이다. 따라서 이 시의 주제는 작가가 제재와 접촉한 이후에 구성된 것이라고 말할 수 있다.

소리만 들어도 안다
서정홍

한낮, 길 건너 고추밭에서

---

20. 김녹촌 옮기고 엮음, 《거꾸로 오르기》, 온누리 글동네, 2000.

콧노래 부르는 사람은 덕산댁 아지매다.
해질 무렵, 느티나무 아래서
쿨룩쿨룩거리는 사람은 감천댁 할배다.
밤늦도록 잠도 안 자고 우는 사람은
경운기 사고로 아저씨 돌아가신 지
한 달밖에 안 되는 연암댁 아지매다.
술만 마시면 온 마을이 떠나가도록
큰 소리로 노래 부르는 사람은
마흔 살이 넘도록 장가 못 간 만식이 아재다.

늦은 밤, 왕 왕아앙 짖어대는 저 소리는
사람 가리지 않고 꼬리를 흔드는
이장댁 똥개 멍구다.[21]

　동시 〈소리만 들어도 안다〉는 〈구두 소리〉와 마찬가지로 현재형으로
기술되어 있다. 그런데 그 현재형의 의미가 다르다. 〈구두 소리〉의 현재형
은 작가가 소리를 듣는 시점이 현재임을 나타내고, 〈소리만 들어도 안다〉
의 현재형은 소리의 정체에 대하여 작가가 진술하는 시점이 현재임을 나
타낸다.

　〈소리만 들어도 안다〉의 이런 저런 소리는 작가가 서로 다른 때 서로
다른 곳에서 들은 것이다. 그런데 그 소리들이 이 시를 통해서 한 자리에
모였다. 작가의 주제 의식에 견인된 것임은 말할 것도 없다. 즉, 〈소리만
들어도 안다〉는 먼저 주제를 설정한 뒤에 그 주제를 표현하기에 적합한

---

21. 서정홍, 《우리 집 밥상》, 창비, 2003.

제재를 끌어 모으는 방식으로 씌어졌다는 것이다. 제목 자체가 주제를 나타내고 있는 것도 이 때문이다.

이처럼, 어린이는 제재로부터 주제를 이끌어내고 어른은 주제에 적합한 제재를 선택하는 방식으로 시를 쓰는데, 이것은 각각의 시쓰기 동기와 밀접한 상관 관계가 있다.

어린이는 다른 어린이나 어른을 위해서 시를 쓰는 것이 아니라 자기 자신을 위해서 시를 쓴다. 어린이가 즐겨 시로 쓰는 것은 다른 사람들이 좋아할 것 같은 것이 아니라 스스로 감동했던 것, 자신의 기억에 인상 깊었던 것 그리고 자신의 가슴에 사무쳤던 것이다. 그런데 이러한 것들은 모두 어린이 자신이 직접 경험한 것에서만 얻을 수 있는 것이다.

어른의 주제 우선주의 시쓰기가 문제 되는 경우가 있다. 어린이를 위한다는 명목으로 특정의 교훈이나 재미를 추구하는 시쓰기가 여기에 해당한다. 이때, 시쓰기 전략이 치밀하고 정교하지 않으면 동시가 억지스럽고 유치하고 생경해진다.

결론

이 논문은 시적 발상의 측면에서 어린이시와 동시의 거리를 살피고자 하였다. 논의의 결과는 다음과 같다.

첫째, 어린이시에서는 어린이 자신을 화자로 내세우고 동시에서는 허구의 어린이를 화자로 내세운다. 어린이시는 현실 세계를 전사하는 방식으로 쓰고 동시는 현실 세계를 모방하여 허구 세계를 창안하는 방식으로 쓰기 때문이다.

둘째, 어린이시는 생활시와 허구시로 나눌 수 있고 허구시는 다시 현실적 허구시와 환상적 허구시로 나눌 수 있지만, 어린이시에서 주를 이루는 것은 생활시다. 이에 반하여, 동시는 기본적으로 허구를 지향한다. 이러한 까닭에, 어린이시는 생활이 이루어지는 현실 세계에서 제재를 취하고 동시는 허구의 상상 세계에서 제재를 취한다고 말할 수 있다.

셋째, 어린이시는 제재에서 주제를 이끌어내고 동시는 주제에 적합한 제재를 선택한다. 어린이는 경험 속의 감동을 시로 형상화하고 어른은 어린이를 위하려고 하는 목적 의식을 시로 형상화하기 때문이다.

넷째, 어린이시는 주제와 제재의 선택에 제한을 받지 않지만 동시는 제한을 받는다. 최근에 동시에서도 주제와 제재의 제약을 넘어서려는 노력이 이루어지고 있지만, 일반적인 현상은 아니다.

우리가 확인한 바 있듯이, 어린이와 어른은 시쓰기의 발상 자체가 다르다. 중요한 것은 어린이시교육의 방향과 방법을 설정할 때는 그 두 가지 발상의 차이와 각각의 의의를 충분히 고려하여야 한다는 것이다. 어린이시는 어린이만이 쓸 수 있는데, 그것의 문학적 가치가 동시 못지않다는 것은 이미 밝혀진 바다. 따라서 어린이시교육에서 어린이시를 외면할 수는 없다. 그런데 어린이더러 언제나 어린이시만 읽고 쓰라고 할 수는 없다. 어린이도 언젠가는 어른이 되기 때문이다. 어린이시교육에서 어린이시만 고집할 수 없다고 말하는 것도 충분한 이유가 있는 것이다.

시·동시·어린이시

교육과정 및 교과서의 '시·동시·어린이시'의 혼재 양상

7차 교육과정의 초등학교 국어 교과서는 문학의 서정 장르 이름을 모두 '시'로 통칭하고 있다. '시' 이외에 국어 교과서에 사용된 용어로는 '노래말'(《읽기 1-1》, 36쪽 ;《읽기 3-2》, 20쪽 ;《읽기 5-2》, 145쪽), '시조'(《읽기 5-1》, 142쪽), '시가'(《읽기 6-1》, 182쪽) 등이 있다. '노래말'은 노래 가사로 쓰인 말이다. 두루 알다시피, 노래 가사는 시인 것도 있고 시 아닌 것도 있다. 교과서에 '노래말'이 실린 것이, 그것이 시이기 때문일까 아니면 시가 아니기 때문일까. 국어 교과서만 가지고는 이에 대해서 어떤 판단도 할 수 없다. 이 때문에 초등학교 교사나 학생은 '노래말'이 '시'의 다른 이름인지 아닌지를 분간할 도리가 없다.

한편, '시조'는 특별한 대접을 받은 용어로 보인다. '시'의 하위 장르 이름이 국어 교과서에 노출된 것은 '시조'가 유일하다. '시가'라는 용어를 사용한 것에는 특별한 의도가 개입된 것 같지가 않다. 그저 옛글 가운데 하나로 들었을 뿐이다. 옛날에는 '시'를 모두 노래로 불렀기 때문에 이를 도드라지게 나타내기 위해서 '시'를 '시가'로 일컬었다. 그러나 국어 교과서가 '시'의 노래성을 강조하기 위해서 '시가'라는 용어를 끌어들였다고 생각할 만한 단서는 전혀 찾을 수 없다.

'노래말' '시조' '시가'라는 용어는 쓰인 예 자체가 몇 되지 않는다. 《말하기·듣기》나 《쓰기》에서는 전혀 사용하지 않았고, 《읽기》에서는 위에 적어 놓은 것이 쓰인 예의 전부다. 더욱이 이들 용어는 단지 문학 작품과 관련한 지식을 설명하기 위해서 채택한 용어에 지나지 않는다. 따라서 서정 장르의 이름에 관한 논의에서는 이러한 용어는 무시하여도 좋을 것 같다. 다만, 이러한 용어가 초등문학교육에 혼란을 불러일으킬 수 있다는 점은 덧붙여 두기로 한다.

7차 교육과정의 초등학교 국어 교과서는 '시'라는 용어만 사용하고 있지만, 7차 초등학교 교육과정의 문학 영역은 오히려 '시'라는 용어를 거의 사용하지 않는다. 1-4학년에서는 '시' 대신에 '동시'라는 용어를 사용하다가, 6학년에 이르면 어찌된 일인지 그동안 써 오던 '동시'를 버리고 '시'라는 용어에 다시 기댄다. (5학년에서는 '동시'나 '시'에 관한 내용을 전혀 다루지 않았다.) 그러나 초등학교 교육과정의 문학 영역이 '동시'와 '시'를 학년에 따라서 달리 쓴다고 해서 그 속뜻이 '동시'와 '시'의 위계화에 있다고 말할 수는 없을 것 같다. '동시'는 어린이를 위한 시로 보고, '시'는 성인을 위한 시로 보는 것이 일반적인 관습이기 때문이다. 그렇다면, '동시'와 '시'의 혼용은 착오에 의한 오류로 간주하여야 할 터인데, 그러한 착오나 실수의 뿌리를 캐 보는 것도 흥미로운 일이 될 성싶다.

어쨌든 교육과정과 교과서가 서정 장르 용어를 달리 쓰는 것은 놀라운 일이다. 교육과정은 교과서의 지침이고, 교과서는 교육과정의 구체물이다. 서로 달라서는 안 되는 것이 교육과정과 교과서이다. '동시'와 '시'는 말만 서로 어긋날 뿐 뜻은 서로 넘나드는 용어로 규정한다면, 이 문제는 간단하게 해결된다. 그러나 그렇게 하면 '동시'가 정면으로 부정되는 또 다른 문제가 생긴다.

그러면, 7차 이전의 초등학교 교육과정과 교과서에서는 문학의 서정 장르를 어떤 이름으로 불렀는지 확인해 보기로 하자. 먼저 교육과정을 살펴본다. 1차 교육과정에서는 '동요'·'동시'·'시'를, 2차 교육과정에서는 '동요'와 '시'를, 3차 교육과정에서는 '동시(동요)'·'시조'를, 4차 교육과정에서는 '시'를, 5차 교육과정에서는 '동시'·'시'를, 6차 교육과정에서는 '동시(시)'·'동시'·'시'를 각각 서정 장르의 이름으로 사용했다.

이번에는 교과서를 살펴보기로 하겠는데, 쉽게 구할 수 있는 4-6차 교육과정의 《읽기》,《쓰기》,《말하기·듣기》 교과서만 들춰보았다. 4차 교과서에서는 '시'·'시조'·'동요'·'동시'를, 5차 교과서에서는 '시'·'동시'를, 6차 교과서에서는 '시'·'전래동요'·'동요'·'민요'·'동시'·'시조'라는 용어를 뒤죽박죽으로 섞어서 사용하고 있었다. 이것과 비교해 보면, 7차 교육과정과 그 교과서는 서정 장르에 관한 용어를 상당히 정제하여 사용한 것이라고 평가할 수 있겠다.

먼저, '시'라는 용어가 '동요'·'동시'라는 용어와 함께 쓰인 점을 주목할 필요가 있다. '시'는 분명 '동요'·'동시'의 상위 개념이다. '동요'·'동시'는 '시'의 일종이기 때문이다. 그런데 '시'는 '동요'·'동시'의 대립 개념이기도 하다. '동요'·'동시'는 '시'가운데 어린이를 위한 '시'를 꼬집어 초들려고 만든 용어이기 때문이다. '동요'·'동시'가 아닌 '시'를 '성인시'라고 할 만도 하지만 군이 그렇게 말하지는 않는다. 그냥 '시'로 일컫는 것이 일반적인 관례이다. 이러한 까닭에, '동요'·'동시'와 '시'라는 용어를 함께 사용하게 되면, '동요'-'동시'-'(성인)시'의 위계에서 셋을 병렬적으로 바라보게 된다. 그런데 교육과정과 교과서를 가만히 들여다보면, '시'는 단지 '동요'나

'동시'를 대신하는 용어이거나 '동요'와 '동시'를 통칭하는 용어에 지나지 않는 것 같다. 사실, 이렇게 말하는 것도 조심스럽다. 왜냐하면, 교과서에 수록된 작품 가운데는 '동요'나 '동시'로 보기 어려운 시도 적지 않게 찾아볼 수 있기 때문이다.[1]

다음으로, '동요''동시'라는 용어가 '민요''시조'라는 용어와 함께 쓰인 점도 그냥 지나칠 수 없다. 장르만을 놓고 볼 때, '민요''시조'는 결코 어린이를 위한 서정 장르로 볼 수 없기 때문이다. 물론 '민요' 가운데는 어린이가 즐겨도 괜찮은 것도 있다. 그런데 그러한 '민요'는 '전래 동요'라고 하여 이미 '동요'에서 다루고 있다. 따라서 새삼스럽게 '민요'라는 용어를 교과서에 끌어들일 필요는 없는 것이다. '시조'에 대해서는 좀더 엄격하게 거부감을 표시할 수 있다. 이미 충분히 밝혀진 바와 같이, '시조'의 내용과 형식은 어린이의 삶에 도저히 어울릴 수 없는 것이기 때문이다. '동시조'라는 것이 있기는 하다. '시조'의 형식에다 어린이가 감당할 수 있는 내용을 담아 내려는 것인데, 이는 장르적 실험의 한 양상에 지나지 않는 것이다. 어쨌든, 교과서의 '시조'는 옛날의 '시조'이지 오늘날의 '동시조'는 아니다.

초등학교 교육과정과 교과서에서 확인한 서정 장르에 관한 용어의 혼란은 곧 어린이문학의 서정 장르 자체에 대한 혼란을 의미하는 것이라고 말하지 않을 수 없다. '동시'를 '동시'라 하지 않고 굳이 '시'라고 할 때는 그만한 까닭이 있게 마련이다. 초등문학교육에서 '민요''시조'를 무시할 수 없었던 것도 그 나름의 곡절이 있었다고 보는 게 마땅하다. 따라서 이와 같은 용어의 혼란을 해소하기 위해서는 먼저 그 까닭과 그 곡절을 꼼

---

1. 7차 교육과정의 초등국어 교과서에서 '동시'라는 말을 쓰지 않은 까닭 가운데 하나가 동시로 볼 수 없는 시를 수록했기 때문임을 한국교육과정평가원에서 확인해 주었다.

꼼하게 따져보지 않으면 안 된다.

'동시'와 '시'에 못지 않게 중요하게 논의하여야 할 또 하나의 용어가 있는데, 그것은 '어린이시'(또는 '아동시')다. '어린이시'는 어린이가 직접 지은 시를 말한다. 초등학교 국어 교과서에는 '어린이시'가 더러 실린다. 6차 교육과정의《읽기 5-1》에 수록된 〈해〉(허병대, 초등 6년생)[2]가 이에 해당한다.[3] 이때, '어린이시'는 '어린이시'가 아니라 '시'로 불렸다. 그런데 7차 교육과정의《읽기》에는 '어린이시'가 전혀 실리지 않았다.[4] 이러한 사실은, '어린이시'가 때로는 '시'로 간주되었고 때로는 '시'로 여겨지지 않았다는 것을 의미한다. 이 또한 그냥 무심하게 넘길 일이 아닌 듯싶다. '어린이시'는 '시'가 아니라는 주장도 있지만, 이와는 반대로 '어린이시'야말로 진정한 '시'라는 주장도 있기 때문이다.

지금까지 논의한 바는, 초등학교 국어과 교육과정과 국어 교과서는 '시' '동시' '어린이시'를 혼동하고 있다는 것으로 요약할 수 있다. 이것은 '시'와 '동시'를 독자 측면에서 구별하고, '동시'와 '어린이시'를 작가 측면에서 구별하는, 어린이문학계의 관행적인 통설을 전제로 한 비판이다. 그런데 관점을 달리 해서 보면, 초등문학교육에서는 '시' '동시' '어린이시'를 '시'로 통합하려고 오랫동안 노력해 왔다고 말할 수도 있을 것 같다. 초등문학교육은 어린이문학의 연구와 비평의 성과에 기대게 마련이다. 이와

---

2. 한국글쓰기연구회 엮음,《엄마의 런닝구》, 보리, 1995, 40-41쪽.
3. 김녹촌의 조사에 따르면, 6차 교육과정의 초등학교 국어교과서(《읽기》,《말하기·듣기》,《쓰기》)와 교사용 지도서에 실린 어린이시는 모두 28편에 이른다고 한다.(김녹촌,《어린이시쓰기와 시감상지도는 이렇게》, 온누리, 1999, 374쪽 참고)
4. 7차 교육과정의《말하기·듣기》와《쓰기》그리고 교사용 지도서에는 '어린이시'가 실려 있을 가능성이 높다. '어린이시'만큼 말하기·듣기와 쓰기의 교육 자료로 유용한 것도 없기 때문이다. 그러나 이를 확인하는 것은 거의 불가능하다. 왜냐하면,《말하기·듣기》와《쓰기》에 수록된 작품은 지은이와 출전을 전혀 알 수 없고, 교사용 지도서에 소개된 참고 작품은 지은이와 출전을 알 수 있는 것이 있는가 하면 전혀 알 수 없는 것도 있기 때문이다.

는 반대로 초등문학교육이 어린이문학의 연구와 비평을 이끌 수도 있다. 초등문학교육과 어린이문학의 연구와 비평은 상호 추동적이고 상호 보완적인 관계에 놓여 있기 때문이다.

이 글에서는 먼저 '시' '동시' '어린이시'라는 용어에 함축되어 있는 어린이문학관을 정리하기로 한다. 그리고 각각의 어린이문학관을 초등문학교육적 관점에서 그 적절성 여부를 점검하기로 한다. 이를 바탕으로 하여, '시' '동시' '어린이시'라는 용어 가운데 버릴 것은 버리고 묶을 것은 묶어서 어린이문학의 교육용 서정 장르 용어를 제안하고자 한다.

'동시'에 대한 거부감

이오덕은 1960년대 중반에 다음과 같은 파격적인 발언을 한다.

유년기나 저학년 어린이의 한 심리적 특징을 잡아 나타내는 소위 "동시"란 것은 성인 문학의 한 부면으로 어른들이 어린이에게 보여 주기 위해서, 혹은 그들 자신의 욕망에서 "동심"이란 고정 관념으로 쓰는 것인데, 그러한 동시란 것과 어린이시를 구별해야 되겠다는 것이다.[5]

이오덕은 '동시'를 성인문학으로 규정한다.[6] '어린이에게 보여 주기 위한 시'이고 '어른 자신의 욕망을 표출하기 위한 시'이기 때문에 어린이문학일 수 없다는 것이다. 다시 말하면, '동시'라는 것은 '어른들이 어린이의

---

5. 이오덕, 《글짓기교육-이론과 실제》, 아인각, 1965, 219쪽
6. 이오덕은 '시'를 '어른들이 쓰는 시'와 '어린이들이 쓰는 시'로 나눈 다음, 앞엣것에 속하는 것은 '일반시' '동요' '동시'이고, 뒤엣것에 해당하는 것은 '어린이시'라고 말한다.(위의 책, 228쪽의 도표 참고)

세계가 그리워서 쓰는 시'에 지나지 않는 것이기 때문에 '어른들에게 돌려주어야 할 시'라는 것이다.[7]

'동시'가 어찌하여 어린이문학이 될 수 없다는 것일까. 또 어린이에게 보여 주기 위한 '동시'가 왜 문제가 되며, 어른의 욕망을 표출하는 '동시'가 왜 시비 거리가 된다는 것일까. 이에 대한 의문을 풀기 위해서는 이오덕의 이야기를 더 들어볼 수밖에 없다. 다음은 이오덕의 대표적인 평론인 〈시정신과 유희 정신〉의 첫 대목이다.

지극히 당연한 말이지만 동시(동요·소년시도 포함해서)는 아동을 위해서 쓴 시다. 아동을 위해서, 혹은 아동에게 읽히기 위해서 쓴 시란 시인 자신이 반드시 어떤 성장 과정에 있는 아이의 심리 상태가 되어 쓴 것을 말하는 것이 아니다. 그렇게 어린애의 마음이 된다는 것은 엄밀히 따지자면 있을 수 없고, 그것은 아무런 뜻이 없으며 속임수가 되기 쉽다. 동시는 어른인 시인 자신의 세계를 온몸으로(물론 아동에게 주는 시란 것을 의식할 수도 있고 전혀 의식하지 않을 수도 있다) 쓴 것이 그대로 아동에게 이해되고 받아들여지는 시로 되는 것이 가장 바람직하다. 이러한 시가 되자면 아동의 세계(관념적인 동심이 아니라 살아가고 있는 아동의 현실 세계)에 대한 시인의 깊은 관심과 이해가 있어야 할 것은 물론이지만, 무엇보다도 시인으로서의 자각과 특질, 곧 높은 지성을 밑받침으로 한 시정신을 가져야 한다. (…중략…) 그런데 우리 한국의 동시는 거의 대부분이 이러한 참된 시정신의 산물이 아닌 것 같다. 유아들의 의식 상태를 재미있는 말재주를 부려 흉내낸 것을 동시라 하여 온 것 같다.[8]

---

7. 위의 책, 208쪽 참고.
8. 이오덕, 〈시 정신과 유희 정신〉, 《시 정신과 유희 정신》, 창비, 1977, 177쪽

이오덕은 먼저 '동시'를 '아동을 위해서 쓴 시'라는 일반론을 인정한다. 어린이문학을 '어린이를 위한 문학'으로 규정하는 관례에 비추어 보면, 이오덕은 '동시'를 성인문학으로 판단한 과거의 주장을 철회한 것으로 믿어도 될 것 같다.[9] 그러나 '동시'에 대한 비판은 그 이전의 것보다 훨씬 정교해졌다. 이것은 어린이문학으로서의 '동시'에 대한 애초의 부정이 '동시' 장르에 대한 부정이라기보다는 어린이문학의 기능을 제대로 하지 못하는 사이비 동시에 대한 부정이었음을 의미한다.

이러한 사실은 이오덕의 다음과 같은 말에서 분명하게 드러난다. "본디 동시는 허수아비 같은 동심 세계에 만족할 수 없었던 일부 작가들이 근대 자유시의 영향을 받는 한편 우리 민족의 아동을 문학의 주체로서 자각하고부터 자유로운 서민 정신을 표현하는 방법으로 창조하고 발전시킨 것이다."[10] 그런데 60년대 이후 '동시'는 '감각적 기교주의와 독선적 시인들의 안일한 기분적 유희'[11]로 전락했기 때문에 이오덕으로서는 이를 부정하지 않을 수 없었던 것이다.

이오덕은 '동심'에 대한 시각도 스스로 교정하는데, 이 또한 같은 맥락에서 이해할 수 있을 것 같다. 《글짓기교육-이론과 실제》에서는 '동심'을

---

9. 이오덕은, 1974년에 《창작과비평》 겨울호에 발표한 뒤에 평론집 《시 정신과 유희 정신》에 수록한 〈동시란 무엇인가〉에서 '시'를 다음과 같이 분류하고 있다.

시 〈 어른이 쓴 시 〈 일반시 / 동요·동시
  어린이가 쓴 시 ― 어린이시

이오덕 스스로 밝힌 바와 같이, 이 분류는 그가 1965년에 출판한 《글짓기교육-이론과 실제》에서 시도한 것이다. 그런데 《글짓기교육-이론과 실제》에서는 이 도표 위에 '동요는 말할 것도 없고, 동시도 성인문학의 한 분야로서, 어린이들이 쓰는 시(어린이시)와 구별하지 않으면 안 되겠다.'는 말을 붙여 놓았는데, 〈동시란 무엇인가〉에서는 그 말은 인용하지 않았다.

10. 이오덕, 〈아동문학과 서민성〉, 《시 정신과 유희 정신》, 114쪽.

11. 위의 글, 115쪽.

'(어린이의 세계를) 세상 모르는 천사 같은 세계'로 보는 '(어른의) 고정 관념'이라고 설명한다.[12] 이처럼, 어린이의 세계를 실제대로 보려는 것이 아니라 어른이 보고 싶은 대로 보려고 하는 고정 관념이 동심이라면, 그 동심을 나타낸 시인 '동시'는 성인문학일 수밖에 없는 것이다.

그런데 이오덕은 《시정신과 유희 정신》에서는 동심을 다르게 규정한다. '티 묻지 않은 순수한 인간 정신[13] · 인간 내부의 순수 정신[14] · 인간의 순진성[15] · 어른들이 가지고 노는 것이 아니라 어른들도 배워야 할 바른 삶의 태도며 선을 바탕으로 한 인간 본연의 마음'[16]이 동심이고, '서민 정신'[17]이 동심이고, '삶의 터전에서 온갖 부정과 역경과 싸우면서 끝내 지켜 나가는 순수한 인간 정신이며, 끊임없이 자라나는 선의 마음 바탕이며, 온 민족의 어린이와 어른의 마음 바다로 확대해 갈 수 있는 정심(正心)이며, 문학에서 가장 효과적으로 키워나갈 수 있는 인간의 본성'[18]이 동심이라고 하였다.

흥미로운 것은, 이오덕은 《시정신과 유희 정신》에서도 부정적인 의미의 동심을 끊임없이 언급하고 있다는 것이다. 인용문의 '관념적인 동심'은 그 한 예라 할 수 있고, "동심주의 작가들의 동심이란 것은 귀여운 것, 재미스러운 모양, 우스운 일, 어린애들의 재롱 같은 것이다."[19]는 진술의 '동심'도 그러한 예에 속한다. 이로 미루어 보건대, 이오덕은 어린이문학

12. 이오덕, 《글짓기교육-이론과 실제》, 아인각, 1965, 207쪽 참고.
13. 이오덕, 〈동심의 승리〉, 《시 정신과 유희 정신》, 36쪽.
14. 위의 글, 43쪽.
15. 위의 글, 44쪽.
16. 위의 글, 49쪽.
17. 이오덕, 〈아동문학과 서민성〉, 《시 정신과 유희 정신》, 115쪽.
18. 이오덕, 〈아동문학의 문제점〉, 《시 정신과 유희 정신》, 151쪽.
19. 이오덕, 〈아동문학과 서민성〉, 《시 정신과 유희 정신》, 112쪽.

에서 '동시'장르 자체를 배제한 것이 아니고, '동시'의 핵심어가 되는 '동심'을 거부한 것도 아니다. 다만, 동심주의 작가의 '동시'를 사이비 동시라는 이유로 배척했을 뿐이고, 동심주의 작가의 '동시'의 동심을 거짓 동심으로 의심했던 것뿐이다.

다시 인용문으로 돌아가자. 이오덕은, '동시'라면 '아동의 세계에 대한 시인의 깊은 관심과 이해'를 바탕으로 한 것이어야 하지만, 그것보다도 더 중요한 것은 '시정신'을 구현하는 것이어야 한다고 주장한다. 이것은 '동시'는 '동시'이전에 먼저 '시'이어야 한다는 뜻으로 읽힌다. 지극히 당연한 말을 새삼스럽게 할 수밖에 없었던 것은, 기존의 동시라는 것이 '아동을 위해서 쓴 시인의 시라기보다 어린애들을 상대로 한 어른의 유희적인 취미물'[20], 즉 유희 정신의 사이비 동시로 판단했기 때문이었다. 이오덕은 우리 동시가 살아날 수 있는 길은 "시인의 아동 생활에 대한 넓은 이해와 접근, 유희적 제재에서의 탈피, 동심이란 고정 관념의 타파, 그리고 무엇보다도 높은 시정신의 획득에서만 기대할 수 있다."[21]고 말한다.

시정신에 입각한 '동시'란 어떤 것일까. 그것은 '시인의 세계와 아동의 세계가 하나로 일치되는 자리에서 씌어'[22]지는 '동시'다. 그러한 동시는, 위의 인용문에 쓰인 말로 옮기면, '어른인 시인 자신의 세계를 온몸으로 쓴 것이 그대로 아동에게 이해되고 받아들여지는 시'다. 도대체 어떠한 '동시'라야 이러한 '동시'가 될 수 있을까. 이오덕은 '동시'의 세계는 '아동이 보고 느끼고 생각할 수 있는 가능의 세계', 혹은 '(아동이) 보고 느끼고 생각한 것을 시인의 세계에서 다시 질서를 세우고 의미를 붙여 놓은 세

20. 이오덕, 〈시 정신과 유희 정신〉, 《시 정신과 유희 정신》, 179쪽.
21. 위의 글, 198-199쪽.
22. 이오덕, 〈동시란 무엇인가〉, 《시 정신과 유희 정신》, 222쪽.

계'[23]이어야 한다고 말한다. 그러한 동시라야 아동의 참된 성장에 기여할 수 있다는 것이다.

그렇다면, 동시는 아동이 받아들일 수 있는 표현 형식으로 씌어지지 않으면 안 된다. 이런 맥락에서 이오덕은, 동시는 "①될 수 있는 대로 쉬운 말로 쓰고, ②지나친 생략이나 비약적 표현을 피해야 하며, ③은유법 같은 것도 지나친 것을 쓰지 않도록 할 것이며, ④실감이 따르지 않는 공허한 말을 안 쓰도록 할 일이다."고 말한 다음, 이와 같은 표현상의 제약은 동시로서는 어쩔 수 없는 것이라고 덧붙인다.[24]

기존의 '동시'에 대한 거부감은 이오덕에서만 볼 수 있는 것은 아니었다. 이재철은, 1950년대 말기부터 60년대에 걸쳐 등단한 신인들이 〈유형화된 전통〉을 제거하려는 '부정적 정신'으로 1960년대에 '동시' 사상 최초의 문학 운동을 전개하였다고 했다. 그는 이를 일러, '본격 동시 운동'이라 하였다.

그들은 비시적인 동시, 비문학적 풍토 속에 안일만 찾고 있는 선배 기성에 대한 적극적인 거부에서 순수 문학에의 길을 모색하려 했다. 그것은 곧 노래 가사적 말과 어조의 배열에 그쳤던 기성의 단조로운 〈요적(謠的)인 수사나 아동시적 동시의 장애〉를 탈피한다는 선언이었으며, 동시라는 허울 속에 비문학만 횡행하는 풍조, 동시를 뒤덮고 있는 안가(安價)한 매너리즘에의 도전적인 거부였다. 따라서 그들은 〈동시도 시〉라는 지극히 당연한 명제를 캐치프레이즈로 내걸고 동시를 시로 승격시키기 위해 최선의 문학 운동을 벌였던 것이다.[25]

---

23. 위의 글, 220-221쪽.
24. 위의 글, 221쪽.
25. 이재철,《한국 현대 아동문학사》, 일지사, 1978, 540-541쪽.

이재철이 지목한 '그들' 가운데 '그들'과 비슷한 무렵에 등단하여 기존의 동시를 맹렬하게 비판한 이오덕은 포함되지 않는다. 밖으로 내세운 말만 보면, '그들'의 '시로서의 동시'와 이오덕의 '시정신의 동시'는 다르게 보이지 않는다. 그러나 그 둘의 차이가 얼마나 큰지는 70년대 중반에 이루어진 논쟁에서 금방 확인할 수 있다.[26] 이 자리에서 그 논쟁을 살펴볼 필요는 없을 듯싶다. 왜냐하면, 이 글은 '동시'에 대한 거부감의 두 가지 뿌리를 확인하는 것을 목적으로 하고 있기 때문이다.

위의 인용문에서도 읽을 수 있듯이, '시로서의 동시'는 문학성 회복을 최우선 과제로 설정했다. 이를 위해서 '동시'는 '동시'이기 이전에 먼저 '시'가 되어야 한다고 주장한다. 지극히 옳은 말이다. 그러나 이 주장의 과격성은 '동시'의 독자성을 부정할 수 있는 가능성을 내포하고 있다는 데 있다. 다시 말하면, '동시의 문학성'은 '동시 그 자체의 문학성'을 말하는 것이지, '시로서의 문학성'을 말하는 것이 아님을 간과했다는 것이다. 어쨌든, '시로서의 동시'의 논리를 더 살펴보기로 한다.

이종기는 아예 '동시'라는 용어 대신에 거추장스럽더라도 영어의 'Poetry for Children'을 우리말로 옮긴 '아동을 위한 시'라는 용어를 사용할 것을 제안한다.[27] 이것은, 에일린 콜웰(Eileen Colweell)의 말을 변형한 '한 어린이의 경험에 〈맞는〉 동시가 아니라 하나의 경험이 〈되어 버리는〉 동시'를 겨냥한 제안이었다.[28] 이종기는 계속해서 엘리너 파전(Elenor Farjeon)의 말을 인용해서, '〈경험 그 자체〉란 바로 일상을 디딤돌로 한 비

---

26. 이오덕의 〈아동문학과 서민성〉, 〈시 정신과 유희 정신〉, 〈동시란 무엇인가〉, 〈진실과 허상〉에 대한 반론이 이상현의 〈동시의 기능 분화〉, 〈네가티브적 시론을 추방한다〉에 이어서 박경용의 〈제거되어야 할 부정적 요인〉에 의해서 이루어지고, 이에 대한 재반론이 이오덕의 〈아동문학 작가의 아동 기피(1)(2)〉에서 이루어진 논쟁을 말한다.
27. 이종기, 〈동시의 반성〉, 《동요와 시의 전망》, 아동문학사상 7, 보진재, 1972, 47쪽 참고.
28. 위의 글, 48쪽 참고.

일상(非日常)에의 비상'으로 설명한다.[29]

이종기의 논의는 간단하다. 성인시 가운데 어린이가 읽을 만한 '어린이를 위한 시'를 골라 묶어내는 서양의 전통을 따르자는 것이다. 그런데 어린이가 읽을 만한 시는 어린이의 경험에 맞는 시가 아니라 어린이에게 새로운 경험을 안겨 줄 수 있는 시라고 말하고, 그 새로운 경험이란 어린이의 일상을 초월하는 경험이라고 말한다. 이종기의 주장대로라면, 성인시는 모두 '어린이를 위한 시'가 된다. 오히려 어린이가 이해할 수 없고 공감할 수 없는 성인시라야 더욱 훌륭한 '어린이를 위한 시'가 된다. '시로서의 동시'가 '난해시'로 치달은 것은 거의 필연적이라고 하겠다.

'동시'를 '어린이를 위한 시'로 고쳐 불러야 한다는 주장은 유경환도 되풀이했다. 그는 '동시'가 '시'라는 것을 강조하기 위해서 그렇게 불러야 한다고 말한다. 그러나 그 결과는 '동시'의 독자성을 부인하는 데로 나아간다. 이제 그의 논지를 살펴보기로 한다.

하나의 동시도 시 작품이어야 한다. 단지 동시와 시가 구별되는 것은 시로서의 생명인, 작품 속에 담긴 시적 체험의 폭의 넓이로서 구별된다. 오류는 동시와 시를 구별하는 데 있어서 동시와 시(성인시)를 개별화시키는 데에 있는 것이다.[30]

인용문의 요지는 '시'와 '동시'는 시적 체험의 폭의 차이만 드러낼 뿐이기 때문에 둘을 따로 생각해서는 안 된다는 것이다. 이것만 가지고는 유경환의 의도를 정확히 알 수가 없다. '시'와 '동시'를 구분하는 사람 또

---

29. 위의 글, 49쪽.
30. 유경환, 《한국 현대 동시론》, 배영사, 1979, 16쪽.

한 어른과 어린이의 시적 체험의 차이를 근거로 내세우기 때문이다. 문제는 '시적 체험'의 내포적 의미이다. 유경환은 '시적 체험'을 다음과 같이 설명한다. '시적 체험에는 어른이 읽어야만 이해할 수 있는 폭넓은 시적 체험과, 어린이가 읽을 때 감동을 전달받고 그래서 작품 속에서 우러나오는 감흥에 그런대로 이끌릴 수 있는 폭 좁은 시적 체험도 있다. 두 개의 지름이 다른 원을 함께 포개어 놓아도 그 중심만은 일치되듯이, 다 같이 시적 체험이라는 점에서는 일치되는 것이다. 그러므로 동시도 시이다.'[31]

이에 따르면, 어른의 '시적 체험'은 언제나 어린이의 '시적 체험'을 포함하여야 한다. '시적 체험'을 양적 개념으로 본다면 그렇게 말할 수도 있을 것이다. 그러나 '시적 체험'은 기본적으로 질적 개념으로 이해하여야 한다. 어른의 '시적 체험'은 어린이의 '시적 체험'과 아예 차원이 다른 것으로 규정하지 않으면 안 된다는 것이다. 유경환은 분명 어른만이 이해할 수 있는 '시적 체험'과 어린이까지도 이해할 수 있는 '시적 체험'을 구분하고 있다. 그런데도 같은 자리에서 그 둘을 반지름이 다른 동심원으로 비유함으로써 자가 당착에 빠지게 된다.

그 비유의 함의는, 어린이가 읽어서 즐길 수 있는 모든 시는 어른 또한 읽어서 즐길 수 있다는 것뿐만 아니라 어른이 읽어서 즐길 수 있는 모든 시는 제한적이긴 하지만 어린이 또한 읽어서 즐길 수 있다는 것이다. 다시 말하면, 모든 성인시는 어린이가 읽어서 즐길 수 있는 부분이나 요소를 반드시 가지고 있다는 것이다.

유경환은 시와 동시를 구별할 필요성을 전혀 느끼지 못한다고 했다.[32] 그의 논리에서는 그렇게 말할 수밖에 없었을 것이다. 그러나 우리로서는

---

31. 위의 책, 16-17쪽.
32. 위의 책, 23쪽 참고.

도저히 납득할 수 없다. 한 편의 시는 언제나 전체적으로 감상하게 된다. 어느 한 부분 또는 어느 한 요소를 이해할 수 없거나 공감할 수 없으면 시 자체를 감상하는 것이 불가능하기 때문이다. '시적 체험'에 관한 유경환의 논의를 전적으로 인정한다고 하더라도, 그것을 근거로 하여 성인시와 동시를 동일시하는 것을 결코 인정할 수 없는 까닭이 바로 여기에 있다.

유경환은 문학성이 떨어지는 동시를 비판하고자 했다. 그래서 동시도 시라는 사실을 강조한다. 여기까지는 좋다. 그러나 동시의 문학성 회복을 성인시 지향에서 찾는 것은 크게 잘못된 것이다. 그는 자신을 포함한 여러 동시 작가가 '시'를 (성인)시단(詩壇)에 발표한 것을 간과하지 말라고까지 말한다. 왜냐하면, 그들은 시인으로서 시 작품의 창작 능력을 인정받은 이들이기 때문이라는 것이다.[33] 이것은, 성인시를 잘 쓰는 사람이라야 동시를 잘 쓸 수 있다는 것, 그리고 '동시와 시는, 시라고 하는 문학의 한 뿌리에서 뻗은 한 가지'[34]라는 것을 전제할 때라야 비로소 입에 올릴 수 있는 말임은 말할 것도 없다.

이상현은 좀 더 교묘한 방법으로 '동시'의 독자성을 부정한다. 먼저 그의 말부터 들어 보기로 한다.

동시는 아동을 위해 존재하고 그와 함께 난해성이 배제되어야 하며, 그런 이상적인 동시 작가가 최대한 존재해야 한다는 보다 본질적인 개념과 기능을 필자는 최대한 존중한다. 이와 함께 현대 동시의 또 다른 분화적 기능이 인정되어야 하며, 이 분화의 시적 현실은 그것대로 충분한 기능적 명분을 동반하고 있음을 주장하는 것이다. 여기서 말하고 있는 동시의 분

---

33. 위의 책, 15-16쪽 참고.
34. 위의 책, 25쪽.

화-곧 아동 이외 성인을 위한 〈동심의 시적 치환〉, 〈그 시적 자각〉의 기능
에 대해서도 귀중한 일면의 의미를 부여시켜야 한다. 곧 대상에의 동시의
확산이 그것이다. 어떤 의미로는 시의 기능이 일단 존재할 수 있다는 가능
성을 전제했을 때, 동시의 이같은 기능 분화는 곧 오늘의 동시가 가질 수
있는 새로운 기능의 생성이다. 이것은 바로 난해성이라는 간단한 용어로
오해되고 있는 시인 자신의 숙제에 대한 최소한의 해답도 될 것으로 생각
한다.[35]

어지럽고 난삽한 글이지만, 글쓴이의 의도가 '어른을 위한 동시'를 제
안하는 데 있음은 어렵지 않게 읽을 수 있다. 그런데 '어른을 위한 동시'
란 아무래도 어색하다. 이상현 자신도 이를 의식하여 스스로 '굳이 동시
로써 동심의 각성을 하지 않고 일반 시로써도 얼마든지 가능할 수 있지
않겠는가'[36] 하는 반문을 한다. 어른의 동심을 겨냥한 시라면 성인시가 아
니겠느냐는 문제 제기를 미리 차단하는 반문임은 말할 것도 없다. 그런데
이에 대해서 스스로 마련한 답변이란 것이 옹색하기 짝이 없다. 이상현은
다음과 같이 말한다. '지금까지 시적 동심, 동심적 시가 우리들의 욕구만
큼 일반 시에서 시도된 적도 없고, 앞으로도 마찬가지가 될 전망이 짙기
때문이다.'[37] 어른의 동심을 노래한 성인시는 없기 때문에 그것을 노래하
는 시는 동시라고 할 수밖에 없다는 것이다.

'어린이를 위한 시'라는 것, 그것은 동시의 개념을 그대로 풀어놓은 말

---

35. 이상현, 〈현대 동시의 시적 자유론〉, 《아동문학 강의》, 일지사, 1987, 48쪽. 이 글은 〈동시의
기능 분화〉로 《문학사상》(1975년 6월호)에 발표한 것을 몇 군데 자구만 고쳐 《아동문학 강
의》에 다시 실어 놓은 것이다.
36. 위의 글, 56쪽.
37. 위의 글, 같은 쪽.

이다. 따라서 '어른을 위한 시'는 그것이 무엇이든 간에 결코 동시가 될 수 없다. 이처럼 간단한 형식 논리를 외면하는 이상현의 말은 궤변에 지나지 않는 것이다. '어른을 위한 동시'는 수사적으로 쓸 수는 있다. '어린이를 위하려고 하는 어른에게 어린이가 어떠한 존재인지 그리고 어린이를 위한다는 것이 어떠한 것인지를 가르쳐 주는 동시'라는 뜻으로 쓸 수는 있다는 것이다. 그런데 이러한 동시는 '어른을 위한 동시' 이전에 먼저 '어린이를 위한 동시'이지 않으면 안 된다. 다시 말하면, '어린이를 위한 동시'가 아니면 절대로 '어른을 위한 동시'가 될 수 없다는 것이다.

인용문에서도 암시되어 있듯이, 이상현의 '어른을 위한 동시'는 이른바 난해 동시를 옹호하기 위해서 내세운 것이다. 난해 동시란 어린이가 읽을 수 없어서 외면하는 동시다. 따라서 난해 동시는 동시답지 않은 동시의 전형이라 할 만한데, 이를 정당화하기 위해서 '어른을 위한 동시'라는 또 다른 사이비 동시를 끌어들인 것이다. 아무리 좋게 생각하더라도 '어른을 위한 동시'는 동시의 흉내를 낸 성인시라고 말할 수밖에 없다.

지금까지, 기존의 동시에 대한 거부감을 노골적으로 드러낸 몇몇 사람의 견해를 살펴보았다. 그런데 이오덕과 나머지 다른 사람의 입론은 너무 달랐다. 이오덕은 기존의 동시는 어린이를 노리개로 삼거나 어린이에게 잔소리를 하려는, 어른 자신의 시적 의도로 씌어진 시이므로 차라리 성인시로 부르는 게 마땅하다고 주장한다. 그러나 엄밀히 말하면, '어린이를 위한' 시가 아니면서 '어린이를 위하는 척'하는 시이기 때문에 시라고도 할 수 없다는 것이 이오덕의 본심이다.

그런데 이종기·유경환·이상현은 이오덕과 반대로 생각한다. 기존의 동시가 시의 축에도 끼지 못하게 된 것은 오히려 지나치게 '어린이를 위한' 시를 지향했기 때문이라는 것이다. 그래서 그들은 동시는 무엇보다도 먼저 시가 되어야 한다는 주장을 펼친다. 그런데 '어린이를 위한'보다

'시'를 더 강조하다 보니, 자연스럽게 성인시 같은 동시 또는 성인을 위한 동시를 옹호하기에 이르게 된다. 이쯤 되면, 이오덕과 이종기·유경환·이상현은 동시의 문학성까지도 서로 다르게 이해한다는 것을 쉽게 짐작할 수 있을 것이다.

'동시'와 '어린이시'의 구분

어린이가 쓴 시를 '어린이시'라고 한다. '어린이시'는 일단 그 시를 쓴 어린이 자신을 위한 시라고 말할 수 있다. 그런데 그 '어린이시'는 누군가에게 읽힌다. 그 누군가는 어른일 수도 있지만 또래 어린이일 수도 있다. 사실, 어린이는 어른이 어린이를 위해서 쓴 '동시'보다 '어린이시'를 더 즐겨 읽는다. 그렇다면, '어린이시'는 그 시를 쓴 어린이 자신과 그 또래 어린이를 위한 시라고 말할 수 있다. 이쯤 되면, '어린이시'를 '동시'에 포함시킬 수도 있을 것도 같다. 그러나 사정은 그렇지 못하다. 오늘날의 논자들 대부분은 '어린이시'와 '동시'를 엄격하게 구분하고 있기 때문이다.

'어린이시'에 대해서 가장 크게 관심을 보인 사람으로는 단연 이오덕이 손꼽힌다. 그는 어린이시교육의 현장 경험을 바탕으로 어린이시교육론인 《글짓기교육-이론과 실제》와 어린이시론인 《아동시론》 등을 펴냈고, 또 우리나라 최초의 어린이시집으로 평가받는 《일하는 아이들》을 포함한 여러 권의 어린이시집을 묶어 내었다.

이오덕은 '어린이는 모두 시인이다'라고 말한다.[38] 어린이의 말도 시

---

38. 이오덕은 아예 《어린이는 모두 시인이다》(지식산업사, 1988)라는 제목으로 어린이시쓰기에 관한 책을 펴내기도 했다. 그런데 이 책은 개정판에서는 《우리 모두 시를 써요》(지식산업사, 1993)로 이름을 바꾸었다.

고, 어린이의 삶도 시라는 것이다.[39] 《일하는 아이들》의 초판본 머리말에서는 다음과 같이 말하기도 했다.

어린이의 시는 어린이들이 세상을 살아가면서 무엇을 보고 느끼고 겪은 것을 그대로 정직하게 쓴 것이다. 그런 것이 시가 될 수 있는가 못 되는가를 이 시집은 말해 줄 것이다. 순진한 어린이의 말과 행동, 느낌과 생각은 그것이 그대로 시가 될 수 있다는 것을, 어린이는 시인임을 나는 믿는다.

이오덕은 이런 말도 했다. "아동시는 모든 아동이 쓴다. 소위 저능아, 지진아도 쓴다. 마치 정신박약아들이 놀라운 그림을 그리는 것과 같이."[40] 이쯤 되면, 이오덕이, 어린이를 시인이라 하고, 어린이가 쓴 시를 시라고 할 때 사용한 '시인'과 '시'라는 용어의 의미는 문학에서 일반적으로 사용하는 '시인'과 '시'라는 용어의 의미와는 사뭇 다른 것으로 이해하여야 할 것 같다. 어린이의 말도 시고, 어린이의 삶도 시라고 했을 때, 이미 '시'라는 말은 비유적으로 쓰인 것이라고 말하지 않을 수 없는 것이다.[41]

---

39. 위의 책들, 참고.
40. 이오덕, 《아동시론》, 세종문화사, 1973, 192쪽.
41. 방정환은 다음과 같이 말한 바 있다. '어느 여름날 여섯 살 된 계집아이가 바느질하시는 모친의 옆, 창에 앉아서 바깥을 내여다 보고 있었는데 그 창밖에는 푸른 잔디밭이 낮볕에 쪼이고, 그 끝에 취색(翠色) 깊은 수림(樹林)이 무슨 깊은 비밀을 감추고 있는 듯이 신비롭게 있는데 그때 마침 시원한 바람이 어디선지 불어와서 그 취색 깊은 수림이 흔들흔들 흔들리는 것을 보고 그 어린 소녀가 모친을 보고, "어머니 저 좌 하고 부는 게 바람의 엄마고, 저 나무 잎사귀 흔들리는 것이 바람의 아들이지요?" 하였다 한다. 이렇게 어린애는 시인(詩人)이고 가인(歌人)이다. 그 어여쁜 조그만 눈동자에 보이는 것이 모두 시이고 노래이다.'(방정환, 〈동화를 쓰기 전에 어린애를 기르는 부형과 교사에게〉, 《천도교회 월보》, 통권 126호(1921. 2.) 여기서는, 안경식의 《소파 방정환의 아동교육운동과 사상》, 학지사, 1999, 194쪽에서 재인용했다.) 방정환이 '어린애는 시인이고 가인이다'라고 말한 것은 어린이의 시적 발상을 강조하기 위한 것이다.

사실, 이오덕은 어린이시는 문학 작품이 아니고, 어린이의 시쓰기는 창작이 아니라고 수십 년 동안 일관되게 주장했다. 그는 이런 주장을 여기저기서 펼치고 있는데, 이에 대한 가장 체계적인 논의는 〈아이의 글쓰기와 어른의 문학 작품 쓰기가 어떻게 다른가〉에서 찾을 수 있다. 그 글의 핵심은 '아이들은 자기가 본 대로, 들은 대로, 생각한 대로, 겪은 대로 정직하게 쓰지만, 어른의 창작에서는 체험과 상상을 뒤섞고 이야기를 꾸며 만든다'[42]로 압축할 수 있다.

이오덕은 이를 다시 풀어서 말하기를, '어른의 창작이 반드시 관념에서 출발하거나 관념을 거치는 것과는 달리 아이들의 글쓰기는 어디까지나 현실에서 출발하여 현실을 그대로 얘기하는 것이고, 그렇게 하면 다 되는 것이다. 아이들은 현실이 전부다'[43]라고 했다. 다른 말로 바꾸면, 어린이는 현실 체험을 그대로 옮겨 적는 방법으로 시를 쓰는 데 반하여 어른은 현실 체험에다가 상상을 보태어 주제라는 관념을 구성하여 그것을 독자에게 효과적으로 전달하기 위해서 형상화 과정을 거쳐서 시를 쓴다는 것이다.

맞는 말이다. 어린이와 어른은 그렇게 서로 다른 방법으로 글쓰기를 한다. 그런데 문제는, 그와 같은 글쓰기 방법의 차이가 어린이의 시를 어른의 시인 동시와 구별하여 문학이 아니라고 말할 수 있는 근거가 되지는 않는다는 것이다. 왜냐하면, 문학 작품이냐 아니냐는 글쓰기의 주체나 글쓰기의 과정을 가지고 판정하는 것이 아니기 때문이다. 글쓰기의 결과물이 문학의 내적·외적 요건을 갖추고 있다면, 그것이 무엇이든 간에 문학

42. 이오덕, 〈아이의 글쓰기와 어른의 문학 작품 쓰기가 어떻게 다른가〉, 《삶·문학·교육》, 종로서적, 1987, 41쪽.
43. 위의 글, 43쪽.

작품으로 인정하는 것이 문학의 관습이다. 누가 썼는지 어떠한 과정을 거쳐서 썼는지 누구도 알지 못하는 구전물을 우리가 문학 작품으로 간주하는 것도 이에 따른 것이다.

이오덕은 이런 말도 했다.

아이들은 원칙적으로 동화나 소설이나 동시를 쓸 수 없다. 이 말은 아이들이 쓰고 있고 쓸 수 있는 산문이나 시가 어른의 문학 작품에 비해 반드시 가치가 떨어진다는 말로 되는 것이 아니다. 아동의 작품은 자라나는 그들의 특수한 세계를 표현한 것인 만큼 독특한 문화적 산물로서의 가치가 있는 것은 말할 것도 없다.[44]

그러나 우리는 이 인용문을 이오덕의 의도와는 반대로 읽고 싶어진다. 어린이시가 어른의 동시보다 가치가 떨어지는 것이 아니라면, 그리고 어린이시가 어린이의 특수한 세계를 표현하는 문화적 가치를 지닌 것이라면, 오히려 어린이시가 어른의 동시보다 더 문학 작품답다고 말하는 것이 타당하기 때문이다.

이오덕은, 어린이시를 문학 작품으로 볼 수 없고, 어린이의 시쓰기를 창작과 동일시할 수 없는 또 다른 까닭을 그것의 교육 활동적 속성에서 찾는다.

작가의 창작은 작가 혼자서 하는 행위이고, 그것이 완성되었을 때 문학 교육이란 형태로 교사나 부모의 중계를 거쳐 아이들이 읽고 감상하게 된다. 그러나 아이의 글은 처음부터 교사의 지도로 씌어지며, 그것을 다 썼

---

44. 이오덕, 〈동시란 무엇인가〉, 《시 정신과 유희 정신》, 211쪽.

을 때도 교사의 지도에 의해 같은 아이들이 읽게 된다.[45]

한 마디로 말해서, 어린이시는 교사가 지도한 것이기 때문에 문학 작품이 될 수 없다는 것이다. 그러나 이 또한 그다지 설득적인 것이 못 된다. 교사의 지도라 함은 교사의 영향을 가리키는 것일 텐데, 작가의 창작 또한 직접적이든 간접적이든 다른 누군가의 영향을 받게 마련이기 때문이다. 교사의 지도가 첨삭을 의미한다고 하더라도 이야기가 달라지지 않는다. 작가의 동시도 발표 과정에서 동료·선배·스승·심사자·편집자 등으로부터 첨삭을 받는 경우가 적지 않기 때문이다.[46]

이쯤에서, 이오덕의 글쓰기교육관을 잠시 살펴보기로 한다. 다음을 보자.

아동이 쓰는 글을 작문이라 하든지 글짓기라 하든지, 시 또는 동시-무엇이라고 이름 붙이든지 그것은 교육으로서 이뤄지는 것이고 교육의 문제가 된다. 교육 문제와 교육의 현실을 도외시한 아동 작품의 논의는 아무 뜻이 없다. 만일 아이들이 쓴 글이 문학 작품이라면 글을 쓰게 하는 것이 곧 문학 작품을 쓰게 하는 것이고 〈글짓기교육=문학 작품 창작교육〉이 된다. 또한 〈글짓기 교육=시인·소설가·아동문학 작가 양성 교육〉이 되지

---

45. 이오덕, 〈아이의 글쓰기와 어른의 문학 작품 쓰기가 어떻게 다른가〉,《삶·문학·교육》, 종로서적, 1987, 44쪽.
46. 이에 해당하는 좋은 예가 있다. 다음을 보라. "〈고향의 봄〉이란 동요는 내가 열 다섯 살 때 선생(방정환을 가리킴-인용자)이 내시는 잡지에 실린 것인데 그 중에는 '복숭아꽃 살구꽃 아기진달래……'라는 구절이 있습니다. 이 구절은 내가 처음 썼을 때는 복숭아꽃 살구꽃 다음에 진달래와 또 무슨 꽃 이름을 들었던 것입니다. 그런 것을 아기진달래라고 선생께서 고쳐 주셨습니다. 아기진달래! 얼마나 재미있고 귀여운 이름입니까? 내 노래 속에 이런 귀여운 꽃 이름이 있게 된 것은 소파 선생이 그 아름다운 마음에서 고쳐 주셨기 때문입니다."(이원수, 〈소파 선생의 추억〉, 이원수 문학 전집 29《동시 동화 작법》, 웅진출판사, 1990, 14판(개정), 136쪽)

않을 수 없다.[47]

우리가 하고 있고, 하도록 권장하는 글쓰기교육은 국어과의 한 분과로서의 글쓰기가 아니다. 아홉 가지의 교과와 그 밖의 특별 활동·놀이까지 포함한 모든 교과와 생활 지도를 통합한 인간 교육을 하는 교과로서의 글쓰기인 것이다. 이것을 우리는 '삶을 가꾸는 글쓰기교육'이라고 말하고 있다.[48]

두 인용문의 논지를 어린이의 시쓰기에 초점을 맞추어 재정리하면 다음과 같이 될 것이다. 첫째, 어린이의 시쓰기는 교육의 문제이다. 둘째, 어린이의 시쓰기는 문학 작품 창작이어서는 안 된다. 셋째, 어린이의 시쓰기는 국어과의 교과 활동이 아니라 범교과적 통합교육의 교과 활동이다.

첫째 논지는 시비가 있을 수 없다. 그러나 이것이 둘째 논지를 정당화하는 근거가 되지는 못한다. 물론 어린이시쓰기교육이 문학 작품의 창작만을 그것의 목표로 설정할 수는 없다. 그러나 어린이의 시쓰기가 자연스럽게 문학 작품의 창작으로 이어지는 것까지 굳이 막고 나설 까닭도 없다.

셋째 논지는 논란의 여지가 있다. 글쓰기교육이 통합교과적 성격을 띠는 것은 사실이다. 그러나 그것을 가지고, 글쓰기교육이 국어과교육의 몫이 아니라고 말하는 것은 어폐가 있다. '삶을 가꾸는 글쓰기교육'이란 글쓰기 능력의 향상을 통해서 삶의 질을 높이는 글쓰기교육이어야 한다. 그렇지 않으면 그것은 '삶을 가꾸는 음악교육'이나 '삶을 가꾸는 미술교육'

47. 이오덕, 〈동시란 무엇인가〉, 《시 정신과 유희 정신》, 창비, 1977, 209-210쪽.
48. 이오덕, 〈삶을 가꾸는 글쓰기교육〉, 《삶·문학·교육》, 종로서적, 1987, 31쪽.

과 전혀 변별되지 않는다. '글쓰기 능력'은 국어과교육만이 배타적으로 가지는 특수 관심사이고, '삶의 질의 고양'은 국어과교육을 포함한 다른 모든 교과교육이 공통적으로 가져야 하는 일반 관심사이기 때문이다.

글쓰기 능력을 무시하는 글쓰기교육이라야 '삶을 위한 글쓰기교육'이 되는 것이 아니다. 오히려, 삶의 질을 고양하는 글을 쓸 수 있는 능력, 이를테면, 이오덕의 말처럼 '자신이 겪은 바를 솔직하게 글로 쓸 수 있는 능력'을 길러 주는 글쓰기교육이라야 비로소 '삶을 위한 글쓰기교육'이 되는 것이다. 이오덕 자신의《글짓기교육-이론과 실제》는 바로 그러한 글쓰기 능력을 길러 주기 위한 이론과 실제를 논의하고 있다.

나는 앞에서, 이오덕이 강하게 드러낸 동시에 대한 거부감이 어린이문학장르로서의 동시에 대한 거부감이 아니라 사이비 동시에 대한 거부감임을 확인한 바 있다. 이에 비추어 보면, 이오덕의 어린이시와 동시의 구분도 사이비 동시에 대한 불신에서 비롯된 것일 가능성이 매우 높다. 사실, 이오덕이 어른의 동시를 비판하고 나선 계기가 바로 어린이시교육에 끼친 사이비 동시의 악영향을 배제하기 위한 것이다.

어린이시가 '어린이의 현실 생활과 감정, 그 싱싱한 사고와 행동이 들어설 여지가 전혀 없'[49]게 된 것은, '아동을 위해서 쓴 시인의 시라기보다 어린애들을 상대로 한 어른의 유희적인 취미물'[50]에 지나지 않는 윤석중의 동요가 실린 교과서를 가지고 어린이가 시를 배우기 시작했고, 또 그런 동요를 본받아 어린이가 시를 쓰도록 교사가 가르쳤기 때문이라고, 이오덕은 말하고 있다. 그 결과, 어린이시와 어른의 동시는 도무지 구별할 수 없게 되었다는 것이다.

49. 이오덕,《아동시론》, 세종문화사, 1973, 35쪽.
50. 이오덕, 〈시 정신과 유희 정신〉,《시 정신과 유희 정신》, 179쪽.

어른의 동시에서 문제가 되는 것은 세 가지 부류의 동시이다. 첫째는 어려운 동시, 둘째는 유치한 동시, 셋째는 말재주 피우는 동시다.[51] 윤석중의 동요·동시는 둘째에 해당할 것이다. 그리고 윤석중류의 동요·동시를 비판하고 나선 이른바 '본격 동시 운동'에 의한 동시는 첫째와 셋째에 해당한다. 이 세 가지 부류의 동시는 잘못된 동시를 바로잡으려다가 더 잘못되고 만 것이기도 하다. 즉, '유치한 어린애들의 흉내를 내던 동시가 오래 동안의 비판을 견디지 못해 일반 성인시의 흉내를 내는 경향으로 기울어지고, 그것이 또 이번에는 어려운 시라는 논란이 일어나자 이번에는 설자리를 잃고서 결국 쓴다는 것이 우스개 말장난으로 떨어지는 변모를 하게 된 것이다.'[52] 이오덕은 어린이시에서 흔히 발견할 수 있는 문제점으로 동요적 발상과 기교를 들고는,[53] 이 또한 어른의 동시를 흉내 내게 한 어린이시쓰기교육의 결과라고 말한다.

아동들이 쓰고 있는 동시-그것은 시가 될 수 없을 만치 내용도 형식도 정체되어 버렸다. 아니, 그것은 처음부터 그렇게 구제될 수 없는 것으로 출발된 것이다. 바야흐로 동시는 아동의 유행가로서 아동의 세계에 미만되어 그들의 창조적 생명을 좀먹고 있다. 이제 이 거짓 놀음의 교육은 지양되어야 하겠는데, 그리하자면 우선 '동시'란 용어부터 없애야 한다. 동시를 쓰자고 하면서 시를 쓰일 수는 없다. 아동들의 머리 속에는 '동시'라는 말만 기억되어 있는 것이 아니다. 그 내용이, 동시적 성정이 아동들의 마음을 사로잡고 생활을 지배하고 있는 것이다. 그래서 이 동시적 기분에

51. 이오덕, 〈아동문학, 무엇이 문제인가〉, 《어린이를 지키는 문학》, 백산서당, 1984, 88쪽.
52. 위의 글, 91쪽.
53. 이오덕, 《아동시론》, 세종문화사, 1973, 32-33쪽.

서 벗어난다는 일이 매우 어렵다. 아주 동시와 시가 별개의 것으로 철저히 인식되도록 동시란 용어도 없애고, 전혀 다른 것을 배우고 쓴다는 자세를 가지게 해야 할 것이다. (…중략…) 동시 그 자체를 시로 발전시킨다는 것은 불가능하기 때문이다.[54]

첫머리의 '아동들이 쓰고 있는 동시'란 어린이가 어른의 동시를 흉내 내어 쓰는 시를 가리킨다. 그러한 어린이시가 시가 될 수 없다고 말하는 것은 어른의 동시가 시가 아니라고 생각하기 때문이다. 동시와 시가 별개의 것임을 강조하는 까닭이 무엇이겠는가. 동시가 시 아님을 못박아 두자는 것이다. '동시'라는 용어는 말할 것도 없고 '동시적 성정' 또는 '동시적 기분'까지도 없애지 않으면 결코 시를 쓸 수 없다는 것도 동시가 시가 아님을 전제할 때 앞뒤가 맞아떨어지는 말이 된다.

냉정하게 평가하면, 이것은 언어의 형식 논리를 완벽하게 위반하는 발언이다. 어린이시는 시이기는 분명하지만 문학으로서의 시는 아니라고 말함으로써, 문학인 시에는 문학이 아닌 시가 포함된다고 말하는 셈이 되기 때문이다. 그리고 이것은 이오덕 자신의 시 분류와도 어긋나는 발언이다. 시에는 어른이 쓴 시와 어린이가 쓴 시가 있는데, 앞엣것으로는 일반시·동요·동시를 들 수 있고, 뒤엣것으로는 어린이시를 들 수 있다고 말한 바 있다.[55] 이 경우의 '시'는 물론 문학으로서의 시를 뜻하는 것이었다.

우리는 여기에서, 이오덕이 어린이의 시쓰기를 어른의 동시 창작과 분리하려 한 근본 이유가 무엇인지를 찾아낼 수 있다. 어른의 동시란 어차피 사이비 동시이기 때문에 그것을 모델로 하여 어린이가 시를 쓰면 어린

54. 이오덕,《아동시론》, 세종문화사, 1973, 209쪽.
55. 이 글의 각주 9) 참고.

이시 또한 어른의 동시처럼 사이비 동시가 될 수밖에 없다는 것이다. 이와 같은 문제 인식에서 이오덕은 다음과 같은 자기 논리를 세우게 된다. 즉, 어른의 동시를 문학 작품으로 간주하고, 어른의 동시를 생산하는 것을 창작으로 여긴다. 그렇다면, 어린이시를 문학 작품이 아니라 하고 어린이시를 생산하는 것을 창작이 아니라고 하면, 어른의 동시와 어린이시를 분리할 수 있다. 동시로부터 어린이시를 분리하지 않으면 결코 어린이시를 살릴 수 없다.

그러나 이오덕의 주장은 본말을 전도한 것이다. 어린이시가 어른의 동시, 그것도 사이비 동시를 모방한 것이라면, 그것은 전적으로 잘못된 교육에서 비롯된 것이다. 동시와 사이비 동시를 구별하지 못하는 교사의 동시 안목이 문제인 것이고, 어른의 사이비 동시를 모방하는 시쓰기를 가르치는 교사의 시쓰기교육의 방법이 문제인 것이다. 어린이시를 문학 작품으로 여겨서, 어린이시쓰기교육을 창작교육의 측면에서 접근한다고 하더라도 교사의 이와 같은 동시 안목과 교육 방법은 여전히 문제가 된다. 결국, 이오덕의 어린이시와 동시의 구분은 어린이의 시쓰기교육의 문제를 어린이문학의 문제로 치환한 데서부터 비롯된 것이라고 말하지 않을 수 없다.

이오덕도 어린이시의 문학적 가치를 인정하고 있음은 이미 확인한 바 있다. 이오덕은 심지어 '동시인은 모름지기 참된 어린이의 시에서 많은 것을 배워야 할 것이다'라고 충고하기까지 한다.[56] 어린이시에서 어린이에 관한 정보를 얻으라는 말일 수도 있다. 그러나 어린이시에서 동시를 배우라는 뜻일 수도 있는 것이다.[57]

---

56. 이오덕, 《글짓기교육 - 이론과 실제》, 아인각, 1965, 231쪽.
57. 이 점에서 볼 때, 이원수의 다음과 같은 말은 매우 시사적이다. '어린이들의 시는 깨끗하다.

어린이시와 어른의 동시를 구분하는 것은 거의 일반화된 듯싶다. 이재철은 '동시는 어린이다운 심리와 감정을 제재로 하여 성인이 어린이를 위해 쓴 시를 말한다'[58]고 했다. 즉, 어른이 쓴 어린이를 위한 시만 '동시'라는 것이다. 다시 말하면, 어린이가 쓴 시는 '동시'가 아니라는 것이다. 그리고 덧붙이기를, '아동시란 그것이 창작될 때 특별히 문학 본래의 조건인 창조적 의도를 가지고 지어진 것이 아니고, 미성인간(未成人間)이 학습의 방편으로 쓴 것이기 때문에, 아동문학의 한 장르로서의 동시와는 엄연히 구별되어야 마땅한 것이다'[59]라고 했다. 정리하자면, 글쓰기의 의도가 창작이냐 아니면 학습이냐에 따라서 '동시'와 '어린이시'가 갈린다는 것이다.

유경환은 '동시는 어린이들이 쓰는 아동시와 다르다'면서, '동시는 엄연히 문인이 쓴 문학 작품이다. 또 동시는 문학으로 창작되어지는 문인의 분신인 것이다'[60]라고 했다. 이상현은 예술성의 차이를 직접 거론하면서 '동시'와 '어린이시'를 서로 다른 자리에 놓는다. 그는 '아동들이 자기 연령의 수준에서 글짓기 공부를 하는 형태와 어른들이 그들을 위해 쓰는 전문적 동시는 일치될 수 없다. 하나의 시 예술로서 그 개념의 차원과 거리를 다시 이해해야 할 것이다'[61]라고 말한 바 있다.

그리고 그것은 어른들보다도 더 새로운 것을 쓸 수 있어서 더욱 고귀한 것이다. 어떤 어른은, '시를 쓰는 것은 어른들이 할 수 있는 일이요, 어린이들에게는 될 수 없는 일이라'고 생각하는 것을 보았다. 또 어떤 시인은 어른의 시가 정말 가치가 있는 시요, 어린 사람의 마음으로써 쓴 시는 어린이들이나 좋아할 것이지 어른들에게는 아무 흥미도 없는 것이라는 정말 어리석기 짝이 없는 말을 하는 걸 보았다.(이원수, 〈동시 작법〉, 《동시 동화 작법》, 이원수 아동문학전집 29, 웅진출판사, 1990, 개정 14판 78쪽)
58. 이재철, 《아동문학개론》(개고판), 서문당, 1996, 중판, 124쪽.
59. 위의 책, 같은 쪽.
60. 유경환, 《한국현대동시론》, 배영사, 1979, 6쪽.
61. 이상현, 《아동문학강의》, 일지사, 1987, 51쪽.

한편, 절충적인 입장을 표명한 사람도 있다. 석용원은 '동시는 원래 아동이 쓴 자유시, 곧 아동 자유시였다. 아동의 자유스러운 발상에 의한 자유 시형을 동요에서 독립시켜 아동 자유시라고 하였다. 그러나 이러한 아동이 쓴 시와 어른이 아동을 위해 쓰는 작품을 구별하여 전자는 아동시, 후자는 동시라고 일컬어지고 있다'[62]고 했고, 박춘식은 '아동문학의 작가는 또는 아동문학가는 성인 작가로서 작품을 창작하는 사람이며, 아동문학의 작품은 어린이의 작품까지 포함하여 보다 넓은 범위까지 생각하는 것이 타당하다'[63]고 했다.

이재철과 그의 견해에 동조하는 여러 논자들은 다음과 같은 비판을 버텨내지 않으면 안 된다. 첫째, 글쓴이가 어른이냐 어린이냐에 따라서 '동시'와 '어린이시'를 구분한다는 것은 어른만이 '어린이를 위한 시'를 쓸 수 있고 어린이는 '어린이 자신이나 또래 어린이를 위한 시'를 쓸 수 없다는 것을 전제로 한다. 물론 모든 어린이가 '어린이를 위한 시'를 쓸 수 있는 것은 아니다. 그러나 어른 또한 모든 어른이 '어린이를 위한 시'를 쓸 수 있는 것이 아니다. 구분론자는, 어른이라면 누군가는 '어린이를 위한 시'를 쓸 수 있지만 어린이는 어느 누구도 '어린이를 위한 시'를 쓸 수 없다고 말하여, 이러한 비판을 비껴가려고 할지도 모른다.

언제나 그렇듯이, 극단적인 주장은 극적으로 무너지게 마련이다. 이미 살펴본 바 있듯이, '어린이시'는 '어린이를 위한 시'를 우선적으로 고려하는 초등학교의 교과서에 실리기도 했다. 그리고 어린이시 모음집은 어른의 동시집보다 훨씬 많이 읽힌다. 어린이시 모음집을 대표한다고 말할 수 있는 《일하는 아이들》을 보라. 《일하는 아이들》은 세월의 무게까지 견뎌

---

62. 석용원, 《아동문학원론》(증보판), 학연사, 1998, 200쪽.
63. 박춘식, 《아동문학의 이론과 실제》, 학문사, 1997, 46쪽.

내면서 고침판까지 내고 있다. 어린이 자신 또는 어른이《일하는 아이들》에 실린 '어린이시'를 '어린이를 위한 시'로 판단한다는 좋은 증거라 할 수 있다.

둘째, 글쓰기의 의도에 따라서 '동시'와 '어린이시'를 구분한다는 것은 비의도적 글쓰기의 가능성을 전면 부인하는 것일 뿐만 아니라 글쓴이와 글의 선후 관계를 전복하는 것이다. 문학 작품을 의도하고 쓰는 글이면 저절로 문학 작품이 되는 것은 아니다. 이른바 시인이나 소설가라는 사람들이 수없이 파지를 내면서도 시나 소설을 완성하지 못하는 것만 봐도 문학 창작의 의도가 문학 작품의 생산을 결정하는 것이 아님을 알 수 있는 일이다. 문학 작품을 전혀 의도하지 않고 쓰는 글이라도 얼마든지 문학 작품이 되기도 한다.

글쓰기의 의도를 창작과 학습으로 구체화한다고 해서 이런 반박을 피할 수 있는 것은 아니다. 극명한 예로 습작품을 들 수 있다. 창작의 의도로 학습한 결과물이 습작품인데, 이것은 문학 작품인가 아닌가. 신춘문예에 응모하여 떨어진 글은 습작품이고 그 가운데 당선작으로 뽑힌 글은 문학 작품이라고 말할 것인가. 동시를 쓰는 어른 가운데 적지 않은 사람이 자신이 쓴 글을 문학 작품으로 지면에 발표하기 전에 주변의 사람들과 함께 읽고 토론한다. 이러한 합평은 가르침을 구하는 것이기 때문에 학습의 일종이라고 말할 수 있다. 그러면, 합평을 거친 글은 문학 작품인가 아닌가.

창작 의도와 학습 의도를 가지고 '동시'와 '어린이시'를 구분하는 사람들의 본심은 전문 작가와 어린 학생의 문학 능력-'어린이를 위한 시'를 쓰는 능력-이 크게 다르다는 것을 말하는 데 있다. 그러나 전문 작가로 일컬어지는 어른이라고 해서 모두 문학 능력을 인정받는 것도 아니고, 문학 능력을 인정받은 전문 작가라고 해서 그의 문학 작품 모두 예술성을 인정받는 것도 아니다. 이를 입증하는 것이 '동시'에 대한 동시인 자신의 뿌리깊고 폭넓은 불신이다. 오죽했으면, '동시'는 먼저 '시'이어야 한다는 지극히 상식적인 주장이 제기되었겠느냐 말이다. 이에 반해서, 특별한 몇몇 어린이의 문학 능력은 웬만한 어른보다 뛰어나다는 사례는 얼마든지 들 수 있지만, 우리나라 어린이문학의 초창기에 활약했던 이른바 '소년 작가'들만 환기시키는 것으로도 충분할 것 같다.

이제 '어린이를 위하는 것'에 초점을 맞추어서 이 문제를 다시 살펴보기로 한다. '어린이를 위하는 것'은 기본적으로 어른의 몫이다. 어린이도 또래 어린이를 위할 수 없는 것은 아니지만 그것은 매우 제한적일 수밖에 없기 때문이다. 그런데 '어린이를 위하는 것'은 어린이가 원하는 것을 어른이 이루어 주는 것일 수도 있고 어린이가 원하기를 어른이 원하는 것을 어른이 이루어 주는 것일 수도 있다. '어린이가 원하는 것'은 어린이가 가장 잘 안다. 그리고 '어린이가 원하기를 어른이 원하는 것'은 당연히 어른이 가장 잘 안다. 가장 바람직한 것은 '어린이가 원하는 것'이 곧 '어린이가 원하기를 어른이 원하는 것'이 되는 것이다. 그러나 '어린이가 원하는 것'을 어른이 알고, '어린이가 원하기를 어른이 원하는 것'을 어린이가 알지 않으면 이와 같은 행복한 합일은 결코 일어나지 않는다.

이를 '어린이를 위한 시'에 적용해 보자. 어린이시는 어린이가 원하는 것이나 그것을 어른이 이루어 주기를 희망하는 노래이다. 그리고 어른의 동시는 어린이가 원하기를 어른이 원하는 것을 드러내거나 어린이가 원하는 것을 어른이 이루어 주자고 권유하는 노래이다. 이 각각은 똑같이 중요하다. 이 둘 가운데 어느 하나가 존재하지 않는다면, '시인의 세계와 아동의 세계가 하나로 일치되는 자리에서 비로소 참되게 씌어'[64]진 동시

---

64. 이오덕, 〈동시란 무엇인가〉,《시 정신과 유희 정신》, 창비, 1977, 226쪽.

는 결코 기대할 수 없다. 물론 이러한 동시는 어린이와 어른이 함께 쓰지 않는 한 어린이 또는 어른 어느 한 쪽이 쓸 수밖에 없다. 이쯤 되면, 어린 이시를 어른의 동시와 같은 문학의 차원에서 논의해도 될 성싶다. 왜냐하 면, 어린이시는 어른의 동시 못지 않은 그 나름의 문학적 독자성을 가지 고 있기 때문이다.

어린이문학 용어로서의 '동시'의 필연성

지금까지, 어린이문학의 창작과 비평 현장에서 논의되었던 '동시'에 대한 거부감과, '동시'와 '어린이시'의 구분론을 살펴보았다. 동시에 대한 거부감은 문학성이 떨어지는 개별 동시 작품에 대한 거부감에서 비롯되 었다. 그런데 그 대안을 모색하는 과정에서 문제 자체가 변질되어 버렸 다. 동시 장르 자체를 부정하거나 왜곡하는 방법으로 동시 작품에 대한 거부감을 떨쳐내려고 했기 때문이다. 어린이시로 동시를 대체하려고 하 거나 아예 성인시 같은 동시로 나아가려고 한 것이 그 좋은 예이다. 앞엣 것은 동시 교육의 측면에서 동시 장르를 부정하고, 뒤엣것은 성인문학의 측면에서 동시 장르를 부정한다는 혐의를 피할 수 없다.

이에 대한 반성도 뒤따랐다. 어른의 동시를 아예 성인문학으로 규정하 고 진정한 동시는 어른의 동시에 물들지 않은 순수한 어린이시에서 찾을 수밖에 없다고 말했던 이오덕은 어른의 동시가 찾아가야 할 방향을 제시 하는 한편 어린이시를 문학에서 제외하기에 이른다. 그런가 하면, 동시에 다가 성인시와 같은 철학적 내용과 언어적 기교를 끌어들이려고 했던 이 른바 '본격 동시 운동파'는 스스로 동시의 난해성과 언어 유희성을 극복 하려고 애를 쓰게 된다. 이리하여, '동시' 그 자체, 즉 장르로서의 동시에 대한 거부감은 일단 해소된다. 그러나 '동시'는 문학이고 '어린이시'는 문학이 아니라는 양자 구분론은 여전하다. 동시 교육의 테두리 안에 어린이 시를 묶어 두고, 성인문학의 관점에서 어린이시를 평가하는 관행에서 벗어나지 못했기 때문이다.

어린이문학의 창작과 비평의 성과가 초등문학교육의 내용과 형식에 영향을 끼치는 것은 당연하다. 그러나 초등문학교육 또한 그 나름의 잣대로 어린이문학의 창작과 비평의 성과를 적극적으로 검토하고 조정할 필요가 있다. 이를 소홀히 한 결과, '시·동시·어린이시'라는 용어가 어린이문학의 창작과 비평의 현장에서처럼 초등학교의 문학교육과정과 국어 교과서에서도 제멋대로 또는 어지럽게 쓰이게 되었다. 어린이문학의 창작과 비평에서는 어차피 용어의 통일은 불가능하다. 논자마다 자신의 논지를 가장 극명하게 드러내는 용어를 선택하여 사용하기 때문이다. 그러나 초등학교의 문학교육과정과 국어 교과서는 그렇게 하면 안 된다. 용어가 혼란스러우면 그 용어가 함의하는 교육 자체가 혼란스러워지기 때문이다. 초등문학교육이 그 나름의 독자성을 발휘한 것도 있었다. 그것은 '동시'와 '어린이시'를 차별하지 않은 것이었다.

'동시'는 분명 '시'의 한 양상이다. 이런 점을 들어, '동시'와 '시'를 함께 쓸 수 있다고 생각할지도 모른다. 그러나 초등학교에서 '시'라는 용어를 사용할 때는 얻는 것보다 잃는 것이 더 많다. 학생은 시 장르로서의 '시'인지 아니면 성인시로서의 '시'인지 변별하여야 하고, 교사는 이와 함께 '성인시 같은 동시'를 가리키는 것은 아닌지를 판단하여야 하는데, 이런 수고는 동시와 성인시 그리고 그것을 아우르는 용어인 시를 모두 다루지 않는 초등학교에서는 전혀 불필요한 것이기 때문이다.

또한 어린이와 관련한 시에는 어른이 어린이에게 주기 위해서 쓴 시가 있고 어린이 자신이 직접 쓴 시가 있음을 들어, 이 둘을 각각 '동시'와 '어린이시'로 달리 불러 구별할 필요가 있지 않느냐고 말하는 사람이 있을지도 모른다. 그런 필요를 느낄 때가 있다. 그러나 그렇다고 해서 '어린이시' 라는 용어를 사용할 것까지는 없다. '어른의 동시'와 '어린이의 동시'로 나타낼 수 있기 때문이다. '동시'와 '어린이시'라는 용어를 사용하면, 어린 이문학의 서정 장르에 속하는 두 가지의 서로 다른 하위 장르를 가리키는 것으로 인식하게 할 우려가 있다. '어른의 동시'와 '어린이의 동시'라는 용어를 사용하면 이런 문제는 없어진다. 단지 글쓴이의 신분이 다르다는 것을 수식어로 나타내고 있기 때문이다.

그런데 이러한 제안이 초등학교의 문학교육과정과 국어 교과서에 쉽 게 반영될 것 같지는 않다. '초등문학교육'과 '어린이문학교육'이라는 용 어가 어떤 차이를 드러내는지는 알아보면, 그 까닭을 금방 알 수 있다. '초등문학교육'을 낱말 뜻대로 풀면 '초등학교에서 이루어지는 문학교육' 이 된다. 이에 반해서 '어린이문학교육'은 '어린이문학의 교육'이라는 뜻 을 지닌다. '어린이문학교육'또한 주로 초등학교에 다니는 어린이를 대상 으로 하여 이루어지므로, 이 둘의 차이는 '문학'과 '어린이문학'의 거리에 서 찾을 수밖에 없다.

초등문학교육과 짝을 이루는 것은 중등문학교육이다. 7차 국어과 교육 과정은 이 둘은 철저하게 연계시키고 있다. 초등문학교육은 1학년부터 6 학년까지의 문학교육이고, 중등문학교육은 7학년부터 10학년까지의 문 학교육이라는 것이다. 이에서 알 수 있듯이, 초등문학교육과 중등문학교 육은 단순히 연계되어 있는 데 그치는 것이 아니라 긴밀하게 위계 지워져 있다. 이것은 무엇을 뜻하는가. 초등문학교육의 '문학'과 중등문학교육의 '문학'의 동일성을 전제한다는 것이다. 그렇지 않으면 이와 같은 연계성 과 위계성을 생각할 수 없는 것이다.

이런 맥락에서 보면, 7차 초등학교 국어과 교육과정에서 '동시'·'동요' 대신에 '시'라는 용어를 사용한 의도를 알 수도 있을 것 같다. 그뿐만 아니다. 초등학교의 문학교육에서 성인문학에 해당하는 '민요'와 '시조'를 오랫동안 비중 있게 다루어 온 것도 이해할 수 있게 된다. 이것은, 7차 교육과정 이전에도 이미 초등문학교육을 중등문학교육의 전 단계로 간주했음을 뜻하는 것이기도 하다. 결국 초등문학교육은 초급의 문학교육을 지향하는 것이라고 말하지 않을 수 없다. 초등문학교육과 어린이문학교육을 동의어로 생각하는 사람들이 적지 않다. 그렇다면, 어린이문학을 초급의 문학으로 오해하는 사람들도 적지 않을 것이다.

'시·동시·어린이시'라는 용어의 정비는 어린이문학(또는 어린이문학교육) 내부의 문제만은 아닌 듯싶다. 그것은 문학(또는 문학교육)과 어린이문학(또는 어린이문학교육)의 거리를 규정하는 데도 소용되는 것이기 때문이다. 결국, '시·동시·어린이시'라는 용어의 혼재는 어린이문학교육의 정체성이 확보되지 않음을 드러내는 징표라고 할 만하다.

그러나 이를 해결하는 것은 비교적 간단하다. '동시'를 '동시'라 하고, '어린이시'또한 '동시'라 하면 되는 것이다. 그렇게 하여야 할 논리적 필연성이 충분한데도 그것을 실천에 옮기지 않을 까닭이 없다.

가슴에 사무친 말은 입에서 노래가 된다

시작의 말을 대신하여 : 어린이시와 동시의 상보성

동시는 어린이 세계를 노래하거나 어른 세계를 노래하게 된다. 어린이는 어린이로 살아가는 동시에 어른으로 나아가는 현재 진행형 존재라서, 어린이를 위한 동시는 어린이 세계뿐만 아니라 어른 세계까지 노래하지 않으면 안 되는 것이다. 그런데 어린이와 어른은 서로 다른 방법으로 어린이 세계 또는 어른 세계를 노래하게 된다. 즉 어린이는 어린이가 아니면 쓸 수 없는 어린이시를 쓰고 어른은 어른이 아니면 쓸 수 없는 동시를 쓴다는 것이다. 사실이 그러하다면, 동시와 어린이시는 우열 관계로 파악할 것이 아니라 상보 관계로 파악하여야 한다.

동일한 사건·사물·현상에 대한 체험과 관찰이라 할지라도 그것이 누구의 체험이고 관찰이냐에 따라서 그 결과는 사뭇 달라진다. 어린이와 어른의 경우, 체험과 관찰의 내용이 상당한 편차를 보일 것임은 쉽게 짐작할 수 있다. 어린이와 함께 그림동화책을 읽어 본 어른이라면 금방 고개를 끄덕이게 될 것이다. 어린이는 화가가 일부러 숨겨 놓은 그림도 곧잘 찾아내고, 추상적인 형태로 모호하게 그려 놓은 그림에서도 그것의 구체적인 형상을 금방 연상해낸다. 그런가 하면, 그림의 특정 부분에 대해서 유별한 관심을 드러내면서 거기에서 화가의 의도하지 않은 의미를 찾아내기도 한다. 우리는 여기에서도 어린이시의 독자성을 예감하게 된다.

어린이시와 동시가 서로 다른 길을 갈 수밖에 없는 결정적인 요인은 사유 방식과 언어 사용 방식의 차이에서 찾을 수 있다. 즉, 어린이와 어른은 사건·사물·현상에서 의미를 구성하는 방식이 다르고 그것을 글로 표현하는 방식이 다르다는 것이다.

이 자리에서 덧붙여 두고 싶은 것은, 어린이의 사유 방식과 언어 사용 방식은 시를 쓰는 데 아주 제격이라는 것이다. 이를 테면, 어린이의 자아 중심적 사유 방식은 세계를 자아화하는 시의 장르적 성격과 잘 들어맞고, 어린이의 자의적 언어 사용 방식은 대상을 낯설게 보이게 하는 시의 표현 특성과 잘 어울린다. 어린이가 글쓰기 가운데서는 오직 시쓰기에서만 어른과 어깨를 견줄 수 있는 것도 이와 결코 무관하지 않을 것이다.

어린이도 글은 쓰고 싶어 한다. 어린이도 사람인데 어찌 글로 나타내고 싶은 속엣말이 없겠는가. 그러나 어린이는 긴 글은 감당하지 못한다. 그래서 짧은 글을 즐겨 쓴다. 그렇게 적은 짧은 글이 때로는 훌륭한 시로 평가받기도 한다. 그런가 하면, 어린이는 어른이 건네주는 짧은 글을 읽기도 한다. 그런데 그 짧은 글을 어른은 동시라 한다. 이리하여 어린이는 마침내 짧은 글은 동시이고 동시는 짧은 글이라고 생각하게 된다.

어린이시는 아예 시가 될 수 없다고 생각하는 사람들도 있는데, 그러한 사람들이 즐겨 들먹이는 것이 바로 문학 정신이다. 물론 어린이는 시에 대한 장르 의식도 없고, 시 작품을 창작하려는 의지도 없다. 역설적이게도, 바로 그러한 문학 정신이 없기 때문에 어린이는 누구든지 시를 쓸 수 있다. 어른은 아무나 동시를 쓰지 않는다. 문학 의식을 가진 특별한 어른만이 동시를 쓴다. 그런데도 어린이시에도 시다운 시가 있고 동시에도 시답지 않은 시가 있다. 그렇다면 문학 정신이라는 것은 별 게 아닌 모양이다.

지금까지 나는 동시를 어린이시와 동시로 나누어서 이야기하였다. 만일 어린이가 동시 같은 시를 쓸 수 있다면, 그리고 어른이 어린이시 같은 시를 쓸 수 있다면, 굳이 어린이시와 동시를 구분할 필요는 없을 것이다. 그런데 어린이가 동시 같은 시를 쓰는 것은 아무래도 어려울 것 같다. 그렇지만 어른이 어린이시 같은 시를 쓰는 것은 얼마든지 가능하다. 그 까닭은 다음과 같다.

어린이가 동시 같은 시를 쓰기 위해서는 무엇보다도 먼저 동시의 발상법과 표현법을 익혀야 한다. 그런데 어린이는 자신이 쓴 시조차도 그것이 어떠한 발상법과 표현법으로 씌어졌는지 잘 알지 못한다. 훌륭한 시를 쓴 적이 있는 어린이라 할지라도 예전에 썼던 것과 같은 수준의 또 다른 시를 기대할 수 없는 까닭이 바로 여기에 있다. 동시 창작법 그 자체에 대한 인식이나 자각이 없는 어린이에게 동시의 발상법과 표현법을 체득하라고 다그쳐 봤자 무슨 소용이 있겠는가.

어린이시와 동시에는 또 하나의 흥미로운 차이점이 있다. 그것은 화자의 문제와 관련된다. 화자를 어른으로 내세우는 어린이시는 아예 없지만 화자를 어린이로 내세우는 동시는 아주 흔하다. 이것이 뜻하는 바가 무엇이겠는가. 어린이는 동시 같은 시를 써야 할 필요성을 전혀 느끼지 못하지만 어른은 어린이시 같은 동시를 써야 할 필요성을 아주 강하게 느낀다는 것이 아니겠는가.

화자가 어른인 동시는 어른이 어린이에게 들려주고 싶은 것을 노래하는 동시다. 이에 반해서, 화자가 어린이인 어린이시는 어린이가 또래 어린이에게 들려주고 싶은 것을 노래하는 시다. 그런데 화자가 어린이인 동시는 어른이 어린이의 목소리를 흉내 내어 노래하는 동시다. 어른이 어린이의 목소리를 흉내 내는 것이 시비거리가 되지는 않는다. 어린이가 하고 싶어도 하지 못하는 말과 하여야 하는데도 하지 못하는 말이 있다면, 어린이를 대신하여 어른이 그 말을 해 주는 것은 오히려 고마운 일이기 때문이다. 그런데 흉내를 낼 양이면 제대로 하여야 한다. 어린이의 목소리만 흉내 낼 것이 아니라 그 목소리에 담아낼 어린이의 생각과 느낌까지도 흉내 내어야 한다는 것이다. 어린이시 가운데 가장 볼품없는 것은 동시의 기교만 흉내 낸 시다. 한편, 동시 가운데 가장 꼴불견인 것은 어린이시의 목소리만 흉내 낸 시다.

어른이 어린이시에서 배워야 하는 것은 바로 어린이가 화자일 수밖에 없는 어린이시의 발상법과 표현법이다. 이것은 어른이 화자인 동시의 발상법과 표현법으로도 응용할 수 있다. 동시의 본령은 어른이 화자인 동시에서 찾아야 함은 말할 것도 없다. 어른이 어린이와 진정으로 만남의 자리를 갖고자 한다면, 어린이의 가면을 쓸 것이 아니다. 어른의 맨얼굴로 어린이에게 다가갈 때 어린이의 신뢰를 얻을 수 있다.

동시가 지향할 것은 두 가지다. 하나는 어른의 목소리에다 어른의 생각과 느낌을 담아내는 것이고, 다른 하나는 그것을 어린이가 이해하고 공감하고 감동할 수 있도록 가다듬는 것이다. 이때 어린이시의 발상법과 표현법을 응용한다면 크게 도움이 될 것이다. 이미 잘 알려진 사실이지만, 어린이는 (어린이가 화자인) 동시보다 (어린이가 화자일 수밖에 없는) 어린이시를 훨씬 더 좋아한다. 결국 발상법과 표현법이 문제다.

동시는 흔히 '어린이를 위한 시'라고 말한다. 물론 '어린이를 위한 시'가 어떠한 것인지 그 실체를 규명하기란 결코 쉽지 않다. '어린이를 위한다는 것'에 관한 생각이 사람마다 다르기 때문이다. 그러나 '어린이를 위한 시'가 갖추어야 할 가장 기본적인 요건 하나는 분명하게 제시할 수 있다. 그것은 '어린이가 즐길 수 있는 시'이어야 한다는 것이다. 어린이를 위한 그 무엇인가를 잔뜩 보듬고 있는 시라 할지라도, 그것이 어린이가 읽을 수 없거나 어린이가 읽고 싶어 하지 않는다면 무슨 소용이 있겠는가.

같은 날 같은 교실에서 두 어린이가 지은 시 두 편

어린이가 쓴 시 두 편을 잇달아 감상하기로 한다. 먼저 살펴볼 〈민우〉는 초등학교 2학년 아이가 같은 교실에서 함께 공부하는 민우라는 친구에 대해서 쓴 시다. 그런데 바로 그 민우라는 아이도 시를 썼다. 그것이 바로 〈우리 반 애들의 별명〉이다. 민우가 말한 '우리 반 애들'가운데는 〈민우〉를 쓴 아이도 물론 포함된다.(〈민우〉의 지은이는 밝히지 않기로 한다.) 이 2편의 동시는 같은 날 같은 교실에서 씌어진 것이다. 〈우리 반 애들의 별명〉은 〈민우〉에 이어서 살펴볼 참이다.

민우

내 친구는 울보다.
친구들이 한 대만
때리면 바로 운다.
그런 민우를 보면 나는
웃음이 나온다.
우리는 민우만 보면
웃음이 나온다.
그래서 우리 교실에는

웃음꽃이 활짝 핀다.

우리 교실은 참 화목하다.

이런 우리 교실이 참 좋다.

〈민우〉에 나오는 민우는 조민우다. 조민우는 또래 친구들보다 어떤 것이든 조금씩은 뒤떨어지는 아이였다. 공부하는 것도 시원찮았고 노는 것도 변변찮았다. 담임 선생님이 기특하게 여기거나 친구들에게 인기를 끌만한 구석이 하나도 없는 어린이였다. 대개의 경우, 이러한 아이는 교실에 있는지 없는지 알 수 없을 정도로 잘 드러나지 않는다. 그러나 조민우는 달랐다. 그는 언제나 학급의 제일 관심사였다. 그것은 그의 우는 버릇 때문이었다.

조민우는 걸핏하면 울음을 터뜨렸다. 선생님한테 야단을 맞거나 친구들에게 따돌림당해서 울 때는 그럴 수도 있겠다고 생각할 수 있었다. 그러나 학습 준비물이 가방에 들어 있지 않다고 울고, 친구들이 자신과 부딪치며 지나갔다고 울고, 발을 헛디뎌 넘어졌다고 울 때는 누구든지 기막혀하지 않을 수 없었다. 그뿐이 아니었다. 조민우는 선생님의 관심을 끌고 싶을 때도 울었고 친구들에게 자신의 불만을 드러내고 싶을 때도 울었다. 조민우가 이렇게 늘 울음을 달고 다니자, 같은 친구들은 아예 그의 울음을 가지고 그를 놀렸다. '이젠 안 우네?' 하면서 놀렸고, '그런다고 우니?' 하면서 또 놀렸다. 물론 그런 놀림을 당할 때마다 조민우는 예외 없이 울었다.

어느 국어 시간. 이 학급에서는 시쓰기를 하였다. 이 학급에서는 11명의 아이가 함께 공부를 하는데, 조민우를 제외한 10명의 아이 가운데 2명이나 조민우에 대해서 시를 썼다. 〈민우〉는 그 2편의 시 가운데 1편이다.

〈민우〉는 초등학교 2학년 아이의 수준에 딱 맞게 쓴 시다. 친구에게 맞아서 우는 조민우를 덩달아 놀리는 것과 반 아이들이 하나가 되어 조민우를 웃음거리로 만들어 버리는 교실을 화목하다 하는 것은 눈꼴사나운 것이지만, 조민우의 억지 울음에 넌더리가 났을 화자의 입장을 고려하면 눈감아줄 만한 것이기도 하다.

동시도 시다. 그러나 동시라고 해서 모두 시의 품격을 지니는 것은 아니다. 어린이시에 대해서도 똑같이 말할 수 있다. 〈민우〉는 결코 시의 품격을 지닌 어린이시라고 말할 수는 없다. 그러나 〈민우〉도 읽을 만한 가치가 충분한 시다. 〈민우〉에는 어린이 고유의 사유 방식이 그대로 드러나 있기 때문이다. 그래서 〈민우〉는 시의 품격을 갖추지 못한 동시보다는 훨씬 나은 시라고 말할 수 있다. 어린이를 이해하는 데 도움이 되는 정보를 〈민우〉만큼 줄 수 있는 동시가 과연 얼마나 될까.

이번에는 〈민우〉의 주인공인 조민우. 그가 쓴 동시를 감상해 보기로 한다.

우리 반 애들의 별명
조민우(사천 완사초 2년)

애들은 매일
나-보-고
울보라고 한다.
철민이 별명은
수퍼돼지감자
윤기 별명은
송아지
현희 별명은

남생이

선희 별명은

백두산

보은이 별명은

보은이통닭구이집

오은미 별명은

오징어구이

지은이 별명은

김치

김소정 별명은

김밥

안소현 별명은

안성탕면

연정이 별명은

김치찌개

모두 별명이 있으면서

나만 놀린다.

(2000. 10.)

조민우는 시를 썼는데, 그것은 '별명'에 관한 시였다. 당연한 제재 선택이다. 별명 때문에 수없이 시달린 그가 아닌가. 놀라운 것은 조민우가 학급의 어느 누구보다도 빨리 시를 썼다는 사실이다. 받아쓰기를 제대로 하지 못하는 것은 말할 것도 없고 담임 선생님이 흑판에 써 준 글자를 베껴 쓰는 것도 힘들어했다는 조민우가 말이다. 그것보다 더 놀라운 일이 있다. 조민우의 시는 손댈 데가 거의 없는 잘 다듬어진 시라는 것이다.

먼저 제목을 보자. 이 동시의 제목은 '우리 반 애들의 별명'인데, 이것은 뜻밖이었다. 평소의 조민우는 꽤나 소극적이고 수동적인 아이였기 때문에, 그가 쓴 별명에 관한 시 또한 그런 성향의 것일 가능성이 매우 높았다. 예컨대, 별명 때문에 놀림 받는 자신을 자책하거나 별명으로 자신을 괴롭히는 친구들에게 하소연하거나 하는 내용의 시를 예상할 수 있었다는 것이다. 그러한 시에는 '나의 별명'이라는 제목이 잘 어울린다.

그러나 조민우는 시를 쓸 때 매우 적극적이고 능동적인 태도를 취했다. 조민우의 이력을 알고 있는 우리는 조민우의 파격적인 태도 변화에 사뭇 긴장하게 된다. '현실 속에서는 너희들이 나를 놀렸으니, 시 속에서는 내가 너희들을 놀려 주겠다'는 각오로 제목을 '우리 반 애들의 별명'으로 지었는지도 모를 일이기 때문이다. 그러나 조민우는 우리의 예상과는 달리 훨씬 냉정했다.

조민우는 먼저 '애들은 매일/나-보-고/울보라고 한다.'라고 하여, 자신의 별명을 부르며 놀리는 것에 대해서 강한 불만을 드러낸다. '나-보-고'를 보라. 줄표를 넣어 강조까지 하고 있지 않은가. 그러나 조민우가 정작 하고 싶은 말은 그것이 아니었다. 맨 마지막 두 시행이 압권이다. '모두 별명이 있으면서/나만 놀린다.'가 그동안 조민우가 가슴에 묻어 두었던 말이다.

조민우의 생각을 정리해 보자. 잘 우니까 울보라고 하는데, 좋다, 그건 인정하겠다. 별명이 있으니까 별명을 부르는 것, 그것 또한 받아들이겠다. 그런데, 왜 나만 별명을 부르며 놀리느냐, 나만 별명이 있는 것도 아닌데. 별명을 부르려면 다 같이 부르고, 그러지 않으려면 나의 별명도 부르지 말라.

조민우는 주장만 불쑥 내세운 것이 아니었다. 그것을 뒷받침할 수 있는 근거를 제시한다. 그 근거란 친구들의 별명이다. 이미 말한 바 있듯이,

조민우의 반 친구는 모두 10명이다. 조민우는 그 친구들의 별명을 하나씩 하나씩 차례대로 나열한다. 모르긴 해도, 친구의 수가 10명이 아니라 60명이라 할지라도 조민우는 똑같이 그랬을 것이다. 그러면 시가 망가진다고? 지금 조민우는 시를 쓰고 있는 것이 아니다. 가슴에 차고 넘쳐서 온몸에 사무쳤던 말을 쏟아내고 있는 것이다. 역설적이지만, 그래서 조민우의 시는 시다운 시가 되었다.

어린이라고 해서 왜 가슴에 사무치는 것이 없을까마는 우리는 곧잘 그러한 사실을 잊어버린다. 한 살 터울 오빠에게 장난감을 빼앗긴 아기가 집이 떠나가도록 울어제끼는 것, 옆집 친구에게 뚱순이라는 소리를 들은 유치원 아이가 다이어트한다고 간식 우유를 밀어내는 것, 부모의 등쌀에 억지로 피아노 학원을 다니던 초등학생이 피아노에만 앉으면 손가락이 곱아 버리는 것 등등. 우리는 그러한 어린이에게 어떻게 했던가. 장난감은 오빠랑 나누어 가져야 한다, 조그만 게 무슨 다이어트냐, 꾀병 부리지 말라고 다그치고는, 다그쳤다는 사실조차 금세 잊어버리지 않았던가.

조민우가 처음부터 울고 다녔을까. 그렇지는 않았을 것이다. 어쩌다가 울었을 테고, 그것이 조금은 남달랐을 테고, 그러다 보니 울보라는 별명을 얻게 되었을 테고, 마침내 울보라는 별명 때문에 울고 다니는 지경에까지 이르게 되었을 테고.

그러한 조민우가 시를 쓸 기회를 얻게 되었다. 울음 대신 말로 가슴에 사무친 것을 풀어낼 기회를 얻게 되었다. 조민우는 학급에서 가장 뒤떨어지는 아이인데 이 시만큼은 누구보다도 먼저 완성했다. 이것만 봐도, 울음으로 하루를 시작하고 울음으로 하루를 마감하는 자신의 삶과 관련하여 조민우가 하고 싶었던 말이 얼마나 절절했는지를 충분히 알 수 있다.

어떤 생각과 느낌이 우리의 가슴 속에 똬리를 치고 들어앉으면 우리는 괴로워진다. 그래서 우리는 그것을 떨쳐 버리려고 갖은 애를 쓰게 된다.

그러나 떨쳐 버릴 수 있는 게 있는가 하면 그렇게 할 수 없는 것이 있다. 떨쳐내려고 애를 쓰면 쓸수록 더 깊은 곳으로 파고드는 생각과 느낌이 있다. 우리는 바로 그러한 것을 일러 가슴에 사무친 생각과 느낌이라 한다. 가슴에 사무친 생각과 느낌은 군더더기 하나 없는 알심으로만 이루어진다. 그것은 그 자체로 머리, 몸통, 꼬리를 갖춘 알싸한 말이 된다. 그래서 가슴 속에 사무친 말은 입에 올리면 저절로 노래가 된다.

함께 읽어볼 만한 어른이 쓴 동시

이번에는 조민우와 비슷한 방법으로 쓴 듯한 동시를 한 편 감상하기로 하겠다. 조민우는 아니더라도, 조민우와 비슷한 아이는 이 세상에 많다. 조민우와 비슷한 아이는 아니더라도 조민우와 비슷한 방법으로 시를 쓰는 아이는 이 세상에 많다. 어쩌면 이 시인은 그러한 아이로부터 동시를 창작하는 방법을 배웠는지도 모른다. 실제로 이 시인은 어린이를 받아쓰기하는 마음으로 시를 썼다고, 아래에 소개하는 동시를 실어 놓은 동시집의 머리말에서 고백한 바 있다.

숲 하나
김은영

저기
포크레인 덜컹거리는
숲에는

소쩍새 부엉이 비둘기 꿩 지빠귀 꾀꼬리 솔새 휘파람새 까치 까마귀

할미새 다람쥐 산토끼 들고양이 청설모 너구리 오소리 고라니 꽃뱀
구렁이 족제비 멧돼지 산나리 원추리 둥글레 고사리 취 으아리 두릅
잔대 더덕 머루 다래 칡 잣 솔방울 두메부추 소나무 잣나무 옻나무 참
나무 밤나무 엄나무 자작나무 물푸레나무 영지버섯 국수버섯 싸리버
섯 밤나무버섯 독버섯 진달래 철쭉꽃 찔레꽃 제비꽃 할미꽃 조팝꽃
싸리꽃 산나리 물봉숭아 엉겅퀴 패랭이꽃 산도라지 달맞이꽃 솔이끼
돌멩이 바위 개미떼 벌 나비 개구리 옹달샘 골짜기 바람소리 물소리
가을단풍 겨울눈꽃 오솔길

숲 하나에는
내가 아는 것만도 이렇게 많은데
너도 아는 것 동그라미 쳐 가며 읽어 보고
내가 모르는 것도 써 주렴

숲 하나
이제 영영 사라지고 마는데
숲 하나에 있던 모든 것들
다만 이름이라도 남겨 놓아야 하지 않겠니

어느 도서관에서 아주머니를 대상으로 하여 어린이문학을 강의할 기
회가 있었다. 어찌어찌하다 보니, 이 동시를 함께 읽게 되었다. 그때, 나는
무척 놀랐다. 몇몇 아주머니의 눈에 눈물이 글썽거리는 것이 아닌가. 강
의가 끝나고 함께 점심을 먹는 자리에서 어느 아주머니가 그랬다. 자신도
모르게 눈물이 글썽거려지더라는 것이다. 그런데, 이를 어쩌나. 아주머니
는 그 말을 하면서 또 눈물을 글썽거렸다. 이제야 말하는 것이지만, 사실

은 나도 그랬다. 이 동시를 읽어 줄 때 눈물까지야 아니지만 가슴에 뜨거운 것이 차올랐다.

이제 숲 하나가 사라진다. 포크레인이 숲 하나를 거덜내려고 한다. 그 숲에 사는 식물과 동물은 어쩌란 말인가. 흘러가는 구름, 머물다 사라지는 안개, 얼었다 녹는 물은 어쩌란 말인가. 어쩔 수 없는 일이다. 그렇다고 포크레인 앞에 드러누울 수는 없지 않은가. 그래도 시인은 자신이 할 수 있는 일이 있음을 알았다. 그것은 그들을 기억하는 것이다. 그리고 다른 사람들도 그들을 기억할 수 있도록 그들의 이름을 노래 부르는 것이다.

시인은 먼저 숲에 살고 있는 생명과 존재의 이름을 하나하나 적어나간다. 시인이 적은 이름이 78개다. 내가 모르는 이름이 적지 않다. 생김새가 전혀 떠오르지 않는 것이 15개나 된다. 시인이 모르고 내가 아는 것이 그 정도가 되면 좋으련만. 나는 이 시인만큼 숲을 사랑하지 않는 것이 분명하다. 시인은 이 동시를 통해서 나를 부끄럽게 만들었다. 그러나 그것은 즐거운 부끄러움이었다는 것을 알려 주고 싶다.

시인 자신의 말처럼 숲에 사는 생명과 존재의 이름을 많이도 적었다. 그러나 시인은 잘 안다. 그것이 숲에 사는 생명과 존재의 모든 것이 아니라는 사실을. 그래서 시인은 오히려 자신이 78개의 이름밖에 적을 수 없음을 안타까워한다.

이 동시는 소리 내어 읽기가 불편하다. 78개나 나열해 놓은 숲의 생명과 존재의 이름이 걸치적거리기 때문이다. 그런데 그 이름을 전부 소리 내어 읽을 필요가 없다. 시인은 자신이 알고 있는 이름이 780개였다 하더라도 그것을 다 늘어놓을 것 같은 기세다. 어린이는 그렇게 한다. 어린이에게 시 쓰는 법을 배웠다는 시인이니 당연히 그렇게 할 것이다. 이러한 시인이라면 독자가 7-8개의 이름만 소리내어 읽는다 하더라도 크게 서운해하지는 않을 것이다. 읽어 보면 알겠지만, 그렇게 읽어야 오히려 시인의 안타까움을 더 절절하게 느낄 수 있다. 이것이 뜻하는 바가 무엇이겠는가. 가슴에 사무친 것이라야 나열할 수 있고, 그렇게 나열한 것이면 다른 사람이 적당히 잘라서 읽더라도 그 절절함을 충분히 느낄 수 있다는 것이 아니겠는가. 혹시 이 글이 오해를 불러일으킬까봐 덧붙인다. 무엇인가를 나열하기만 하면 그 무엇인가를 다른 사람의 가슴에까지 사무치게 할 수 있는 것은 결코 아니다.

시인은 자신의 머리만으로는 숲 하나를 기억하지 못할 것을 두려워한다. 그래서 자신의 동시를 읽고 있는 독자까지 불러들인다. 시인이 나열해 놓은 이름 가운데 독자더러 아는 이름이 있으면 동그라미를 쳐보고, 시인이 빠뜨린 이름이 있으면 채워 달라고 말한다. 나도 그랬지만, 다른 독자들도 그 부탁을 결코 거절하지 못할 것 같다. 사라지는 숲의 생명과 존재를 이름으로라도 기억 속에 살려 놓자는 그 절절한 부탁을, 적어도 동시를 읽는다는 독자가 어떻게 거절할 수 있단 말인가.

이 동시의 창작법은 조민우의 시 창작법을 그대로 빼다박았다. 물론 차이는 있다. 조민우는 친구들 때문에 사무쳤고, 그것을 친구들을 통해서 풀었다. 이에 반해, 시인은 스스로 사무쳤고, 친구들까지 사무치게 했다. 어린이와 어른의 차이가 이런 것일까.

문득 궁금증이 인다. 시인의 친구는 어른일까 어린이일까. 시인이 어른이니까 그 친구도 어른이리라. 그러나 어린이라도 상관없을 듯하다. 아니, 어린이라야 제격일 것 같다. 별명 때문에 하루 종일 울고 다닐 수 있는 어린이라야 사라지는 숲 때문에 하루 종일 울고 다닐 수 있지 않을까. 자신을 놀리는 친구까지도 그 이름 하나 하나를 마음에 간직하는 어린이라야 사라지게 될 숲의 친구들 이름 하나 하나를 마음에 아로새길 수 있지 않을까.

이 동시는 어른 화자 동시의 모범으로 꼽을 만하다. 시인이 어른의 목소리를 전혀 숨기지 않을 뿐만 아니라 자신의 생각과 느낌을 솔직히 드러 내다는 점에서, 그리고 독자인 어린이가 자신의 주체적인 판단에 따라서 어른의 생각과 느낌을 평가할 수 있게 해 주었다는 점에서 그렇다. 어린 이시에서 쉽게 찾아볼 수 있는 발상법과 표현법을 이 동시에서도 찾아볼 수 있었다는 것이 이 동시를 읽는 또 다른 즐거움이었다.

〈할아버지 불알〉과 〈내 자지〉 견주어보기

1.

어린이시에 빠져 지내다 보니 동시를 찾아서 읽는 일이 점점 뜸해진다. 어쩌다 읽는 동시도 많이 싱겁게 느껴진다. 이런 내가 발표된 지 얼마 되지도 않은 동시 〈할아버지 불알〉(김창완,《동시마중》, 2013년 3·4월호)에 대해서 글까지 쓰게 된 것은 동시를 공부하는 어느 초등학교 교사의 질문 하나 때문이었다.

"이런 것도 동시라 할 수 있어요?"

사실, 이것은 나한테서 답을 구하려는 질문이 아니었다. 〈할아버지 불알〉은 동시로 볼 수 없다는 주장이었다. 그 초등학교 교사의 논리는 이랬다. '〈할아버지 불알〉은 징그러운 시라서 아이들과 함께 읽기가 아주 많이 껄끄러운 시다. 이런 것은 시는 될 수 있을지언정 동시는 될 수 없다.'

〈할아버지 불알〉은 동시 전문 잡지에 발표된 작품이다. 작가도 동시로 써서 투고한 것이고 편집자도 동시로 여겨서 잡지에 실은 것이다. 그런 작품을 두고 우리의 초등학교 교사는 단호한 목소리로 말한다. 동시가 아

니라고. 이것은 도발이다. 그러나 좀 더 따져볼 일이다. 〈할아버지 불알〉
그 자체가 동시 장르에 대한 도발일 수도 있으니까.

제목에서 알 수 있듯이, 〈할아버지 불알〉은 성인의 성기를 제재로 한
시다. 제재의 측면에서 볼 때, 이 시는 징그러운 시가 맞다. 그러나 제재가
징그럽다 해서 그 제재를 통해서 구현하고자 했던 작가의 시정신까지 징
그러울 것이라고 속단하는 것은 어리석은 짓이다. 반대로, 우리보다 먼저
〈할아버지 불알〉을 읽었던 그 초등학교 교사의 판단을 깡그리 무시한다
면 그것 또한 어리석은 짓이다. 그 초등학교 교사가 설마, 제재의 징그러
움을 시정신의 징그러움으로 무턱대고 과장했을라고.

〈할아버지 불알〉이라는 제목만 보고도 어린이시 〈내 자지〉를 머리에
떠올릴 사람이 많을 줄 안다. 〈내 자지〉는 〈할아버지 불알〉이 이제부터 걸
어야 할 길을 오래 전에 이미 걸었던 시다.

10여 년 전이었을 것이다. KBS의 어린이날 특집 프로그램에서 어린이
를 위한 추천 도서를 선정한 적이 있었다. 그 선정 작업에서 가장 크게 논
란이 되었던 것이 어떤 어린이시집이었는데, 거기에 수록된 〈내 자지〉가
문제시로 지목되었다. 우여곡절이 있긴 했지만, 결국 그 시집은 추천 도
서로 선정되었다. 〈내 자지〉는 제재는 징그러울지 몰라도 시 자체가 징그
러운 것은 아니라는 데 의견이 모아졌던 것이다. 무엇을 제재로 했느냐보
다는 그 제재로 무엇을 했느냐를 가지고 시를 평가하는 것, 그것은 너무
나 당연한 일이다.

보다시피, 〈할아버지 불알〉과 〈내 자지〉는 누구든지 징그럽게 여길 만
한 제재로 쓴 시라는 공통점을 가지고 있다. 그런데 우리가 살펴본 읽기
사례를 보면, 앞엣것은 징그러운 시로 읽힌다 하고 뒤엣것은 아름다운 시
로 읽힌다 한다. 그 읽기 사례에서 오독은 없었다고 전제한다면, 두 시의
거리를 벌려 놓은 것은 각각의 서로 다른 시정신일 것이다. 이를 확인하

기 위해서라도 두 시를 한 묶음으로 하여 꼼꼼하게 읽어 봐야겠다.

2.

　〈할아버지 불알〉은 내용 자체는 단순하다. 그런데도 쉽게 읽어내려 갈 수가 없다. 문맥으로는 도무지 이해가 되지 않는 의미의 빈자리 때문이다.

할아버지 불알
　　　김창완

할아버지 참 바보 같다
불알이 다 보이는데
쭈그리고 앉아서 발톱만 깎는다
시커먼 불알

　이 시의 화자는 할아버지를 '바보 같다'고 표현했다. 할아버지가 원래부터 바보는 아니라는 것, 그렇지만 지금 하고 있는 모습은 영락없는 바보의 모습이라는 것이다. 우리는 이 구절에서 다음과 같은 사실을 짐작할 수 있다. '할아버지는 지금 쭈그리고 앉아서 발톱을 깎고 있는데 불알이 다 보인다. 다만, 할아버지는 그 사실을 전혀 모르고 있다.'
　이 구절의 속뜻을 달리 풀어 볼 수는 없을까. '할아버지는 자신의 불알이 남한테 보인다는 것을 알고도 그러고 있다' 또는 '할아버지는 자신의 불알이 남한테 보이든 말든 아예 관심을 두지 않는다'로 말이다. 그러나 이러한 추측은 곤란하다. 정신이 나간 사람이 아닌 다음에야 그렇게 생각하고 그렇게 행동할 사람은 없을 테니까.

그런데 어린이 독자의 입장에서 볼 때 난감한 것은 따로 있다. 도대체 할아버지가 아랫도리를 어떻게 하고 있기에 그 앞에 있으면 할아버지의 불알이 다 보일까. 아래가 툭 터진 낡은 팬티를 걸치는 시늉만 하고 있다고 하면 어떨까. 이 또한 말이 안 된다. 만일 할아버지가 자신의 방안에서 그런 차림을 하고 있다면? 이것은 그다지 어색하지 않다. 그렇지만 할아버지의 모습을 그렇게 상상하면 화자의 모습이 어색해진다. 방안에서 팬티만 입고 있는 할아버지를 바보 같다고 말하는 화자라면 우리는 오히려 그 화자를 바보 같다고 말해야 할 테니까.

지금까지 이 시의 시적 상황을 이리저리 짜맞추어봤지만, 어느 것 하나 신통한 것이 없다. 할아버지가 쭈그리고 앉았을 때 불알이 보이게끔 할 수 있는 그림을 그릴 수 없었다는 것이다. 그렇다면, 이 시의 시적 상황은 터무니없는 것일까? 아니다. 그렇지 않다.

비밀은 우리의 전통옷인 한복에 있다. 예컨대, 잠방이. 잠방이는 가랑이가 무릎까지만 내려오도록 짧게 만든 홑바지다. 바지통이 큰 잠방이는 입고 쭈그리고 앉으면 바짓가랑이가 허벅지께로 내려간다. 팬티를 입지 않거나 밑이 헐렁한 팬티를 입고 있으면 바짓가랑이 사이로 불알이 보일 수도 있다. 이제야 고백하는 것이지만, 나 역시 어렸을 때 이 시의 화자와 같은 경험을 한 적이 있다. 문제는 그 경험이 오늘날의 어린이는 좀처럼 할 수 없는 경험이라는 것이다. 잠방이를 입고 여름을 나는 할아버지를 찾아보기 어려운 시절이라서 말이다.

〈할아버지 불알〉은 '지금 여기'의 어른 작가가 어린이로 돌아가 '그때 그 시절'에서 구성한 시적 상황을 '지금 여기'의 어린이에게 제시하는 시다. 그러니 이 시의 어린이 화자와 이 시를 읽을 어린이 독자는 각자 머물고 있는 시공간의 사회적 맥락이 서로 다를 수 밖에. 당연히, 그 둘은 의사소통에 어려움을 겪는다. 한마디로 말하면, 이 시는 이 시대의 어린이 독자한테는 잘 이해가 되지 않는 시라는 것이다. 어린이가 읽어서 이해할 수 없는 시, 그런 시도 동시라 할 수 있을까.

〈할아버지 불알〉은 우리한테 또 다른 생각거리를 던져 주는데, 그것은 동시의 교육성에 관한 것이다. 이미 확인한 바 있듯이, 이 시는 동시로 씌어지고 동시로 잡지에 실렸던 시다. 그러니까, 이 시는 무엇으로든 어떻게든 어린이를 위하는 시로 인정받았다는 것이다. 문제는 그 '무엇'이 그 '어떻게'가 잘 잡히지 않는다는 데 있다.

이 시의 어린이 화자는 첫째, 보통은 금기시하는 성에 관한 말을 아무 거리낌 없이 자연스럽게 하고 있고 둘째, 자신의 실수를 알지 못하는 할아버지를 마음속으로 조롱하고 있다.

어린이시의 어린이 화자가 이렇게 말을 하고 이렇게 행동하는 것은 전혀 문제가 되지 않는다. 다른 것은 그만두고라도, 자신이 보고 느낀 것을 있는 그대로 솔직하게 말하는 것만 해도 어린이 자신한테는 의미 있는 일이기 때문이다. 그러나 같은 말과 같은 행동이라도 그것이 동시의 어린이 화자가 한 것이라면 이야기는 달라진다. 그 어린이 화자는 어른 작가의 대변인에 지나지 않기 때문이다.

어린이시의 어린이 화자는 생각이나 느낌이 좀 어설퍼도 된다. 어린이 화자는 곧 시를 쓰는 어린이고, 어린이는 어느 정도 어설프기 마련이니까. 그러나 동시의 어린이 화자는 특별한 이유가 없는 한 어설퍼서는 안 된다. 시를 쓰는 어른의 대리인이니까. 어린이시와 (어린이 화자) 동시는 바로 이 지점에서 갈 길이 나뉜다. 어린이시와 구별할 수 없는 (어린이 화자) 동시는 쓸 이유도 읽을 이유도 없는 것이다.

〈할아버지 불알〉이 동시이기 때문에, 성에 관한 언급이나 실수에 대한 조롱은 어른 작가의 의도적인 문제의식에서 이루어진 것이라고 생각할 수 있다. 물론 그것은 어린이 독자한테 의미 있게 다가가는 건강한 문제의식이어야 한다. 그러나 〈할아버지 불알〉에서는 어른의 건강한 문제 의식으로 볼 만한 것이 전혀 없다. 성에 대한 인식의 전환이라든가 상대의 실수에 대한 현명한 대응 방법의 탐색 같은 것을 꾀할 수도 있었으련만… 〈할아버지 불알〉을 동시로 보기 곤란한 두 번째 이유는 바로 이것이다. 어린이가 읽어서 얻을 것이 없다는 것.

〈할아버지 불알〉은 작가의 어린 시절 추억담에 지나지 않는다. 작가와 비슷한 추억을 지닌 나 같은 사람은 재미있게 읽을 수 있다. '그래, 그땐 그랬지.' 이렇게 중얼거릴 수 있는 사람한테는 〈할아버지 불알〉은 정겨운 시가 된다. 한 마디로 말해서 〈할아버지 불알〉은 동시가 아니라 시라는 것이다.

3.

〈할아버지 불알〉은 다른 사람의 성기에 관한 시다. 다른 사람의 성기에 관한 언급은 비록 그것이 좋은 의미의 언급이라 할지라도 당사자한테는 그다지 유쾌한 것이 되지 못한다. 제삼자도 마찬가지다. 언제 어디서 당사자의 신분으로 바뀔지 알 수 없는 일이기 때문이다. 이처럼 다른 사람의 성기에 관한 시는 기본적으로 공격성을 띠기 때문에 경우에 따라서는 징그러움뿐만 아니라 혐오감까지 줄 수 있다.

이에 반해서, 〈내 자지〉는, 제목에서 알 수 있듯이, 자기 자신의 성기에 관한 시다. 이러한 시도 어쨌든 성기에 관한 시라서 제삼자는 징그러움을 느낄 수 있다. 자기 자신의 성기에 관한 시도 다른 사람의 성기에 관한 시처럼 독자한테 혐오감을 주기도 한다. 예로 들면, 자기 자신의 성기를 과시하거나 비하하는 시 같은 것.

성기를 제재로 한 시에 대해서는 독자는 일정한 거리를 둘 수밖에 없다. 그러나 〈할아버지 불알〉에 대해서는 방어적인 거리를 두게 되는 데 반하여 〈내 자지〉에 대해서는 우호적인 거리를 두게 된다는 차이가 있다. 자기 자신의 성기에 관한 시는 성에 대한 자기의 새로운 인식을 보여 줄 가능성이 있음을 독자는 알고 있기 때문이다. 이런 점에서 볼 때, 〈내 자지〉는 〈할아버지 불알〉보다 제재에 대해서 좀 더 세련된 문제의식을 보여 주고 있다고 말할 수 있다.

〈내 자지〉의 세련된 문제의식이 제재의 선택에 국한된 것인지 아닌지를 알아보려면 〈내 자지〉를 직접 읽어 보는 수밖에 없다.

내 자지

이재흠(안동 대곡분교 3년)

오줌이 누고 싶어서
변소에 갔더니
해바라기가
내 자지를 볼라고 한다.
나는 안 비에 줬다.

(1969. 10. 14.)

〈내 자지〉는 초등학교 3년생, 그러니까 우리 나이로 10살 된 어린이가 쓴 시다. 10살 된 어린이가 자기 자신의 성기를 '자지'라 했다. 어쩌면, 이 시가 징그럽게 여겨지는 까닭이 이것 때문인지도 모르겠다. 이 시의 '자지'를 모두 '고추'로 바꾸어 버리면 어떨까. 그래도 징그럽다 할 사람이 있을까. 아니다. '고추'는 '자지'의 에로틱한 성적 이미지가 제거된 말이기 때문이다.

사실, 성기에 관한 말이 금기어가 된 것은 그것에서 연상할 수 있는 에

로틱한 성적 이미지 때문이다. 그런데 어린이한테는 성기에 관한 말은 신체의 한 부위를 가리키는 말에 지나지 않는다. 이러한 차이 때문에, 성기에 관한 말이라도, 그것이 어른의 성기에 관한 어른의 말이냐 아니면 어린이의 성기에 관한 어린이의 말이냐에 따라서 에로틱한 성적 이미지를 환기시킬 수도 있고 환기시키지 않을 수도 있는 것이다.

　일반적인 경우, 10살 된 어린이는 자기 자신의 성기를 '자지'라 하지 않는다. 그런데 이 시를 쓴 어린이는 '자지'라 했다. 이 어린이가 사는 지역의 언어 관습 탓일 수도 있다. 어린이의 성기를 '잠지'라고도 하는데, 그것과 혼동했을지도 모르고. 어쩌면 우리의 어린이 시인이 '자지'라는 말을 의도적으로 썼을 수도 있다.

　해바라기가 내 '자지'를 보려고 하고, 나는 보여 주지 않으려고 한다. 왜 그랬을까. 작가의 의도성을 가정하면 답은 이렇다. '고추'가 아니라 '자지'라서. '자지'니까 해바라기도 보려고 하고, 또 '자지'니까 나도 보여 주지 않으려고 하는 것이다.

　자신의 성기를 '고추'가 아닌 '자지'로 여겨서 그것을 남한테 보여 주기를 부끄러워하는 것을 어른 의식이라 해 보자. 그런데 이 시의 화자, 그러니까 이 시를 쓴 어린이는 자신의 성기를 해바라기한테 보여 주는 것도 부끄러워하고 있다. 이를 보면, 이 어린이의 어른 의식이라는 것은 아직은 제대로 여물지 않은 것임을 알 수 있다. 이 어린이는 여전히 어린이인 것이다.

　이런 점에 주목하면, 〈내 자지〉는 이제 막 성에 눈뜨기 시작한 어린이의 의식 세계를 상큼하게 보여 주는 아름다운 시라 말하지 않을 수 없다. 성기를 제재로 한 시에 대해서 이렇게 말할 수 있다는 것도 놀라운 일이다.

　한편, '자지'를 지역적 언어 관습에서 선택된 말이라 해도, 즉 '자지'가 성인의 성기가 아닌 어린이의 성기를 가리키는 그 지역 특유의 말로 이해

한다고 해도, 이 시에 대한 평가가 달라지는 것은 아니다. 이 시는 여전히 상큼하고 아름다운 시라는 것이다.

어른들은 어린이들한테 끊임없이 얘기한다. '고추'란 것은 소중히 여겨야 하는 것이며 남한테 함부로 보여 줘서도 안 되는 것이라고. 이 시의 화자는 어른의 말을 새겨들었던 모양이다. 물론 이 어린이를 어린이답다 하는 것은 그것 때문이 아니다. 해바라기도 사람처럼 여겨 해바라기한테도 '고추'를 보여 주지 않으려 하는 것, 바로 그것 때문이다. 어린이다운 어린이의 마음은 이렇게 상큼한 마음이라는 것을 우리는 이 시에서 다시 한 번 확인하게 된다.

작품 속의 시대적 배경은 〈할아버지 불알〉이나 〈내 자지〉나 어슷비슷하다. 우리는, 베잠방이를 입은 할아버지가 해바라기가 쭈욱 늘어서 있는 뒷간의 오줌통에다 볼 일을 보는 그림을 머릿속으로 그려볼 수도 있다. 그런데 격세지감은 사뭇 다르다. 베잠방이는 이제 거의 사라졌지만 뒷간은 아직 드물지 않고, 베잠방이를 입고 불알이 보이는지도 모르고 쪼그리고 앉아 발톱을 깎고 있는 할아버지는 지금은 아예 상상도 못 할 일이지만 해바라기가 쭈욱 늘어서서 내려다보는 뒷간의 오줌통에다 볼 일을 보는 것은 요즘 흔해 빠진 농촌 체험을 통해서 쉽게 해 볼 수 있는 일이다. 〈내 자지〉는, 〈할아버지 불알〉과 달리, '지금 여기'의 어린이 독자도 어렵지 않게 읽을 낼 수 있는 시라는 것이다.

4.

〈할아버지 불알〉은 어떤 사람에게는 징그러운 시가 되고 또 어떤 사람에게는 정겨운 시가 된다. 그 까닭은 성에 관한 언급이 지난날의 회고 그 이상도 이하도 아니기 때문이다. 문제는 이 시로 말미암아 추억을 떠올릴 수 있는 사람, 그러니까 이 시를 정겹게 읽을 수 있는 사람은 제법 나이를

먹은 어른이라는 것이다. 〈할아버지 불알〉을 동시가 아닌 시로 규정할 수
밖에 없는 까닭이 바로 여기에 있다.

〈할아버지 불알〉의 정체성에 대한 논란은 동시 장르 그 자체의 정체성
의 논란으로 이어질 가능성이 크다. 이런 점에서, 〈할아버지 불알〉은, 그
것이 동시이든 아니든, 동시 장르의 입장에서는 의미 있는 시라 하지 않
을 수 없다.

〈할아버지 불알〉은 우리의 평가와 상관없이 동시로서 일정한 의미를
지닌다. 일단 동시의 제재 영역을 크게 확장했다. 내가 알기로, 성기 그 자
체를 제재로 선택한 동시는 이 시가 최초가 아닌가 한다. 아쉽게도, 이 시
의 문학적 성과는 이 시보다 훨씬 오래 전에 성기를 제재로 선택한 어린
이시 〈내 자지〉의 그것에는 미치지 못한다. 그러나 어린이 독자를 염두에
두고 쓰는 시에서 성적 언어를 구사하고자 하는 작가가 있다면 꼭 참고해
야 할 시가 바로 〈할아버지 불알〉이다. 물론 〈내 자지〉와 비교하면서 읽어
야 얻는 바가 더 커질 테지만.

〈내 자지〉와 〈할아버지 불알〉을 비교해서 읽으면, 어린이시의 존재 의
미를 극적으로 확인할 수 있다. 〈내 자지〉는 어린이가 아니면 쓸 수 없는
시고 〈할아버지 불알〉은 어른이 아니면 쓸 수 없는 시라는 사실에서, 우
리는 일단 어린이시의 독자성을 확인할 수 있다. 이미 말한 바 있듯이,
〈할아버지 불알〉은 '지금 여기'의 어린이는 아예 경험할 수 없는 것을 어
른이 어린 시절의 자신을 화자로 하여 시로 쓴 것이다.

〈내 자지〉는 어떨까. 어린이를 아주 잘 아는 어른이라면 겉모습은 흉내
낼 수 있을 것 같다. 그러나 어른이 쓴 〈내 자지〉에서는 어린이가 쓴 〈내
자지〉에서 우리가 읽었던 이중적 의미는 결코 읽어낼 수 없을 것이다. 왜
냐하면, 어른이라면 '자지'는 어른의 성기를 가리키는 말로 그 뜻을 한정
할 것이기 때문이다.

〈내 자지〉와 〈할아버지 불알〉을 비교해서 읽다 보니 이런 생각도 든다. 어린이시가 있는데도, 어른이 어린이를 화자로 내세우는 동시를 굳이 쓸 필요가 있을까 하는. 어린이 화자 동시를 쓰느니 차라리 어린이로 하여금 시를 쓰도록 이끌어주는 것이 어린이를 위해서 더 낫지 않을까 하는.

〈내 자지〉에서 알 수 있듯이, 어린이는 이미 오래 전부터 성기를 제재로 하여 시를 써왔다. 어른이 그러한 시를 쓰는 데는 〈내 자지〉가 씌어진 때로부터 40여 년이 지나야 했다. 그렇다고 어른이 쓴 〈할아버지 불알〉이 〈내 자지〉보다 문학적 성취도가 더 높은 것도 아니었다. 한 걸음 물러서서 생각하면 이해 못 할 것도 없다. 성기라는 것이 아주 매우 특수한 제재라서 이런 결과가 나타났을 수도 있으니까.

어쨌거나, 어린이 화자 동시를 쓰려고 하는 사람들은 좀 더 분발해야겠다. 어린이시보다 못한 동시를 쓴다는 소리를 들어서는 안 되지 않겠는가.

이른바 '잔혹 동시' 〈학원가기 싫은 날〉의 교훈

이른바 '잔혹 동시' 논란의 전말

〈학원가기 싫은 날〉은《솔로 강아지》(이순영, 가문비출판사, 2015)라는 어린이 개인 시집에 실려 있는 시인데, 지난 5월 4일(2015년) 세계일보가 이른바 '잔혹 동시'로 보도하면서 세상에 알려졌다. 명색이 어린이시를 공부한다는 나도 그 기사를 통해서 이 시를 처음 접하게 되었다.

그 기사의 제목은 이렇다. "초등생의 '잔혹 동시' 충격… 그것을 책으로 낸 어른들" 제목만 봐도 기사의 초점을 대강 짐작할 수 있을 것이다. 어린이시가 잔혹한 내용을 담고 있어 충격적이라는 것이고, 그런 어린이시를 모아 시집을 낸 어른들이 있어 또 충격적이라는 것이다.

〈학원가기 싫은 날〉이 '잔혹 동시'라는 무시무시한 타이틀을 달게 된 데는 기사의 지적처럼 어른이 큰 몫을 했다. 시는 올해 열 살 난 초등학교 3학년 어린이가 썼지만 삽화는 전문적으로 그림을 공부한 어른이 그렸다. 어른이 비단 삽화에만 관여했던 것은 아니다. 시는 손을 대지 않았다고 하니 시 빼고는 모두 어른의 손이 닿았다 하겠다. 한 마디로 말해서, 시는 어린이가 썼지만 시집은 어른들이 만들었다는 것이다. 〈학원가기 싫은 날〉이 우리가 정녕 용납할 수 없는 시라면 그에 대한 책임은 누구한테 물어야 할까. 시를 쓴 어린이한테 물어야 할까, 아니면 시집을 만든 어른들한테 물어야 할까. 생각해 볼 문제다.

세계일보의 기사는 선정성이 강한 기사였다. 단박에 사람들의 눈과 귀를 사로잡았다. 그러자 이런 저런 언론 매체는 〈학원가기 싫은 날〉과 관련한 다채로운 뉴스를 경쟁적으로 보도했고, 관련어는 금세 인터넷 검색 순위의 상위에 올랐다. 5월과 6월 두 달 동안 인터넷은 이른바 '잔혹 동시'에 대한 논란으로 뜨겁게 달구어졌다. 이제 그 논란의 대강을 정리해 본다.

이른바 '잔혹 동시'를 처음으로 보도한 세계일보의 기사에는 시집을 발간한 출판사 발행인의 짧은 인터뷰가 포함되어 있다. 다음은 그 기사에서 따온 발행인의 말이다. "시집에 실린 모든 작품에 조금도 수정을 가하지 않았고, 여기에 실린 시들은 섬뜩하지만 예술성을 확보하고 있다." "글이 작가의 고유한 영역인 만큼 그림을 그리는 화가도 자기 영역이 있다고 판단해 존중했다." "이것을 보고 시대의 슬픈 자화상을 발견하고 어른들의 잘못된 교육에 대해 반성할 수 있는 계기가 될 수도 있다고 본다."

발행인의 말에 따르면, 시집에 실린 시는, 교육 현실에 대한 비판적 메시지를 전하는, 섬뜩하지만 예술성을 갖춘, 어린이의 순수한 작품이라는 것이다. 그러나 세계일보의 기사에 경악한 네티즌들은 발행인의 주장은 아예 무시하고, 시집에 실린 시뿐만 아니라 시를 쓴 어린이까지 격렬하게 비난했다. 그러자 발행인은 바로 입장을 바꾸어, 《솔로 강아지》의 회수 및 폐기 결정을 내리고 사과문을 발표한다. 《솔로 강아지》의 일부 내용이 표현 자유의 허용 수위를 넘어섰고 어린이들에게 부정적인 영향을 줄 수 있다는 내용의 항의와 질타를 많은 분들로부터 받았다'며 '독자 여러분께 심려를 끼쳐 깊이 사죄하는 마음으로 머리를 숙인다'고 했다.

시를 쓴 어린이의 부모는 출판사의 조치에 반발했다. 법원에 《솔로강 아지》의 회수 및 폐기 금지 가처분 신청을 했다. 동시집에 수록된 58편의 시 중 1편만 가지고 폐기를 결정하는 것은 과하다는 것을 그 이유로 내세 웠다. 그러나 그것이 이유의 전부는 아닌 듯했다.

시를 쓴 어린이의 어머니는 이른바 '잔혹 동시' 논란에 대한 입장을 밝힌 바 있는데, 그 핵심은 시는 시일 뿐이라는 것이었다. 그리고 세계일보의 기사가 제기했던 어린이 독자에 대한 우려도 일축했다. 그 말을 들어보자. "순영이의 친구들은 이 시집을 좋아했고 그저 재미있어 했고 아무도 이로 인해 상처받은 적이 없습니다. 엄마들이 오히려 욕하고 분노하고 있지요. 그 분노는 우리가 아니라 자신들에게로 향해야 하고 이것이 불편하지만 이 논란의 진실입니다."

그 어머니는 자기 아이와 자기 아이의 시에 대한 자부심도 대단했다. 자기 아이는 시적 자의식과 표현력이 아주 뛰어난 아이라 했고, 자기 아이가 쓴 시는 '한국 아동문학사에서 새롭고 현대적인 동시로 조명을 받아야 하는 것'이라 했다. 노벨상을 들먹이고 김시습을 끌어들여 이른바 '잔혹 동시' 논란을 비판하기도 했는데, 이 대목에서는 마치 자기 아이는 노벨상을 받을 만한 김시습과 같은 천재 시인이라고 말하는 듯했다. 이런 어머니가 아이의 시집을 회수하여 폐기하겠다는 출판사의 결정을 어찌 순순히 받아들일 수 있었겠는가.

그러나 시를 쓴 어린이의 아버지는 얼마 안 되어 가처분 신청을 취하한다. 그 이유를 이렇게 말했다. "일부 기독교, 천주교 신자들이 우리 딸이 쓴 동시집을 '사탄의 영이 지배하는 책'이라며 깊은 우려를 표하고 있다."며 "우리 역시 신자로서 심사숙고한 결과 더 이상 논란이 확대 재생산되는 것을 원하지 않아 전량 폐기를 받아들이기로 했다."

《솔로 강아지》를 '사탄의 영이 지배하는 책'이라 했단다. 시를 쓴 어린이를 사탄이나 사탄의 자식으로 여긴다는 것이리라. 사실, 시를 쓴 어린이에 대한 어른들의 공격은 무자비했다. 이제 열 살 난 초등학교 3학년 어린이를, 〈학원가기 싫은 날〉이라는 시를 썼다는 이유로, 패륜아로 규정하고 사이코패스로 몰아붙였다. 이를 참아낼 수 있는 부모가 얼마나 될까. 부모로서는 한시바삐 논란 자체를 잠재우는 길을 택할 수밖에 없었을 것이다. 시는 시일 뿐이라고 주장했던 부모였기에 종교적 이유로 가처분 신청을 취하하는 것은 자가당착이다. 그러나 아이의 고통을 덜어줄 수만 있다면 그것보다 더한 것도 감내하는 것이 부모가 아니겠는가.

지나치면 역효과가 나게 마련이다. 〈학원가기 싫은 날〉의 잔혹성보다 그 시를 쓴 어린이에 대한 공격의 잔혹성을 더 끔찍하게 여기는 사람들이 점점 늘어났다. 이들은 시는 시일 뿐이라는 허구론, 시는 현실에서 배태된다는 반영론, 그리고 표현의 자유론을 내세워 시를 쓴 어린이를 감쌌다. 애시당초 이런 논란 자체가 터무니없다는 식으로 시를 쓴 어린이의 편에 선 사람도 있었다. 그런 사람 중에는 '잔혹 동시'라는 라벨을 붙이는 것 그 자체가 폭력적이고 식민적인 행위라 비판한 사람도 있었다.

처음부터 시를 쓴 어린이의 예술적 독창성을 높이 평가하는 방법으로 그를 비난하는 사람들과 맞선 사람도 있었다. 다음은 대중적인 인지도가 남다른 진중권이 5월 6일 SNS에 올린 글이다.

《솔로 강아지》방금 읽어봤는데, 딱 그 시 한 편 끄집어내어 과도하게 난리를 치는 듯. 읽어 보니 꼬마의 시세계가 매우 독특합니다. 우리가 아는 그런 뻔한 동시가 아니에요.

'어린이는 천사 같은 마음을 갖고 있다'고 믿는 어른들의 심성에는 그 시가 심하게 거슬릴 겁니다. 그런 분들을 위해 시집에서 그 시만 뺀다면, 수록된 나머지 시들은 내용이나 형식의 측면에서 매우 독특하여 널리 권할 만합니다.

이런 문제는 그냥 문학적 비평의 주제로 삼았으면 좋겠습니다. 서슬 퍼렇게 도덕의 인민재판을 여는 대신에.

진중권은 〈학원가기 싫은 날〉에 대해서는 판단을 유보했지만, 《솔로 강아지》에 실려 있는 나머지 시에 대해서는 시집의 발행인과 시를 쓴 어린이의 어머니가 고마워할 정도로 칭찬을 아끼지 않았다. 진중권은 이른바 '잔혹 동시'가 어린이 독자에게 미치는 영향에 대해서도 한마디 했다. "시 읽고 잔혹해졌다는 얘기는 못 들었습니다. 애들은 동시 하나 읽고 잔혹해지는 게 아니라, 그 동시 쓴 아이에게 인터넷 이지메를 가하는 애미 · 애비의 모습에서 잔혹성을 배우는 겁니다." 시를 쓴 어린이의 어머니가 한 말과 어찌 이다지도 비슷할까.

《솔로 강아지》를 쓴 어린이의 문학적 재능에 찬사를 보낸 이는 진중권만이 아니었다. 문학 전문가라 할 수 있는 시인, 작가, 평론가 중에도 진중권의 주장에 동조하는 이가 적잖았다. 어떤 이는 천재의 잔혹성은 허용되어야 하지 않는가 하면서 〈학원가기 싫은 날〉의 잔혹성마저 옹호하기도 했다.

《솔로 강아지》의 회수 및 폐기 이후 이른바 '잔혹 동시'에 대한 논란은 점차 사그라들었다. 그렇게 잊혀지는가 했는데, 7월 어느 날 극적인 반전이 일어났다. 시를 쓴 어린이가 그의 어머니와 함께 TV에 출연했는데, 그 어린이가 출연한 TV 프로그램 이름이 '영재 발굴단'이었던 것이다. 그 어린이는 그렇게 다시 '영재'로 '발굴'되었다.

〈풀꽃〉이라는 시로 유명한 나태주 시인은 그 프로그램에서 그 어린이를 '언어 감각이 뛰어나고 사물을 바라보는 시선이 남다른 출중한 아이'라 하여 그가 영재임을 보증했다. 우리의 어린 시인은 이렇게 화려하게 우리 곁으로 돌아왔다. 그런데 누가 알겠는가. 이것이 그 어린 시인이 맞닥뜨린 또 다른 잔혹한 현실일지를.

〈학원가기 싫은 날〉이 우리에게 던져준 생각거리

1. 이른바 '잔혹 동시' 관련 기사, 무엇을 위한 기사인가

국립국어원의 《표준국어대사전》에는 '동시'의 뜻풀이를 다음과 같이 하고 있다. ①주로 어린이를 독자로 예상하고 어린이의 정서를 읊은 시. ②어린이가 지은 시.

이 뜻풀이는 일본의 사전을 그대로 베껴놓은 것으로 보이지만, 어쨌든 이에 따르면, 〈학원가기 싫은 날〉도 '동시'라 할 수는 있다. 그런데 어린이 문학과 어린이문학교육에서는, 어린이가 쓴 시를 '어린이시'라 하여, 어른이 어린이를 위해서 쓴 '동시'와 구별한다. '어린이시'는 시를 쓴 이가 어린이임을 특별히 강조하는 용어인데, 이 용어를 쓰는 데는 당연히 그럴 만한 까닭이 있다.

어른이 쓴 동시의 경우에는, 독자한테 감동을 주는 작품은 좋은 작품, 그렇지 않은 작품은 좋지 않은 작품으로 평가한다. 그런데 어린이시는 좀 다르다. 독자한테 감동을 주지 못하는 작품이라 하더라도 시를 쓴 어린이의 자기감동을 확인할 수 있으면 그것만으로도 괜찮은 작품으로 평가할 수 있다. 어린이시는 성숙한 어린이라서 쓰는 시가 아니라 성숙해지려는 어린이가 쓰는 시고, 시가 뭔지 아는 어린이라서 쓰는 시가 아니라 시가 뭔지 알려는 어린이가 쓰는 시다. 그래서 어린이시를 읽을 때는 시를 쓴 어린이를 배려하면서 읽는다.

이른바 '잔혹 동시' 관련 기사는 어린이 또는 어린이시의 이와 같은 특수성을 무시했다. 아니, 이와 같은 특수성에 무지했다. 〈학원가기 싫은 날〉을 '잔혹 동시'라 일컫은 것만 봐도 알 수 있는 일이다.

〈학원가기 싫은 날〉은 잔혹한 내용으로 가득 찬 엽기적인 작품이라고들 한다. 설사 〈학원가기 싫은 날〉이 잔혹성이 뭔지 제대로 보여 주려고 쓴 시가 틀림없다 하더라도 이 시를 '잔혹 동시'로 명명하는 것은 피했어야 했다. '잔혹 동시'라는 말은 어린이가 쓴 시를 지칭하는 데 쓰기에는 너무나 잔혹한 말이기 때문이다. 그렇게까지 적나라하게 꼬집어서 비난할 것까지는 없었다는 것이다.

〈학원가기 싫은 날〉을 '잔혹 동시'라 하는 순간, 이 시를 쓴 어린이는 '잔혹 동시를 쓴 어린이'가 된다. 그런데 '잔혹 동시를 쓴 어린이'는 곧장 '잔혹한 어린이'로 읽히게 된다. 어린이시를 조금만 찬찬히 들여다본 사람이라면 이 말을 금방 이해할 수 있다. 어린이시의 화자는 거의 대부분 일인칭 화자다. 그것도 '현실의 나'와 잘 구분되지 않는 일인칭 화자다. '시를 쓰는 나'와 '시 속의 나'를 동일시하는 어린이한테는 '잔혹 동시를 쓴 어린이'는 곧 '잔혹한 어린이'인 것이다.

'잔혹 동시' 관련 기사는 그 보도 시점도 문제였다. '잔혹 동시'라는 말을 처음으로 썼던 세계일보 이우중 기자의 기사는 어린이날 바로 전날인 5월 4일에 보도되었다. 그 기사는 어린이날을 염두에 두고 쓴 기사였던 것이다. 그런데 그것은 어느 한 어린이가 쓴 시를 잔혹스럽다 할 정도로 신랄하게 비판하는 기사였다. 어린이의 생일이라 할 수 있는 어린이날에 즈음하여 꼭 그런 기사를 보도했어야 했을까.

이우중 기자는 첫 번째 기사를 쓴 지 일주일이 되던 5월 11일, 같은 신문에 그 후일담을 다시 기사로 썼다. 그 기사에서 그는 자신의 첫 번째 기사의 보도 취지를 이렇게 말했다.

초등학생인 이모(10)양의 동시집 《솔로 강아지》 중 〈학원가기 싫은 날〉을 접했던 첫 느낌은 섬뜩함이었다. 내용도 그랬지만 피가 흐르는 심장을 물어뜯고 있는 삽화는 더욱 충격적이었다. 출판사에 문의한 결과 동시집으로 출간했고 '초등학교 전 학년'이 주 독자층이라는 답변을 받았다. 취재에 응한 대다수 학부모와 교사들은 우려를 표명했다. '잔혹 동시' 논란의 불을 지핀 세계일보의 지난 5일자 보도-4일자 보도가 맞다(인용자)-는 '다소 잔인한 삽화까지 곁들인 해당 동시는 아이들이 읽기에 적합한가'라는 의문과 더불어 이런 동시가 나온 근본적 원인인 우리의 교육 현실에 대한 논의가 뒤따랐으면 하는 취지에서였다.

그리고 그는 이런 말을 덧붙였다.

보도 이후 애초 기사 취지와 다른 방향으로 전개된 일부 흐름은 눈살을 찌푸리게 했다. 그중 하나가 이양을 향한 인신공격성 매도 분위기다. 이양을 '사이코패스'로 몰아붙인 '잔혹 댓글'이 난무했다. 이런 댓글을 읽다 보니 어른들의 '잔혹한 시선'과 아이들이 겪는 '잔혹한 현실'이 '잔혹 동시'를 낳은 것은 아닐까 하는 생각이 들기도 했다.

내용은 이렇다. 첫째, 〈학원가기 싫은 날〉은 잔혹한 시다. 둘째, 〈학원가기 싫은 날〉은 어린이가 읽기에 적합하지 않은 시다. 셋째, 〈학원가기 싫은 날〉의 출현은 교육 현실에서 그 원인을 찾을 수 있다. 넷째, 〈학원가기 싫은 날〉을 쓴 어린이에 대한 인신공격은 옳지 않다. 다섯째, 잔혹 동시는 아이들에 대한 어른들의 잔혹한 시선과 아이들이 겪는 잔혹한 현실의 산물이다.

간단하게 언급해도 될 것부터 살피기로 한다. 첫째는 누구나 금방 동의할 수 있는 것이다. 〈학원가기 싫은 날〉은 어떤 방식으로 읽어도 그 폭력성과 잔혹성을 부정할 수 없다. 셋째는 하나마나한 소리다.

이제 넷째를 보자. 이우중 기자는 〈학원가기 싫은 날〉과 그 시를 쓴 어린이에 대한 '잔혹 댓글'을 걱정했다. 〈학교가기 싫은 날〉이 이우중 기자의 말대로 '잔혹 동시'라면 그 시에 대한 네티즌의 비난은 당연한 것이다. 그런데 이우중 기자는 그 비난의 잔혹성만 문제로 삼았다. 그 비난의 빌미가 되었던 그 자신의 '잔혹 동시'라는 명명의 잔혹성은 안중에도 없다.

다섯째의 진술도 역공이 가능하다. 적어도 어린이시와 관련해서는, '아이들에 대한 어른들의 잔혹한 시선'을 가장 먼저 드러낸 이는 다름 아닌 이우중 기자 자신이었고, '아이들이 겪는 잔혹한 현실'을 가장 먼저 펼쳐 놓은 이 또한 이우중 기자 자신이었기 때문이다.

둘째와 관련해서는 이런 이야기를 먼저 하고 싶다. 이우중 기자는 〈학교가기 싫은 날〉을 어린이들이 읽을까봐 걱정이라고 했다. 그런데 정작 어린이들로 하여금 이 시를 읽게 만든 것은 바로 그 기사였다. 그 기사가 아니었더라면 이 시는 그냥 잊혀질 시였다. 기자는 이렇게 될 줄 정말 몰랐던 것일까.

물론 〈학원가기 싫은 날〉은 어린이한테 읽기를 권할 만한 시가 아니다. 폭력성과 잔혹성도 문제가 되지만, 시 자체가 그다지 좋은 시가 아니기 때문이다. 같은 이유에서, 이 시는 시집에 끼워 넣어서 출간할 시도 아니다. 또래 어린이한테 부정적인 영향을 끼칠 시라서가 아니라 긍정적인 영향을 끼치지 못할 시라서 그렇다. 좋은 시도 많은데 그렇고 그런 시를 뭐하러 어린이들한테 내놓겠는가. 아, 어린이들한테 내놓을 경우가 있긴 하다. 시는 이렇게 쓰면 안 된다는 것을 가르치기 위해서 반면교사의 본보기시로 내놓을 수는 있다는 말이다.

〈학원가기 싫은 날〉은 어린이한테 읽기를 굳이 권할 것도 없는 시지만 어린이가 읽는다고 하면 굳이 말릴 것도 없는 시다. 물론 이 시의 잔혹성은 그 수위가 꽤 높다. 어린이에 대한 이 시의 유해성을 말하는 사람들은 바로 이 점을 강조한다. 그런데 반대로 말할 수도 있다. 바로 그 점 때문에 이 시의 유해성은 염려하지 않아도 된다고. 이 시는 필요 이상의 잔혹성 때문에 어린이 독자로부터도 외면당할 것이라고.

사실, 어린이한테 어느 정도 폭력성을 띠는 글은 그다지 낯설지 않다. 어린이 자신이 그런 글을 종종 쓰기 때문이다. 반 아이의 일기에서 자기 엄마 또는 가족 중의 한 사람이 죽어 버렸으면 좋겠다는 내용을 보고 깜짝 놀랐다는 초등학교 교사를 만나기는 어렵지 않다. 그러나 어린이의 이러한 글을 심각하게 받아들일 필요는 없다. 단지 여러 모로 미숙해서 그런 글을 쓰게 된 것뿐이니까.

어린이는 일단 생각과 느낌에 대한 자기 통제가 잘 안 된다. 좋아도 안 좋은 척 싫어도 안 싫은 척 하기가 쉽지 않다. 게다가 생각과 느낌의 자가 증폭 경향이 있다. 조금 좋아도 아주 많이 좋은 것처럼 느끼고 조금 싫어도 아주 많이 싫은 것처럼 느낀다. 그리고 생각과 느낌을 표현하는 데 적절한 언어를 찾아내는 데 어려움을 겪는다. 물론 언어 운용 능력이 충분히 발달하지 않아서 그렇다. 어린이의 글이 솔직하면서도 과격하고, 진지하면서도 엉뚱스럽고 여리면서도 폭력적인 이중성을 띠는 까닭이 바로 여기에 있다.

엄마가 죽어 버렸으면 좋겠다고 말하는 어린이한테 그 까닭을 물어보면 대개는 어처구니없는 대답을 듣게 된다. 동생과 싸웠는데 엄마가 동생 편만 들었다든지, 친구랑 수영장 가기로 약속했는데 엄마가 못 가게 했다든지. 이 경우에서 알 수 있듯이, '엄마가 죽어 버렸으면 좋겠다'는 것은 '엄마가 참 많이 밉다'는 것이고, 그것도 따지고 보면 '엄마가 그때는 좀 미웠다'에 지나지 않는 것이다. 이러한 사실을 어린이도 잘 안다. 감각적으로 바로 알아차린다. 왜냐하면 자기 자신한테도 그와 비슷한 생각을 하거나 말을 한 경험이 있으니까.

그런데 〈학교가기 싫은 날〉의 폭력성과 잔혹성은 이런 유형의 것이 아니었다. 필요 이상으로 자세하게 묘사했고 지루하리만큼 어슷비슷한 말을 반복했다. 어린이의 글에서 흔히 발견되는 그런 평범한 폭력성과 잔혹성과는 거리가 먼 것이었다. 이 또한 어린이는 금방 알아차린다. 그 시는 또래 어린이한테 외면받을 수밖에 없는 시다.

이우중 기자는 어린이날에 즈음하여 의도적으로 이른바 '잔혹 동시'에 관한 기사를 썼다. 그 기사가 어린이날에 잘 어울리는 기사라 여겼다는 것이다. 도무지 이해할 수가 없다. 그 기사가 어린이들한테 도대체 무슨 이로움을 줄 수 있었단 말인가. 설사 그 기사가 절대 다수의 어린이를 위한 기사라 하더라도 어린이날에 즈음하여 보도할 기사는 아니었다. 그 기사는 한 어린이가 쓴 시에 '잔혹 동시'라는 주홍글씨를 새겨 넣었다. 그 어린이는 다른 날도 아닌 바로 어린이날에 눈물을 흘렸을지도 모른다. 그 기사 때문에.

2. 〈학원가기 싫은 날〉은 어떤 시일까

이른바 '잔혹 동시' 관련 기사가 여기저기서 막 쏟아지자 일각에서는 〈학원가기 싫은 날〉을 두둔하는 목소리를 내기 시작했다. 그 목소리의 요점은, 한 마디로 말해서, 〈학원가기 싫은 날〉은 꽤 잘 쓴 시라는 것이다. 과연 그럴까. 자세히 들여다보자.

학원가기 싫은 날

이순영

학원에 가고 싶지 않을 땐
이렇게

엄마를 씹어 먹어
삶아 먹고 구워 먹어
눈깔을 파먹어
이빨을 다 뽑아 버려
머리채를 쥐어뜯어
살코기로 만들어 떠먹어
눈물을 흘리면 핥아 먹어
심장은 맨 마지막에 먹어

가장 고통스럽게

　지은이한테 학원가기 싫었던 날이 있었는지도 모른다. 또 가기 싫은
학원에 억지로 보내는 엄마가 미웠던 적이 있었는지도 모른다. 그러나 그
런 이유로 제 엄마를 고통스럽게 먹어 버렸던 적은 없었을 것이고 다른
누군가가 그의 엄마를 고통스럽게 먹어 버리는 것을 본 적도 없었을 것이
다. 다른 누군가에게 그의 엄마를 고통스럽게 먹어 버리라고 지시하거나
명령해 본 적은 더더욱 없었을 것이다. 그러니까, 이 시는 실제의 삶에서
제재를 끌어오긴 했지만, 그것과 관련된 모든 내용은 상상으로 마련한 것
이라고 말할 수 있다.

〈학원가기 싫은 날〉의 전체 의미는 단순하다. 학원가기 싫을 때는 엄마를 가장 고통스러운 방법으로 먹어 버리라는 것이다. 그런데 독자가 왜 그렇게 해야 하는 것인지, 그 이유에 대해서는 일언반구도 없다. 이것은 크게 잘못된 것이다. 독자한테 그렇게 무지막지한 말을 할 때는 아무리 화자가 어린이라 할지라도 그럴 만한 이유를 제시하는 것이 마땅하기 때문이다.

그나저나, 화자는 왜 엄마를 먹어 버리라고 했을까. 학원가기 싫은 날도 있다는 것을 이해해 주지 않는 엄마를 미워해 버리라고 할 수는 있다. 더 심하게는 죽여 버리라고 할 수는 있다. 그런데 먹어 버리란다. 독자는 그 이유 또한 전혀 짐작하지 못한다.

〈학원가기 싫은 날〉의 두 번째 연은 엄마를 먹어 버리는 방법으로 온통 도배를 했다. 엽기적인 장면을 이렇게 세밀하게 묘사하고 반복적으로 설명하는 것은 어린이시에서는 좀처럼 보기 어렵다. 이러한 묘사와 설명으로 인해서, 이 시는 학원가기 싫은 마음의 형상화에 초점을 맞추고 있는 것이 아니라 엽기적인 장면의 형상화에 초점을 맞추고 있는 것으로 보인다. 이미 말한 바와 같이, 어린이는 누구라 할 것 없이 폭력적이고 잔혹한 표현을 종종 쓴다. 그런데 그것은 순간적인 격한 감정과 미숙한 언어에서 야기되는 것이어서 단순하고 단편적인 것이 보통이다. 이런 점에서, 이 시의 두 번째 연은 어린이시의 일반적인 특성과는 조금 다른 특성을 보이고 있다고 말할 수 있다.

그래도 어린이시는 어린이시다. 구성과 표현에서 어린이 특유의 미숙성을 그대로 노출하고 있다. 보다시피, 두 번째 연은 형식상으로는 서로 대등한 위상을 지닌 문장을 나열하고 있다. 그런데 의미상으로 따져들면 그 나열 구조의 허술함은 금방 드러난다. 서술의 편의를 위해서 두 번째 연의 각 행에 번호를 붙이기로 한다.

①행의 '엄마를 씹어 먹어', ②행의 '삶아 먹어'와 '구워 먹어' 그리고 ⑥행의 '살코기로 만들어 떠먹어'는 먹는 방법에 따른 나열이다. 잠시 짚고 넘어갈 것이 있다. ⑥행의 '살코기로 만들어 떠먹어'는 도대체 무슨 말일까. 엄마의 살코기만 발라내어 죽처럼 다져서 떠먹어. 이런 뜻일까. 알수 없는 일이다. 어쨌거나, 계속해 보자. ③행의 '눈깔을 파먹어', ⑦행의 '눈물을 흘리면 핥아 먹어'는 먹는 부위에 따른 나열이고, ⑧행의 '심장은 맨 마지막에 먹어'는 먹는 순서에 따른 나열이다. 한편 ④행의 '이빨을 다 뽑아 버려', ⑤행의 '머리채를 쥐어뜯어'는 먹는 것과는 상관없는 것이다. 어른이라면 시의 한 연을 이렇게 혼란스럽게 구성하지도 않고 이렇게 모호하게 표현하지도 않는다. 역시 어린이다.

이 대목과 관련해서 한 가지만 더 말하고 싶은 것은 '가장 고통스럽게'가 무엇을 꾸미는가 하는 것이다. 의미의 흐름을 보면, '심장은 맨 마지막에 먹어'를 꾸미는 것으로 보아야 할 것 같다. 다른 어떤 것보다 심장을 먹힐 때 가장 고통스러울 것이라고 생각했을 수도 있으니까. 그런데 그렇게 읽게 하고 싶었다면, 이 두 행만 따로 떼 내어 별개의 연으로 구성했어야 했다. 그러나 시를 쓴 어린이는 '가장 고통스럽게'를 단독으로 독립된 연으로 뺐다. 그 결과, 형식상으로는 두 번째 연의 모든 행을 함께 꾸미는 것이 되어 버렸다. 이 또한 눈감아줄 수 있다. 어린이시니까.

그런데 이 시에 대해서 발상과 표현이 참신하고 독특한 시라 한다든가 어린이로서는 아주 잘 쓴 시라 한다든가, 가기 싫은 학원에 억지로 가야하는 어린이의 부조리한 삶을 적나라하게 드러냈다든가 하는 사람이 있다면 그에 대해서는 반박하지 않을 수 없다.

〈학원가기 싫은 날〉이 독자를 바로 압도할 수 있었던 것은 그 잔혹함 때문이었다. 잔혹함도 그런 잔혹함은 드물 것이다. 엄마를 고통스럽게 먹어 버리라고 하는 잔혹함이니까. 그런데 독자는 금방 허탈해진다. 엄마를 고통스럽게 먹어 버리라고 한 이유가 고작 학원가기 싫은 날이어서? 독자는 코웃음 칠 것이다. 그 순간, 이 시는 참신하고 독특한 시가 아니라 엉뚱하고 터무니없는 시가 되고, 어린이의 부조리한 삶을 고발하는 시가 아니라 어린이의 부조리한 삶을 희화화하는 시가 된다.

지은이가 시를 통해서 자신의 팍팍한 삶에 대한 피로와 엄마의 간섭과 억압에 대한 불만을 해소하려 했을 수도 있다. 그러나 그가 진정으로 원했던 것은 잔혹한 상상의 유희를 맘껏 즐기는 것이었다. 시의 대부분을 이에 관한 서술로 채웠던 것이 바로 그 증거다. 이를 두고 그를 잔혹한 어린이로 매도하는 것은 넌센스다. 잔혹하게 사람을 먹는 것에 관한 상상의 빌미는 동화에 널려 있다. 그것까지는 아니라도 잔혹한 죽임에 관한 상상의 빌미는 현실에서도 쉽게 얻을 수 있다. 한 가지 짚고 넘어가자. 현실이야 그렇다 치더라도 동화가 왜 그렇게 잔혹한 장면을 어린이한테 보여 주는가. 답이야 뻔하다. 재미있으라고. 〈학원가기 싫은 날〉의 상상의 유희, 그것은 결코 도덕적으로 비난받을 일이 아니다.

〈학원가기 싫은 날〉은 흔한 시는 아니다. 그러나 언제든 어디서든 불쑥 튀어나올 수 있는 시다. 분명 어린이가 쓸 수 있는 시인 것이다. 또 〈학원가기 싫은 날〉은 시를 쓴 어린이 자신한테는 그 나름의 의미가 있는 시다. 그러나 그것뿐이다. 또래 어린이한테 크게 해로운 시도 아니지만 그렇다고 이로운 시도 아니다. 그저 무의미한 시일 뿐이다.

'잔혹 동화'라 할 만한 것을 잠시 떠올려보자. 잔혹한 상상의 유희, 그것만을 겨냥하는 동화가 하나라도 있는가. 그래서 〈학원가기 싫은 날〉과 같은 시를 일러 시를 쓴 어린이한테만 시가 되는 시라 하는 것이다. 시를 쓴 어린이한테만 시가 되는 시도 안 쓰는 것보다는 쓰는 것이 낫다. 그러나 이왕 시를 쓴다면 다른 사람한테도 시가 되는 시를 쓰는 것이 훨씬 더 낫다.

직설적으로 말하면, 〈학원가기 싫은 날〉은 시를 쓴 어린이와 그 부모만 읽고 말았으면 좋았을 시다. 시를 쓴 어린이와 부모가 함께 읽을 시로는 이만한 시도 드물 것이다. 주고받을 이야기가 얼마나 많겠는가. 그리고 대화가 끝나면 다시 서랍 속에 넣어둘 일이다. 문득 생각이 날 수도 있을 것이다. 그때 다시 꺼내어 볼 수 있게.

어린이 개인 시집 《솔로 강아지》의 또 다른 비극

뛰어난 어린이시는 뛰어난 동시만큼이나 뛰어나다는 것은 이미 잘 알려진 사실이다. 이러한 어린이시라면 한데 모아 시집으로 내는 것이 당연하다. 그런데 어린이시집 하면 대개 어린이시 선집을 연상한다.

어린이시 선집은 주로 어린이시에 남다른 관심을 가진 교사가 엮는다. 그런 교사라야 수백 수천의 어린이로부터 시를 얻어 모을 수 있기 때문이다. 그래도 어린이시 선집을 펴내는 데는 오랜 시간이 걸린다. 수록된 시들의 창작 시기가 10년 이상 차이가 나는 어린이시 선집도 드물지 않다. 어린이시 선집에 신기에 손색이 없는 문학성을 갖춘 어린이시를 얻기가 어렵기 때문이다.

어린이는 어린이 자신의 삶을 가꾸기 위해서 시를 쓰는데, 그렇게 쓴 시가 뜻하지 않게 남의 삶을 가꾸는 데 도움이 되기도 한다. 이러한 시가 바로 문학 작품으로 간주할 수 있는 시다. 물론 모든 어린이가 이런 시를 쓰게 되는 것은 아니다. 또 이런 시를 한 번 썼던 어린이라 하더라도 두 번 세 번 자꾸자꾸 쓸 수 있는 것도 아니다. 어린이시 선집이 쉽게 나오지 않는 데는 그만한 이유가 있는 것이다.

어떤 교사는 자기 반 어린이의 일 년치 시를 모아 시집으로 출판하기도 했다. 이렇게 만든 어린이 선집의 문학성은 그다지 기대할 게 못 된

다. 시가 아니라 시를 쓴 어린이에 대한 교사의 애정으로 만든 시집일 가
능성이 크기 때문이다. 물론 예외는 있는 법이다. 일본의 어린이시 선집
《아노네あのね》가 바로 그 예외에 속한다. 이 선집은 1학년에 재학 중인
한 반의 어린이가 일 년 동안 쓴 시를 모아 펴낸 것인데, 그 시 하나하나
의 문학성은 놀라울 정도다. 특별한 교사와 더 특별한 어린이들의 만남,
그리고 그들이 함께 꾸려 나갔던 더 더 특별한 시쓰기 수업이 그런 기적
을 만들었던 것이다.

　어린이시 선집과 다른 방식으로 엮어내는 어린이시집도 있는데, 한 어
린이의 시만 모아서 한 권의 시집으로 엮어내는 어린이 개인 시집이 바로
그것이다. 어린이 개인 시집을 엮어내는 이는 하나같이 시를 쓴 어린이의
부모다. 이것은 어린이 개인 시집의 문학적 위상을 낮춰 보게 하는 빌미
가 된다. 어린이시에 대한 어른의 사랑이 아닌, 시를 쓴 어린이에 대한 부
모의 사랑으로 만들어지는 것이 어린이 개인 시집이라는 인상을 심어 주
기 때문이다. 실제로 세대를 넘나들면서 많은 사람들의 입에 오르내리는
어린이시 선집은 더러 있지만 그런 대접을 받는 어린이 개인 시집은 단
한 권도 없다.

　〈학원가기 싫은 날〉이 실려 있는 《솔로 강아지》는 어린이 개인 시집인
데, 시를 쓴 어린이의 부모와 출판사의 편집자가 그 문학성을 장담한 시
집이다. 그리고 그들의 주장에 동조하는 사람들도 없지는 않았다. 그렇다
면, 《솔로 강아지》는 예외가 되는 것일까. 〈학원가기 싫은 날〉을 꼼꼼히
살펴본 나로서는 고개를 가로저을 수밖에 없다. 〈학원가기 싫은 날〉 같은
시는 단 한 편이라도 실어서는 안 되는 것이다. 지은이가 오로지 상상의
유희를 즐기기 위해서 쓴 시고, 게다가 그것을 위해서 읽는이가 불쾌감을
느낄 수도 있는 잔혹한 상황을 끌어들이는 것도 마다하지 않은 시다. 이
런 시가 《솔로 강아지》에 실렸다. 부모와 편집자의 안목이 어느 수준인지

짐작할 만하지 않은가.

물론 〈학원가기 싫은 날〉의 지은이한테는 남다른 점이 있다. 그것은 생각과 느낌이 틀에 얽매여 있지 않고 자유분방하다는 것이다. 《솔로 강아지》에 실려 있는 다른 시들에서도 그 자유분방은 쉽게 확인할 수 있다. 《솔로 강아지》 곳곳의 튀는 발상과 낯선 표현은 그 자유분방의 산물임은 말할 것도 없다. 그런데 그 자유분방은 내적 질서가 결여된 것이었다. 그로 인해서 시의 구조는 허술해졌다. 당연히 발상은 그저 이리 튀고 저리 튀기만 하고 표현은 끝내 낯설 수밖에 없었다. 발상이 독특하고 표현이 참신한 시가 될 뻔했던 것이, 발상이 엉뚱하고 표현이 어설픈 시로 귀착되어 버렸다.

그런데 《솔로 강아지》의 지은이에 대한 부모의 자부심은 대단했다. 《솔로 강아지》에 수록된 시 한 편 한 편마다 일일이 영역시를 붙였고 삽화를 깔았다. 시집 뒤에는 아동문학가의 해설도 곁들였다. 부모가 자식의 시집에 들인 이런 정성은 자식에 대한 애정이나 부모 자신의 지적 허영심만으로는 설명할 수 없는 것이다.

부모의 자부심은 지은이한테도 전이되었을 것이다. 부모가 믿어 주는데 자기가 어찌 믿지 않겠는가. 《솔로 강아지》의 출간 직후 벌어진 이른바 '잔혹 동시' 논란은 어쩌면 지은이의 자부심을 더 강화시켜주었을지도 모른다. '잔혹성'을 비난하는 사람도 있었지만 '독특성'에 감탄하는 사람도 있었기 때문이다. TV 프로그램 '영재 발굴단'의 출연 경험은 지은이의 자부심을 한껏 부풀렸을 것이고.

《솔로 강아지》의 지은이에 대한 조언

시쓰기는 보통 세 가지 방식으로 이루어진다. 1)겪은 바를 있는 그대로 쓰기 2)겪은 바를 부분적으로 변형하여 쓰기 3)상상한 바를 구조화하여 쓰기. 어른의 시쓰기에서는 이 세 가지 방식에 차별을 두지 않는다. 시적 효과를 극대화할 수 있는 시쓰기 방식은 주제에 따라서, 제재에 따라서. 예상하는 독자에 따라서 달라질 수 있기 때문이다.

어린이의 시쓰기 방식으로 적극 권장하는 것은 1)의 방식이다. 어린이가 손쉽게 할 수 있는 것이고 또 좋은 결과를 얻을 수 있는 것이기 때문이다. 기억나는 대로 쓰는 것이라 쓰기 쉽다 하는 것이고, 겪은 바를 쓰는 것이라 쓰기만 하면 저절로 시의 구조가 자연스럽게 갖춰지니 좋은 결과를 얻을 수 있다 하는 것이다. 또 다른 이유도 있다. 어린이의 시쓰기는 일차적으로 어린이의 삶을 가꾸는 데 그 의의를 두는데, 삶을 가꾸는 시쓰기에서는 솔직함과 발랄함과 절절함을 생명으로 하는 1)의 방식이 가장 효과적이다.

'겪은 바'에서 자기감동을 찾지 못하는 어린이는 '겪은 바'를 있는 그대로 쓰는 시쓰기에 흥미를 잃어버린다. 이런 어린이라 해도 시쓰기를 하지 않으면 안 되는 상황에 놓일 수 있는데, 그럴 때는 3)의 방식을 시도할 수 있다. 3)의 방식은 생각하기 따라서는 아주 편안한 방식이다. 머리에 떠오르는 것을 아무렇게나 늘어놓고 시라 우길 수 있기 때문이다. 이러한 시쓰기에서도 재미를 느끼는 어린이가 있다. 그러나 그 재미는 상상 그 자체의 자유분방함에서 야기되는 재미에 지나지 않는 것이어서 강렬하지도 않고 지속적이지도 않다. 상상이라는 것 그 자체가 따분하게 느껴지게 되는 것은 단지 시간문제다. 3)의 방식의 시쓰기를 시도했던 어린이가 1)의 방식의 시쓰기로 회귀하는 것도 단지 시간문제다.

3)의 방식으로 시쓰기를 하면 시쓰기 과정에서 분명 상상의 유희를 즐길 수 있다. 그러나 그것은 3)의 방식에서 얻는 부차적인 이득이어야 한다. 3)의 방식 또한 궁극적으로는 진정한 의미의 자기감동을 찾는 것

을 목표로 하여야 하는 것이기 때문이다. 새삼 말할 것도 없이, 그 목표는 상상에 의한 현실의 재구조화에 의해서만 달성할 수 있는 목표다. 그런데 그 목표를 달성하려면 '상상한 바'에 질서를 부여하여 구조화하여 현실의 또 다른 의미를 드러낼 수 있는 논리적 사고 능력을 갖추고 있어야 한다. 과연 이러한 능력을 어린이한테 기대할 수 있는 것일까. 아무래도 무리다. 2)의 방식은 3)의 방식에 가까운 것이라서 따로 언급하지 않기로 한다.

《솔로 강아지》의 시쓰기 방식은 2)와 3)의 방식에 치우친 것이었다. 어린이가 준비도 제대로 안 된 상태에서 어른의 시쓰기 방식으로 시를 쓰려고 하면 어떻게 되겠는가. 그저 어른시 흉내만 내게 될 뿐이다.

《솔로 강아지》의 지은이가 《솔로 강아지》에 실려 있는 시보다 좀 더 나은 시를 쓰려면 어린이시다운 시를 쓰는 것이 좋다. 지금도 늦지 않다. 《솔로 강아지》의 지은이는 시쓰기 방식을 어린이의 전형적인 시쓰기 방식, 그러니까 1)의 방식으로 완전히 되돌려야 한다. 무엇보다 중요한 이유는 지은이가 아직 어린아이라는 것이다. 그 나이에는 문학 가꾸기의 시쓰기보다는 삶 가꾸기의 시쓰기가 더 가치가 있는 법이다.

언젠가 2)와 3)의 방식을 익혀야 할 때가 올 텐데, 그때를 대비해서라도 1)의 방식을 자유자재로 구사하는 데 온 힘을 다 쏟아야 한다. 1)의 방식은 '겪은 바'의 윤곽 획정과 그 구성 요소의 유기적 구조화에 힘을 쏟는 시쓰기 방식이고, 2)와 3)의 방식은 1)의 '겪은 바'를 부분적으로 변형하거나 아예 '상상한 바'로 대체하는 시쓰기 방식이다. 1)의 방식에 익숙해지면 2)와 3)의 방식에 익숙해지는 것은 단지 시간 문제일 뿐이다.

흥미로운 것은 《솔로 강아지》의 지은이가 1)의 방식으로 쓴 시는 내적 질서가 아주 탄탄했다는 것이다. 이것은 예시로 보여 주고 싶다. 〈오빠의 고추〉는 어린이시로서는 어디 내놓아도 빠지지 않을 시다.

오빠의 고추

　　　　　이순영

오빠는 내 앞에서 벗고 다녀
고추가 내게 보여

어떡하지?
오빠는 어엿한 열두 살인데

십이 년 된 고추는
아직 철을 모르는 걸까?

이걸 시로 써도 되는 걸까? 시집에는
만으론 열 살이라 써야 되는 걸까?

《솔로 강아지》의 지은이는 시쓰기 방식의 선택에서 방향 착오를 일으
켰다. 자기가 잘 할 수 있는 시쓰기는 하지 않고 잘 할 수 없는 시쓰기를
했다. 그 결과, 《솔로 강아지》는 삶 가꾸기에도 적합하지 않고 문학 작품
으로도 수준 미달인 시로 온통 채워졌다.

　　그러나 나는 안다. 《솔로 강아지》의 지은이는 이런 조언을 받아들이기
가 쉽지 않다는 것을. 《솔로 강아지》에 대한 자부심이 마음에 차고 넘치
는데 어찌 그런 조언이 귀에 들어오겠는가. 이것은 《솔로 강아지》의 출간
이 지은이한테 안겨다 준 또 다른 비극이라 할 만한 것이다.

어린이시노래 연구
: 노랫말을 중심으로

서론

어린이가 쓴 시를 흔히 어린이시라 일컫는다. 이 어린이시를 노랫말로 하는 노래가 있는데, 이러한 어린이시 노랫말 노래가 바로 '어린이시노래'다. 어린이시노래는 그동안 '동요'로 불려 왔다. 그런데 동요는 어린이시노래만 가리키는 것이 아니었다. 어린이가 즐겨 듣고 즐겨 부를 수 있는 노래라면, 그래서 어린이를 위한 노래가 될 수 있는 것이라면, 그 노랫말을 어디에서 끌어왔든 모두 '동요' 또는 '아이들 노래'라 했다.

동요는 다양한 경로로 노랫말을 마련한다. 가장 먼저 떠올릴 수 있는 것은 동시다. 동시는 어린이를 위해서 어른이 일부러 쓴 시니까 어린이를 위한 노래의 노랫말로는 제격이라 할 수 있겠다. 어른시도 어린이를 위한 노래의 노랫말 후보가 된다. 어른시는 어린이를 염두에 두지 않고 쓴 시지만, 그중에는 어린이도 즐겨 읽을 수 있는 것이 있는데, 이런 어른시는 동시만큼이나 곧잘 노랫말로 채택된다.

꼭 시라야 동요의 노랫말이 되는 것은 아니다. 어린이를 위한 노래 중에는 가락(곡)을 만든 어른이 직접 노랫말을 써서 붙인 것이 있는데, 그 노랫말 중에는 시로 볼 수 없는 것도 있다. 이런 노래는 어른의 말을 노랫말로 하는 노래라 할 수 있다.

어른의 말이 노랫말이 될 수 있다면 어린이의 말도 노랫말이 될 수 있다. 일찍이 방정환은 "어린애는 시인이고 가인이다. 그 어여쁜 조그만 눈동자에 보이는 것이 모두 시이고 노래이다."[1]라 했다. 사실, 어린이가 무심코 내뱉은 말에 어른이 감동을 느끼는 경우가 적지 않다. 이런 말은 어린이를 위한 노래를 만드는 어른이라면 귀하게 여길 수밖에 없는 것이다.

노랫말의 원천을 가리지 않는 동요와 달리, 어린이시노래는 노래의 노랫말을 어린이시로 특정한다. 어린이시가 어린이를 위한 노래의 노랫말로서 다른 것과 차별성을 지니고 있음을 강력하게 환기시키는 것이다.

어린이를 위한 노래라면 어린이로 하여금 자신이 부르는 노래의 진정한 주인이 되게 하는 것을 무엇보다 먼저 생각할 것이다. 그런데 어린이시를 노랫말로 채택하면 이 문제는 간단하게 해결할 수 있다. 어린이시는 어린이가 자신의 마음을 자신의 말로 자신의 리듬으로 쓰는 시[2]이기 때문이다. 어린이시노래에 관심을 가지게 되는 이유가 바로 여기에 있다.

어린이시노래는 어린이시를 노랫말로 삼고 거기에 가락을 붙여서 만

---

1. 방정환, 〈동화를 쓰기 전에 어린애를 기르는 부형과 교사에게〉, 《천도교회 월보》, 통권 126호, 1921. 2.
2. 北原白秋는 아동자유시, 그러니까 어린이를 '어린이의 마음을 어린이의 말로 어린이의 리듬으로 쓰는 시'라 하였다.(吉晋一, 《日本の兒童詩の歷史的研究》, 少年寫眞新聞社, 1968, 87쪽 참고)

든 노래로 정의할 수 있다. 이 정의는 어린이시노래를 문학 부분을 담당하는 어린이와 음악 부분을 담당하는 어른의 합작품으로 보는 정의다. 이 글에서는 어린이시노래의 노랫말이 된 어린이시를 '어린이시노래의 저본시'라 일컫기로 한다.

우리는 전통적으로 시의 음악성을 인정해 왔다. 시를 '시가'라 하기도 했다. 시를 노래의 일종으로 본다면 시를 문학적 코드로만 이해하는 것은 부적절하다. 어떤 노래를 두고, 노랫말과 가락이 서로 잘 어울린다는 평을 했다고 하자. 우리가 이런 평을 엉뚱한 것으로 생각하지 않는 것은 노랫말에도 음악적 코드가 들어 있어서 가락의 음악적 코드와 비교하는 것이 가능하다고 믿고 있기 때문이다.

시를 문학적 코드와 음악적 코드의 교직물로 보는 관점에서는, 어린이시노래는 어린이시가 품고 있는 노래를 악보로 구현한 것 또는 어린이시가 내용과 형식을 통해서 숨겨 놓았거나 드러내 놓은 음악적 코드를 찾아내어 일련의 음표로 기록한 것이 된다. 어린이시의 문학적 코드는 어린이시노래의 노랫말로 구현되고 어린이시의 음악적 코드는 어린이시노래의 가락으로 구현되는 것이다.

어린이시노래의 창작 과정은 어린이시를 노랫말로 구성하는 과정과 노랫말에 가락을 붙이는 과정으로 나눌 수 있다. 이 두 과정에 물리적 순서나 논리적 순서를 매길 수는 없다. 노랫말 구성이 먼저 이루어질 수도 있고, 노랫말 구성과 가락 붙이기가 동시에 이루어질 수도 있고, 노랫말 구성-가락 붙이기-노랫말 재구성의 순서로 이루어질 수도 있는 것이다. 여기에서는 편의상 노랫말 구성이 먼저 이뤄지고 가락 붙이기는 나중에 이뤄지는 것으로 간주한다. 물론 글의 주된 관심사는 노랫말 구성이다.

저본시로서의 어린이시에 대한 이해

1. 시로 읽고 싶은 시와 노래로 부르고 싶은 시

어린이시노래를 만들려면 먼저 노래의 저본으로 삼을 어린이시를 선택하여야 한다. 그런데 문학적 코드가 지나치게 많거나 복잡하거나 혼란스러운 시는 저본시로 채택하지 않는 것이 좋다. 이런 시는 노래로 만들기도 까다롭지만 노래로 만든다 하더라도 부르기 쉬운 노래, 부르고 싶은 노래가 되기는 어렵다. 노랫말도 쉽고 가락도 쉬우면 외기도 쉽다. 이런 노래가 아니면 어린이는 꺼리게 된다. 백창우의 어린이시노래 〈비오는 날 일하는 소〉[3]를 그 저본이 되는 어린이시와 함께 보기로 하자.

*저본시 : 비 오는 날 일하는 소(김호용, 울진 온정초 4년)
비가 오는데도/어미소는 일한다./소가 느리면 주인은/고삐를 들고 때린다./소는 음무음무거린다./송아지는 모가 좋은지/물에도 철벙철벙 걸어가고/밭에서 막 뛴다./말 못하는 소를 때리는/주인이 밉다./오늘 같은 날 소가/푹 쉬었으면 좋겠다.

*노랫말 : 비오는 날 일하는 소(백창우)
비가 오는데도 어미소는 일한다/비를 다 맞으며 어미소는 일한다/소가 느리면 주인은 고삐를 들고 때린다./소는 소는 음무음무거린다/송아지는 뭐가 좋은지 물에도 철벙철벙 걸어가고/아무것도 모르는 듯 밭에서 막 뛴다/말 못하는 소를 때리는 주인이 밉다 오늘 같은 날은

---

3. 초등학교 아이들 시, 백창우 곡, 굴렁쇠 아이들 노래, 강우근 그림,《딱지 따먹기》, 보리, 2002, 36-39쪽.

오늘 같은 날은/소가 푹 쉬었으면 좋겠다/비가 오는데도 어미소는 일
한다/비를 다 맞으며 어미소는 일한다/비가 오는데 비가 오는데/오늘
같은 날은 오늘 같은 날은/소가 푹 쉬었으면 좋겠다[4]

어린이시 〈비 오는 날 일하는 소〉는 비 오는 날 농부가 소를 심하게 부
리는 것을 보고 소에 대해 연민의 정을 느껴 쓴 시다. 썩 괜찮은 시라 할
수 있다. 그런데 이런 평가는 읽기를 전제로 한 평가다.

이 시의 내용을 구성하는 화제는 참 많다. 그런데 그 많은 화제의 연결
이 그다지 자연스럽지 못하다. 다음을 보라. '비 오는 날 소가 일한다-소
가 느리게 움직인다-주인이 소를 때린다-소가 운다-송아지도 어미소를
일하는 데 따라 나왔다-송아지는 좋아서 물에서 걷기도 하고 밭에서 뛰
기도 한다-소를 때리는 주인이 밉다-비 오는 날엔 소가 쉬었으면 좋겠
다.' 그런데 읽기에서는 이 정도의 화제는 크게 문제가 되지 않는다. 차례
대로 읽다가 앞뒤로 왔다 갔다 하면서 읽어서 전체 내용을 재구성할 수
있기 때문이다. 그러나 노래라면 사정이 달라진다. 듣는 노래가 아니라
부르는 노래라면 더 말할 것도 없다. 한마디로 말해서, 어린이시 〈비 오는
날 일하는 소〉는 시로 읽기 좋은 시지 노래로 부르기 좋은 시는 아니다.

그런데 백창우는 이 시를 노랫말로 재구성하면서 화제를 더 늘려 버
렸다. 앞에 나온 화제 중의 일부를 떼어 내어 조금씩 변형하여 반복했다.
이미 말한 것처럼, 저본시는 화제의 연결이 자연스럽지 않아서 그 차례
를 기억하기가 쉽지 않은데, 노랫말은 그런 화제를 더 늘려 버린 것이다.
그 결과, 백창우의 노래는 노랫말을 보지 않으면, 악보를 보지 않으면 부
르기도 쉽지 않은 노래가 되어 버렸다. 외기가 어렵기 때문이다.

---

4. 노랫말을 악절 별로 끊어 적었다.

어린이시 〈내 자지〉도 노래로 즐기기보다 시로 즐기는 것이 더 나은 시다. 그런데 그 이유는 어린이시 〈비 오는 날 일하는 소〉에 대해서 말했던 이유와는 사뭇 다른 것이다. 먼저 저본시와 노랫말부터 소개한다.[5]

*저본시 : 내 자지(이재흠, 안동 대곡분교 3년)
오줌이 누고 싶어서/변소에 갔더니/해바라기가/내 자지를 볼라고 한다./나는 안 비에 줬다.

*노랫말 : 내 자지(백창우)
오줌이 누고 싶어서 변소에 갔더니 해바라기가 내 자지를/볼라고 볼라고 볼라고 한다/그렇지만 그렇지만 나는 안 보여 줬다

어린이시노래 〈내 자지〉는 내가 부르는 것은 쑥스럽고 남이 부르는 것을 듣는 것은 민망한 노래다. 그래서일까, 이 노래를 즐겨 부르는 초등학생도 거의 보지 못했고 또 이 노래를 가르치려 드는 초등 교사도 거의 만나지 못했다. 적어도 공개적인 자리에서 이 노래를 부르는 것은 어린이든 어른이든 대부분 기피한다. 그 이유는 말할 것도 없이 '자지'라는 성적 금기어 때문이다.

어느 엄마의 이야기가 생각난다. 네 살 먹은 딸아이한테 백창우의 노래 CD 《딱지 따먹기》를 반복해서 들려주었더니 언젠가부터 〈내 자지〉를 시도 때도 없이 흥얼거리는데, 그렇게 망측할 수가 없었다고 했다. 네 살 먹은 딸아이가 '내 자지를 볼-라고 볼-라고 볼-라고'를 흥얼거리고 있다

---

5. 초등학교 아이들 시, 백창우 곡, 굴렁쇠 아이들 노래, 강우근 그림, 《딱지 따먹기》, 보리, 2002, 30-31쪽.

면 어느 엄마가 그렇게 생각하지 않겠는가. 그런데 네 살 먹은 딸아이니까 그렇게 '망측한 노래'인지도 모르고 흥얼거리는 것이다.

이 노래의 저본시 〈내 자지〉는 그렇게 망측한 시가 아니다. 나는 어떤 자리에서, 이 시는 '이제 막 성에 눈뜨기 시작한 어린이의 의식 세계를 상큼하게 보여 주는 아름다운 시'로서 '어린이가 아니면 쓸 수 없는 시'라 하여 극찬한 바 있다.[6] 이런 극과 극의 평가가 생기는 이유가 무엇일까.

시 읽기는 '눈으로 읽기'와 '입으로 읽기'로 나눌 수 있다. 이 둘은 상당한 차이가 있다. '눈으로 읽기'는 시의 화자가 말하는 것을 읽는 이가 듣는 것이고, '입으로 읽기'는 읽는 이가 시의 화자가 되어 자기 입으로 말하는 것이다. 어린이한테 어린이시 〈내 자지〉를 눈으로 읽으라고 하고 또 소리 내어 입으로 읽으라고 하고 그 반응을 살펴보면 흥미로운 차이를 발견할 수 있다. 눈으로 읽을 때는 일부를 제외하고는 대부분이 무덤덤한 표정이다. 그러나 소리 내어 입으로 읽을 때는 대부분이 많이 쑥스러워한다. '눈으로 읽기'는 시의 화자를 대상화하는 읽기지만 '입으로 읽기'는 시의 화자를 자기화하는 읽기이기 때문이다.

노래 부르는 이는 곧잘 노랫말의 화자와 자기를 동일시한다. 그리고 시 읽는 이는 곧잘 시의 화자와 자기를 동일시한다. 그런데 전자의 동일시는 후자의 동일시에 비할 바가 아니다. 어린이시노래 〈내 자지〉를 부르면 노랫말의 '내 자지'는 누군가의 자지가 아니라 노래 부르는 어린이 자신의 자지로 느껴진다는 것이다. 듣는 이도 마찬가지다. 듣는 이도 노랫말의 '내 자지'는 노래를 부르는 어린이, 바로 그 어린이의 자지로 느껴진다는 것이다. 그렇다면 어린이시 〈내 자지〉는 노래로 만들어 부를 게 아

6. 이지호, 〈'할아버지 불알'과 '내 자지'의 거리〉, 《어린이시》 28호, 어린이시교육연구회, 2013. 6. 참고.

니다. 시로 그대로 두고 시로 읽을 일이다.

그런가 하면, 노래로 부르면 더 좋은 시도 있다. 문학적 코드와 음악적 코드가 서로 이끌어주는 시가 이런 시가 아닌가 한다. 다음은 어린이시 〈풀꽃에게〉와 그것을 있는 그대로 노랫말로 쓴 어린이시노래 〈풀꽃에게〉이다.[7]

*저본시 : 풀꽃에게(정수빈, 사천 용현초 1년)
꽃아/난 오늘 슬퍼/다른 애들이 내가 작다고 놀려//걱정마/나는 작아도 사람들이 좋아하는 걸/작은 내가 더 귀엽대/그러니까 너도 힘을 내//꽃아 정말 고마워.

어린이시 〈풀꽃에게〉는, 키가 작은 것이 고민인 어린이가 키가 작아서 오히려 더 귀엽게 보이는 풀꽃에서 위안을 얻었다고 말하는 시다. 이 시는 같은 고민을 가진 어린이뿐만 아니라 그런 어린이를 자녀로 둔 어른까지 깊은 관심을 가질 만하다. 화자와 풀꽃의 대화로만 구성된 이 시는 형식도 내용만큼이나 흥미로운 시다.

어린이시 〈풀꽃에게〉는 짧고 간결한 시다. 그러나 이 시가 전하는 화자의 정서는 그리 가벼운 것이 아니다. 게다가 그 정서는 하나로 고정되어 있는 것이 아니다. 걱정하는 마음에서 안도하는 마음으로 그리고 감사하는 마음으로 변하는데, 그 감정의 변화가 전혀 어색하지 않다. 그런데 이 시를 읽을 때는 이러한 정서를 놓치기 쉽다. 시가 짧으니 읽는 시간도 짧고 그래서 시의 정서를 파악하고 음미할 시간도 짧기 때문이다. 이런 시를 읽을 때는 대화 주체별로 말을 끊어서 천천히 읽는 것이 좋은데, 시 읽기에 익숙하지 않은 어린이가 그렇게 읽기는 어려운 것이다. 이풍은 이 시가 요구하는 바람직한 읽기가 어떤 것인지 노래로 보여 준다.

이풍은 이 시를 토씨 하나 건드리지 않고 있는 그대로 끌어다 노래로 만들었다. 그는 어린이시노래를 이야기하는 자리에서 이런 말을 했다. '글을 쓰는 일과 노래를 만드는 일은 묘하게 닮은 점이 많다. 그래서 나는 글을 쓰듯 곡을 붙인다.'[8] 노랫말이 환기시키는 정서적 분위기를 그대로 살리는 쪽으로 가락을 붙였다는 뜻이리라. 과연 그랬다. 화자가 고민을 털어놓는 대목은 낮은 음으로 천천히 노래하게 했고, 풀꽃이 화자를 격려하는 대목은 높은 음으로 빠르게 노래하게 했다. 이렇게 노래의 문학적 코드와 음악적 코드가 서로 견인하니, 노래를 부르는 이나 노래를 듣는 이나 노래에 더 쉽게 더 깊게 몰입할 수 있다.

---

8. 위의 글, 23쪽.

이풍에 의해서 밝혀졌듯이, 어린이시 〈풀꽃에게〉는 노래로 만들어 부르면 더 좋게 느껴지는 시다. 어린이시노래는 이렇게 어린이시를 더욱 돈보이게 해주기도 한다.

2. 노래로 만들고 싶은 시와 노래로 만들기 쉬운 시

노래쟁이[9]가 만들고 싶어 할 노래는 뻔하다. 너 나 할 것 없이 누구나 부르고 싶어 할 노래, 바로 그런 노래를 만들고 싶어할 것이다. 어린이가 부르고 싶어 하는 노래는 무엇보다도 부르는 것이 즐거운 노래다. 부르는 것이 즐거우려면 일단 부르기가 쉬워야 한다. 다음과 같은 하제운의 말은 새겨들을 만하다.

아이들이 노래를 즐겨 부르게 하려면 부르기 쉽게 만들어야 한다. 동요는 듣고 감상하라고 있는 것이 아니라 함께 부르라고 있는 것이다. 그런데 요즘 만들어지는 동요들을 보면 음악성을 너무 강조하는 경향이 짙다. 노래를 세련되고 아름답게 만드는 것까지는 좋지만, 너무 음악성을 강조하다 보니 노래의 놀이성이 줄어들고 부르기 어려워졌다. 부르기 어려운 노래는 재주 있는 아이들만 즐겨 부르게 된다. 그러다 보니 요즘 동요들은 아이들의 재주가 먼저 눈에 보이는 경우가 많다. 결국 동요마저 아이들을 노래 실력으로 줄을 세우는 도구가 되어 버렸다. 동요는 아이들에게 쉽고 재미있어야 많이 불려진다.[10]

---

9. 국어사전에는 '노래쟁이'를 '가수'를 얕잡아 이르는 말로 풀이하고 있다. 그러나 여기에서는 '노래를 만드는 사람'이라는 뜻으로 썼다. 물론 비하의 의미는 전혀 없다. 어린이시노래를 만드는 사람은 작곡가라는 말로 일컫기가 곤란하다. 어린이시를 노랫말로 구성하여 곡을 붙이는 사람이기 때문이다.
10. 하제운, 〈엄마한테 혼날 때〉, 《어린이시》 28호, 어린이시교육연구회, 2013. 6, 22쪽.

어린이시노래는 부르기 쉬운 노래와 부르기 어려운 노래로 나눌 수도 있다. 물론 이것은 상대적인 분류다. 부르기 쉬운 노래는 즐기면서 부를 수 있는 가능성이 크다. 부르기 어려운 노래도 즐길 수 있는 길이 전혀 없는 것은 아니다. 노래를 잘 부르는 재주꾼 어린이가 불러주는 것을 들어서 즐길 수도 있기 때문이다. 그러나 들어서 즐기는 것은, 비유하자면, 고기를 씹는 것이 아니라 씹는 것을 구경하는 것과 마찬가지다. 어린이시노래의 향유 방식으로 권할 것이 못 된다.

부르기 쉬운 노래는 노랫말도 쉽고 가락도 쉬운 노래다. 지나치게 긴 노랫말, 복잡한 서사를 담고 있는 노랫말, 군더더기가 많은 노랫말, 무슨 말인지 잘 알 수 없는 노랫말 등은 부르기가 쉽지 않은 노랫말이고, 지나치게 높은 음이나 낮은 음을 사용한 가락, 음의 높낮이가 급하게 변하는 가락, 시작 음을 잡기가 까다로운 가락, 중간에 반주가 길게 들어가 다시 시작하는 음을 놓칠 우려가 있는 가락 등은 부르기 어려운 가락이다.

어린이를 위한 노래의 첫째 조건이 부르기 쉬운 노래라면 둘째 조건은 재미있는 노래다. 부르기 쉬운 노래라 하더라도 재미있는 노래가 아니면 어린이는 부르기를 즐기지 않는다. 노래의 재미는 노랫말에서 찾을 수도 있고 가락에서 찾을 수도 있다. 어린이시노래의 노랫말과 가락은 각각 저본시의 문학적 코드와 음악적 코드에 대응하는 것이라 했으니, 재미있는 노래의 관건이 되는 것은 저본시라 할 만하다. 내용이나 형식에서 어린이가 재미를 느낄 만한 요소를 가지고 있는 어린이시를 저본시로 삼는 것이 중요하다는 것이다.

노랫말의 재미를 다른 노랫말과의 관계에서 찾을 수도 있다. 다음을 보라.

*노랫말 : 저본시(최가연, 밀양초 3년)

(내용 알 수 없음)

*노랫말 : 잔소리(고승하)

아침마다 늦잠 자고 허겁지겁 밥 먹고

옷 입고 세수하고 학교 갔다 학원 갔다 어지러워요

어떤 친구 엄마는 라라라 한다는데

우리 엄마 늘 하시는 말씀 (자꾸 잔소리하게 만들래)[11]

이 노랫말은 말하고자 하는 바가 무엇인지 잘 드러나지 않는다. 특히 3행이 문제다. 뜻을 알 수 없는 노랫말의 노래에서 과연 부르는 재미를 느낄 수 있을까. 그러나 또 다른 어린이시노래를 알게 되면 사정은 달라진다. 다음은 구예슬(부산 모산초 1년)의 시에 고승하가 가락을 붙인 노래다.

*노랫말 : 엄마가 좋아하는 말, 라라라(고승하)

밥 먹어라 꼭꼭 씹어라 우유 마셔라

책 봐라 공부 좀 해라 일찍 자거라

엄마는 하루종일 라라라라라라

엄마가 제일 좋아하는 말 라라라라라라[12]

어린이시 〈잔소리〉는 고승하가 만든 어린이시노래 〈엄마가 좋아하는

---

11. 어린이 예술단 아름나라, 《아름나라 동요》, 출판사 미상, 출판 연도 미상, 104쪽. 이 책에는 노랫말이 된 어린이시의 원문은 실려 있지 않다.
12. 위의 책, 96쪽.

말, 라라라!)를 듣고 쓴 시다. 그런데 그 시를 고승하가 읽고 다시 노래를 만든다. 그것이 어린이시노래 〈잔소리〉다. 정리하자면, 어린이시노래 〈잔소리〉는 어린이시노래 〈엄마가 좋아하는 말, 라라라!〉와 어린이시 〈잔소리〉의 상호텍스트성의 산물이라는 것이다.

　어린이시노래 〈잔소리〉는 어린이시노래 〈엄마가 좋아하는 말, 라라라!〉와 같이 불러야 재미가 있는 노래고, 또 여럿이 함께 불러야 재미가 있는 노래다. 재미의 원천이 상호텍스트성이고, 그 상호텍스트성은 여럿이 함께 확인할 때 재미가 배가 되는 것이기 때문이다. 그래서 상호텍스트성에 의존하는 노래는 공연용 노래라 할 만하다. 한 가지 아쉬운 것은 두 노래의 가락에서는 상호텍스트성을 발견할 수 없다는 것이다. 두 노래에 공통적으로 나오는 노랫말 '라라라'에 대해서만이라도 두 노래가 같은 가락을 붙였으면 어땠을까 하는 생각을 해 본다.

　백창우의 노래책 《예쁘지 않은 꽃은 없다》(보리, 2003)에 실려 있는 노래는 모두 마암 분교 어린이가 쓴 시로 만든 것인데, 그 시 중에는 과연 노래의 저본시로 적합한 시라 할 수 있는가 하는 의문이 드는 시도 있다. 예컨대, 〈박진산〉이 그런 시다. 백창우가 이를 노랫말로 만든 것과 함께 보기로 하자.[13]

*저본시 : 박진산(이창희, 마암 분교 6년)
백두산도 한라산도 아닌 내 친구 이름은
박진산

---

13. 마암 분교 아이들 시, 백창우 곡, 굴렁쇠 아이들 노래, 김유대 그림, 《예쁘지 않은 꽃은 없다》, 보리, 2003, 12-13쪽.

*노랫말 : 박진산(백창우)

내친구 이름은 내 친구 이름은

백두산도 한라산도 아닌 박진

산

친구 이름이 백두산도 한라산도 아닌 박진산이라는 것은 그것을 주목한 이창희 어린이한테는 감동일 수 있다. 그러나 다른 사람들은 이창희 어린이의 감동을 이해할 수 없다. 이름이 박진산이라는 것, 이름이 백두산도 한라산도 아니라는 것, 이 각각을 떼어 놓고 생각해 보라. 전자는 사실에 관한 단순한 진술이고, 후자는 어떤 것도 특정하지 않는 부정 진술이다. 내용이 밋밋하면 형식이라도 독특해야 한다. 그러나 이 시는 그렇지 않다. '백두산-한라산-박진산'으로 이어지는 데서 각운을 찾을 수는 있지만, 그 정도의 각운에서 재미를 느낄 만한 사람은 그리 많지 않을 것이다.

그런데도 백창우는 어린이시 〈박진산〉을 노래로 만들었다. 어린이가 즐겨 부를 수 있는 노래가 될 수 있다고 생각했던 것이다. 그 이유로 짐작할 수 있는 것은 이 시의 상호텍스트성뿐이다. 어린이시 〈박진산〉은 마암 분교 어린이가 쓴 시라서, 마암 분교 어린이 중에서도 특히 이창희 어린이가 쓴 시라서, 재미있는 노래가 될 수 있다고 생각했을 수 있다는 것이다. 어린이시노래 〈박진산〉은 마암 분교 어린이가 쓴 시로만 만든 노래로 엮은 《예쁘지 않은 꽃은 없다》에 실려 있고, 그 노래책에는 이창희 어린이가 쓴 시로 만든 노래가 여러 편 실려 있는데, 표제 노래 〈예쁘지 않은 꽃은 없다〉도 그중의 하나다. 이런 사실을 눈여겨본 어린이라면 어린이시노래 〈박진산〉을 부를 때 재미를 느낄지도 모르겠다.

지금까지 어린이가 즐겨 부를 수 있는 노래의 양대 조건으로 부르기 쉬워야 한다는 것과 부르는 재미가 있어야 한다는 것을 들었다. 노래를 만든다면 누구나 이런 노래를 만들고 싶어할 것이다. 노래로 만들고 싶은 시와 노래로 만들기 쉬운 시는 같은 것일 가능성이 높다. 즉, 노래로 만들고 싶은 시는 노래로 만들기도 쉬운 시일 수 있고, 노래로 만들기 쉬운 시는 노래로 만들고 싶은 시일 수 있다는 것이다. 이를 어린이시 〈숙제〉와 그것을 저본시로 채택한 어린이시노래 〈숙제〉[14]를 통해서 확인하기로 한다.

*저본시 : 숙제(방대환, 상인초 1년)
너무 졸려 쓰러져/자고 싶은데//선생님한테 혼날까봐/잠을 참고/숙제를 한다//꾸벅꾸벅 졸다가/한 줄 쓰고/꾸벅꾸벅 졸다가/머리 박고//겨우겨우 다하고/침대에 누우니/눈이 말똥말똥

어린이시노래 〈숙제〉를 만든 성요한은 이렇게 말했다.

시에, 정말 군더더기가 없어서 쉽게 노래가 만들어졌습니다. 사실 아이들 시에 노래를 붙일 때면 리듬감을 살리기가 쉽지 않은데 이 노래는 연마다 행의 수가 다른데도 노래 마디는 꼭 들어맞아서 리듬감을 잘 살릴 수 있었습니다. 시 자체에도 어떤 해석이 필요 없고 공감만 가득합니다. 초등학교 1학년의 일상이 눈에 보이고 또 우리 어릴 적 숙제와 졸음 앞에서 힘겨워하던 모습이 그려집니다. (…중략…) 숙제가 이런 예쁜 시를 남겼으니 추억이 되기도 하지만, 숙제가 초등학교 1학년에 무거운 짐이 되고 스트레스가 되면 안 될 것 같아요.[15]

---

14. 성요한, 〈어린이시 〈숙제〉를 노래로 만들면서〉, 《어린이시》 10호, 어린이시교육연구회, 2011. 11, 28-29쪽.
15. 위의 글, 28쪽.

숙제 때문에 밤늦도록 책상에 앉아 있어야 하는 1학년 어린이가 자신
의 고단한 삶을 시로 하소연했다. 성요한은 어린이시 〈숙제〉에 공감했다.
어린이시 〈숙제〉의 문학적 코드는 성요한 그 자신의 문학적 코드에 부합
했던 것이다. 그래서 노래로 만들기로 했다. 어린이한테는 따뜻한 위로를
보내고 어른한테는 뜨끔한 각성을 촉구하고 싶었던 것이다. 현직 성공회
신부로서 주일이면 동네 아이들을 교회로 불러 함께 어린이시노래를 부
르는 그로서는 당연한 일이었다.

어린이시 〈숙제〉는 4연으로 되어 있는데, 연마다 행의 수가 다르고 행
마다 어절의 수가 다르다. 그런데 성요한은 각각의 연에 붙인 가락을 똑
같이 4개의 노래 마디로 구성했다. 그렇게 해야만 어린이시 〈숙제〉의 음
악적 코드에 부합하는 노래가 만들어진다고 생각했던 것이다.

성요한은 시의 음악적 코드를 쉽게 찾았다고 했다. 시의 문학적 코드와 음악적 코드가 연계되어 있었기에 그럴 수 있었다. 시의 1연과 다른 연을 비교해 보라. 1연은 다른 연에 비해서 글자의 수가 적지만, 그것에 담겨 있는 의미의 폭과 깊이는 다른 연에 비해서 결코 좁고 얕은 것이 아니다. '너무 졸려 쓰러져'라는 시구와 '꾸벅꾸벅 졸다가 잠을 참고'라는 노랫말을 비교해 보면, 그 의미상의 무게가 어슷비슷하다는 것을 금방 느낄 수 있다. 각각의 시행이 서로 길이가 다른데도 동일한 수의 노래 마디로 가락을 붙인 것은 이 때문이었던 것이다.

정리하면 이렇다. 성요한은 어린이시 〈숙제〉를 어린이시노래로 만들고 싶어했다. 시의 문학적 코드가 자신의 문학적 코드와 부합했기 때문이었다. 다행히, 시의 음악적 코드 또한 쉽게 찾을 수 있었다. 그것은 시의 문학적 코드에 연계되어 있었다. 그렇게 찾아낸 시의 음악적 코드는 성요한 자신의 음악적 코드에 부합하는 것이었다. 간단히 말하면, 성요한한테는 어린이시 〈숙제〉는 어린이시노래로 만들고 싶은 시였을 뿐만 아니라 어린이시노래로 만들기도 쉬운 시였다는 것이다.

백창우는 이렇게 말했다. '시를 읽다 보면 이따금 그대로 노래가 되는 시를 만나기도 합니다.'[16] '읽다 보면 그대로 노래가 되는 시'란 읽기만 해도 그에 잘 어울리는 노래를 금방 떠올릴 수 있는 시, 읽는 것만으로도 겉으로 드러내놓은 노래는 물론이고 속에 감추어둔 노래까지 쉽게 찾아낼 수 있는 시, 읽다 보면 시의 내용과 형식 속에 심긴 음악적 코드가 바로 이해되는 시, 노래쟁이의 음악적 코드에 부합하는 음악적 코드를 가진 시가 아닐까. 이런 시를 만난다면 어느 노래쟁이가 노래로 만들고 싶어하지 않겠는가. 노래쟁이한테 노래로 만들기 쉬워 보이는 시는 노래쟁이가 노

---

16. 백창우, 〈동화 속에서 걸어나온 노래〉, 《창비어린이》, Vol. 9, No.2, 창비, 2011, 20쪽.

래로 만들고 싶어 하는 시일 가능성이 매우 높다.

노래로 만들고 싶은 시가 하나같이 노래로 만들기도 쉬운 시라면, 노랫말의 저본시를 마련하는 것은 일도 아닐 것이다. 노래쟁이 자신의 마음에 쏙 드는 시, 자신의 문학적 코드에 부합하는 시를 고르기만 하면 되니까. 그러나 그런 행운이 끝없이 반복되지는 않을 것이다. 노래로 만들고 싶은 시지만 노래로 만들기는 쉽지 않은 시, 노래로 만들기는 쉬워 보이는 시지만 굳이 노래로 만들어야 할 필요성을 느끼지 못하는 시도 있는 것이다. 이런 시를 만나게 되면, 노래쟁이는 '가다듬기'를 꾀하게 된다. 노래로 만들고 싶은 시를 노래로 만들기 쉬운 시로 가다듬고, 노래로 만들기 쉬운 시를 노래로 만들고 싶은 시로 가다듬는데, 이 가다듬기는 노랫말 구성 과정에서 이루어진다.

어린이시노래의 노랫말 구성 방법

1. 전사 및 조정

어린이시를 노랫말로 구성하는 방법은 여러 가지다. 그중에서 가장 바람직한 것은 어린이시를 있는 그대로 노랫말로 끌어다 쓰는 것이다. 이것을 '전사'라 일컫기로 한다. 노래로 만들고 싶은 시이면서 노래로 만들기 쉬운 시를 저본시로 선택할 때 '전사'가 이루어진다. 전사로 노랫말을 구성하면 어린이시가 노랫말 속에 원래의 형태 그대로 보존된다. 그래서 전사는 '어린이시노래'라는 이름에 가장 걸맞은 노랫말 구성 방법이라 할 수 있다. 이 글에서 살펴본 노래 중에는 〈풀꽃에게〉가 전사의 노래에 해당한다.

어린이시노래 중에는 저본시의 특정 어구의 글자 수를 단순히 줄이거나 늘여서 노랫말로 채택한 것이 있다. 이를 '조정의 노래'라 하자. '조정'

은 저본시의 실질적인 의미에 영향을 끼치지는 않는다. 특정 어구의 글자 수가 줄거나 늘면 그것에 의해서 환기되는 느낌이 약화되거나 강화될 수 있는데, 이와 같은 형식적인 의미의 변화는 최소한의 범위에서 용인된다. 장르 전환에서는 필연적으로 나타나는 현상이기 때문이다. 이에 대한 전례는 시조창에서 찾을 수 있다. 시조창에서는 시조 종장의 마지막 어구는 노래하지 않는다. 시조창의 형식에서는 시조의 형식을 그대로 수용할 수 없기 때문에 이런 조정이 필요한 것이다.

조정의 노래도 어린이시의 원형 대부분을 그대로 보존한다. 그래서 조정의 노래에도 전사의 노래와 대등한 지위를 부여할 수 있다. 엄격하게 말하면, 전사의 노래와 조정의 노래에만 어린이시노래라는 이름을 붙일 수 있다. 우리가 살펴본 것 중에서는 〈숙제〉가 조정의 노래다. 〈숙제〉에서는 딱 한 군데서 조정이 이루어졌다. '선생님→ 쌤'이 그것인데, 성요한은 정작 노래를 부를 때는 '선생님'이라 발음하였다.

2. 교정 및 교열

어린이시를 노랫말로 구성할 때 어린이시의 실질적인 의미에 영향을 주면서까지 어린이시를 가다듬는 경우가 있는데, 그 재구성의 범위와 목적에 따라 '교정'과 '교열'로 나누기로 한다. '교정'은 어구 수준의 수정을 말하는데, 어린이시의 가독성이나 완성도를 높이기 위해서 어구를 첨가하거나 삭제하거나 다른 어구로 교체하는 것을 말한다. 교정이 노랫말에 미치는 영향은 부분적이다.

이에 반해서, '교열'은 어린이시 전체의 질적 수준을 향상시키는 것을 목적으로 어린이시의 의미 구조가 재편될 정도로 상당한 부분을 수정하는 것을 말한다. 기존의 내용을 재구성하기도 하고, 기존의 내용 중 일부를 삭제하거나 다른 것으로 교체하기도 하고, 새로운 내용을 첨가하기도 한다. 노래로 만들고 싶은 시를 노래로 만들기 쉬운 시로 바꾸고자 할 때 주로 사용하는 것이 바로 교정과 교열이다.

먼저 교정의 예를 〈내 자지〉에서 확인하기로 한다.

*저본시 : 내 자지(이재흠, 안동 대곡분교 3년)
오줌이 누고 싶어서/변소에 갔더니/해바라기가/내 자지를 볼라고 한다./나는 안 비에 줬다.

*노랫말 : 내 자지(백창우)
오줌이 누고 싶어서 변소에 갔더니 해바라기가 내 자지를/볼라고 볼라고 볼라고 한다/그렇지만 그렇지만 나는 안 보여 줬다

〈내 자지〉에서는 조정과 교정이 동시에 이루어졌다. '볼라고→ 볼라고 볼라고 볼라고'는 조정이고, '그렇지만 그렇지만'의 첨가와 '안 비에 줬다 → 안 보여 줬다'는 교정이다.

'볼라고→ 볼라고 볼라고 볼라고'의 어구 반복과 '그렇지만 그렇지만'의 첨가는 가다듬기 방법에서는 차이가 있지만 가다듬기 목적에서는 차이가 없다. 둘 다 노래의 형식에 맞게 시의 형식을 바꾸는 기능을 수행하는 것이기 때문이다. 그런데 문학적인 측면에서 볼 때, '그렇지만 그렇지만'의 첨가가 꼭 필요한 것이 아니다. 이 접속어는 오히려 군더더기로 느낄 수 있는 것이다. 따라서 이 교정은 잃은 것도 있고 얻은 것도 있는 교정이라 하겠다.

'안 비에 줬다 → 안 보여 줬다'의 교체는 사투리를 표준말로 대체한 것인데, 이 교정의 의도는 누구나 금방 알 수 있는 것이지만, 그것의 적절성 여부에 대해서는 이견이 있을 수 있다. 어린이시노래는 CD나 인터넷

을 통해서 전국의 어린이가 쉽게 접할 수 있는 것이라서 노랫말을 표준말로 쓰는 것도 충분히 고려할 만하다. 그런데 어린이시의 사투리를 표준말로 바꾸어 노랫말을 구성하는 것은 신중할 필요가 있다.

이오덕은 어린이시의 사투리를 매우 귀하게 여겼다. 그는 '아동의 시가 아동의 생활어로 씌어진다는 것은 사투리로 시를 쓰게 된다는 말이 된다. 아동의 말이 사투리인 이상 아동시가 사투리로 나타나는 것은 당연하다'[17]고 했다. 이에 비추어 보면, 어린이시를 노랫말로 채택하면서 사투리를 제거한다면 어린이시의 가장 중요한 특성 하나를 제거하는 것이나 마찬가지다. 따라서 사투리에 대한 교정은 그 득실을 잘 따져 볼 일이다.

흥미로운 것은 어린이시 〈내 자지〉에는 또 다른 사투리가 있는데, 노랫말에서는 그것은 그대로 두었다는 것이다. 그 까닭 역시 쉽게 짐작할 수 있다. '볼라고'도 사투리지만 그 뜻이 '보려고'임을 모를 사람은 없다고 보고 그냥 놔둔 것이다. 그런데 '안 비에 줬다'도 가청성(audibility)에 별 문제가 없는 사투리다. 눈으로 읽으면 그 뜻이 잘 안 잡힐지 몰라도 소리로 들으면 그 뜻이 헷갈리지 않는다. 표준말 '안 보여 줬다'와 비슷한 소리로 들리기 때문이다. 결론적으로, '안 비에 줬다→안 보여 줬다'의 교체는 과잉 교정이다.

이번에는 교열의 실제를 보기로 하자. 어린이시 〈혼〉과 그것을 노래로 만든 〈무슨 일 있는지〉를 비교하면서 읽어 보자.[18]

*저본시 : 혼(정일만, 산청 오부초 6년)

---

17. 이오덕, 《아동시론》, 세종문화사, 1973, 204쪽.
18. 성요한, 〈어린이시 '혼'을 노래로 만들면서〉, 《어린이시》 5호, 어린이시교육연구회, 2011. 7, 27~29쪽.

며칠 전부터/선생님이 이상하다.//5학년부터 6학년까지 혼을 적게 냈는데/며칠 전부터 혼낼 때마다/많이 거칠게 혼내는 것 같다.//선생님은 우리가 잘못한 행동을 보았다가/한꺼번에 2-3일씩/많이 혼낸다./선생님 집에/무슨 일 있는지/우리 때문에/무슨 일 있는지/궁금하다.//지금 선생님이/지혜하고 나를 더 사랑하고/아껴주면 좋겠다.//그러면 나하고 지혜가/선생님을 더욱 더/사랑해질 것 같다.

*노랫말 : 무슨 일 있는지(성요한)
며칠 전부터 선생님이 이상하다 혼낼 때마다 많이 혼내는 것 같다/잘못한 행동을 보았다가 이삼 일씩 많이 혼낸다/선생님 집에 무슨 일 있는지 무슨 일 있는지/선생님 집에 무슨 일 있는지 궁금하다 지금/선생님이 우리를 더 사랑하고 아껴주면 그러면/우리도 선생님을 더욱 더 사랑할 것 같다

어린이시 〈혼〉은 꽤 복잡한 이야기를 들려주고 있다. 며칠 전부터 선생님이 달라졌다는 것, 잘못한 일을 한꺼번에 몰아서 '나'와 친구를 많이 혼내신다는 것, 집에 무슨 일이 있는지 학교에 무슨 일이 있어서 선생님이 그렇게 달라진 건 아닌지 궁금하다는 것, 무슨 일이 있었다 하더라도 '나'와 친구를 혼내지 말고 사랑해 주셨으면 좋겠다는 것, 그러면 '나'와 친구도 선생님을 사랑하게 될 텐데, 그게 아쉽다는 것.

어린이시 〈혼〉이 들려주는 이야기는 복잡하긴 해도 가슴을 뭉클하게 하는 이야기다. 노래로 만들 만한 시다. 그런데 성요한은 시 전체를 있는 그대로 노랫말로 쓰는 것은 별로 좋은 생각이 아니라고 판단했다. 화제가 많은 것도 문제지만 화제의 연결이 자연스럽지 않아서 감동을 모아주지 못할 뿐만 아니라 노래로 부르기에도 부담이 많이 가기 때문이다. 성요한

은 아예 시를 재구성하기로 한다. 감동의 핵심 요소에 해당하는 화제만 골라서 자연스럽게 이어 붙였다. 그리고 그 노랫말에 적합한 제목을 새로 지었다.

교열은 저본시를 해체하여 재구성하여 노랫말을 만드는 방법이다. 당연히 어린이시의 원형은 많이 어그러뜨린다. 그 대신 어린이시가 말하고자 하는 핵심은 오히려 더 효과적으로 드러낼 수 있다. 물론 그것은 노래쟁이 어른의 작업으로 이루어지는 것이다.

교열의 노래를 과연 어린이시노래라 할 수 있을지는 의문이다. 그런데 교열을 허용하지 않으면 어린이시 〈혼〉은 노래로 만드는 것이 거의 불가능하다. 어찌어찌 해서 노래로 만든다 해도 어린이가 즐겨 부를 수 있는 노래가 될 것으로 기대하기는 어렵다. 우리는 그 예를 〈비 오는 날 일하는 소〉에서 확인한 바 있다. 〈비 오는 날 일하는 소〉도 저본시의 요점을 간추리는 방향의 교열로 노랫말을 구성했더라면 부르기가 훨씬 쉬운 노래가 되었을지도 모른다.

어쨌든, 교열의 노래도 어린이를 위한 노래라는 측면에서는 귀하게 대접할 필요가 있다. 어린이시노래 〈무슨 일 있는지〉가 있었기에, 선생님한테 혼나면서도 오히려 선생님한테 무슨 일이 있었던 건 아닌지 걱정하는, 어린이만이 가질 수 있는 귀한 마음을 알게 된 사람도 많을 것이다.

성요한이 〈무슨 일 있는지〉를 통해 보여 준 교열은 어떤 점에서 보면 어린이시를 노랫말로 되살려내기 위한 고육책이라 할 수 있다. 그런데 그런 교열만 있는 것이 아니다. 어린이시에 어른 노래쟁이의 생각과 느낌을 보태기 위한 교열도 있다. 다음은 어린이시 〈손바닥 맞을 때〉와 그것을 저본으로 삼아 노랫말을 만든 어린이시노래 〈엄마한테 혼날 때〉이다.[19]

---

19. 하제운, 〈엄마한테 혼날 때〉, 《어린이시》 28호, 어린이시교육연구회, 2013. 6, 21-22쪽.

*저본시 : 손바닥 맞을 때(안현지, 양산 덕계초 6년)

엄마한테 혼난다./먼저 무조건 잘못했다고/하면 안 된다.//뭘 잘못했는지 물어보면/끝이기 때문이다./생각해보고 말한다.//종아리를 때리면/어쩔 수 없다./기본적으로 치마는/입고 있으면 안 된다.//손바닥을 때리면/절대 피하면 안 된다./울 엄마는 피하면 더 때린다.//빨리 맞고 화장실에 가서/찬물에 손을 넣는 게/제일 낫다.

*노랫말 : 엄마한테 혼날 때(하제운)

엄마한테 혼날 때 무조건 잘못했다 하지 마라/엄마가 뭘 잘못 했는지 물어보면 끝이기 때문이다/손바닥을 때리면 절대 피하면 안 된다/울 엄마는 피하면 더 때린다/빨리 맞고 화장실에 가서 찬물에 손을 넣는다/아니면 아니면 맞을 짓을 하지 말든지 맞을 짓을 하지 말든지

저본시와 노랫말을 비교하면서 교열의 내용을 확인해 보자. 첫째, 의미가 충돌하는 내용을 정리했다. 둘째, 새로운 내용을 추가했다. 셋째, 제목을 바꾸었다. 넷째, 끊어지는 느낌이 나는 짧은 문장을 부드럽게 이어지는 긴 문장으로 바꾸었다.

첫째, 셋째, 넷째의 교열은 저본시에 담겨 있는 어린이의 생각과 느낌이 좀 더 도드라져 보이게 하는 데 목적을 둔 것이다. 그런데 둘째의 교열은 그런 것이 아니다. 하제운이 보기에 저본시는 어린이의 입장만 드러나 있는 시라서 어린이만이 공감하고 좋아할 시였다. 그는 어린이를 위한 노래라 해도 어린이와 함께 어른이 즐길 수 있는 노래라야 한다고 생각했다. 그래서 부모의 입장을 대변할 수 있는 내용을 보태어 부모도 공감할 수 있는 노랫말을 만들기로 했다. '맞을 짓을 하지 말든지'의 첨가는 이렇게 이루어졌다. 이미 짐작했겠지만, 둘째의 교열은 어른 청중의 노래 향

유를 위해서 노래를 만드는 어른의 생각과 느낌을 노랫말에 집어넣는 교열이었다. 그것도 마치 어린이가 한 말인 것처럼 해서. 결과적으로 어린이시가 왜곡되었다.

하제운의 교열은 어떤 점에서는 성공적인 교열이라 할 수 있다. 그의 말에 따르면, 노래에 대한 어린이의 반응도 좋았고 어른의 반응도 좋았다고 한다.[20] 그러나 어린이시의 측면에서 보면 씁쓸하다. 저본시가 어른에 의해서 개작되다시피 했기 때문이다.

3. 조합

어린이시 두 편(또는 그 이상)을 하나로 엮어서 노랫말로 만드는 것을 '조합'이라 한다. 내가 알기로, 조합의 노래를 만든 사람은 백창우뿐이다. 아래의 것도 백창우의 노래다.[21]

*저본시 1: 연필(황금순, 문경 김룡초 6년)
빨강 연필을 사려고 보면/노랑 연필이 더 예쁜 것 같고/노랑 연필을 사려고 보면/파랑 연필이 더 예쁜 것 같아서/연필은 다 사고 싶어도/돈이 없어서/노랑 연필을 샀다.

*저본시 2 : 필통(김순규, 안동 길산초 4년)
연필이 일을 하다가/따뜻한 엄마 품에/가만히 누워 있다

---

20. 위의 글 22쪽 참고.
21. 초등학교 아이들 시, 백창우 곡, 굴렁쇠 아이들 노래, 강우근 그림, 《딱지 따먹기》, 보리, 2002, 22-25쪽.

*노랫말 : 연필(백창우)

(1)빨강 연필을 사려고 보면 노랑 연필이 더 예쁜 것 같고/노랑 연필을 사려고 보면 파랑 연필이 더 예쁜 것 같다/빨강 연필 노랑 연필 파랑 연필 다 사고 싶지만/돈이 없어 그냥 노랑 연필만 샀다

(2)필통을 열어보니/조그만 아기 연필이/따뜻한 엄마 품에/가만히 누워 있다

어린이시노래 〈연필〉의 노랫말은 보다시피 (1)과 (2) 두 부분으로 나누어져 있다. (1)에는 8분음표가 많아서 빠른 느낌이 드는 4/4박자의 가락이 붙어 있고, (2)는 대부분이 4분음표라 (1)에 비해서 상대적으로 조금 느린 느낌이 드는 3/4박자의 가락이 붙어 있다. 서로 다른 시의 서로 다른 정서적 분위기를 하나의 노래에서 다 살려내자면 가락에 변화를 줄 수밖에 없었을 것이다.

노랫말 〈연필〉의 구성은 순차적으로 이루어진 것으로 보인다. 먼저 각각의 저본시를 교정을 하고, 그 둘을 다시 하나로 엮는 조합을 시도했을 것이다. 어린이시를 노랫말을 구성할 때는 조정·교정·교열·조합 중 어느 한 가지 방법을 쓰기도 하지만 그중의 둘 이상의 방법을 함께 쓰기도 한다. 그런 경우에는 노랫말의 구성 방법 중에서 가장 넓은 범위의 수정을 꾀한 구성 방법을 해당 노랫말의 구성 방법으로 지칭하기로 한다. 노랫말 〈연필〉을 교정의 노래가 아닌 조합의 노래로 보는 것도 이 때문이다.

저본시 1의 교정은 비교적 무난해 보인다. 그러나 저본시 2의 교정은 적절한 것으로 보기 어렵다. 노랫말 (2)로 인해서 저본시 〈필통〉을 부정적으로 평가하게 될 가능성이 있기 때문이다.

어린이시 〈필통〉은 연필을 '아이'로 필통을 '엄마'로 비유한 시다. 그

런데 노랫말 (2)는 '필통을 열어보니'라는 구절 때문에 '엄마'의 원관념을
파악하는 데 혼선이 생긴다. '필통을 열어보니' '조그만 아기 연필'이 '따
뜻한 엄마 품'에 '가만히 누워 있다'라는 표현은 필통 속에 몽당연필이 큰
연필 옆에 나란히 자리 잡고 있을 때나 쓸 수 있는 표현이기 때문이다. 그
런데 노랫말 (2)는 노랫말 (1)과 관련지어 해석할 수밖에 없는 것이다. '조
그만 아기 연필'이 새로 산 '노랑 연필'을 가리키는 것이 아니라면 노랫
말 (1)과 (2)는 이어 놓을 수도 없는 것이다. 그런데 새로 산 '노랑 연필'을
'조그만 아기 연필'로 표현할 수 있는 것일까.

따지고 보면, 노랫말 (1)과 (2)는 서로 이어 붙일 내용이 아니다. 노랫
말 (1)은 사고 싶은 연필은 많은데 돈이 없어서 노랑 연필만 샀다는 내용
이고, 노랫말 (2)는 연필이 필통 속에 들어 있다는 내용이다. 노랫말 (1)의
측면에서 보면 노랫말 (2)는 쓸모없는 군더더기다. 굳이 노랫말 (1)에 뭔
가 덧붙이고 싶다면, 노랫말 (1)과 밀접한 관련성을 보이는 내용의 노랫
말을 생각해야 한다. 노랑 연필은 어렵게 산 연필인지라 쓰지도 않고 필
통 속에 고이고이 보관만 했다는 내용의 노랫말 같은 것 말이다.

백창우의 또 다른 노래 〈걱정이다〉는 조합의 노래치곤 좀 특이한 것이
다. 노래의 말미에 후렴구 '걱정이다'를 반복하는 대목이 있는데, 이 대목
에서 또 다른 어린이시 〈공부가 왜 중요한데〉가 낭송된다. 그러니까, 〈걱
정이다〉의 노랫말은 가락을 붙인 중심 노랫말과 낭송으로 처리하는 보조
노랫말로 구성되어 있다고 말할 수 있다. 그런데 이러한 노랫말 구성은
'들어서 즐기는 노래'에는 적합하지만 '불러서 즐기는 노래'에는 적합하
지 않다. 노래를 부르면서 낭송까지 한다는 것은 쉽지 않은 일이기 때문
이다. 게다가 이 조합은 어린이시의 입장에서 보면 낭비다. 어린이시 〈공
부가 왜 중요한데〉는 완성도가 꽤 높은 시라서 그것만으로도 별개의 또
다른 노래를 만들 수 있는 시인데, 다른 노래의 노랫말을 장식하는 보조

노랫말로 쓰는 것은 아깝다는 것이다.

조합의 노래 〈연필〉과 〈걱정이다〉는 역설적으로 조합의 노래 그 자체에 대한 회의를 불러일으킨다. 두 편의 어린이시를 전사의 방법으로 기계적으로 이어 붙이는 조합이라도 각각의 어린이시는 어느 정도 이미지의 변화를 입게 된다. 한 편의 시를 그 자체만 가지고 읽는 것과 다른 어떤 시를 염두에 두면서 읽는 것은 많이 다르기 때문이다. 조합의 노래는 저본시가 되는 어린이시의 왜곡을 감수하면서 만든 노래인데, 그렇게까지 해서 얻을 수 있는 이익이 무엇인지 도무지 알 길이 없다. 혹시 상호텍스트성에서 재미를 도출하고 싶었던 것은 아닐까. 만일 그런 의도를 구현하고 싶었다면, 각각의 어린이시를 저본시로 한 각각의 노래를 만드는 것이 훨씬 효율적이었을 것이다. 노랫말이나 가락에 상호텍스트성을 드러내는 장치만 마련하면 되기 때문이다.

결론

어린이시로 만든 노래라 해서 다 똑같은 것이 아니다. 노랫말만 보더라도, 어린이시와 똑같은 노랫말, 어린이시의 일부 어구를 줄이거나 늘여 놓은 노랫말, 어린이시의 일부 어구를 다른 어구로 바꾸어 놓은 노랫말, 어린이시 전체를 해체하여 재구성한 노랫말 등, 저본시와의 거리에서 많은 편차를 보인다. 이것은 어린이시노래의 본질을 논의하는 데도 영향을 미치게 된다.

어린이시노래는 노랫말이 어린이시고 가락이 노랫말에 잘 어울리는 노래다. 어린이시에 가장 잘 어울리는 가락이란 달리 표현하면 어린이시가 원래부터 품고 있는 가락이라 할 수 있다. 그렇다면, 어린이시노래는 어린이시가 품고 있는 노래를 실제의 음표로 구체화하여 악보에 정착시킨 노래로 정의할 수 있다. 문제는 어린이시노래의 본질에 관한 이와 같은 정의는 어린이시를 원형을 훼손하지 않고 원래 그대로 노랫말로 채택한 노래에만 적용할 수 있다는 것이다.

이에, '순수한 어린이시 노래'와 '가다듬은 어린이시 노래'를 구분할 필요를 느낀다. 순수한 어린이시 노래는 어린이시의 전사와 조정으로 노랫말을 구성한 노래로서, 어린이시가 품고 있는 노래를 찾아내는 것을 이상으로 삼는다. 순수한 어린이시 노래는 어린이시를 살리는 노래가 되며, 어린이시를 전파하고 보급하는 노래가 되며, 어린이시 그 자체를 즐기는 노래가 된다.

이에 반해서, 가다듬은 어린이시 노래는 어린이시의 교정·교열·조합으로 노랫말을 구성한 노래로서, 어린이시의 특정 부분에 의해서 자극받은 노래쟁이 자신의 영감이나 예술혼을 노래로 구체화하는 것을 이상으로 삼는다. 노랫말의 저본이 어린이시라는 사실만 밝혀만 준다면, 어린이시를 개작 수준으로까지 수정해도 상관이 없다. 물론 어린이시의 수정 사실은 '개사'라는 말로 명기하여야 한다. 앞에서 확인했듯이, 교정·교열·조합이 언제나 바람직한 방향으로 전개되는 것은 아니었다. 그런데 불필요하거나 잘못된 교정·교열·조합의 개사는 안 하니만 못한 것이다.

어린이시노래 연구의 자료에 관한 내용을 덧붙여두기로 한다. 어린이시노래 연구의 기본 자료는 저본시가 된 어린이시, 그 어린이시로 만든 노래의 노랫말과 가락을 기록한 악보, 그리고 그 악보로 노래를 부른 음성 파일 등이다. 꼭 필요한 것은 아니지만 있으면 크게 도움이 되는 자료가 있는데, 그것은 어린이시를 노래로 만들게 된 동기나 목적, 어린이시를 노래로 만드는 과정에서 유의한 점 등에 관한 노래쟁이 자신의 증언 자료이다.

이 자료들을 구할 수 있는 매체는 둘이다. 하나는 출판된 노래책과 노래책에 딸린 CD이고, 다른 하나는 인터넷의 홈페이지나 유튜브에 올려놓은 문서 파일과 음성 파일이다. 그런데 어느 매체든 위에서 언급한 모든 자료를 다 보여 주는 것은 그리 많지 않다.

어린이시노래책으로는 백창우의 《딱지 따먹기》와 《예쁘지 않은 꽃은 없다》를 가장 먼저 들어야 할 것 같다. 이 두 노래책의 최고 미덕은 노랫말의 저본시를 같이 실어 놓았다는 것이다. 저본시와 노랫말을 비교해 보면 저본시의 조정·교정·교열·조합 여부를 쉽게 알 수 있다.

백창우가 만든 노래 중에 〈문제아〉라는 것이 있다. 저본시는 〈문제 아이〉다. 이 노래의 악보에는 '김형창 어린이시 시·백창우 개사, 곡'이라는 이름표를 달았다. 〈문제아〉의 노랫말은 2절로 되어 있는데, 1절은 저본시를 교열한 것이고 2절은 백창우 자신이 아예 새로 써넣은 것이다. 그런데 새로운 내용의 첨가가 '개사'라면 기존 내용의 삭제도 '개사'이고 기존 내용의 재구조화도 '개사'이다. 이런 점에서 볼 때, 전사의 노래와 조정의 노래를 제외한 나머지 노래에는 '개사'라는 말을 써 주는 게 좋겠다.

또 다른 노래책으로는 고승하의 《아름나라 노래 세상》(지식산업사, 2004)을 들 수 있다. 어린이 예술단 아름나라의 이름으로 펴낸 《아름나라 동요》(출판사, 출판 연도 미상)에 실려 있는 노래도 대부분 고승하의 노래다. 사실, 고승하는 어린이시노래의 제작과 보급에 관한 활동 경력으로 볼 때 백창우보다 먼저 소개해야 할 어린이시노래 노래쟁이다. 그런데도 이 글에서는 고승하의 어린이시노래를 별로 다루지 못했다. 그 까닭은 고승하의 노래는 저본시를 확인하기 어렵기 때문이다. 고승하는 어린이시는 말할 것도 없고 어린이의 일기와 같은 산문도 곧잘 노래로 만든다. 그런데 그의 노래책에는 노랫말의 저본이 되는 글이 전혀 소개되어 있지 않다. 안타까운 일이다. 고승하의 노래 악보와 노래 파일은 인터넷 홈페이지 '아름나라'[22]에서 쉽게 구할 수 있다.

어린이시교육연구회가 다달이 펴내는 회보《어린이시》는 인터넷 홈페이지 '어린이시나라'[23]에 게재되는데, 이 회보의 '어린이시노래' 꼭지에 실리는 자료도 눈여겨볼 만하다. 여기에서는 저본이 된 어린이시, 어린이시노래 악보, 노래 파일 그리고 노래 제작의 동기·방법·주안점 등을 이야기하는 노래쟁이의 글을 한꺼번에 볼 수 있다.

그밖에도 인터넷에서 접할 수 있는 어린이시노래는 참 많다. 성요한, 하제운, 이호재, 전병길, 한승모, 송아름 등 많은 사람들이 어린이시를 노래로 만들어 인터넷에 올리고 있다. 그런데 인터넷 자료를 보면 대부분이 노래 파일이다. 최소한 저본 어린이시와 악보만큼은 함께 올려줬으면 하는 바람이 있다. 최근 들어 인터넷에 어린이시노래를 올리는 교사 노래쟁이가 점점 늘고 있는데, 이는 참 반가운 일이다.

---

22. http://cafe.daum.net/arum-nara
23. http://cafe.daum.net/adongsi

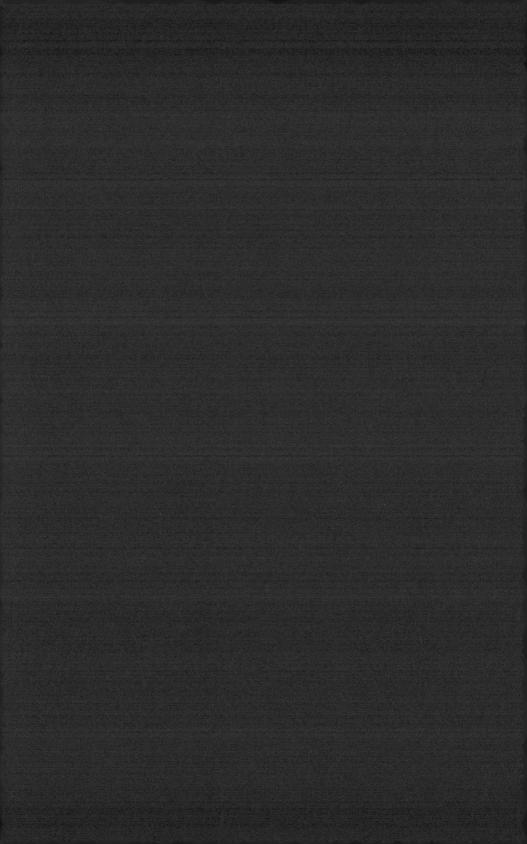